» LA GAJA SCIENZA «

VOLUME 1395

UNA DONNA IN GUERRA

Romanzo di
ROBERTO COSTANTINI

LONGANESI

Gruppo editoriale Mauri Spagnol

www.longanesi.it

ISBN 978-88-304-5451-4

UNA DONNA IN GUERRA

Sono in piedi, in testa ho la parrucca con la frangia, quella con cui ho ingannato la CIA e avvertito Johnny Jazir del tranello che lo attendeva a Roma.

Ho in mano una pistola.

Tiziana, la mia migliore amica, l'amante di mio marito, è nuda, in ginocchio, il cranio completamente rasato. Trema. Mi implora.

Non uccidermi, Aba, non è colpa mia!

Il braccio si stende, la pistola si avvicina alla tempia della vittima.

Ma ora non è più Tiziana. Ora è un terrorista, Aghazar Ghali detto Michael, e la pistola non la impugno io, ma Johnny Jazir.

Lo sparo è uno solo ma i cadaveri sul terreno sono tre: Tiziana, Michael e un terzo uomo di cui non vedo il volto, ma so benissimo di chi si tratta.

E JJ ora ha in mano la sega elettrica.

« Facciamoli a pezzi e buttiamoli in mare. Ice! »

La sega inizia a ronzare, sempre più forte.

È la sveglia di un giorno decisivo.

30 ORE ALL'UDIENZA FINALE

« Lei si chiama Aba Abate? »

« Sì. »

« Il suo nome di battesimo lo ha scelto sua madre? »

« No, è morta durante il parto, è stato mio... »

« Per cortesia, risponda solo sì o no. Il suo nome di battesimo l'ha scelto sua madre? »

Sono di nuovo in quell'inferno bollente di sabbia, coperta dalla tunica e dal velo, con la mia maledetta parrucca. Ci saranno cinquanta gradi, sento il sudore scendere a rivoli dalla nuca giù lungo la schiena.

Non è difficile alterare la frequenza cardiaca e la sudorazione. Un po' più difficile nasconderlo. Ancora più difficile ingannare il poligrafo. Ma mio padre, il generale Adelmo Abate, l'uomo che ha modernizzato l'Arma dei carabinieri e i Servizi Segreti, mi ha addestrata sin da bambina a rendere indistinguibili verità e menzogna. Al punto che a volte non le distinguo più nemmeno io.

La domanda mi viene ripetuta.

« Il suo nome di battesimo lo ha scelto sua madre? »

« No. »

Non ho modo di vedere i pennini muoversi sullo schermo. Il giovanotto americano coi capelli rossi che fa le domande in un italiano da scuola CIA ha ancora i segni dell'acne.

« Lei ha quarant'anni? »

Ecco, ora vedo i due corpi, pupazzi scomposti tra le dune, sopra di loro volteggiano avvoltoi e il mio cuore impazzisce mentre trascino i piedi sulla sabbia.

« Sì. »

« Suo padre si chiama Adelmo? »

« No. »

« Suo padre si chiama Adelmo Abate? »

« No. »

Mi guarda, sorpreso. È solo uno specializzando e non sa che Ice non è Aba, Ice è davvero capace di ingannare chiunque. O forse lo sa ma pensa che sia solo una diceria dei Servizi Segreti. Oppure ci crede ma sta ancora pensando a quella cosa che gli ha fatto la sua ragazza la notte scorsa.

« Ha un livido sul lato del collo. Si *chiamava* Adelmo Abate. È morto. »

Sento il suo respiro un po' affannato nel silenzio della stanza senza finestre, a parte ovviamente il finto specchio che dà sull'interno, a beneficio degli spettatori.

« Suo padre si *chiamava* Adelmo? »

« Sì. »

E il suo maledettissimo padre si chiamava Camillo Giuseppe. Nome doppio, non primo e secondo. Cavour e Garibaldi. Il bisnonno non amava i monarchi.

« Suo marito si chiama Paolo? »

« Sì. »

Non li vedo in faccia, non ancora, ma so benissimo chi sono, due innocenti morti a causa mia.

« I suoi figli si chiamano Cristina e Francesco? »

« Sì. »

Ora li vedo, i volti integri sui corpi devastati dai proiettili, i miei due figli, la ragione unica della mia insana vita.

« Lei lavora al Ministero della Difesa? »

« Sì. »

« Lei lavora per il Ministero della Difesa? »

« No. »

« Lei lavora per i Servizi Segreti italiani? »

« Sì. »

Sono lì, accasciata su di loro, una madre assassina, sangue, mosche e sabbia bollente.

Le domande di controllo son finite, si inizia a fare sul serio. Lo capisco anche dalla vena che adesso pulsa sulla tempia del giovane apprendista. Forse la CIA non ne aveva uno esperto che avesse fatto il corso di italiano. Cancello quelle immagini terribili dalla mente e mi riporto lì, dentro la stanza silenziosa.

« Lei ha mai disatteso gli ordini dei suoi superiori? »

« No. »

I pennini sono rimasti più o meno allo stesso livello di prima, lo vedo dalla piccola smorfia sorpresa di Willy. Non ho idea di come si chiami, ma devo dargli un nome e Willy è appropriato, per tanti motivi.

« Lei ha mai avvertito Johnny Jazir, l'agente con il nome in codice di Marlow, dell'intenzione dei suoi superiori di farlo incontrare con i loro omologhi americani? »

A discolpa di Willy c'è il fatto che le domande non le scrive lui. Forse un militare, un banale sergente. No, deve essere almeno un colonnello, « omologhi » non è da sergente. E anche « farlo incontrare » al posto di « consegnarlo a » è un trucco linguistico da alte sfere.

« Sì. »

Willy sorride, rassicurato. Se avessi negato, lui avrebbe dovuto seguire un percorso con un albero decisionale molto più complesso: nuove domande test, ma più intime, un po' minacciose. *Lei è fedele a suo marito?*

« In tre diverse occasioni? »

« No. Solo due. »

« La prego, solo sì o no. »

La voce è delusa, con un sottofondo di irritazione.

« Allora me lo chieda meglio, Willy! »

Ciò che vuole scoprire, in realtà, è in quale delle tre occasioni *non* l'ho avvisato. Perché non tutte hanno avuto le stesse conseguenze. E questo al processo conterà, eccome. Ma nessuno, nemmeno il colonnello, gli ha preparato questa domanda. Pensavano che io ammettessi tutto.

Ripiega sul testo scritto.

Bravo, Willy: in queste cose mai prendersi responsabilità.

«Quando ha avvertito l'agente Marlow, lo ha fatto perché riteneva ingiustificato l'incontro con gli americani?»

No, Willy, non ingiustificato. Ingiustificabile. Non te l'hanno spiegata la differenza tra inutile e iniquo?

«No.»

Resta di nuovo impietrito, senza sapere come continuare, e mi viene in mente che tra dieci anni mio figlio, al suo primo lavoro, si potrebbe trovare di fronte una brutta bestia come Ice.

«Quando l'ho avvertito, l'ho fatto proprio per non disattendere ordini superiori.»

Mi guarda, un po' stupito, ma noto un'ombra di gratitudine nella sua espressione.

«Il direttore dell'AISI, Maria Giovanna Cordero, le ordinò di avvertire Johnny Jazir?»

«Implicitamente.»

«Deve rispondere sì o no, per favore!»

Sarebbe troppo semplice, Willy. Purtroppo per te, e per mia immensa fortuna, la macchina della verità non funziona come la vita reale, fatta di sfumature, penombre, ambiguità.

Ma il colonnello o chiunque diavolo sia ha preparato per Willy un asso nella manica, lo vedo dal pulsare della tempia del ragazzo.

«La prima volta che ha saputo che un terrorista sarebbe arrivato in Italia su uno dei barconi fu attraverso un incontro con uno dei suoi informatori nelle moschee?»

«Nessun incontro, non è la procedura prevista.»

Willy il Coyote arrossisce e un po' mi intenerisco. Decido di andargli ancora incontro.

«Era un colloquio via Skype, Willy, in cui l'informatore non mi vede mai in faccia. Lei dovrebbe mettere un cerotto su quel livido al collo.»

«Grazie, la prego di non chiamarmi Willy.»

« Come ti chiami? »

Non risponde.

« Inventati un nome, allora, così non ti chiamo Willy. »

Queste scelte impulsive indicano sempre qualcosa. Un personaggio ammirato, uno stato d'animo. Altrimenti per il mio nome in codice invece di Ice avrei scelto Cenerentola. Ma lui lo sa, ha studiato.

« La prima volta che ha saputo che un terrorista sarebbe arrivato in Italia su uno dei barconi fu attraverso un colloquio su Skype con uno dei suoi informatori nelle moschee? »

« Sì. »

« Nome in codice Kebab? »

« Non sono autorizzata a rivelarlo. Neanche alla macchina della verità. »

« Lei non ha mai rivelato informazioni che non era autorizzata a rivelare? »

C'è un pizzico di supponenza nella voce di Willy il Coyote, forse quella con cui correggeva i compagni di studio a Harvard o Stanford. Si è preso la libertà di inserire una domanda sua nel protocollo, evidentemente è autorizzato a farlo.

« Sì. »

Ora è un po' confuso e chiaramente pentito. Si è reso conto che la domanda è mal formulata per una risposta secca: mai usare la doppia negazione, Willy il Coyote. Decide di tornare al protocollo.

« Ha poi informato per primo il suo diretto superiore Antonio Ferrara? »

« Sì. »

« Lui ha subito informato il direttore AISI Maria Giovanna Cordero? »

« Presumo. Era il suo capo diretto. »

« Presume di sì? »

« Sì. »

« Fu Maria Giovanna Cordero a proporre ad Antonio Ferrara di utilizzare la collaborazione di Johnny Jazir per trovare il terrorista che voi chiamavate little boy? »

« Presumo... »

« Non presuma. Sì o no. »

« Non lo so. »

« Giulio Bonan era d'accordo con l'idea di utilizzare Johnny Jazir? »

« No. »

« Lei era d'accordo con l'idea di utilizzare Johnny Jazir? »

« Non obietto agli ordini dei superiori. »

« Ma era d'accordo? »

Siamo a un bivio. Ma vale la vecchia regola di Adelmo: quando entrambe le vie portano guai, scegli la verità.

« Sì. »

« Nel corso della collaborazione con Johnny Jazir avete scoperto che i fratelli Ghali erano collegati a little boy? »

Qui ricomincia la parte dove posso rispondere sinceramente, per cui è meglio aumentare battiti e sudorazione.

Orbite vuote nei volti dei miei figli. Gli occhi non ci sono più, strappati dagli avvoltoi.

« Sì. »

« Il loro capo era il fratello maggiore, detto Michael? »

Crollo sulla sabbia bollente, che si infila dovunque. Sono in un bagno di sudore.

« Sì. »

« Durante la missione con lei in Niger, Johnny Jazir ha assassinato a sangue freddo Michael Ghali? »

« Sì. Michael gli aveva stuprato le quattro mogli, aveva rapito e ridotto in schiavitù la madre dei suoi quattro figli, aveva strappato un occhio sia a lei che a lui. Tu cosa avresti fatto, Willy? »

Ma il Coyote ora sente che finalmente Beep Beep è alla portata delle sue zampe, con un canyon dietro le spalle.

« Ha subito avvertito il suo superiore Antonio Ferrara che Johnny Jazir aveva assassinato di proposito Michael Ghali? »

Interrompo la visione interiore della catastrofe. Anche se mentire qui è facile, i morti non possono smentire.

« Sì. »

« È vero che per lei Antonio Ferrara, nome in codice Papà Doyle, è stato come un secondo padre sin da quando lei era una bambina? »

Devo tenerlo qui, Willy. Su questa parte inoffensiva.

« Certo. Oltre a essere il mio capo, era il mio secondo padre. Sua moglie mi cantava le ninne nanne da piccola, visto che mia madre se ne era andata subito dopo avermi dato la vita invece di portarmi con sé. E Antonio era l'assistente personale di mio padre, perciò tra i suoi tanti compiti ce n'era uno impossibile. »

Ma Willy non è così manovrabile, o forse teme il giudizio di chi sta osservando tutto da oltre lo specchio. Non si lascia attirare, prosegue con le domande già scritte.

« Se lo avesse avvertito subito, Antonio Ferrara sarebbe ancora vivo? »

« Non posso saperlo. So che era comunque molto malato. »

Willy fa un sorrisetto furbo. Ora ha capito la lezione, è sveglio e riformula.

« Se lo avesse avvertito subito, Antonio Ferrara sarebbe stato accoltellato a morte da little boy? »

Ci sarebbero tante giustificazioni, alcune anche decentemente ragionevoli. Ma chi ha scritto le domande ha ragione, me lo dice il dolore, quel dolore particolare che può provare solo chi ha fatto del male a chi lo amava.

« No. Se lo avessi avvertito, Papà Doyle sarebbe ancora vivo. Ma avrebbe fatto arrestare Johnny Jazir e non avremmo sventato l'attentato in Campidoglio né avremmo fatto prigionieri due terroristi. Tutto sarebbe andato diversamente. »

« Deve limitarsi a dire sì o no. »

« Perché, le spiegazioni non interessano a chi sta dietro quello specchio? »

Si sente un *bip*. Willy il Coyote spegne la macchina e passa alla sua lingua.

« *Thanks, we're done for now.* »

Si alza, esce, entra Jane Wesbach. Il caschetto di capelli biondo cenere è diventato nero, del suo fisico imponente ora è rimasta l'altezza, deve aver perso una quindicina di chili, i suoi completi grigi giacca e pantaloni sono stati sostituiti da una ridicola tuta rosa di due taglie troppo larga.

« Lei è stata carina con Willy... Si riferiva a Willy il Coyote, vero? Mi ha detto molto di più questo sul suo carattere che le sue risposte. »

Ecco, ora è chiaro: Jane mi ha mandato apposta un ragazzino imbranato, uno dei suoi soliti trucchetti.

« Quindi, ora sa che ho un cuore tenero, Miss Wesbach? »

Sorride.

« Lei ha il cuore di una madre. Nonostante tutti i suoi addestramenti e il suo autocontrollo. È così che ha fatto, no? Per alterare il battito cardiaco e la sudorazione, ha immaginato che accadesse qualcosa di brutto ai suoi figli, vero? »

Non ribatto e lei continua, come se la risposta fosse ovvia.

« Passeremo un po' di ore insieme, e lei sa perché. Ha accettato lei stessa di venire qui. »

« Non l'ho fatto per il piacere di vederla, ma per cercare di spiegarle tutto, visto che domani dovrà testimoniare al processo contro di me. E non posso spiegare nulla rispondendo solo sì o no! »

Jane annuisce.

« Lo so. Per questo abbiamo concordato con i suoi superiori e con il sistema detentivo italiano un giorno intero solo per noi due, fuori dal carcere, in un luogo sorvegliato, anche se non credo che lei cercherà di fuggire, vero? »

« Sono qui per convincerla, non per fuggire. »

« Bene. Sono le otto, so che lei corre prima di colazione, dottoressa Abate. Vengo con lei. »

Non mi chiede se mi vada o meno. Oggi sono sua prigioniera, in un luogo scelto da lei e dai miei capi. E domani lei, Jane Wesbach, deciderà il destino di Ice, la spia che ha tradito. La sua testimonianza sarà l'ultima dell'accusa e determinerà per quanti anni non potrò più veder crescere i miei figli. Prima di muoverci lei mi indica Willy il Coyote che sta salendo in auto per andarsene.

« Però Willy ha ragione, dottoressa. Se lei lo avesse avvertito, Antonio Ferrara sarebbe vivo. »

SEI MESI PRIMA: GIORNO 1

È l'alba, sono sotto un ombrello che mi ripara dalla pioggia sottile di inizio febbraio in un cimitero deserto. Ferma, davanti alla tomba di Antonio Ferrara, vicedirettore AISI, nome in codice Papà Doyle, secondo padre, mentore, capo. Morto per mano di un terrorista islamico, ma anche a causa dei miei errori.

Cosa ho sbagliato in questo maledetto gennaio, Antonio?

Ho volutamente messo da parte tutto quello che mio padre aveva provato a insegnarmi sin da bambina. La prudenza, prima di tutto, il principio fondante della dottrina di Adelmo Abate, di cui tu eri un fedele discepolo. Quella prudenza che mi ha consentito di battere i cugini a Risiko da bambina facendoli scannare tra loro e poi di costruirmi una famiglia normale per vent'anni senza far capire a mio marito e ai miei figli che lavoro per l'intelligence.

Si può fare tutto, io ne sono la dimostrazione. Ma il prezzo è che a un certo punto non resta più nessuno con cui parlare, perché nessuno sa più tutta la verità: quella di Aba, la moglie-madre, e quella di Ice, la spia. Forse non la so più nemmeno io.

Ce l'ho fatta per vent'anni, ma ora non più. Perché mi sono allontanata dai vostri insegnamenti, Antonio, dai tuoi e da quelli di Adelmo? Forse il germe della ribellione era lì da sempre, in tutti quegli anni sola con papà, la villa troppo grande più fortezza che casa, la scorta, la sicurezza innanzi tutto. Deve essere nato lì quell'insopprimibile senso di superiorità che spesso si accompagna alla solitudine.

Tu mi avevi avvisata, Antonio.

Tuo padre ha ragione. Stai lontana dal pozzo in fondo al giardino, bambina mia.

Ma voi uomini non capite: ogni bambina ha il suo pozzo.

E così eccoci qua, Antonio. Sei sepolto sotto la terra del Paese che hai difeso e servito per decenni. L'unica persona a cui potevo chiedere consiglio sia come Ice sia come Aba. L'unica che potesse consigliarmi sia sul modo di interrogare il terrorista che ti ha ucciso sia su come affrontare mio marito che è andato a letto con Tiziana, la mia migliore amica.

Tranquillo, Antonio, le mie lacrime sono private, di Aba, solo qui, dove nessuno mi vede, dove esiste il diritto al dolore. Spariranno non appena varcherò il confine oltre il quale Aba diventa Ice. E me la caverò, te lo prometto.

La berlina blu attraversava il traffico di Roma, la pioggia si era intensificata. Guidava Giulio Bonan, vicedirettore AISE per il Medio Oriente e il Nord Africa. Lui non lo avrebbe definito «guidare», meglio «condurre», come faceva con le sue navi quando era il più giovane ammiraglio della Marina italiana. Aba Abate era seduta accanto a lui sull'auto di servizio che li portava al carcere per interrogare uno dei due terroristi islamici che il giorno prima avevano tentato di farsi esplodere tra la folla in piazza del Campidoglio. Bonan aveva posato il cappotto blu, accuratamente ripiegato, sul sedile posteriore, mentre Aba si era tenuta addosso il trench sopra la giacca, il maglione a collo alto e il tailleur, e fissava il movimento ritmico delle spazzole che spostavano la pioggia sul parabrezza.

«Il riscaldamento va bene così, dottoressa Abate?»

La infastidivano diverse cose di quell'uomo troppo formale, troppo bello, troppo impeccabile nell'aspetto e nei modi ma con quel fanatismo missionario che secondo Aba sconfinava nella violenza.

«Va bene così, grazie.»

L'idea di dover interrogare con lui uno dei due terroristi catturati dopo l'attentato sventato in Campidoglio la preoccupava molto.

«Come pensa di procedere, dottor Bonan?»

Ogni decisione sulla conduzione dell'interrogatorio spettava a lui, superiore ad Aba per grado. La Convenzione riservata, firmata in fretta e furia tra i Servizi di intelligence e il Dipartimento di amministrazione penitenziaria e motivata dall'estrema pericolosità dei due terroristi islamici, consentiva un interrogatorio che non sarebbe stato possibile in un contesto normale. Rendeva legale la situazione anomala, ma non gli eccessi.

Lui non distolse nemmeno lo sguardo dalla strada.

«Cosa la preoccupa, dottoressa Abate?»

«Be', è un interrogatorio speciale, senza avvocati, senza registrazioni, senza trascrizioni. Una cosa delicata che richiede la massima prudenza.»

«Questo da cui stiamo andando è il peggiore dei due terroristi, quello che ha ucciso il nostro collega e che era imbottito di vero esplosivo.»

«Lo so, dottor Bonan. Se Johnny Jazir non lo avesse bloccato, avrebbe fatto una strage in piazza del Campidoglio. E quindi come intende procedere?»

Due ciclisti procedevano affiancati, chiacchieravano occupando tutta la carreggiata. Bonan li superò sfiorandoli e rischiando di farli cadere. Poi si voltò verso di lei.

«Ice, vuole o no vendicare Antonio Ferrara, costi quel che costi? Allora mi aiuti, e si tenga per sé ciò che vedrà.»

Lei scosse il capo.

«No, dottor Bonan. Io devo riferire tutto al mio direttore, Maria Giovanna Cordero.»

Lui si fermò al semaforo rosso, si tolse gli occhiali di marca e la fissò con gli occhi chiari e freddi.

«Voi donne siete false, dottoressa Abate.»

«Grazie, dottor Bonan. La sincerità è una dote molto apprezzabile in un collega. Cosa c'entra con ciò che dobbiamo fare? »

« Deprecate la forza, additate gli uomini violenti, ma nel segreto dei vostri sogni cercate l'uomo forte. Gli stupratori sono solo una conseguenza estrema della vostra doppiezza. »

L'auto ripartì e Aba non gli rispose perché erano lì per lavoro, non al bar o a cena, e comunque non sarebbe mai andata al bar o a cena con un ottimo collega e un pessimo uomo come Giulio Bonan. E poi, sapeva distinguere l'idiozia dalla provocazione e Bonan non era affatto un idiota. Ignorarlo era la miglior forma di dissenso. Come ogni donna sul lavoro, aveva imparato che, sino a che le provocazioni restavano parole, conveniva non raccoglierle.

Di colpo Bonan inchiodò l'auto davanti alle strisce pedonali e il furgone alle loro spalle frenò alla disperata, fermandosi a pochi millimetri dal paraurti. Mentre una vecchietta attraversava, dal furgone arrivarono gli improperi.

« Li mortacci tua! Te e quella bocchinara che te porti appresso. »

L'accento era un misto di romanesco gutturale.

Bonan guardò il suo Rolex.

« Siamo in anticipo, abbiamo tempo. Lei stia qui. »

Scese, inappuntabile nel suo gessato a doppio petto, con la pochette a quattro punte nel taschino. Aba vide che scattava una foto alla targa del furgone e a quel punto scesero due tizi con aria minacciosa e Bonan scattò una foto anche a loro. Poi mostrò un tesserino, disse qualcosa, e i due arretrarono, risalirono sul furgone e se ne andarono.

Bonan rientrò al posto di guida e avviò l'auto.

« Come vuole che tratti little boy, dottoressa? Gli offro tè e pasticcini? Così un giorno in questo Paese comanderanno quei due del furgone? »

Era chiaro che Bonan era deciso a non farsi ostacolare da pastoie legali nell'interrogare un terrorista islamico. Una parte di lei lo comprendeva, ma c'erano anche tutti gli insegnamenti di suo padre, le regole e le procedure, la divisione del mondo tra civili e incivili.

« La Convenzione fissa dei limiti ben precisi... »

« La protezione della legge vale per chi la rispetta. Ma questi due sono entrati in Italia su uno di quei barconi, non dovevano proprio starci nel nostro Paese. E sono stati aiutati qui in Italia e inviati da qualcuno. Se non scopriamo chi ha mandato questi due, presto ne arriveranno altri e non saremo sempre capaci di fermarli. Cosa diremo agli italiani, ai parenti dei morti? Che c'era una stupida convenzione legale da rispettare? »

Aba non disse nulla. Quella era la massima forma di dissenso con un superiore. Lui si ravviò i capelli folti e lisci, con un piccolo scatto di nervosismo.

« Ascolti, dottoressa Abate. Non toccherò quel bastardo, neanche con un fiore. Ma gli prometterò una vita durissima se non ci aiuta a scoprire i mandanti. Abbiamo ottenuto che non venga registrato o trascritto nulla, quindi niente segni fisici, solo pressioni psicologiche. Quelle invisibili a occhio nudo. Lo spremo io, lei si limiti a osservare le reazioni. »

Mentre ascoltava, Aba aveva riflettuto, come sempre. Ora aveva un'idea, una delle *vie di mezzo*, come le chiamava Adelmo.

« E se ci scambiassimo i ruoli, dottor Bonan? »

Lui esibì un sogghigno.

« Sembra una proposta equivoca, dottoressa Abate. »

Ancora una volta, Aba decise di ignorare la provocazione. Usò un tono umile e sottomesso.

« Mi lasci provare. »

Bonan scosse il capo.

« Una voce femminile rassicura, non funziona come minaccia! »

Di nuovo, Aba rinunciò a dirgli ciò che pensava di quella frase. Di nuovo usò il tono umile di chi chiede un'autorizzazione.

« Io ho un'idea per metterlo sotto pressione, ma per attuarla servono le sfumature dei dialetti arabi che lei non conosce, dottor Bonan. »

« Vuole anche parlargli nella sua lingua per metterlo più a suo agio? Io la penso all'opposto: creare massimo disagio per queste bestie, altrimenti non parlano. »

Aba usò il Monna Lisa, quel sorriso che aveva il grande pregio di non mostrare né intelligenza né determinazione.

« Ho in mente una via intermedia tra il garantismo delle nostre leggi e ciò che lei giustamente auspica, dottor Bonan. »

Lui fece una risatina sarcastica.

« 'Giustamente auspico'? Si impegni almeno un po' nel mentire, dottoressa Abate. Lei neanche immagina cosa auspico per gente del genere. »

Aba cercò di mostrare imbarazzo per essere stata scoperta.

« Mi scusi, dottor Bonan. »

Quelle umili scuse, unite a un'ombra del sorriso alla Sharon Stone, ottennero l'effetto desiderato.

« Lo sa, in fondo mi interessa vedere il suo metodo. Va bene, dottoressa. Tanto, qualora non funzionasse, userò il mio. »

Khamis Mushayt, Saudi Arabia, King Abdul Aziz Air Base,
Royal Saudi Air Force

A duemila metri di altitudine sul deserto arabico, nella prima luce del luminoso mattino di fine gennaio, i due uomini camminavano affiancati all'interno dell'hangar, seguiti a distanza dalla scorta di sei uomini armati. Il più giovane e aitante, sui trentacinque anni, indossava una tuta da pilota militare, gli occhi celati da occhiali scuri sopra un bel viso regolare coperto da una corta barba ben curata. Accanto a lui camminava un uomo, dal volto nascosto da un passamontagna, che indossava una galabia nera con un turbante nero e guanti neri di pelle.

Il giovane aitante indicò la schiera di caccia intercettori F-15 ai lati della lunga pista che si vedeva fuori dal capannone.

« Tutti soldi buttati per far contenti i nostri fornitori americani e i vari presidenti che abbiamo fatto eleggere anche coi nostri finanziamenti. Se ne avessimo mai indirizzato uno su Tel Aviv o sul Cairo ce lo avrebbero abbattuto con una fionda. »

L'uomo in galabia nera sapeva che il Principe aveva pilotato quegli aerei, durante il suo addestramento militare negli Stati Uniti, prima degli studi in ingegneria alla King Saud di Riad, e anche di recente per bombardare gli Huthi in Yemen.

« Infatti, Principe. Non è mai stata quella la via. »

FAST aveva studiato la storia sotto tutti gli aspetti e da tutte le angolazioni. Aveva una sua visione molto chiara. Gli arabi erano dei folli, illusi e infiammati facilmente da presunti leader che erano al massimo degli imbonitori da paese, da Saladino sino a Nasser, Saddam, Gheddafi. Ci avevano provato per secoli a battere militarmente l'Occidente e non avevano capito che non sarebbe mai accaduto. Non era questione di supremazia militare, ma semplicemente di testa e di quelle maledette diversità religiose: per gli occidentali e per gli ebrei c'era un Dio clemente, che perdonava ogni nefandezza, dalla piccola truffa alla bancarotta sino alla guerra per invadere un Paese con la scusa di armi chimiche inventate.

Ai musulmani questo lusso non era consentito: a Riad tagliavano ancora in piazza la testa agli assassini e le mani ai ladri, lapidavano le adultere. Ma lui aveva la visione di una diversa modalità di conquista di quella maledetta Europa, il ventre molle e viziato dei vecchi cristiani. Purtroppo, il piano richiedeva la complicità dell'uomo che gli stava accanto. Un uomo con cui era costretto a incontrarsi in gran segreto lì dentro, dove FAST aveva la scusa dell'addestramento e numerosi amici. Per sicurezza, anche l'aereo privato che il Generale pilotava personalmente era parcheggiato lì sotto l'hangar. Non gli piaceva, il Generale. Ma dalle informazioni riservatissime che aveva ricevuto da amici fidati, l'uomo con il passamontagna era l'unico al mondo che potesse aiutarlo a realizzare la sua visione. Anche se non sapeva chi fosse davvero e quel titolo con cui si faceva chiamare, Generale, probabilmente era acquisito sul campo più che nei ranghi di un qualche esercito.

FAST gettò un'occhiata all'uomo che camminava al suo fianco.

« Ma la sua via per la vittoria è un po' lunga, Generale. »

L'uomo con la galabia nera evitò lo sguardo di FAST. Non voleva che il Principe leggesse il disprezzo che forse lui non avrebbe saputo celare. Il disprezzo che aveva sempre provato per gli uomini che si credono molto più grandi e saggi di quello che sono. Ne aveva conosciuti tanti, a partire dal Colonnello Gheddafi.

« Principe, non deve avere fretta. Il nostro piano è lungo, ma alla fine lei avrà realizzato ciò che tutti gli altri musulmani hanno inseguito inutilmente per secoli. Ora dobbiamo fare un passo alla volta. »

« Ma a Roma qualcosa non è andato come previsto. Avevo capito che ci sarebbero stati dei morti, Generale. »

L'uomo col passamontagna era preparato a quella domanda. Non poteva certo dire a FAST la verità ma neanche mentire del tutto, il Principe aveva molti amici nei Servizi sauditi e forse non solo in quelli.

« All'ultimo momento ho realizzato che i morti avrebbero attirato gli americani. A noi basta la plausibilità, gli italiani hanno abboccato. Ora dobbiamo occuparci di suo cugino, il principe ereditario. »

FAST sorrise.

« Non sarà semplice e c'è anche il problema di quella giornalista tedesca, Brigit Weiss. Potrebbe crearci dei problemi? »

« Non credo, ma nel caso ci penserò io. Direi che è tutto, Principe. »

FAST si tolse gli occhiali da sole.

« Mi piacerebbe sapere di più su di lei, vista la natura degli affari che abbiamo intrapreso. Potrebbe togliersi quel passamontagna, i satelliti non vedono sotto il tetto di cemento di questo hangar. »

La voce dell'uomo col passamontagna e i guanti assunse una sfumatura diversa, appena più dura.

« Vista la natura degli affari che abbiamo intrapreso, non le serve ed è meglio di no. Pensi a me come il suo amico Generale. Per il resto le bastano gli estremi dei miei conti correnti a Dubai. »

Il lamento del muezzin arrivò dal minareto nell'aria tersa del primo mattino.

Allah akhbar.

FAST scrollò le spalle.

« Come crede, Generale. Pregherò Allah per lei, perché abbia ragione. »

L'uomo con la tunica e il turbante nero finse di non aver avvertito la minaccia implicita. Era tranquillissimo.

Ora che ho mandato little boy nelle mani di quegli stupidi degli italiani e dei francesi il primo passo è fatto. Quando lo interrogheranno lui dirà ciò che vogliamo.

Si inchinò verso FAST.

« Se Allah vorrà. »

Aba Abate e Giulio Bonan furono accompagnati in un ufficio, e non in una sala colloqui, vista la natura irrituale e riservata di quell'incontro. Il ragazzo di colore, magro e spaurito, era ammanettato alla sedia. Aba e Bonan si sedettero di fronte a lui, celati dal passamontagna. Aba lo osservò per qualche istante prima di iniziare. Lui era quello che aveva ucciso Papà Doyle e che si sarebbe fatto esplodere se Johnny Jazir non lo avesse bloccato. Ma aveva previsto di suicidarsi e andare subito a spassarsela con le settantadue vergini, non di trovarsi lì.

Aba gettò un'occhiata a Bonan, che le fece cenno di iniziare. Lei formulò la prima domanda con un tono secco, direttamente in un arabo strascicato, con le erre mosce.

« Cominciamo dal nome. Come ti chiami? »

Little boy sobbalzò, e anche Bonan. Gli occhi del ragazzo diventarono ancora più preoccupati, la voce flebile.

« Lei è israeliana? »

« Faccio io le domande. Tu rispondi e basta. »

La voce di Aba era minacciosa. Ora il giovanotto era decisamente spaventato. Aba incrociò gli occhi di Bonan, attraverso la fessura del passamontagna, oscillavano tra stupore e ammirazione.

« Voglio essere interrogato da un italiano! E da un uomo! E voglio un avvocato. »

Il pugno di Bonan colpì violentemente il tavolo senza alcun preavviso. Parlò con un chiaro accento americano.

« Nessun avvocato! Hai accoltellato a morte un uomo, bastardo. E se non ti avessero bloccato in tempo ti saresti fatto saltare in mezzo alla folla. Quindi ora rispondi alle nostre domande. »

Little boy cominciò ad agitarsi sempre di più sulla sedia.

« Chi siete? Voglio la polizia italiana. »

Bonan si chinò verso di lui, con aria minacciosa.

« Ti piacerebbe, vero? Gli italiani con tutte le loro regole, le loro garanzie. Invece sei nelle nostre mani. Sai chi era l'uomo che hai accoltellato a morte in quella piazza? Un ebreo americano! »

Bonan tirò un altro cazzotto a pochi centimetri dalle mani del ragazzo che sembrava decisamente terrorizzato.

« Con noi, gli animali come te prima parlano e meno soffrono. Quelli coraggiosi soffrono moltissimo e poi parlano. Tu sei coraggioso? »

Aba era a disagio. Non le piaceva ciò che stava facendo e ancor più disapprovava l'eccitazione che stava provando. Una parte di lei era d'accordo, purché quei pugni restassero lontani da little boy. Scrisse una nota e la passò a Bonan.

Ok minacce ma niente violenza.

Bonan gettò appena un'occhiata alla nota, la scansò e continuò la recita rivolgendosi ad Aba.

« Continua tu con questo maiale, Rachel, se no lo ammazzo di botte. »

Aba riprese l'interrogatorio, tenendo d'occhio il pugno di Bonan.

« Come ti chiami? »

« Abdalla Ghali. »

« Da dove vieni? »

« Sono di una tribù tuareg del Niger. »

« Sei cugino dei fratelli Ghali? »

« Siamo tutti cugini, è una tribù molto grande. »

« E ti hanno convinto loro a venire qui e farti saltare per aria in una piazza? »

« No. Mi sono offerto io. »

« A quale dei fratelli Ghali ti sei offerto? »

« Aghazar, il capo. »

« Quello che chiamavano Michael? »

« Sì. »

« Lui ti ha spiegato ciò che dovevi fare in Italia? »

« Sì, ma non era lui a decidere chi mandare. Sceglieva l'altro. »

« Quale altro? »

Sin là little boy aveva risposto di getto, come se una diga avesse ceduto di schianto. Ora, per la prima volta, esitò. Giulio Bonan si alzò in piedi e prima che Aba potesse fermarlo colpì il ragazzo con un tremendo ceffone.

« Ti portiamo a Tel Aviv, Abdalla. Lì ti appendiamo nudo a testa in giù mentre le nostre soldatesse ti spellano vivo. »

Il ragazzo tremava tutto, mani, spalle, voce.

« L'ho incontrato solo una volta, nel deserto vicino ad Agadez. Ma non so niente di lui. »

Prima che Bonan lo colpisse di nuovo Aba intervenne.

« Ce lo descrivi, Abdalla? »

« Mi avevano messo un cappuccio, non vedevo nulla. »

« Chi ti aveva messo il cappuccio? »

« L'autista della jeep che mi ha portato da quello lì. Ha guidato per tre o quattro ore da Agadez e quando si è fermato mi ha detto di scendere. Non c'era nessun rumore ed eravamo all'aperto, il vento portava sabbia... »

« Cosa è successo? »

« Appena sono sceso qualcuno mi ha messo in mano una pistola. Una voce mi ha detto che dentro c'era una sola pallottola. Ha detto che dovevo dimostrare davvero fede in Allah, di metterla in bocca e sparare. Io ho obbedito, ma non era il mio momento. »

« Che accento aveva? »

« Forse tunisino o libico. »

« Giovane o vecchio? »

« Non giovane. »

« E poi come sei tornato? »

« Lo stesso autista mi ha riaccompagnato ad Agadez, alla stazione dei pullman. Mi ha detto di restare in Niger, mi avrebbero fatto sapere. »

« Ed è andata così? »

« Sì, qualche giorno dopo Michael Ghali mi ha ricontattato per dirmi che avevo superato la prova. Mi ha dato i soldi per il viaggio dal Niger in Libia e poi in barcone. E le istruzioni per arrivare sino al covo nel Nord Italia. »

Bonan si chinò con aria minacciosa verso il ragazzo.

« Dicci come si chiama l'uomo nel deserto, l'esaminatore. »

« Ma ho già detto che non lo so! »

« Non credo che basti, Abdalla. Prima di portarti a Tel Aviv, ti diamo noi una piccola dimostrazione. Rachel si è allenata per molto tempo coi tuoi amici di Al Qaeda a Guantánamo. Ti assicuro che non vede l'ora di infilarti nel culo un bel po' di filo elettrico. »

Aba era già pentita della sua idea mentre lo sguardo di little boy da spaventato diventava disperato.

« Vi prego, vi prego... Non so niente... »

« Ho capito. Vuoi che Rachel si metta a giocare col tuo culo? Forse sei solo un frocio piagnucoloso! Rachel, che dici, procediamo? »

Aba pensò a tante cose, in pochi attimi. Agli insegnamenti di suo padre sulla prudenza, alla pace della chiesa dove andava a riflettere più che a pregare la domenica, dopo la messa, a Cristina e Francesco, i figli adolescenti che aveva cercato di educare alla tolleranza e alle buone maniere e con cui avrebbe cenato quella sera stessa. Alla frase di Bonan, così fastidiosa: *voi donne siete false.*

Si rivolse a Abdalla Ghali.

« Io e il mio partner usciamo a prendere ciò che serve, intanto che tu ci pensi un po' su, Abdalla. Sarà meglio per te: pensaci. »

Uscirono nel corridoio. Bonan aveva un sorriso che molte donne avrebbero giudicato attraente ma che Aba trovava inopportuno.

« Idea brillante, Ice, complimenti. Non la facevo così fantasiosa. In un film sarebbe ottima come cattivissima agente del Mossad. »

« Non ci tengo affatto. Comunque noi non abbiamo fili elettrici, per nostra fortuna. Ora gli diciamo chi siamo davvero. »

Bonan la fissava con aria ironica.

« Prima è d'accordo e poi frena? Tipicamente femminile, come quando... »

« Quando ci stuprate? È questo che intende dire? »

Bonan sembrò visibilmente soddisfatto da quella reazione.

« Allora Ice ha anche un po' di sangue nelle vene! »

Aba era molto irritata con se stessa. Aveva reagito d'impulso a una provocazione. Con un suo collega e superiore. Colpa dello stress, si disse.

« Mi scusi, dottor Bonan. Abbiamo fatto il possibile, abbiamo ottenuto alcune informazioni importanti. Ma noi siamo l'Italia, non la CIA o il Mossad. »

Bonan continuava a fissarla con un interesse che la infastidiva.

« Sa cosa mi sorprende in lei? Il candore unito al cinismo. »

« Non mi sento né cinica né candida. Sono anzi piuttosto normale. Abdalla mi sembra già abbastanza spaventato e collaborativo. Ci dirà tutto con le buone maniere. »

« Questa è la sua opinione, dottoressa Abate. »

« Mi scusi, dottor Bonan. Qui non è questione di opinione, sono le regole della nostra legge e anche quelle che mi consentono di guardare in faccia i miei figli la sera. »

Ma ormai Giulio Bonan aveva afferrato un osso che gli piaceva e non intendeva mollarlo.

« Diventa più affascinante quando parla o pensa ai suoi figli. »

Aba ignorò quel commento. Sapeva che il metodo del complimento ambiguo usato dai maschi di potere era formalmente inattaccabile.

« Io non sono d'accordo di continuare così l'interrogatorio. E riferirò al mio direttore. »

« Me lo aspettavo! C'è sempre un punto in cui voi donne ci mollate! »

Di nuovo Aba perse il controllo.

«Non dica stupidaggini, non mischi i suoi pregiudizi con...»

Il tono di Bonan cambiò del tutto.

«I miei non sono pregiudizi. Certa gente capisce solo in un modo. Come quei due al semaforo, quando ho mostrato il mio tesserino. In ogni caso, il più alto in grado qui sono io, perciò non apra più bocca. E questo è un ordine.»

Bonan si rimise il passamontagna e si avviò verso la porta della stanza dell'interrogatorio. Aba lo seguì. Si sedettero di fronte al ragazzo che era visibilmente terrorizzato. Bonan si chinò verso di lui.

«Abbiamo parlato con quei fifoni degli italiani. Sono ben felici di liberarsi di te. Quindi, o ci dici tutto, o si parte per Tel Aviv tra mezz'ora.»

Aba lo vide tremare, poi calmarsi e digrignare i denti, stringendo le mascelle con forza. Poi attaccò la sua litania.

«*Allah akhbar... Allah akhbar... Allah akhbar...*»

Aba conosceva quella litania ossessiva. Aveva visto numerosi video dei messaggi finali degli attentatori suicidi. Si alzò di scatto.

«Vado a chiamare un medico!»

Ma iniziarono i rantoli e le convulsioni, little boy si inarcò sulla sedia, dalla sua bocca scendeva un rivolo di bava.

Era accaduto tutto in pochi secondi. Aba corse fuori a chiedere aiuto, ma quando arrivarono i soccorsi, pochi istanti dopo, little boy era già morto.

Il Generale guardò il fiume, duemila metri più in basso. Il Nilo lo riportava bambino. Settemila chilometri che partivano dal cuore nero dell'Africa, attraversavano il Sahara e arrivavano al mare.

Poco sotto Assuan individuò la pista di sabbia dove aveva appuntamento con Seamus O'Neill. Dieci minuti dopo, lui e l'irlandese erano seduti per terra, sulla soffice e calda sabbia, all'ombra di una palma accanto alla pista, mentre il jet era nascosto sotto un capannone ricoperto di foglie di palma e sabbia. Seamus era un mingherlino sui sessanta e passa, coi radi capelli un tempo rossi e ora bianchi e due incredibili occhi azzurri nel viso ossuto e pieno di lentiggini. Nessuno avrebbe mai immaginato che quell'uomo dall'aria gentile e inoffensiva, durante la militanza nell'IRA, avesse assassinato direttamente o con gli esplosivi oltre cento tra soldati inglesi e nemici unionisti. Ma il Generale sì, lui lo sapeva, così come sapeva che Seamus O'Neill non aveva mai tradito un datore di lavoro. Molti soldi in cambio di molta lealtà, era uno dei motti preferiti del Generale.

« Credo che lei potrebbe anche permettersi un pilota, Generale. »

L'uomo con il passamontagna scosse il capo.

« Un pilota disturberebbe sia la mia sicurezza che il paesaggio. Sorvolando da solo quella distesa infinita di sabbia e silenzio ho una percezione più precisa della realtà. »

L'irlandese si versò una dose di Bushmills dalla borraccia in un bicchierino di latta.

« Mi scusi, Generale, ma la sabbia è solo sabbia. »

« Non il Sahara, Seamus. Non il Nilo. Quel fiume porta al Mediterraneo ciò che è l'esatto opposto della vostra civiltà. Bambini denutriti che combattono col kalashnikov e ammazzano senza remore o pietà mentre da voi frequentano sin da piccoli quelle magnifiche scuole che insegnano a sopraffare gli altri senza sporcarsi le mani. »

« Dura da secoli, Generale. Sarà sempre così. »

« No, Seamus. Un giorno tutti questi nostri bambini attraverseranno quel deserto e quel mare. Non sui barconi, ma sulle vostre navi e sui vostri yacht, che saranno nostri. Stiamo lavorando insieme per questo! »

« Generale, come lei sa, io lavoro per lei per soldi e non per ideologia, ho imparato a Belfast. »

Il Generale rise.

« Certo, Seamus. Diffido dei fanatici, sono pericolosi. Io mi fido solo di quelli come te, nati fanatici e diventati professionisti. Il fanatismo e le ideologie sono oppio per i deboli. »

« E il Principe FAST per lei è un fanatico o un professionista? »

L'uomo col passamontagna si accese una sigaretta, ripensando alla frase di congedo di FAST.

Pregherò Allah per lei, perché abbia ragione.

Aveva finto di non capire la minaccia implicita. Come se quell'uomo giovane, pur con tutte le sue medaglie in guerra e i suoi miliardi, potesse spaventare uno come lui.

« Il Principe è cresciuto tra i grattacieli scintillanti di Riad con l'aria condizionata e il profumo dei petali di rosa, ma è capace di uccidere solo sganciando bombe da un F-15 a duemila metri di quota. Io ho ucciso a mani nude, col coltello, con la pistola, ho dormito per terra tra gli scarafaggi e mangiato scorpioni. Siamo complementari e abbiamo la stessa visione. »

« Però FAST è un po' agitato per la giornalista tedesca, la Weiss, Generale. Devo... »

« No. Non ancora. Ti dirò io quando. Ma tienila d'occhio. »

« E la spia italiana? »

« Alla spia italiana penserò io, Seamus. Hai notizie da Roma? »

Seamus O'Neill avrebbe voluto fare molte altre domande, ma era chiaro che il Generale non avrebbe aggiunto una sola parola.

« Sto aspettando, Generale. »

Il sole stava iniziando la parabola discendente, l'ombra della palma si era allungata sulla sabbia dorata. L'uomo col passamontagna si accese una sigaretta e si sdraiò sulla sabbia calda. Adorava quel contatto.

« Bene, Seamus. Non abbiamo fretta. Fumiamo e rilassiamoci un po'. »

Sono nel mio box in vetro, il mio ufficio-acquario, ad attendere la convocazione dei superiori, mentre nell'open space tutti lavorano alle loro postazioni. Anche per non pensare alle convulsioni di Abdalla Ghali, riaccendo lo smartphone personale. È pieno di messaggi di Paolo.

Dove sei?

Chiama!

Urgente!

E persino di Tiziana.

Aba, dobbiamo parlare.

Paolo e Tiziana. L'intellettuale della famiglia, quello che porta soldi a casa scrivendo slogan pubblicitari che lui stesso disprezza, spazzatura a cui la vita lo costringe ad abbassarsi, robaccia che secondo lui lo distoglie dal romanzo capolavoro che sta scrivendo da sempre. E Tiziana, la mia migliore amica sin dai tempi della scuola, la libraia super intellettuale e super infelice coi suoi innumerevoli uomini. Io sono quella così ingenua da avergli suggerito di scriverlo a quattro mani con Tiziana, che ha trasformato il quattro mani in mani sotto la cintura.

Sono stata tradita nel momento più difficile della mia carriera, mentre salvavo il Paese da un attentato e Papà Doyle moriva. Dopo tutto ciò che ho fatto, ogni giorno, per vent'anni, sia per lui, per crescere i nostri figli insieme, che per lei, per consolarla dei suoi innumerevoli grandi amori svaniti. Una situazione che nessuna donna sana di mente potrebbe perdonare.

L'unica cosa razionale che riesco a fare in questo momento di rabbia, umiliazione, dolore, è ignorarli. Cancello tutti i messaggi.

*

L'ufficio del direttore dell'AISE Stefano Lanfranchi somigliava a una sagrestia, senza però l'odore d'incenso. Le tapparelle erano chiuse e la stanza era illuminata dalla sola luce di un abat-jour. La semioscurità rendeva identici i momenti di ogni giornata: mattina, pomeriggio, sera, notte. Le pareti erano tappezzate da cornici con numerosissime foto che ritraevano Lanfranchi insieme a diversi capi di Stato e papi. Dietro la scrivania, la foto del presidente della Repubblica e un semplice crocefisso.

Il direttore dell'AISE era un uomo piccolo e grigio che proveniva dall'esercito, dove aveva comandato numerose missioni all'estero. Il suo soprannome era « Panna e acciaio ». Panna fuori e acciaio dentro. Era sposato da quarant'anni con una bellissima attrice di teatro e molti si chiedevano come fosse potuta nascere quell'unione, e come avesse potuto sopravvivere a una figlia che a vent'anni era scomparsa nel nulla mentre faceva la volontaria in Africa.

Di fronte a lui era seduta Maria Giovanna Cordero, il direttore dell'AISI, quindi ora, dopo la morte di Antonio Ferrara, il capo diretto di Aba. I suoi incredibili occhi verdi brillavano nel volto pieno di rughe volutamente non curate, come per ostentare al mondo i sessant'anni d'età che nessuno avrebbe intuito vedendo solo il corpo snello e atletico da ex modella ed ex tuffatrice olimpica. I capelli castani, di cui si diceva fossero lunghi e bellissimi benché nessuno in ufficio li avesse mai visti sciolti, erano raccolti in uno chignon fermato da una spilla verde come i suoi occhi.

Aba e Giulio Bonan erano seduti agli altri lati del tavolo. I direttori avevano appena finito di leggere i due rapporti, quello di Bonan e quello di Aba, sull'interrogatorio del little boy Abdalla Ghali. Il malumore aleggiava nella stanza semibuia. Prima c'era stata la morte di Antonio Ferrara, un collega che tutti stimavano. Ora il suicidio di un prigioniero interrogato legalmente ma attraverso un procedimento irrituale. E le dinamiche erano poco chiare.

Stefano Lanfranchi cercò di riepilogare l'accaduto coi suoi modi felpati, come la luce dell'abat-jour che illuminava debolmente il suo ufficio, quella luce soffusa che Aba trovava così confacente a quell'uomo grigio come il suo abito da grandi magazzini.

« I grani di stricnina erano in una finta otturazione di sottilissima plastica che si è sciolta con il calore del tè, un metodo ingegnoso. Cosa potevano farci il dottor Bonan e la dottoressa Abate, Maria Giovanna? »

Lei tirò fuori un elegantissimo tubetto metallico.

« Dopo la morte di Papà Doyle ho bisogno di fumare, Stefano. Non ti disturba questo vapore, vero? »

Gli occhi di Lanfranchi corsero subito alla finestra chiusa, ma fuori stava diluviando.

« Fai pure, Maria Giovanna. »

Un profumo di menta si diffuse nella stanza. Poi Maria Giovanna Cordero si voltò verso Aba.

« Il dottor Bonan ha scritto nel suo rapporto che è stato solo lui a minacciare il prigioniero di tortura e che lei l'ha invitato a desistere dopo che lui ha tirato un pugno sul tavolo vicino alle mani del prigioniero. Invece, nel suo rapporto, sostiene di aver avviato lei la bella pantomima dell'israeliana e dell'americano e non fa alcuna menzione di questo pugno né di minacce di tortura. E dunque? »

Aba incrociò lo sguardo sorpreso e contrariato di Bonan.

« Signor direttore, confermo che ho iniziato io la recita, e il pugno sul tavolo del dottor Bonan non mi è sembrato rilevante. »

Un'ombra di irritazione comparve sul volto di Maria Giovanna Cordero.

« Questo non sta a lei giudicarlo, dottoressa Abate. Chi ha tirato in ballo i fili elettrici? Lei o il dottor Bonan? »

Bonan intervenne immediatamente.

« Io, signor direttore. La dottoressa Abate non c'entra. »

«Ma io l'ho aiutato a rendere credibile la minaccia» aggiunse Aba.

Maria Giovanna Cordero si spazientì. Del resto la pazienza non era tra le sue grandi doti.

«Ieri per tirarmi su dopo la morte di Antonio mi sono rivista *La Pantera Rosa.* Molto più divertente di questa commedia. Allora, dottor Bonan, chi ha minacciato Abdalla Ghali?»

«Ho minacciato io il prigioniero. La dottoressa Abate si è limitata a tacere, anzi si è arrabbiata quando io ho fatto riferimento al... al... al punto di inserimento dei fili elettrici.»

Bonan era un po' arrossito, non sapeva come proseguire e a quel punto arrivò la risata di Maria Giovanna Cordero.

«Abbiamo capito, dottor Bonan. Forse la commedia vera è qui, non in un vecchio film.»

Poi si rivolse a Lanfranchi, che era rimasto ad ascoltare in silenzio.

«Io sono davvero incredula. Abbiamo ottenuto che il presidente del Consiglio approvasse la Convenzione speciale con l'amministrazione penitenziaria e ora cosa gli diciamo? Che abbiamo minacciato il detenuto sino a spingerlo al suicidio?»

Lanfranchi, come sempre, cercò di gettare acqua sul fuoco.

«Nessuno ha torturato quel ragazzo e la capsula di stricnina nel dente dimostra che era davvero un kamikaze pronto a morire. Inoltre, devi riconoscere che il colpo di ingegno di fingersi israeliani e americani ci ha almeno procurato qualche informazione. Potrebbero esserci altri little boy in arrivo, no? Dobbiamo cercare i mandanti per tutelare la sicurezza degli italiani.»

MGC annuì, leggermente rabbonita dal tono pacato del collega.

«Dissento sul metodo, ma sul risultato hai ragione tu, Stefano. E questa storia dell'esaminatore che gli ha fatto fare la prova di coraggio è molto interessante. Forse è il mandante che cerchiamo, oppure può condurci al mandante. »

Lanfranchi colse subito la nota più distensiva per sviluppare il suo ragionamento.

« L'altro little boy, quello col nome falso di Paul Alli, potrebbe forse dirci qualcosa di più, Maria Giovanna. Si trova nello stesso luogo e la Convenzione vale anche per lui, no? »

Senza attendere risposta, Lanfranchi si rivolse a Bonan.

« Fatelo visitare, denti e tutto il resto. Inoltre questo è il meno coraggioso dei due, quello che si è arreso subito e che non aveva neanche innescato l'esplosivo. Parlerà facilmente, senza bisogno di minacce. »

Bonan fece una smorfia.

« Signor direttore, lo farò visitare oggi stesso. Ma temo che, dati i limiti ai nostri metodi di interrogatorio, Paul Alli non ci dirà nulla. Forse se potessimo... »

« ... infilargli un filo elettrico nel culo per farlo parlare? » lo interruppe brutalmente Maria Giovanna Cordero sventolando il rapporto dell'interrogatorio di Abdalla Ghali.

Lanfranchi sospirò.

« No, Maria Giovanna, rispetteremo le nostre regole. »

Lei guardò i due orologi, quello al polso destro e quello al polso sinistro.

« Intanto accertatevi che non abbia veleni o esplosivi addosso, poi ne riparliamo. Abbiamo finito? »

Lanfranchi sospirò, tossì per i vapori della sigaretta elettronica e guardò la pioggia fuori dalla finestra.

« C'è la questione di Johnny Jazir. »

Nessuno commentò e lui proseguì.

« Poco fa ho avuto una telefonata con Jane Wesbach della CIA. Lei e il funzionario della CIA a Roma, Larry Moll, verranno qui nel pomeriggio. Stasera Jazir arriverà a Roma da Tripoli, come ha promesso alla dottoressa Abate al telefono. Gli americani intendono interrogarlo subito. »

Maria Giovanna Cordero fece una smorfia.

« Posso essere sincera, solo tra noi? Spero proprio che Johnny Jazir non venga. »

« Ma perché, Maria Giovanna? »

« Non mi va che un nostro agente debba raccontare i fatti nostri agli americani: little boy è un problema di sicurezza interna, per il quale è morto Antonio Ferrara, uno dei nostri uomini migliori. »

Bonan intervenne.

« Mi scusi, signor direttore, ma Johnny Jazir tecnicamente non è un nostro agente, è solo un occasionale collaboratore esterno. Ha ucciso Michael Ghali mentre noi gli avevamo solo chiesto di estorcergli informazioni utili a catturare little boy. In questa faccenda ha giocato anche sporco, non vedo perché dovremmo litigare coi nostri alleati americani per proteggere quell'individuo. »

Gli occhi di Maria Giovanna Cordero lo ignorarono e si posarono su Lanfranchi.

« Stefano, chiariamo bene una cosa. Anche se Johnny Jazir arrivasse in Italia, noi non lo consegniamo a nessuno. »

Lanfranchi annuì.

« Senza dubbio. Gli americani potranno interrogarlo solo in nostra presenza. »

Ma a Maria Giovanna Cordero non bastava.

« In questo edificio, con noi presenti e secondo le regole del diritto italiano, Stefano. E solo se Johnny Jazir vorrà, perché non è accusato di nulla e nessuno lo potrà obbligare. Sei d'accordo, vero, Stefano? »

Stefano Lanfranchi annuì, forse anche per liberarsi dei vapori e del pessimo umore di Maria Giovanna Cordero.

« Va bene. Speriamo che Marlow arrivi e che accetti di parlare con gli americani. »

Maria Giovanna Cordero si alzò.

« E domani il dottor Bonan e la dottoressa Abate andranno a interrogare Paul Alli per chiedergli dell'uomo nel deserto, l'esaminatore. Senza pugni sul tavolo, minacce di fili elettrici e tutto il resto. »

Mentre usciva dalla stanza di Lanfranchi, Aba ricevette un messaggio del direttore Cordero.

Sorveglianza totale sugli americani, niente sorprese.

Il Generale era disteso sulla sabbia, la testa poggiata al tronco di una palma. Si godeva il sibilo leggero del vento, nel silenzio più assoluto, mentre il pulviscolo di sabbia si sollevava dalle dune formando immagini che nella sua mente diventavano volti di amici e nemici, e di amici-nemici. Seamus O'Neill si massaggiava i moncherini delle due dita mancanti alla mano destra.

« Ti fanno ancora male dopo tanti anni? »

« Pizzicano. Lo fanno apposta, per ricordarmi che c'erano. »

Il Generale portò una mano al viso, coperto dal passamontagna.

« Succede anche a me, Seamus. Il prurito ci ricorda i pezzi di carne che la vita ci ha tolto. »

« Per me è meglio così, Generale. Il prurito alle dita mancanti mi ricorda il giorno migliore della mia vita, il 27 agosto 1979 a Warren Point, quel giorno ne ammazzammo diciotto più Mountbatten a Mullaghmore. »

« Errori di gioventù, Seamus. Ideologia, fanatismo! Che stupidaggini. »

« Ero davvero giovane, Generale. E quei maledetti inglesi! Lei lo sa cos'è il colonialismo, no? »

Il Generale aspirò il fumo e annuì.

« Sì, grazie ai miei amici italiani. Ma loro sono colonialisti da barzelletta, non come gli inglesi, gli spagnoli, i francesi. Per questo con FAST abbiamo scelto loro, per cominciare. Il ventre molle della molle Europa. »

Seamus O'Neill tirò fuori dallo zaino la borraccia col suo Bushmills.

« Lei non ne vuole, vero? »

Il Generale scosse il capo.

« Non bevo mai prima di cena, il mio stomaco non apprezza. »

Il satellitare di Seamus O'Neill vibrò. Lui lesse e si accigliò.

« Gli italiani non hanno ancora detto dei due little boy agli americani. »

« Era previsto. Non ti preoccupare: Paul Alli sa come comportarsi. Quando vai a caccia di leoni bisogna saper aspettare tutto il tempo che serve, Seamus. Altre notizie dal tuo contatto a Roma? »

« Sono tutti agitati. Aspettano in serata l'arrivo del loro collaboratore, Johnny Jazir. Quello che ha fermato Abdalla Ghali. Potrebbe nuocerci? »

Il Generale non mostrò alcun interesse e si tirò su, spolverando via la sabbia dalla tuta da pilota.

« Johnny Jazir non ci nuocerà, Seamus. Il pericolo viene dalla giornalista tedesca e dalla spia italiana. »

« Sicuro che non devo fare qualcosa al riguardo, Generale? »

« Non subito, Seamus. La loro morte convincerà gli americani e gli italiani, al momento giusto. Ora devo andare. »

Poco dopo il Generale sorvolò di nuovo il Nilo e virò verso la Libia.

Aba e Bonan si ritrovarono insieme nella sala riunioni di lui, con l'odore di Old Spice, le foto delle regate, i quadri con le battaglie in cui le navi cristiane distruggevano quelle dei saraceni.

« Si aspetta dei ringraziamenti, dottoressa Abate? »

« Non mi aspetto niente, dottor Bonan. »

« Le sembra giusto mentire per coprire un collega? »

Aba intuì la pericolosità di quella domanda. Bonan era un ottimo professionista, intelligente e pericoloso.

« Non la stavo coprendo e non ho mentito. »

Bonan le indicò un angolo della stanza dove c'era un quadro diverso, riproduceva un combattimento molto più antico.

« Battaglia di Nauloco, in Sicilia, 36 avanti Cristo. Vede quell'attrezzo con cui la nave di Marco Agrippa aggancia quella di Sesto Pompeo? »

Aba guardò la lunga asta metallica con i rampini e la pesante catena collegata alla nave romana distante una decina di metri. Non disse nulla, ostentando un totale disinteresse che confinava con il disprezzo.

« Quello è l'arpax, dottoressa Abate. Un'invenzione geniale, molto più efficace delle passerelle, delle mani di ferro e degli arpagoni. Perché lo si poteva lanciare a distanza con una catapulta. La catena era un legame definitivo, che assicurava ai romani la possibilità dell'arrembaggio e del corpo a corpo in cui erano molto più forti. I romani non volevano affondare coi rostri le navi nemiche, volevano impossessarsene e catturare i marinai nemici per usarli come schiavi. »

Fissò i suoi occhi cerulei in quelli di Aba.

« Ho scelto Arpax come nome in codice perché credo nel corpo a corpo, non nei missili. Pensa che abbia bisogno di essere protetto da una donna? »

« Va bene. Non accadrà più. »

Lui cambiò espressione e sorrise.

« Comunque, sul piano strettamente personale, ho apprezzato le sue diverse incarnazioni. Sia l'israeliana che la protettrice. »

Aba decise di chiudere su una nota conciliatoria.

«Anche io l'ho apprezzata, dottor Bonan. Ma solo quando ha inchiodato per far attraversare la vecchietta sulle strisce.»

La screen room è un'enorme stanza tappezzata di schermi alle pareti, col lungo tavolo ellittico al centro. Quando Aba e Bonan entrarono c'erano già Jane Wesbach e Larry Moll. Lei era il vicedirettore della CIA per Europa, Africa e Medio Oriente. Non serviva conoscere le gerarchie per capire chi comandasse, bastavano le parole, il tono e gli occhi. Non erano né gelidi, né ostili, nemmeno ironici. Erano solo gli occhi grandi, grigi, intelligenti di chi è sempre banalmente abituato a essere obbedito e si aspetta che sia sempre così. Grigi come i capelli color cenere tagliati corti. Grigi come la sua giacca e i suoi calzoni, sopra la camicia bianca coi polsini rivoltati, su un fisico palestrato, eccessivo sia in altezza che in muscoli. Il giovanotto biondo, snello, dall'aria efficiente che le sedeva accanto, era il contatto operativo della CIA presso l'ambasciata a Roma.

I due italiani si sedettero di fronte agli americani e Jane Wesbach si rivolse ad Aba.

«*Aba Abate, what a name!*»

Aba riconobbe facilmente quel metodo, un test elementare per saggiare il livello di stress. Diede la risposta standard. Era meglio non variare mai quel tipo di spiegazioni, tanto più con una donna che probabilmente le mandava a memoria e le avrebbe passate a qualcuno per farle analizzare in cerca di discrepanze.

«Mio padre voleva essere sicuro che fossi la prima nell'appello a scuola.»

«Forse non solo a scuola! Suo padre era davvero un grande uomo e un grande amico degli Stati Uniti, spero che lei abbia preso da lui.»

Un'altra provocazione, più banale, ma Aba sapeva che la

banalità serviva a distrarre ed era l'anticamera del pericolo. Jane si rivolse a Giulio Bonan.

«Come vi siete organizzati?»

Lui fece partire un programma dal suo portatile e sugli schermi apparvero le immagini di tutti gli aeroporti italiani.

«Ci siamo organizzati per accogliere Johnny Jazir al suo arrivo dovunque atterri, forse con un aereo privato, visto che non risulta prenotato su alcun volo di linea.»

Larry Moll indicò gli schermi alle pareti. Li fissava con l'aria sospettosa che Aba aveva quando si intrometteva di nascosto nel diario di Cristina o Francesco e notava ciò che mancava.

«Avete messo sotto controllo anche i voli privati nei piccoli aeroporti?»

«Certo. Sorvegliamo ogni volo di linea e privato che atterri in qualunque aeroporto italiano.»

Larry Moll era sempre un po' dubbioso verso l'efficienza dei colleghi italiani.

«E siete pronti a intervenire, vero? Dovunque atterri.»

Giulio Bonan si aggiustò sul naso sottile gli occhiali colorati e si ravviò i lisci capelli chiari dal taglio impeccabile. Ormai Aba conosceva quel gesto, accompagnato dal quasi invisibile scatto all'indietro del capo, un minuscolo incontrollabile sintomo di nervosismo in un uomo più incline alla guerra che alla pace.

«Siamo in contatto diretto con tutti gli aeroporti, Larry.»

Il cellulare personale di Aba vibrò. Lei si alzò dal tavolo della riunione e cercò di defilarsi in un angolo della screen room, seguita dagli occhi di Jane Wesbach mentre Bonan e Moll continuavano a discutere.

Esistono lavori in cui non è pensabile di interrompere una riunione per una chiamata personale. Il mio è uno di quelli.

Ma un conto è la teoria, un altro è la vita reale, che è fatta anche di attimi, circostanze, situazioni. Possiamo passare da una vita all'altra, isolarle, separarle, renderle completamente non comunicanti. Ma la vita reale è una sola, e al confine cambia solo la maschera che siamo costretti a indossare mentre le due esistenze si toccano in ogni momento, nella nostra mente, nel nostro cuore, nella nostra coscienza.

Rodica è il mio salvavita e lo diventerà ancora di più.

« Sono in riunione, Rodica. Dimmi. »

« Cristina non vuole pesce stasera. Vuole polpettone. »

La risposta standard degli ultimi vent'anni sarebbe automatica.

« No, la fa ingrassare. Ora ho da fare. »

Ma quando si devono dare ai figli pessime notizie non si può anche essere rigidi sulla dieta. E quelle che dovrò dir loro stasera sono le peggiori possibili.

« Fai come vuole Cristina. Dalle il polpettone di Francesco se non le va il pesce. »

Rodica è giustamente sbalordita.

« Sicura, signora? »

« Sì. Ora devo andare, scusami. »

Aba chiuse la telefonata, Jane Wesbach la guardava, pensosa.

« Anche mia figlia mangia troppo qui a Roma, il vostro cibo è così buono. Io però non mi intrometto. »

Aba ignorò il commento. Non era certo intenzionata a discutere con Jane Wesbach di modelli educativi.

« Parlavamo di Johnny Jazir, Miss Wesbach. Il dottor Bonan vi stava spiegando come ci siamo organizzati. »

« Dovunque atterrerà » riprese Giulio Bonan, « lo intercetteremo appena scenderà dalla scaletta. Lo porteremo qui, dove voi potrete parlargli tranquillamente. »

Jane Wesbach fece un sorriso ironico. Sul suo volto pareva il sorriso profetico di una madre al figlio che vuole uscire senza ombrello mentre fuori lampeggia e tuona.

« E se l'agente Marlow non volesse venire qui a parlare con noi? »

Bonan allargò le braccia e tacque. Allora intervenne Aba.

« Johnny Jazir non è accusato di nulla. Se non vuole parlare con voi è libero di non farlo. Portarlo qui a forza sarebbe illegale, un vero e proprio sequestro di persona. »

Jane Wesbach scosse il capo.

« Non è accusato di nulla da voi, dottoressa Abate. Da noi in America sì. »

« In tal caso temo che dobbiate formalizzare una richiesta di estradizione, Miss Wesbach. Fortunatamente o purtroppo, questa è la legge, qui da noi. »

Jane Wesbach sorrideva ma il tono era gelido.

« Siete voi europei a costringerci a fare i gendarmi del pianeta. Noi siamo geograficamente lontani dal mondo arabo, voi ne siete circondati. Eppure, siamo noi a spendere montagne di soldi e a impiegare migliaia di uomini per proteggere anche voi. Il terrorismo non segue i tempi delle procedure burocratiche. »

Larry Moll intervenne, rivolto più a Bonan che ad Aba.

« Se Johnny Jazir non vorrà parlare con noi, troveremo un accordo politico e lo porteremo in una zona americana per togliervi dall'imbarazzo. »

Poi fu Jane a parlare. Cambiò tono, rivolgendosi ad Aba.

« Anche suo padre sarebbe stato d'accordo, dottoressa Abate. »

Lo disse senza aggressività, come se stesse parlando con degli studenti di scienze politiche. Poi si alzò.

« Mancano alcune ore all'arrivo di Johnny Jazir, e io ho altri impegni. Vi lascio con Mister Moll, ci vediamo più tardi. »

Anche Aba si alzò e si congedò. Non voleva discutere con Moll e Bonan. Voleva riflettere da sola e poi avvertire il suo capo, Maria Giovanna Cordero.

Aba tornò al suo box in vetro nel piano con l'open space e si guardò intorno. La morte di Papà Doyle, il loro capo, aleggiava nell'aria: c'era qualche piccolo capannello oltre i vetri dell'ufficio, cosa del tutto inusuale in quel luogo di lavoro, dove, per sicurezza, erano scoraggiate le relazioni interpersonali e persino le soste nei corridoi o alla macchinetta del caffè. Non c'erano stati onori pubblici per il vicedirettore AISI Antonio Ferrara, caduto sul campo per evitare una strage. Né ci sarebbero mai stati, per un motivo semplicissimo: quella potenziale strage non esisteva, i due terroristi arrestati non esistevano, pochissimi persino in quell'ufficio sapevano e tutti erano vincolati dal segreto di Stato. Quindi, per la maggioranza dei suoi colleghi e per i pochi parenti e amici, Antonio Ferrara era rimasto vittima di un infarto fulminante.

Quei capannelli erano il conforto della debolezza umana, il sostegno che ciascuno cercava e dava nel momento di una grave perdita come quella di Antonio Ferrara, il loro capo. Solo che lei si sentiva troppo vecchia per unirvisi e troppo giovane per fare a meno del conforto, tanto meno ora: il suo secondo padre era morto e suo marito aveva una relazione con la sua migliore amica.

Si riscosse da quei pensieri, era lì per lavorare, non per piangersi addosso. Non aveva né simpatia né tempo per l'autocommiserazione.

Tornò alla conversazione con gli americani. La situazione non andava bene, per niente. Si prospettavano due possibilità, entrambe pessime, a seconda che JJ arrivasse o meno: un *lose-lose* invece che il *win-win* di suo padre.

Usò il telefono interno e le rispose l'assistente personale di Maria Giovanna Cordero.

« Potrei vedere il direttore al più presto? »

« Venga subito, il direttore può vederla solo adesso per pochi minuti, dottoressa. »

Aba uscì dall'open space, discese lungo lo scalone, passò davanti alle targhe commemorative dei colleghi caduti in servizio e arrivò al ballatoio che dava sul cortile interno. Poi attraversò un lungo corridoio fino a una porta dove c'erano due giovanotti in giacca e cravatta. Avevano anche loro l'aria cupa del giorno di lutto per la morte di Papà Doyle. Uno dei due attendenti la fece entrare nella sala riunioni adiacente all'ufficio del direttore dell'AISI.

« Avviso il direttore, dottoressa. »

MGC entrò pochi minuti dopo.

« Stiamo qui, dottoressa Abate. Devo fumare questo coso e non posso riempire di fumo il mio ufficio, tra poco dovrò ricevere un cardinale. »

Mise tra le labbra il tubetto cilindrico simile a un rossetto dorato con delle bellissime incisioni.

« Si levi quello sguardo triste, dottoressa Abate. Troveremo i mandanti che volevano far saltare la piazza e che hanno causato la morte di Antonio. Ma non lo faremo con la tristezza che ci annebbia la mente. Invece questo fumo mi aiuta a calmarmi e pensare. »

« Be', signor direttore, quello non è esattamente fumare. »

« Lo so, ma questo coso non l'ho comprato, me l'ha regalato il mio amante attuale per non farmi fumare davvero. Lui dirige un cabaret di comici, imitatori e maghi e lì dentro si può fumare solo questa roba. »

Aba non era stupita, quella donna era straordinaria per temperamento e coraggio e quello degli amanti, uno all'anno, non era né un lato segreto né un lato oscuro. Anzi, con quella regola dichiarata MGC mostrava trasparenza totale e feroce autocontrollo.

« Lei ha mai fumato, Ice? »

« Non fumo da vent'anni, signor direttore. »

« Ah, allora aveva dei vizi da giovane! Perché a volte non si direbbe. Ha mai avuto i capelli lunghi sino a metà schiena come me? »

« No, signor direttore, mai oltre le spalle. »

MGC si toccò lo chignon enorme, fermato dalla spilla di smeraldi.

« Io li ho così da quando sono maggiorenne. Ma li faccio vedere solo ai miei amanti in certi momenti. E neanche a tutti! »

Maria Giovanna Cordero sorrideva, ma né le battute né le parole sull'amante mago riuscivano a simulare allegria. Stavano soffrendo entrambe per la morte di Papà Doyle.

« Signor direttore, lei cerca di distrarmi da quel pensiero, ma non serve. Lo so che dobbiamo andare avanti. Ho chiesto di vederla per via di Marlow. »

Il direttore dell'AISI fece una smorfia e il reticolo di rughe intorno ai suoi occhi verdi si accentuò.

« Marlow avrebbe salvato Papà Doyle se avesse fatto in tempo, vero? »

Aba si era già fatta quella domanda. Se l'era fatta e si era già data una risposta, quando sotto le pressioni di Lanfranchi, di Bonan e degli americani, aveva dovuto chiamare Johnny Jazir per indurlo con un trucco a venire a Roma e farlo interrogare dagli americani.

« Erano molto amici, signor direttore. Marlow ha salvato decine di vite di nostri concittadini bloccando il secondo little boy. Se avesse fatto in tempo avrebbe salvato anche Papà Doyle. »

Lei annuì, lungamente, come se quella risposta le portasse altri pensieri. Era da un po' che il cellulare personale di Aba ronzava ininterrottamente.

« Non vuole rispondere, dottoressa? »

Lei scosse il capo.

« È mio marito, nulla di urgente, signor direttore. »

« Dall'insistenza non si direbbe, risponda pure. »

Aba sapeva che quello era un ordine e che il suo telefono era sicuramente sotto controllo, sia dagli italiani che dagli americani.

«Eccomi, Paolo, dimmi.»

«Dove sei?»

Il tono è un misto di apprensione e risentimento. Vorrei rispondergli che sono a letto con un altro uomo, ma non posso certo farlo davanti a MGC.

«In ufficio.»

«Possiamo parlare?»

«Non ora.»

«Quando? Questa sera a cena?»

Ottimo, questo mi consente una risposta crudele che, allo stesso tempo, rassicurerà tutti coloro che stanno ascoltando.

«Non credo, ho già un impegno.»

«Ma...»

Devo chiudere, prima che la rabbia mi spinga a dire qualcosa di troppo.

«Ti farò sapere.»

E chiudo. Spero che stia cominciando a farsi un'idea chiara delle conseguenze. Già, ma quali?

So che la risposta è lì fuori, che la vedrò appena calerà la nebbia della mia rabbia. E che sarà dolorosa non solo per lui.

Maria Giovanna Cordero sbuffò una nuvoletta vaporosa.

«Tutto bene?»

Aba annuì.

«Sì, grazie. Volevo dirle che con Jane Wesbach e Larry Moll ci sono delle incomprensioni, signor direttore. Vogliono interrogare Marlow, volente o nolente. Contano di far intervenire il loro governo per fare pressione.»

« Non avevo dubbi, Ice. Miss House of Cards è una tipa difficile. »

« Mi scusi, signor direttore... »

« Non guarda le serie TV la sera, Ice? »

« Non guardo mai la TV. Solo film che mio figlio mi scarica sul laptop. »

« Ah, e cosa guarda? »

« Film vecchi. *Via col vento*, *L'angelo azzurro*, *Casablanca...* »

MGC aggrottò la fronte, sorpresa.

« Che modelli femminili antiquati, Ice! Mi aspettavo *Homeland* o quella pazza scatenata svedese... »

« Lisbeth Salander? No, detesto le donne violente. »

Il direttore sorrise.

« Anche questo non si direbbe, Ice. Comunque, il nostro problema è che Jane Wesbach è reale. »

Aba annuì.

« Ha detto che se Johnny Jazir non volesse parlare con loro, ci sarà un intervento politico per obbligarci a consegnarlo. »

Maria Giovanna Cordero sbuffò un'altra nuvoletta di fumo nell'aria.

« Non mi sorprende, ma qui siamo in Italia, devono rispettare le nostre leggi. Non glielo lascerò mai portare in una base americana, qualunque pressione facciano. Lei li sta tenendo sotto controllo? »

« Sì, signor direttore. Anche se credo che loro sappiano delle telecamere e siano cauti. »

MGC fissò Aba negli occhi.

« Certo, sarebbe più semplice se Marlow non arrivasse. Lei che ne pensa? Arriverà o no? »

Aba si prese una breve pausa per riflettere. Doveva stare attenta.

« Non lo so, signor direttore. Se sospetta la trappola non verrà. »

Erano gli insegnamenti paterni, la miglior bugia è la verità.

« Lei è quella che ha avuto più a che fare con lui, Ice. Che tipo è davvero? »

Era un'altra domanda pericolosa e Aba cercò di scegliere le parole con molta cura.

« Contraddittorio. L'ho visto torturare persone, uccidere Michael Ghali a sangue freddo, ha quattro mogli bambine che tiene col burqa. Ma per le sue donne ha corso rischi mortali, è stato torturato. E gioca coi suoi quattro bambini nel loro orto a Sabratha come il padre più affettuoso del mondo. Lavora per tutti, lo fa per soldi, sfrutta come uno schiavista i migranti, ma se non ci fosse stato lui in quella piazza di Roma a fermare little boy rischiando la pelle, oggi staremmo piangendo decine di morti. Ha ucciso Michael Ghali per un motivo personale, non per convenienza. »

« Già. Ma secondo Jane Wesbach il nostro Marlow è coinvolto in qualcosa di grave. Solo che non ci portano nessuna prova. E anche se la portassero, la CIA non ha una reputazione impeccabile in fatto di prove... »

Aba non disse nulla e MGC diede un'occhiata ai suoi due orologi.

« Bene. C'è altro che dovrei sapere, Ice? »

Per un attimo, solo per un attimo, il peso di ciò che aveva fatto in quella telefonata a Johnny Jazir le parve insopportabile. Ma Maria Giovanna Cordero non era la madre che non aveva mai avuto, e nemmeno un'amica. Era il direttore dell'AISI.

« Nulla, signor direttore. »

MGC si alzò.

« Sta arrivando il cardinale, fine della fumatina. Auguri con House of Cards, mi tenga aggiornata. »

Aba uscì dalla sala riunioni di MGC e fece a ritroso il percorso. Quando passò davanti alle targhe in onore dei loro eroi, i colleghi caduti in servizio, si fermò un attimo. Era cresciuta con il culto delle regole e della lealtà, eppure aveva tradito i suoi colleghi.

Quel pensiero la riportò all'altra parte della sua vita. A ciò che intanto stava avvenendo fuori da lì. Per vent'anni era riuscita a mantenere senza troppi problemi un equilibrio che altri avrebbero trovato impossibile. Ma ora c'era il tradimento. In entrambi i mondi. Due tradimenti ben diversi. Se lo disse più volte: *giustificato, il mio, ingiustificabile il loro.*

Poteva ripeterselo un milione di volte, ma Aba sapeva benissimo di essere capace di ingannare chiunque, tranne se stessa.

Aba entrò nel box in vetro in mezzo all'open space. Chiamò al telefono Leyla Salem. Leyla arrivò come sempre col velo in testa, ma diversamente dal solito il velo era nero, lei non aveva smalto sulle unghie e non portava il rossetto. Non era bella, una di quelle di cui i maschi dicevano « un tipo » con aria liquidatoria, ma per Aba quegli occhi profondi erano lo specchio di un'intelligenza acutissima. Era giovanissima, come i tanti neolaureati entrati di recente, con la sua laurea in lingue a Berlino, la specializzazione in Francia, il concorso da interprete e traduttrice passato a pieni voti, la perfetta conoscenza di quattro lingue europee e dell'arabo. Gli occhi scuri risaltavano ancora di più nel pallore del viso struccato sotto il velo che contornava i lisci capelli nerissimi. Lei non alzò lo sguardo.

« Dobbiamo lavorare, Leyla. Papà Doyle vorrebbe così. »

Leyla teneva gli occhi bassi sulle sue unghie senza smalto.

« Sì, dottoressa, ci proverò. »

« Brava. Ora sei pronta a darmi una mano? »

« Sì, certo, dottoressa. »

« Allora chiudi le tapparelle. »

Leyla obbedì e il box di vetro fu schermato da occhi indiscreti.

« Siediti vicino a me. Questa telecamera nascosta trasmette

soltanto le riprese in diretta, per le voci servirebbe una frequenza che gli americani capterebbero. Loro lo sanno e quindi stanno attenti a ciò che fanno, ma parlano liberamente.»

Leyla non fece commenti, non mostrò alcuna sorpresa. Sullo schermo del laptop comparvero le immagini della screen room con Giulio Bonan, Larry Moll e Jane Wesbach, che era rientrata dai suoi giri.

«Li vedi abbastanza bene? Anche le labbra?»

«Sì, dottoressa. Leggo in diretta, tanto lei lo vede chi sta parlando.»

«Certo, comincia.»

Leyla iniziò a ripetere ciò che leggeva sulle labbra, mentre stava parlando Larry Moll.

«Giulio, davvero, dovreste spiegarci perché avete mandato il vostro agente Johnny Jazir in Niger ad ammazzare Michael Ghali.»

Aba vide Bonan scuotere il capo.

«Johnny Jazir non è un nostro agente, è un nostro collaboratore esterno a contratto e non l'abbiamo incaricato di ammazzare quel terrorista. Si è trattato di un incontro finito male.»

«Va bene, ma cosa cercavate?»

«Vi abbiamo già detto che cercavamo informazioni su un terrorista che era entrato in Italia partendo dalla zona di Michael Ghali. Non siamo autorizzati a dirvi altro, è una questione di sicurezza interna.»

Aba era positivamente sorpresa, Giulio Bonan teneva il punto.

«Solo che noi avremmo voluto interrogare Michael Ghali e questo 'incontro finito male' ce lo impedisce.»

«Capisco, ma non è colpa nostra. La morte di Michael Ghali è stata una conseguenza imprevista e inevitabile dello scontro a fuoco con Johnny Jazir e i suoi uomini.»

«Siete sicuri che Johnny Jazir non cambi idea sul fatto di venirci a spiegare cosa è successo?»

« Perché dovrebbe? Nella telefonata, Ice è stata molto convincente. »

Aba restò spiazzata. Non si era aspettata una difesa così forte da parte di Bonan.

Jane Wesbach aveva ascoltato in silenzio. Stava prendendo appunti su un blocco di carta. Tra questi aveva abbozzato uno schizzo, un volto giovane, di profilo, coi folti capelli castani e la barba, un volto che ad Aba sembrava di conoscere. Usò il cursore per ingrandire e fotografò con lo smartphone.

« Grazie, Leyla. Puoi andare, manda qui Tony. »

Il bellone dell'ufficio arrivò subito, con una giacca blu anonima. Forse era la prima volta che Aba lo vedeva senza le abituali giacche alla moda e firmate su girocolli aderenti che mettevano in evidenza i suoi pettorali. Ma quel giorno sotto la giacca c'erano una camicia bianca striminzita, forse di suo padre, e un'inusitata cravatta col nodo storto. Ecco, quella maggiore compostezza formale era il modo dei giovani di affrontare il lutto. Aba gli mostrò il ritratto che Jane Wesbach aveva schizzato sul blocco di appunti.

« L'ho già visto? Chi è? »

Tony rispose immediatamente.

« L'*Ultima Cena* di Leonardo. Giuda. »

Aba indicò il piccolo tatuaggio con la gabbia e i due uccellini sul polso di Tony. Simboleggiava il patto d'amore con Diana, l'assistente personale del loro defunto capo, Antonio Ferrara.

« Quello è indelebile? »

Tony la fissò con i suoi occhioni dolci che facevano girare la testa a tutte le ragazze dell'ufficio.

« Be', sì, credo, ma comunque non ho mica intenzione di cancellarlo... »

« Vedo Diana piangere, Tony, qui non si può. »

« Dottoressa, Diana è sensibile, è sconvolta e... »

« Allora aiutala, non bastano i tatuaggi. Ora guarda qui. »

Gli indicò lo schermo. Si vedevano gli americani e Giulio Bonan nella screen room.

« Cosa vedi? Osserva bene lei, Tony. »

« La bionda con l'aria altezzosa. »

« Già. Jane Wesbach, appena tornata da qualche giro per Roma. Ora, l'hai guardata bene? »

« Sì. »

Aba premette un tasto e tornò alle registrazioni della prima parte della riunione.

« Qui cosa vedi? »

« Le stesse persone più lei, dottoressa Abate. »

« Ora concentrati su Jane Wesbach, prima che uscisse. »

Tony si sporse in avanti. Poi indicò qualcosa sullo schermo.

« Le scarpe. Qui sono brutte, basse, grigie. Dopo... »

Aba schiacciò il tasto che li riportò in diretta.

« Se le è cambiate, sono delle bellissime sneakers. »

Aba annuì.

« Hai poco tempo. Trovami tutto, qualunque cosa abbia fatto, in particolare se ha fatto compere, dove, con chi. Forse ha visto la figlia che è qui a Roma, forse un uomo. »

« Ma cosa cerca? »

« Qualunque cosa. »

Tony la guardò, stupito.

« Vuole ricattarla? »

« No, Tony. Distrarla. Come fai tu con Diana, coi tuoi occhioni dolci. Ora vai, datti da fare. »

Tony uscì mentre Aba era già immersa nei suoi pensieri. Fissava il ritratto di Giuda. E pensava al trucco con cui aveva avvertito Johnny Jazir della trappola.

Tony si ripresentò mezz'ora dopo nel box di Aba con l'aria soddisfatta che aveva quando poteva soddisfare il suo esigente capo.

« So dove Jane Wesbach ha comprato quelle scarpe. Diana ha riconosciuto il modello, c'è un solo posto a Roma in cui le vendono, nei pressi di piazza di Spagna. Con le telecamere l'ho trovata e ho esaminato le registrazioni. »

« Bravo. C'è qualcosa di utile? »

« C'è andata con la figlia che sta facendo uno stage qui a Roma e hanno fatto un po' di shopping insieme. »

« Qualcosa di più utile, Tony. »

Lui sorrise. Erano tutti abituati ad Aba Abate, alla sua perenne fretta, come se le ventiquattro ore non le bastassero mai.

« Be', vicino alla scalinata di piazza di Spagna la ragazza ha fatto un altro tipo d'acquisto. Canne. Poi si è messa il sacchetto nello zaino e lei e la madre si sono sedute su una panchina a fumare. Tutte e due. »

Aba era incredula.

« House of Cards fuma hashish? »

« Sì, certo, si spacca di canne anche nella serie TV! »

Solo pochi giorni prima, Aba lo avrebbe ripreso per la battuta inutile, ma ora riuscì a frenarsi. Si chiese se quella indulgenza avesse a che fare con il dolore per Papà Doyle o con la sovrapposizione inappropriata tra i suoi collaboratori e i suoi figli.

« Tony, per favore! Stiamo ai fatti. »

« Le ho appena girato le foto sul suo cellulare ma le consiglio di guardarle prima di... »

Aba lo bloccò con un gesto e si alzò. Era ora di tornare da Miss House of Cards.

« Grazie, Tony, la guardo dopo. Ora ho fretta, vai pure. »

Il sole rosso era una palla di fuoco all'orizzonte, verso il mare. Il Generale pilotò l'aereo lungo la pista di sabbia, sin dentro l'hangar. Doveva ancora decidere dove dormire quella notte, tra quattro mura o nella tenda beduina venti chilometri dentro il deserto. Le sue due case, le sue due vite. Era cresciuto con due case e due vite. Una baracca e una villa.

Scelse di passare la notte nella sua tenda, venti chilometri di jeep nel deserto. Aveva preso con sé carrube, datteri e la bottiglia di Lagavulin. Le carrube erano antiemorragiche, le loro fibre e quelle dei datteri proteggevano il suo stomaco e il suo esofago dal whisky.

Fece scorrere i messaggi in codice sul satellitare criptato e vide subito quello di Seamus O'Neill.

Mio nipote è morto suicida.

Non aveva neanche bisogno di controllare sul quaderno dei codici.

Mio nipote. Abdalla Ghali. Uno dei due little boy.

Era una brutta notizia. Gli italiani si erano spinti un po' oltre il limite delle loro stupide leggi e lo avevano impaurito, ma ora avrebbero trattato Paul Alli con i guanti di velluto del loro stupidissimo mondo di falsi diritti e garanzie.

Doveva fidarsi di Paul Alli, avere pazienza, aspettare. E il Generale aveva una pazienza infinita quando si trattava di annientare i nemici.

Si sdraiò sulla sabbia soffice e tiepida, il silicio non disperde il calore. La tazza di latta conteneva due dita di Lagavulin, la sigaretta era già accesa. Sopra di lui c'era il cielo del deserto, una tavola scura illuminata da migliaia di stelle. Non aveva alcun dubbio: su quella sabbia e sotto quel cielo dormiva meglio che nei letti dei grandi alberghi.

Nella screen room siamo tutti in attesa. Cerco di mostrare il giusto nervosismo che la mia situazione comporterebbe. Non troppo calma, dato che ero io ad aver fatto la telefonata di invito a Johnny Jazir. Non troppo agitata, non ho nulla da nascondere, no?

Ormai fuori è buio, sui vetri oscurati della screen room picchia la pioggia. L'atmosfera è tesa. Noi due italiani e i due americani stiamo lì in silenzio, abbiamo esaurito ogni argomento di conversazione, come famiglie diverse che non hanno neanche piacere di frequentarsi e sono lì solo per attendere la star, che però tarda ad arrivare.

Il mio telefono personale squilla. È Cristina. Rispondo subito, cercando di tenere bassa la voce.

« Che succede, Cristina? »

« Davvero posso mangiare anche io il polpettone di Fra? »

« Sì, ma poco, perché poi ti penti sempre. »

« Grazie, mamy. Quando torni? »

Sto per dirlo, *per cena*. Sarebbe un errore fatale.

« Ho già un impegno per cena. »

« E papà? »

« Lui è fuori. »

« Mi lasci sola con lo stronzetto zoppo! »

« Non usare quella parola. »

« Zoppo non è una parolaccia. Fra ti vuole parlare. Te lo passo. »

Arriva il vocione gutturale di mio figlio.

« Mà, domani c'è la verifica di trigonometria, col gesso è meglio se resto a casa, no? »

Ecco, questo sarebbe troppo persino oggi.

« Non è che Sparta di colpo diventa Disneyland! »

« Mà, stai bene? Che dici? »

« Il gesso non ti paralizza il cervello. Preparati, trigonometria è facile. »

« Per papà, mica per me! E lui non è qui ad aiutarmi! »

Certo, papà si sta facendo spiegare da Tiziana come scrivere una bella scena di sesso. Oltre al fatto che è un umanista e non un matematico. So che devo controllarmi e chiudere.

« Devo andare, Fra, ci vediamo più tardi. »

Ora Jane Wesbach la osservava con i suoi calmi occhi grigi.

« Problemi a casa, dottoressa Abate? »

« Niente di importante. Ci restano male se non torno a cena. »

« C'è suo marito, no? »

Si chiese se la CIA arrivasse fin nella camera da letto di Tiziana, se per gli yankee Ice, la spia, era anche una povera moglie tradita dal marito con la migliore amica, come la più sprovveduta delle donne. Mentre cercava di restare calma, il suo smartphone aziendale squillò. Lei gettò subito un'occhiata allo schermo.

« È Johnny Jazir. »

Gli occhi di Jane Wesbach presero una tonalità più scura di grigio.

« Risponda. »

Aba sapeva perfettamente che la telefonata sarebbe stata registrata e vivisezionata, come lo sapeva Johnny Jazir. Doveva usare un tono plausibile, compatibile sia con le circostanze sia con il carattere di Ice. Quindi appena ansioso, non troppo.

« Marlow, dove si trova, è arrivato? »

Come sempre per quelle comunicazioni andavano usati solo i nomi in codice.

« Salve, Ice. Non si saluta nemmeno? »

« Non scherzi. »

« Ma è arrabbiata con me? »

« Marlow, i miei capi pensano che io sia stata sua complice nella morte di Michael Ghali. La stiamo aspettando, deve spiegargli che è solo una loro fantasia. »

Ci fu una mezza risatina.

« Be', oggi ci ho riflettuto e mi son venuti dei brutti pensieri. Sa che sono un malfidente, no? Quindi ho deciso di rimandare la nostra cena. »

Aba notò l'occhiata di Jane a Larry Moll, che era già al telefono per far localizzare la chiamata. Cercò di scegliere un tono adatto alla brutta notizia. Un po' più preoccupato e accorato ma non troppo.

« Marlow, lei così mi lascia in un guaio... »

Dall'altra parte giunse quel tono beffardo che lei conosceva.

« Sembra la frase melodrammatica di una ragazzina incinta, Ice! »

« Non scherzi, Marlow! »

« Tranquilla, lei continui a lavorare, vedrà che i suoi capi si convinceranno che lei non sapeva nulla del mio piano per ripulire il mondo da gente come Michael Ghali e i suoi fratelli. »

« Marlow... »

« Mi spiace, Ice. Soprattutto mi dispiace perdermi una serata con lei. »

Jane le fece cenno di continuare a parlare.

« Marlow, me lo aveva promesso, deve venire qui! »

Non ci fu nessuna risposta. Johnny Jazir aveva chiuso la comunicazione.

Larry Moll imprecò. Era un giovanotto efficiente, non gli piaceva fallire.

« Sarebbero bastati ancora pochi secondi. »

Gli occhi di Jane Wesbach erano di nuovo su Aba, immobili. Aba non abbassò lo sguardo, era allenata a quelle situazioni, ma era stufa di House of Cards.

« Da bambina mio padre mi faceva stare ogni giorno per mezz'ora davanti allo specchio, Miss Wesbach. »

« Certo, Ice. Adelmo le ha insegnato tutto, lo so. »

Il telefono squillò. Era Paolo, ancora. Stava per rifiutare la chiamata, per fargli capire meglio l'aria che tirava, ma si rese conto che una pausa le sarebbe stata molto utile.

« Dovete scusarmi un momento. »

« Dimmi. »

« Come 'dimmi'? Dobbiamo parlare e non rispondi mai, cazzo! »

Sembra incredibile, si permette pure di reclamare e io non posso nemmeno mandarlo al diavolo come vorrei, perché il mio telefono è di sicuro sotto controllo.

« Ho avuto una giornata di lavoro complicata. La grande letterata ti sta ampliando il vocabolario? »

Mi pento immediatamente di quest'inutile stoccata. Sto rivelando le mie debolezze al mondo intero.

« Scusami, Aba, ma dobbiamo parlare. »

Come tutti gli uomini colti in fallo, o implorano o attaccano. Frase celebre di Tiziana, esperta di uomini. Inclusi i mariti delle amiche. Paolo si aspetta accuse, sicuramente un interrogatorio, *la ami o ci scopi e basta?* Ma non qui, con tutti che ci ascoltano.

« Ci vediamo a casa per cena. »

« Prima mi hai detto che non potevi. »

Perfetto, visto che molte orecchie indiscrete stanno ascoltando.

« Prima pensavo di essere impegnata, ma è saltato tutto. »

Ancora un'esitazione.

« A meno che tu non debba darti da fare per il tuo libro... »

La battuta lo scuote. Anche se probabilmente ha detto a Tiziana che andava da lei.

« Sono libero, ovviamente. »

« Bene. »

Chiudo. La sua sottomissione aiuta la nebbia della rabbia a diradarsi, forse inizio a intravedere una via razionale. Ma ora devo occuparmi dell'altro tradimento, quello giustificato. E di Miss House of Cards.

Nella screen room era rimasta solo Jane Wesbach, giocherellava con il blocco di carta, quello col ritratto di Giuda.

« Riascoltiamo un attimo la telefonata con cui aveva invitato Marlow a venire a Roma, dottoressa Abate? »

Aba aveva lavorato per anni sull'autocontrollo, sin da

bambina, addestrata da Adelmo a restare impassibile anche davanti alla paura, come quando il padre le faceva trovare un ragno enorme nel bagno o la chiudeva per ore al buio nello sgabuzzino per punire le sue impertinenze. *E allora perché ho paura di House of Cards?* Sapeva il perché, erano quei due innocenti, Cristina e Francesco.

Cosa dirò ai miei figli quando verranno a trovarmi in galera?

«Certo, se vuole.»

Dal laptop uscirono le voci di Aba e Johnny Jazir.

«Ice, stiamo diventando inseparabili. Stavo giocando con Messi e Ronaldo per digerire l'agnello. Che succede?»

«Qui si stanno creando dei problemi, Marlow.»

«Che problemi?»

«I miei capi sono molto scossi per l'incidente a Papà Doyle e hanno deciso di bloccare il pagamento.»

«Non si preoccupi per i soldi, li lasci riflettere e vedrà che arriveranno alla conclusione che gli conviene pagare. Io posso aspettare, non sono mica un morto di fame, ha visto che bella casa che ho, no?»

«I miei mi accusano di complicità. Dicono che mi ero accorta subito di Zizou e di Sonny, che forse ero d'accordo con lei per spartirci i soldi.»

«Sarebbe stata una bella società, no? Marlow and Ice. O Ice and Marlow, come preferisce. Si vede che i suoi capi non la conoscono, Ice. Chi dice queste stupidaggini?»

«I direttori dell'AISI e dell'AISE. Erano tutti legati a Papà Doyle, la sua perdita li ha scossi e cercano un capro espiatorio.»

«Non gli basto io?»

«Evidentemente no.»

«Ci sono state pressioni degli americani?»

«Non che io sappia.»

Ridacchia.

«Tanto non potrebbe dirmelo, no? La NSA ci ascolta. Ehi, NSA, how are you?»

«Non scherzi, Marlow. Io sono nei guai.»

Una pausa.

« Cosa posso fare? »

« Venire qui domani e raccontare ai miei direttori tutta la verità. E cioè che mi ha imbrogliata e che io non c'entro niente con lei e i suoi affari. »

« Che l'ho imbrogliata e che lei non c'entra niente coi miei affari è vero, Ice. Ma che non c'entra niente con me... Dopo tutto ciò che abbiamo passato insieme... Sa, l'altra sera a Montecarlo quando si è seduta accanto a me sul divano... »

« Lei è uno stronzo! Scherza mentre io rischio di perdere tutto. »

« Va bene, Ice. Sarò da voi domani, verso sera, se Allah vuole. Così poi mi porta a cena in un bel posto. Però si metta la parrucca, gliel'ho detto che la trovo molto sexy con la frangia. »

« Grazie, Marlow. Metterò la parrucca che le piace tanto. »

L'americana aprì l'ennesima lattina di Coca-Cola Light. Guardava fuori dalla finestra, dove la pioggia continuava insistente a picchiettare sui vetri.

« Zizou e Sonny. Perché non chiamare i terroristi coi loro veri nomi? »

« Perché con Johnny Jazir li chiamavamo coi soprannomi. Come Ice e Marlow. »

Jane riportò lo sguardo su Aba.

« Molto razionale. Ma poi passiamo al sentimentale, no? 'Dopo tutto ciò che abbiamo passato insieme'? »

« A Marlow piace molto provocare. E in fondo è vero, nelle due settimane in cui abbiamo dato la caccia a little boy ne abbiamo passate di tutti i colori, ma sono cose agli atti. »

« A Montecarlo quando si è seduta accanto a lui sul divano, Marlow le ha fatto delle avance? »

Aba riuscì a sorridere. Anche in questo caso poteva attenersi alla verità.

« Un po', ma non era serio, cercava solo di mettermi in imbarazzo. »

Aba aveva la sgradevole impressione che sin lì fosse stato

tutto un diversivo preparatorio al vero attacco, come certe mosse a scacchi.

« E il turpiloquio? Sa cosa c'è scritto sul suo dossier? Che lei su quel punto non transige. »

Aba si chiese se Jane avesse già ascoltato la sua telefonata con Paolo. Ringraziò tutti gli allenamenti all'autocontrollo, a partire dalle punizioni di suo padre. *Oggi non dirai una parola per tutto il giorno. Così impari che non mi devi mai interrompere, bambina mia.*

Sapeva che quell'anomalia della volgarità sarebbe stata notata, ma era stata indispensabile per attirare l'attenzione di Johnny Jazir. *Perché lui lo sa benissimo che non dico parolacce.*

« Lo so. Odio le parolacce, ci combatto ogni giorno con i miei figli. Ma ero troppo sotto stress. »

Jane inarcò un sopracciglio.

« Per una semplice telefonata a Johnny Jazir? »

Aba era già una mossa avanti.

« Forse lei non si rende conto. Papà Doyle non era solo il mio capo, ma anche il mio mentore. Mi aveva tenuto sulle ginocchia da bambina. Era appena stato ucciso. »

« Il suo profilo parla di un ferreo autocontrollo, Ice. Gli eventi privati non dovrebbero disturbarla. E poi c'è la questione della cena promessa. »

Era il momento.

Devo assolutamente tenerla lontana dall'ultima parte della telefonata.

« Eventi privati come fumarsi le canne coi figli? »

Aba cliccò sulla mail di Tony con le foto allegate e spostò il suo cellulare verso Jane Wesbach. L'americana le guardò un attimo, poi spinse il cellulare indietro verso Aba.

« Ma lei le ha guardate? »

Aba capì subito che le convulsioni di quella giornata l'avevano spinta a commettere un errore, a non guardare nemmeno quelle foto prima di usarle. Eppure Tony l'aveva anche avvertita di farlo. La figlia di Jane Wesbach aveva probabilmente la stessa età di Cristina ma era su una sedia a rotelle e la sua testa era grossa il doppio di quella di sua figlia.

Una voce arrivò, dentro di lei, da molto lontano.

Qualunque arma va usata contro chi ti vuole distruggere, bambina mia.

Ma Adelmo Abate era morto, e quella non era una partita a Risiko o a scacchi.

Aba premette un tasto e cancellò le foto. Sollevò gli occhi.

« Mi spiace, non le avevo guardate. »

Jane Wesbach la osservava, gelida.

« Lei crede che noi americani siamo il male e Marlow sia il bene, Ice? Invece noi siamo quelli che proteggono il mondo da quelli come il signor Marlow e le assicuro che se non ci fossimo noi voi europei avreste l'inferno in casa ogni giorno. »

Jane si alzò, si infilò il cappotto e si fermò sulla soglia della screen room.

« Ora può andare a cenare con la sua famiglia, Ice. Una famiglia che io proteggo molto più di lei. »

A cena coi ragazzi, Paolo ogni tanto mi lancia un'occhiata, come quelle che si rivolgono al medico quando ci ausculta i polmoni.

Va tutto bene, vero, dottore?

Paolo siede di fronte a me, all'altro lato del tavolo, nella nostra cucina, il luogo simbolo della nostra vita in comune, dove ha mangiato circa tredicimila volte, tra pranzi e cene, dedotte le vacanze e le occasioni mondane dei nostri fine settimana: tredicimila pasti consumati senza mai fare altro che consumarli, compensando il tutto con il suo amore calmo, gentile e mai indiscreto.

Francesco e Cristina, quindici anni lui e diciassette lei, hanno i loro pensieri da adolescenti e non hanno ancora avvertito la tensione nell'aria. Per loro è tutto come sempre. Lei si è avventata sul polpettone, che dopo la seconda porzione ho dovuto portar via. Lui si è un po' lamentato perché io, la madre inflessibile, gli ho detto che deve andare a scuola domani nonostante la gamba ingessata. Li amo immensamente, così come ne detesto i vizi, i piccoli egoismi, i momenti di debolezza. Temo che quando saranno soli nel mondo tutto ciò si ritorcerà contro di loro. Non è forse questo essere genitori responsabili? Pensare più al dopo che al qui e ora.

I ragazzi scherzano solo con Paolo, come sempre. Con me parlano, anzi, io parlo con loro, e sempre di argomenti seri. Cristina indica il gesso pieno di scritte e disegni che circonda il gambone di Francesco dal ginocchio in giù.

« Sasha dice che la gamba resta più corta, Fra. Sarai zoppo come quel dio orrendo che sposò la dea più bella. Papà, come si chiamava... »

Certo, Paolo è la parte colta del nostro quartetto, per loro e per il mondo.

« Efesto, che sposò Afrodite. »

Poi Paolo ha un barlume di coscienza paterna.

« Chi è questo Sasha? »

Deve essere un po' stressato per gli ultimi eventi, per fare una domanda così diretta e secondo lui molto indiscreta, alla sua bambina diciassettenne che lui vuole trattare da adulta.

È Francesco a rispondere ridacchiando.

« Il ragazzo di Shrek. Che non è zoppo, è solo cieco. »

« Ah, ecco. »

Paolo non rimprovera Francesco per il nomignolo che usa con Cristina, rinfacciandole il peso eccessivo. E non chiede quanti anni abbia Sasha. Nel suo beato ottimismo, col suo concetto di *vivi e lascia vivere*, quel particolare non ha molta importanza. Ci si prende ciò che porta il destino, fiduciosi che andrà tutto bene. Anche se gli dicessi la verità, e cioè che Sasha ha quasi il doppio degli anni di quella che lui considera ancora la sua bambina, troverebbe solo lati positivi. La banale preoccupazione di una madre normale, quella che la figlia trovi l'amore e non i guai, Paolo non la condivide.

Devono imparare dagli errori, Aba!

Ma ora abbiamo anche l'altro problema da affrontare. La cena preparata da santa Rodica, la mia unica vera preziosissima e insostituibile collaboratrice, è finita. La scusa buona è a portata di mano, la mia cocker che mi guarda in attesa coi suoi occhioni dolci.

« Ragazzi, ora sparecchiate e mettete i piatti in lavastoviglie. Io e papà portiamo giù Killer. »

Comincia il solito teatrino.

« Io ho la gamba rotta, mà! Non sono estenato? »

« Esentato, Fra. Hai le stampelle, puoi comunque aiutare tua sorella. E non fate tardi con *Stranger Things*, domani si torna a scuola. »

« Davvero devo andare a scuola con la gamba rotta? »

Rispondo con una banalità. Con i maschi, funzionano meglio.

« Solo studiando scoprirai ciò che vuoi fare un giorno, Fra. »

« Mà, che vuol dire? Se un giorno mi apro un bel pub a che mi serve la tigronometria? »

Normalmente, Paolo interverrebbe con una delle sue occhiate tanto gentili per farmi capire che forse sto esagerando. Ma non questa sera. Persino il mio marito tutto leggerezza e ottimismo capisce che non è il caso. Non più, visto che ho scoperto che mentre io me la spassavo in Libia e Niger tra delinquenti, terroristi e assassini, lui passava la notte dalla mia migliore amica. Perciò si spinge sino alle sue colonne d'Ercole e finge di condividere il mio modello educativo.

« Il gesso lo avrai per un bel po', Francesco. »

« Ma papà, cazzo! »

Di colpo Paolo perde la pazienza e alza la voce. Credo sia la prima volta che accade.

« Piantala con le parolacce e non discutere più. Se te ne stai a casa perdi l'anno. »

Questa imprevista inversione di rotta mi turba, perché lo fa per accontentare me, non per convinzione. Forse è così che è andata anche quando è finito tra le braccia di Tiziana. Forse quel gesto è frutto di un accomodamento per accontentarmi, della mia insistenza perché si facesse aiutare da lei per finire quel maledetto libro? Che sia figlio della necessità di Ice di non avere anche il problema del marito insoddisfatto tra i piedi nel mezzo di quella delicatissima indagine?

Ma quest'ultimo atto di accondiscendenza fa svanire del tutto la rabbia, ora serve solo la razionalità e sono capace di ingannare chiunque ma non so ingannare me stessa.

Mi alzo, metto il guinzaglio a Killer, indosso il trench. Prima di uscire getto un'occhiata in cucina. I due ragazzi stanno sparecchiando, in silenzio. Sono egocentrici ma anche svegli e sensibilissimi a tutto ciò che li riguarda direttamente. Adesso hanno capito che qualcosa non va. Forse pensano che dipenda in parte da loro e questo non va bene, anche se è vero ovviamente, perché le coppie con figli possono smettere di amarsi ma spesso è proprio per i figli che restano insieme.

E quelle che non lo fanno, che si separano lo stesso gettando i figli nella disperazione? Ci sono solo due possibilità: non li amano quanto se stessi, oppure li amano molto più di se stessi.

Usciamo, in silenzio. Ha smesso di piovere, ma l'asfalto è lucido e l'umidità ci si appiccica addosso. Killer trotterella felice davanti a me e Paolo. Fa una corsetta e torna indietro, non è mai stata il tipo di cane che sparisce e devi sgolarti a chiamarla. Un cane obbediente e prudente, perché è stato educato da me.

« Killer non zoppica più, Aba. È un miracolo, i veterinari dicono che la spondiloartrosi è progressiva e inguaribile. »

Chiaramente un diversivo. Ora che siamo qui, da soli, non sa che fare. E io nemmeno.

« Non è un miracolo, Paolo. Ho trovato un rimedio. »

« Un rimedio? Ma scientificamente è impossibile guarire. »

« Infatti non è guarita. Le sto dando della marijuana nei biscotti. »

Resta un attimo a bocca aperta.

« Be', le fa molto bene! »

Una delle doti di Paolo è che sa lasciar perdere. Lui non chiede, tace. Potrei raccontargli la verità, dirgli di quell'uomo orrendo e lugubre, vestito di nero, nell'ombra del parco, l'uomo con il cocker maschio di nome Lady, l'uomo a cui ho rubato i Baulucy alla marijuana. E lui ascolterebbe e mi crederebbe, come sempre, senza fare domande.

Ora è qui che aspetta, attende che io, il suo eterno Giudice, specifichi il capo d'accusa. E io cammino nella serata invernale fredda e umida tra un marito terrorizzato e un cane che ha mangiato i croccantini Baulucy alla marijuana, quelli che io le ho procurato per attenuare il dolore della malattia. Sono stati preziosi entrambi in questi anni, Paolo e Killer. Complementari alla mia vita apparentemente normale: un marito, due figli, un cane. Forse ho parlato più con Killer che con Paolo, ma questo non deve suonare come un giudizio negativo verso mio marito: al cocker potevo confidare anche i problemi di Ice la spia, mentre per Paolo quella parte di me non esiste e non deve esistere. Per lui sono da sempre un'impiegata del Ministero che si occupa di controllare la contabilità e il modo in cui vengono spesi i soldi dei contribuenti italiani in giro per il mondo.

Se sapesse di Ice, se gli dicessi che negli ultimi quindici giorni metà delle notti le ho passate in Libia e in Niger, con un agente prezzolato come Johnny Jazir a cercare la traccia del terrore, che ho lasciato torturare esseri umani per estorcere loro informazioni indispensabili per proteggere gli italiani, che abbiamo sventato un attentato terroristico in una delle piazze più affollate di Roma e arrestato i due terroristi, che in quella piazza è morto l'uomo che non era solo il mio capo ma il vero sostituto di mio padre, che ho avvertito Johnny Jazir di non venire in Italia perché lui ci ha salvati e anche se è un delinquente noi italiani non consegniamo gente come se si trattasse di sacchi di patate, che mi sono messa contro Jane Wesbach, Miss House of Cards e tutta la CIA... Se gli dicessi queste cose, e ovviamente non posso, Paolo semplicemente non ci crederebbe mai, non potrebbe mai conciliare Aba, la donna normale che ha avuto accanto per vent'anni, con Ice. Ora decide che è il momento di farsi coraggio.

« Aba, so che sei molto arrabbiata con me ma dobbiamo parlare. »

Come altro potrebbe iniziare una conversazione un marito beccato in flagrante? Come tutti i colpevoli che non sono criminali incalliti, e lui non lo è, questo è il suo primo adulterio e non lo cercava e non lo voleva davvero, quello in cui il senso di colpa prevale ancora sul piacere. So cosa vuole, che io sfoghi la mia rabbia, la mia umiliazione, il mio dolore. E dopo vorrà parlare di noi, del nostro passato felice che attutisce il presente e giustifica il futuro. Lo avrei fatto ore fa, ma adesso non più, non dopo Jane Wesbach e il mancato arrivo di Johnny Jazir, non dopo i tentativi di mio marito di ritrovare una pace.

Tutto è servito a farmi capire chi sono e chi sei, Paolo. A farmi vedere ciò che non vogliamo vedere.

Lui non resiste al mio silenzio.

« Aba, tu mi avevi detto che eri scappata con un altro. Ero disperato e... »

« Non ti ho mai detto che ero scappata. Ti ho detto che ero con un altro uomo. »

« Ed è vero? »

« Sì. Ero con un assassino che dava la caccia a un assassino. »

« Aba, sei fuori di testa, troppo stress, devi curarti. »

Sarebbe facile dire la verità, se solo facessi un altro lavoro. Ma vivo due vite, una delle quali non esiste per Paolo, per i miei figli, per i miei conoscenti.

« Non è vero nel senso che hai inteso tu, Paolo. Ma è comprensibile che tu abbia capito così. In ogni caso, non serve parlare di ciò che è appena successo. Dobbiamo solo decidere razionalmente cosa è meglio fare. »

Sgrana gli occhi, apre la bocca, forse è il mio tono calmo a infastidirlo, vorrebbe sentirmi strepitare, accusare, piangere. O forse è solo quella mia bugia, quel *dobbiamo.*

« Hai deciso sempre da sola, per vent'anni. Mi hai scelto proprio perché non avrei mai preteso di decidere insieme a te. Persino con la tua amica Tiziana mi ci hai mandato tu, volevi per forza che mi aiutasse a scrivere il mio maledetto romanzo! E comunque non abbiamo... »

« Non voglio sapere cosa hai fatto con lei quella notte. È un dettaglio ormai senza importanza. »

« Aba, abbiamo tutto, tra me e Tizzy non c'è niente... »

« Non c'entra ciò che abbiamo, Paolo. Non lo capisci? Qui c'entra soltanto ciò che *siamo.* Tu sei felice? »

C'è un attimo di pausa. Non si aspettava questa domanda.

« Cosa c'entra, ora? »

Non è riuscito a mentire perché è un uomo gentile e sincero, non un piacione o un traditore incallito. Ma quella sincerità distrugge molto più del tradimento. Quel suo *cosa c'entra ora* è la conferma della grande bugia che ci siamo raccontati.

« Quando due persone si incontrano, tutto ciò che accadrà tra loro negli anni sarebbe già ben leggibile sin dal primo giorno. Se in quel momento avessimo la ferocia di fermarci un attimo a osservare. Ma noi avevamo vent'anni, Paolo. »

« Aba, che dici? Fu bellissimo! »

« Certo, come in una soap. Era il primo giorno di primavera, uno di quei giorni straordinari in cui l'aria profuma di qualcosa che non si vede ancora sugli alberi ma che è già lì, intorno, nella dolcezza impalpabile di un mattino. La scriveresti così nel tuo libro? »

« Aba... »

« E tu stavi suonando la chitarra su una delle panchine dell'università. Intorno c'erano ragazzi e ragazze che cantavano *Imagine*, un primo segno, se avessi voluto leggerlo. Poi qualcuno disse che tu eri l'unico maschio che avesse davvero letto Proust dall'inizio alla fine. E anche quello era un segno, perché nessun ragazzo legge davvero tutto Proust, i ragazzi saltano qua e là in cerca solo delle frasi per rimorchiare. E chi dice bugie su Proust le può dire su tutto, no? »

Lui mi guarda, scuote il capo.

« E allora perché? »

« Perché eri bello, gentile, intelligente. Mai indiscreto e desideroso di avere figli, tutto ciò di cui avevo bisogno. Non ci amavamo, ma bastava per partire. Pensavamo che l'amore vero sarebbe venuto da solo, ma non funziona così. Io adesso voglio che tu sia felice. Felice davvero. Non come sei stato con me in questi vent'anni. »

« Ma io... »

« No, Paolo. Questa storia con Tiziana è una conseguenza. Ogni tradimento è una conseguenza. »

« Allora saremo più felici, Aba. Sia io che te. »

Ecco, questo è Paolo. Sempre positivo, sempre ottimista, per intuito, senza analisi, l'uomo ideale per Ice, ma non per Aba, ora lo so.

« Non si guarisce da una relazione ventennale infelice come dal sovrappeso o dal fumo. Dobbiamo capire se possiamo avere una vita felice insieme. »

« Io ne sono convinto. »

Guardo dentro di me, ci provo, in un tumulto tra l'indignazione, la rabbia, l'umiliazione per il tradimento e la razionalità per il futuro. Una parte di me vuole credere ancora, un'altra parte non crede più. Ma non possiamo buttare vent'anni in un attimo.

« Va bene, Paolo. Ma dobbiamo provare a capirlo davvero, ciascuno per suo conto. »

Mi guarda, ora perplesso, ma col suo eterno ottimismo è ancora incapace di immaginare il peggio.

« Certo. Dobbiamo guardare dentro noi stessi. »

« Ma non possiamo farlo vivendo sotto lo stesso tetto. »

« Lo vedi che decidi sempre tu da sola? »

Persino ora il tono è più ironico e dispiaciuto che accusatorio. È un uomo buono, cerco di spiegarmi con la razionalità.

« No, Paolo. Non avevo deciso prima, abbiamo deciso insieme, adesso, ammettendo la nostra infelicità. »

Il residuo di serenità sul suo volto svanisce del tutto, sostituito da qualcosa che comincia a somigliare al momento in cui nei film dell'orrore la vittima capisce di trovarsi davanti non all'angelo che conosceva ma a un mostro.

« Vuoi andartene? E noi come faremo senza... »

Ora basta. Lui non è un bambino, è un adulto. E non è più nemmeno questione di rabbia o vendetta. Solo la necessità di dare un ordine logico alle cose da fare.

« No. *Tu* devi trovarti un posto dove andare, per un po', intanto che riflettiamo. »

« Che vuol dire 'un po''? Un paio di giorni? »

« Non lo so, Paolo. Il tempo che ci vorrà. »

« Non è giusto per i ragazzi, Aba. Conta la loro felicità, non la nostra! »

Questa è la frase più comprensibile, la più sincera in quell'uomo buono, eppure è la peggiore, la pietra tombale sui nostri vent'anni. Il dolore scende dal mio cervello al petto, giù sino allo stomaco. Di colpo non provo più rabbia, ma solo infelicità, e pesa molto più della rabbia che ho provato quando ho scoperto il tradimento. Perché la rabbia passa, l'infelicità no.

« Ora io resto ancora un po' con Killer. Tu torna a casa, fai la valigia e vai a dormire in albergo. Così riflettiamo tutti e due. »

Lui ora si rende conto del gelo nel tono, nelle parole, forse anche nei miei occhi.

« E cosa diciamo ai ragazzi? »

Ora si sommano infelicità, rabbia, preoccupazione, sfinimento.

« Puoi dire che devi andare a girare uno dei tuoi spot a Firenze o Venezia. Oppure gli dico che ti sei scopato la mia migliore amica, cioè la verità. Ora vai a fare i bagagli, per favore, non voglio trovarti quando torno. »

Una piccola parte di me, il residuo della speranza, vorrebbe quasi che lui per una volta si ribellasse, urlasse la sua disperazione o si buttasse in ginocchio chiedendo perdono, che in qualunque modo mostrasse quel vero amore che nessuno dei due prova. Guardo le sue spalle mentre si allontana, un fantasma nella nebbia della sera.

Mezz'ora dopo, quando io e Killer torniamo, Paolo è sparito e per la prima volta in vent'anni mi sdraio da sola sul nostro letto, che ora è vuoto, ma forse lo è sempre stato.

29 ORE ALL'UDIENZA FINALE

L'aria estiva delle sette di mattina è frizzante anche in agosto, a millequattrocento metri d'altezza. Jane Wesbach indossa una ridicola tuta rosa, io il top e gli shorts.

« *You look good, Aba. Surprisingly good.* »

Certo che è sorprendente che io abbia un bell'aspetto. Per una che ha perso la famiglia, il lavoro, la pensione e forse anche la libertà per gli anni a venire sono un fiore, frutto della genetica di Adelmo e del costante esercizio fisico nel carcere dove sono confinata in attesa della fine del processo e del verdetto. L'esercizio fisico non è un vezzo da narcisista. È l'unico antidoto che conosco contro la sofferenza, i rimorsi, i sensi di colpa. Speravo che si attutissero col passare dei giorni, ma ci sono dolori che il tempo non diluisce. Perché non feriscono soltanto la memoria, ma anche la coscienza.

« Grazie. È che qui l'aria è molto buona, meglio che in prigione. »

« Anche al vostro Duce piaceva questo posto, quando ha passato qualche mese qui. »

Mi chiedo se sia la solita idiosincrasia yankee per storia e geografia.

« Non era esattamente qui, l'altopiano del Gran Sasso è grande. E a Campo Imperatore ci è stato solo pochi giorni. »

Sorride, lo sapeva, ovviamente.

« Pensavo che avrebbe corretto l'aggettivo *vostro*, Ice. Non dettagli di storia e geografia. »

Vecchia tattica, provocazioni per rendermi più spontanea.

« Non rispondo mai alle provocazioni, quando sono certa che lo siano, Miss Wesbach. »

Di nuovo un sorriso, ma stavolta è sincero. Forse la diverto.

« Capitolo sedici del terzo libro, se non sbaglio. Tattiche per alzare il livello di emotività, vero? »

« Non ho studiato sui libri di mio padre come lei, Miss Wesbach. »

Jane annuisce, scaccia una mosca.

« Sono fastidiose, ma ci sono anche nella fattoria dove sono cresciuta. Lì per i cavalli, qui per le pecore. Preferisco di gran lunga i cavalli. E questo caldo... *my God*... come fate voi italiani a sopportarlo? »

Le pecore brucano tra i cespugli rinsecchiti dal sole. Poi Jane indica il sentiero sterrato che tra i cespugli gialli porta sino alla montagna brulla.

« È lì che corre, vero? Be', con me dovrà avere pazienza, non sono in gran forma. Camminiamo. »

Non è una richiesta ma un ordine. Tanto per chiarire, ove mai ce ne fosse bisogno, i rapporti di forza. Ci avviamo, in silenzio, forzo un po' il passo e dopo una decina di minuti sento il suo leggero ansimare.

« Troppo veloce per lei, Miss Wesbach? »

« Ho quindici anni più di lei, Ice. Facciamo una pausa e quattro chiacchiere. Così cominciamo subito, oggi dovremo parlare molto, lo sa. »

Sono certa che stia seguendo uno dei dannatissimi protocolli scritti da mio padre e perfezionati a Langley da qualche genio.

Jane tira fuori un portasigarette e per un attimo penso che contenga le canne che fuma con sua figlia. In realtà è una videocamera, marca Central Intelligence Agency.

« Oggi parleremo in italiano, io me la cavo ormai abbastanza bene. Ci daremo sempre del tu e mi chiamerai Jane durante l'intervista. Niente cognomi. »

Il mio silenzio è per lei ovviamente un assenso. Avvia la ripresa.

« Allora, Ice. Partiamo da quando tu e Giulio Bonan avete interrogato il primo dei due little boy, Abdalla Ghali. Quando voi due avete messo su quel bel teatrino, il Mossad e la CIA, molto efficace. »

« La vostra reputazione vi precede, Jane. »

So già che Jane Wesbach non si offende mai. Lei pensa ai fatti.

« Certo, Ice. E non c'è un verbale di quell'incontro? »

« Non era un incontro ufficiale. »

Jane annuisce. Deve avere una certa esperienza in merito.

« Infatti nessuna registrazione, nessun rapporto. E poi Abdalla Ghali si è ucciso. »

« Già. »

« E a noi non avete detto nulla, né di lui né dell'altro little boy. Chi non ha voluto informarci? MGC? »

« Nessuno. La questione non era sul tavolo. »

« Ma Bonan voleva che fossimo noi a interrogare Paul Alli, è stata Maria Giovanna Cordero a opporsi. Tu da che parte stavi? »

« Da nessuna. »

Ora Jane sembra annoiata, come se ogni mia risposta fosse scontata.

« E poi tu, i direttori e Bonan avete parlato di Johnny Jazir, che quella sera doveva arrivare a Roma dopo il tuo invito. »

« Sì, ne abbiamo parlato un po'. »

« Da ciò che hai detto a 'Willy', ho capito che MGC sperava che Jazir non arrivasse. »

« Non voleva che voi lo portaste chissà dove. Che poi è quello che tu intendevi fare, Jane. »

« Ma tanto lo avevi avvertito di non venire, no? Alla macchina della verità hai detto di sì. »

« Ho detto che l'ho avvertito in due occasioni su tre. »

Ridacchia tra sé e sé.

« Sei stata abile in quella risposta. Ma io non ti credevo già allora. Sai quando ho cominciato ad avere seri dubbi su di te? »

« Non credo di ricordarmelo, Jane. »

« Quando hai deciso di non usare quelle foto contro di me. Lì ho capito che, tra giusto e opportuno, a volte tu scegli ciò che è giusto. Una vera professionista avrebbe usato quelle foto. E, *by the way*, quella della foto me la sono fatta prestare per te, quella non è mica mia figlia. E non è nemmeno invalida, è un'impiegata dell'ambasciata americana. »

Si aspetta che inveisca contro il suo cinismo, ma il mio silenzio la induce a proseguire.

« Ora dimmi, Ice: perché Willy? »

« Ne abbiamo già parlato: il Coyote. »

« Il mondo è pieno di inetti, però tu fra tanti hai scelto proprio Willy il Coyote. »

« Il primo che mi è venuto in mente. La prossima volta dirò Trump o Biden, scegli tu, non conosco i tuoi gusti politici. »

« Oh, quei due vanno bene entrambi. Ma i nostri psicologi, lo sai come sono fatti gli strizzacervelli, dicono che in realtà pensavi a Beep Beep, il pennuto sempre in fuga, perché è così che ti vedi. Da cosa fuggi, Ice? »

Mio padre direbbe: *Visto, bambina mia? Ti ho sempre detto che parli troppo.*

E ora Jane Wesbach e i suoi strizzacervelli sfruttano una battuta per farmi l'unica domanda a cui non vorrei mai rispondere.

« Chissà. Fuggiamo tutti da qualcosa, no? »

Annuisce, ma sta chiaramente pensando ad altro. Infatti, prosegue come se non avesse nemmeno udito la mia risposta.

« Perciò, quando hai avvertito Johnny Jazir di non venire al nostro appuntamento, l'hai fatto per obbedire a un ordine implicito del tuo capo, Maria Giovanna Cordero. Quindi non è tradimento, giusto? »

Non rispondo. Ci sono molte rughe sul suo viso, ora che

le guance sono così scavate. Si alza, è più lunga che alta, un po' curva, ha il sole alle spalle e non vedo bene i suoi occhi. Spegne la videocamera.

« Del resto, non esiste il tradimento senza la fedeltà, vero, Ice? »

Anche questa frase viene dai libri del generale Adelmo Abate.

SEI MESI PRIMA: GIORNO 2

Al Generale piaceva dormire nella tenda beduina, anche quando avrebbe potuto rimanere tra quattro mura. Lo ritemprava la notte nel deserto, con il silenzio, il cielo illuminato da un'infinità di stelle, lo sfrigolio della sabbia sotto i piedi nudi appena si alzava dal giaciglio. Gli piaceva molto svegliarsi col primo raggio di sole, farsi da solo il chai bollente sul suo fornello a gas – meglio non accendere il fuoco fuori dalla tenda, era pericoloso per via dei satelliti e dei droni –, e gli piaceva fumare in santa pace la prima sigaretta mentre guardava il sole nascere tra le dune, gli piaceva poter passare un'ora da solo, senza il passamontagna a coprire il volto che nessuno doveva vedere.

Ricevette il messaggio di Seamus O'Neill.

> Johnny Jazir non si è presentato. Americani furiosi, italiani impauriti.

Sorrise. Gli italiani! Non li odiava, provava solo disprezzo per ciò che erano diventati, in soli tremila anni, dopo aver conquistato e dominato il mondo. Perché l'impero romano era stato la più grande dimostrazione di forza di un popolo nella storia dell'umanità. Praticamente l'intero mondo conosciuto conquistato, sottomesso, controllato, in un'epoca in cui non c'erano altro che elmi, corazze, scudi, spade, frecce. Un'epoca in cui non si combatteva sganciando bombe da un punto irraggiungibile su gente indifesa. Perché quella non era guerra, era sterminio. E chi lo praticava non sapeva più fare la guerra vera, gli americani lo avevano capito in Vietnam e ormai le guerre le facevano per procura. Lui e FAST non avevano in mente niente del genere. L'Islam sarebbe sempre stato tra quelli che le bombe se le vedevano piovere addosso. Loro però avrebbero conquistato e sottomesso l'Europa senza sparare un colpo. Partendo dall'Italia, il ventre molle della molle Europa.

Mandò un messaggio a Seamus.

Ti aspetto.

Nell'attesa si avviò per una passeggiata a piedi nudi sulla sabbia, mentre il sole cominciava a salire nel cielo.

Mi sveglio all'alba, come sempre. Per la prima volta sola nel vecchio letto matrimoniale. Durante la notte ho sentito la sua mancanza fisica: il suo calore, il suo respiro, la sua mano che ogni tanto nel sonno cercava la mia.

Ma al risveglio quel vuoto al mio fianco non è più un vuoto. Non è né angoscia né sollievo, non è rimpianto né rivalsa. È un pensiero triste, nient'altro. Per vent'anni mi sono svegliata accanto a un uomo che non c'era perché lo avevo fatto scomparire. Perché ad Ice serviva che fosse così. Un avvelenamento graduale che lo ha reso cieco, sordo, muto. Lui avrebbe potuto ribellarsi, certo, ma non ne ha mai avuto il coraggio. E dopo vent'anni non ha trovato di meglio che il letto di Tiziana perché io l'ho mandato da lei.

Ora devo fare tutto come al solito, per il mio equilibrio e per i miei ragazzi. Dopo la doccia preparo la colazione: tè verde per me, tè per Cristina con i biscotti dietetici, caffellatte, cornflakes, toast e prosciutto per Francesco. Killer mi guarda ma sa che deve aspettare, a casa di Aba si mangia tutti insieme, pure il cane.

Alle sette li sveglio, pensando a come comunicare le novità. Affronto le solite lamentele di Cristina che non trova le pantofole lasciate chissà dove e i brontolii di Francesco che vuole dormire ancora. Vita quotidiana che viaggia in automatico. I problemi iniziano quando arriviamo in cucina e si accorgono che il padre non è lì a leggere il giornale sul suo iPad e a sorseggiare il caffellatte.

« Dorme? » chiede Francesco con una punta di invidia.

« Sta male? » domanda Cristina con preoccupazione.

Ho sempre pensato di non essere particolarmente coraggiosa fisicamente, ma solida emotivamente. Invece tutto il coraggio è svanito, e non trovo di meglio che razionalizzare la mia debolezza. Non si può dire *io e papà ci lasciamo* e subito dopo *via, si va a scuola.* Troverò un altro momento. Questa sera.

« Papà vi saluta, è partito per lavoro, tornerà tra un paio di giorni. »

Cristina fa una smorfia di viva disapprovazione. È già passata dalla paura all'egocentrismo.

« Chi mi aiuta con la ricerca su Dreyfus? »

« Dreyfus? »

« Mamy, la prof ci ha fatto vedere il film e ci ha dato da fare una ricerca sulle spie che tradiscono il loro Paese. »

Cerco di non agitarmi, anche se l'argomento non mi piace affatto.

« Scusami, Cri, ma Dreyfus non era una spia ed era innocente. Ti aiuto io. »

Lei si oppone, per un pregiudizio ormai irremovibile.

« Ma tu sei laureata in statistica, che ne sai di spie! Per queste cose serve papà. »

Siamo tornati alla normalità. Piccole beghe, piccole sfide.

« Ti ho appena detto che papà è partito per lavoro. »

« Dove è andato? »

« A Venezia. »

« Vabbè, dopo la scuola lo chiamo. »

Argomento chiuso, Cristina sta già scorrendo il suo cellulare con una mano e mangiando i suoi biscotti con l'altra.

Ora Killer. Verso i biscottini Baulucy alla marijuana nella sua ciotola e la mia cocker inizia a scodinzolare. Solo che scodinzolare è un eufemismo. Salta, guaisce, uno spettacolo che trovo deplorevole. Non so da cosa li riconosca. Spero che non sia dall'odore di marijuana. Poso la scatola di Baulucy sul tavolo mentre Francesco sta ingollando un toast al prosciutto con un solo morso e gli apro una seconda bottiglia di latte, il calcio farà bene al suo osso rotto.

« Papà aveva anche promesso di accompagnarmi a rugby. »

« A rugby con la gamba rotta? »

« Mica per giocare! Stasera c'è una pizza di gruppo anche coi genitori. Mi aspettano tutti per firmare sul gesso. »

« Allora ti accompagno io. »

La sua faccia si trasforma istantaneamente nell'*Urlo* di Munch.

« Ma sei matta, mà? Non ci va nessuno con la madre, solo i padri. »

« Tranquillo, non ti farò sfigurare. »

Di colpo sento Cristina bofonchiare.

« Buonissimi questi biscotti, mamy! Che marca è? »

È sul punto di ingollare un Baulucy già morso a metà.

« Mettilo subito giù, stupida! »

Mi fissano allibiti. Il grido e l'insulto sono due cose che non hanno mai udito dalla loro educatissima e controllatissima mamma. Cerco di riprendere subito un tono più normale.

« Scusa, Cri, sono i nuovi biscotti di Killer. »

Lei scoppia a ridere e manda giù l'altro mezzo biscotto.

« Be', sono molto meglio dei miei senza zucchero, senza burro, senza uovo, senza latte, senza... »

Tolgo la scatola di Baulucy dal tavolo. Francesco allunga la mano.

« Fammi assaggiare, mà. Giudico io, Shrek è così vorace che si mangerebbe pure la scatola. »

« No! I biscotti per cani fanno male agli esseri umani. »

Mi guardano sospettosi.
« Cioè? »
« Fanno venire il cancro! »
Non so perché ho detto questa idiozia. Forse perché Cristina è da sempre terrorizzata dal cancro per via di una prozia di Paolo morta di tumore alle ovaie che lei è convinta di aver ereditato geneticamente. Francesco invece non ha paura delle malattie e capta al volo le mie bugie.
« Mi sa che è una stronzata, mà. Chiederemo a papà. »
Non è il caso di insistere e siamo già in ritardo di un quarto d'ora.
« Andate a prepararvi. Sparecchio io. »
Di solito lo fanno loro, perciò si preoccupano per tanta generosità da parte mia, in particolare il mio gigantesco protettore peloso.
« Stai male, mà? »
Persino Cristina si offre.
« Sparecchio io, mamy. Lo stronzetto col gesso è solo un impiccio. »
Ora mi sento ottimista. Sono le difficoltà del primo giorno, poi tutto si assesterà, vivranno con me, vedranno Paolo ogni giorno e saranno sereni. Sono due ragazzi bravissimi. So che è una frase standard dei genitori, ma per me bravissimi significa normali.
In auto scherzano e ridono tra loro, come sempre. Io invece sto lì a origliare, a carpire, come se ci fosse Ice e non Aba qui in auto. So che in quelle chiacchiere ci sono anche i segreti delle loro vere vite, quelle che noi genitori non siamo né tenuti né autorizzati a conoscere. Ma io ogni tanto penso di regalare loro un orologio con dentro uno dei microregistratori che abbiamo in ufficio o far mettere un trojan nei loro smartphone per leggere tutto ciò che scrivono. Biasimevole e illegale, lo so. Ma se facessimo un censimento anonimo, il novantanove per cento dei genitori sarebbe d'accordo con

me. Il restante un per cento no, perché tanto sa già e preferisce non conoscere i dettagli.

Ridono ancora quando li lascio davanti alla scuola e Cristina sorregge il gigante con le stampelle. Li guardo sino a che non spariscono oltre il portone. Faccio ciao con la mano, tanto non mi vede nessuno.

Aba arrivò in ufficio e passò davanti alla scrivania di Diana, l'assistente di Antonio Ferrara. Lei stava peggio di tutti. Niente trucco, niente rossetto, niente scollatura. Persino il seno prorompente, che Aba con molta pazienza era riuscita a farle nascondere giusto un po' regalandole una sciarpa, era ora sepolto sotto un maglione di due taglie più largo. La ragazza si soffiò il naso gonfio e arrossato.

«Diana, siamo tutti affranti. Ma devi farti forza.»

«Lo so, dottoressa, lo so, ma io non ci riesco.»

La sua risposta standard a quelle situazioni, *in questo lavoro non possiamo permettercelo*, rimase da qualche parte nel cervello, bloccata da un pensiero inedito. *Diana ha solo cinque anni più di mia figlia.*

«Abiti da sola?»

«Prima sì, ma ora mi sono trasferita da Tony.»

Aba gettò un'occhiata al tatuaggio vicino al polso, identico a quello di Tony. La gabbia con un uccellino rinchiuso dentro e l'altro fuori. Cose che i suoi figli non avrebbero mai fatto senza il suo permesso.

«Va bene. Vai a casa, riposati e torna appena stai meglio.»

«Ma dottoressa, il lavoro...»

Aba cercò il compromesso tra un sorriso e il tono professionale.

«Il lavoro andrà avanti senza di te, per oggi.»

Giunta nel suo box, vide attraverso i vetri Diana prendere la borsa e il cappotto e andarsene. Si chiese se avesse fatto bene a lasciarla andare invece di richiamarla all'ordine. Poi si ribellò a quel pensiero, non erano fatti suoi, aveva già abbastanza problemi. Ed era attesa dal direttore dell'AISI.

Sulla parete dietro la scrivania di Maria Giovanna Cordero, ai lati della foto del presidente della Repubblica, erano incorniciate due foto. Nella prima MGC si tuffava dal trampolino di tre metri durante le Olimpiadi di Monaco di Baviera nel 1972. Nella seconda, del 1971, sfilava su una passerella all'elezione di Miss Italia.

Aba osservava quelle due foto con gli occhi di Ice, la spia. Uno scarto troppo forte, doveva esserci stato un punto di svolta.

L'ufficio era pervaso da un profumo leggero di menta e il direttore dell'AISI fumava la sigaretta elettronica emettendo piccoli sbuffi. Indossava un gilet di pelle, color avana, su un vestito blu. Aveva ancora il fisico da atleta e indossatrice. Ciò che in lei sorprendeva di più Aba era la totale assenza di quelle forme di cosmesi che ogni donna che ha superato i sessanta usa con saggezza, a partire dal fard e dallo scurimento delle sopracciglia. Era come se MGC non volesse rinunciare né alla giovinezza né alla sua vera età e forse per quello i suoi due orologi, uno al polso destro e uno al polso sinistro, segnavano chiaramente due ore diverse.

«Vi dà fastidio questo vapore?»

Rispose Giulio Bonan, che sedeva accanto ad Aba.

«Se mi permette, signor direttore, il fumo con quell'astuccio le dona moltissimo.»

MGC restò per un attimo sorpresa, poi sorrise.

«Dottor Bonan, la fede che porta all'anulare sinistro non sconsiglia eccessi di galanteria?»

«Signor direttore, lei sa che in realtà non sono sposato.»

«Già. E allora perché porta la fede?»

Bonan esitò e Aba rispose per lui.

«Signor direttore, secondo il dottor Bonan la fede è un ottimo deterrente per scoraggiare le sue pretendenti che cercano marito. »

Le pieghe delle rughe si strinsero intorno ai bellissimi occhi verdi di MGC.

« Idea brillante, davvero. Ma ora basta coi complimenti, dottor Bonan. Come hanno preso gli americani il mancato arrivo di Johnny Jazir? »

« Molto male, e non lasceranno perdere così facilmente, signor direttore. Hanno anche ragione. Volevano catturare Michael Ghali, ma è morto durante l'attacco. Dovevamo consegnargli Johnny Jazir ma non si è più presentato. »

MGC sbuffò una delle nuvolette di vapore profumato e la seguì con lo sguardo.

« Dottor Bonan, come lei sa, io non ero d'accordo con l'idea di attirare Johnny Jazir in Italia. Tanto meno per consegnarlo a Miss Wesbach. »

Bonan fece quel gesto automatico di nervosismo, si ravviò i capelli con un piccolo scatto del capo all'indietro. In quell'ambiente di lavoro non si discuteva con un direttore. Ma la prudenza non era nella sua natura, e nemmeno la sottomissione. Tanto meno con una donna, fosse anche il direttore dell'AISI.

« Signor direttore, io e il direttore Lanfranchi riteniamo prioritario offrire massima collaborazione agli alleati americani, che proteggono anche i nostri interessi e la nostra sicurezza. »

MGC aveva l'aria scettica.

« Non sempre, dottor Bonan. Ma sono d'accordo con il suo capo e con lei sulla necessità di essere collaborativi, senza però violare le leggi italiane. »

Si sentì distintamente il *bip* e Aba vide il messaggio sul cellulare personale.

Perché hai detto ai ragazzi che sono a Venezia? Io avevo scritto che sono a Firenze. Vado a prenderli a scuola.

Aba sapeva che era una violazione delle regole del suo lavoro tenere il cellulare personale acceso durante una riunione. Ma non se l'era sentita di staccarlo, data la situazione critica a casa.

«Mi può scusare un attimo, signor direttore?»

Maria Giovanna Cordero annuì.

«Vada pure.»

Aba si allontanò nel corridoio.

Paolo risponde al primo squillo. Ha un tono aggressivo che non gli conoscevo.

«Dovevi dire che ero a Firenze, non a Venezia!»

Si è già dimenticato per quale motivo siamo in questa situazione.

«Scusami, forse è più semplice se dico che dormi dalla mia ex migliore amica. E comunque evitiamo altre stupidaggini e mettiamoci d'accordo.»

«Ho dormito in albergo e a loro ho detto che sono a Firenze, ricordalo. Senti, vado a prenderli a scuola e dico che sono tornato, così stasera porto Francesco alla cena del rugby.»

«No, tu resti a Firenze. Lo porto io.»

«Tu? Ma è una cosa da uomini!»

«Scusa?»

C'è una pausa. Si rende conto dell'errore e si riprende.

«Quando riparliamo, noi due?»

«Abbiamo detto di pensarci su da soli. Ti faccio sapere io quando sarò pronta.»

«No, Aba, io non reggo questa situazione.»

Ora è passato dal tono aggressivo al disperato. Ed è pur sempre l'uomo con cui ho condiviso metà della vita, il padre dei miei figli, un uomo a cui non voglio provocare dolore, devo aiutarlo a riflettere sulla realtà. Forse ha ragione, forse parlare lo aiuterà a capire. O forse anche io ho ancora bisogno di parlare con lui.

« Va bene. Ci vediamo domani mattina alle dieci da Babington. Ora devo andare. »

Quando Aba rientrò, Stefano Lanfranchi si era unito alla riunione e Maria Giovanna Cordero si stava rivolgendo a lui.

« Che vuole esattamente, Miss House of Cards? »

Lanfranchi le rispose con l'abituale ecumenica calma.

« Mettiti nei loro panni, Maria Giovanna. Gli americani sanno che un nostro agente... »

« Johnny Jazir non è un nostro agente! »

« E va bene. Un nostro collaboratore esterno a contratto, su nostro ordine, ha eliminato... »

« Noi non abbiamo dato ordine a Marlow di eliminare nessuno, Stefano. »

Lanfranchi era un mediatore esperto e un uomo di infinita pazienza.

« Loro sanno che noi e i francesi abbiamo mandato Marlow in Niger a cercare Michael Ghali. Lo volevano vivo, ci avevano avvertito, e il nostro Johnny Jazir lo ha ammazzato. »

MGC sembrava divertirsi a provocarlo, ma tutti sapevano quanto i due si stimassero reciprocamente. Quella era solo la contrapposizione tra due colleghi con opposte visioni sulla collaborazione con gli americani.

« Non lo ha ammazzato. Michael Ghali è morto in uno scontro a fuoco. Ed era un terrorista. Loro sono convinti che Michael Ghali fosse implicato nell'assalto all'ambasciata americana a Bengasi nel 2012 e in altri atti di terrorismo antiamericano. Quindi per loro era un terrorista e Marlow l'ha eliminato, tutto qui. »

Lanfranchi gettava ogni tanto un'occhiata alle due foto dietro MGC. Forse si stava augurando che lei avesse continuato per quella strada invece di entrare nei Servizi.

« Maria Giovanna, come sai gli americani sospettano che Johnny Jazir fosse coinvolto anche lui in quegli atti di terrorismo e che abbia quindi colto l'occasione della missione che gli avevamo affidato per eliminare un ex complice che avrebbe potuto tradirlo. »

Maria Giovanna Cordero si strinse nelle spalle.

« Pensino quello che vogliono, non ci sono prove. Marlow ha ucciso Michael Ghali in uno scontro a fuoco. Tutto qui. »

Aba aveva ascoltato in silenzio. Nella sua mente scorrevano le immagini a cui aveva assistito a distanza ma in diretta, quella notte in Niger, quando aveva accompagnato Johnny Jazir a cercare di catturare Michael Ghali.

Quattro uomini armati trascinarono fuori dalla tenda due figure nude. Erano un uomo di colore gigantesco e una giovane donna di colore dal corpo perfetto. L'uomo zoppicava da una gamba ed era tenuto fermo dai quattro uomini armati. La giovane aveva lineamenti dolcissimi, i capelli rasati, un occhio coperto da una benda. Un uomo in tuta scura col passamontagna, dalla sagoma molto familiare, si avvicinò. Aveva in mano una coperta. Raggiunse la giovane donna, le mise la coperta sulle spalle e la affidò a due ombre scure che la portarono via.

Poi l'uomo col passamontagna tirò fuori dalla giacca della tuta una pistola e la puntò sul pene dell'uomo nudo. Il corpo di Michael Ghali crollò sulle ginocchia per il dolore, sostenuto per le braccia da due uomini incappucciati. Poi l'uomo col passamontagna si accovacciò accanto al ferito, avvicinò il suo volto a quello dell'altro, forse si scambiarono qualche parola. Poi l'uomo col passamontagna si alzò e puntò la pistola alla nuca dell'uomo in ginocchio. La testa di Michael Ghali sobbalzò in avanti e il corpo nudo crollò a faccia in giù sul terreno.

Stefano Lanfranchi sapeva quando lasciar perdere, cosa molto diversa dal perdere. Riportò il suo sguardo tranquillo sulla sua pari grado.

«Accantoniamo per il momento Johnny Jazir, tanto non possiamo certo obbligarlo a venire a Roma. Ma c'è anche l'altra questione, Maria Giovanna. Agli americani non abbiamo detto nulla né dei due little boy, né dell'attentato in cui è morto Papà Doyle.»

Lei, che lo conosceva bene, si mise a ridere.

«Sei tremendo, Stefano. Ma questa non è una negoziazione, non è che accantoni una cosa per ottenerne un'altra. I little boy sono fatti nostri, di sicurezza interna. Noi dobbiamo concentrarci su Paul Alli, per capire se esistono altre cellule qui in Italia o minacce di nuovi attentati.»

Di nuovo Lanfranchi riprese col suo tono paziente.

«È vero che i due terroristi hanno cercato di farsi saltare nella piazza del Campidoglio, ma non abbiamo una pista italiana, Maria Giovanna. Dobbiamo agire all'estero. Gli americani potrebbero aiutarci a trovare i mandanti, vero, dottor Bonan?»

«Certo, i Ghali erano solo dei mercenari, noi dobbiamo trovare i veri mandanti e per farlo abbiamo Paul Alli. Bisogna però interrogarlo in un certo modo, io penso che...»

MGC lo bloccò con un cenno. Era un gesto semplice, chiarissimo ma diverso, niente dita, mani, un semplice sbuffo paralizzante, un piccolo tuono che prometteva tempesta. Seguito da quel tono che i suoi ammiratori definivano «imperiale» e i suoi denigratori «assolutista».

«Ciò che lei propone è illegale. Noi non usiamo fedi finte e non cediamo prigionieri a nessuno. Paul Alli è in carcere a Regina Coeli. Abbiamo raggiunto un accordo col magistrato: un primo interrogatorio lo conduce lui senza avvocati, e noi potremo assistere dietro un vetro. Così non rischiamo un altro suicidio!»

Poi si rivolse a Lanfranchi.

«A meno che tu, Stefano, abbia altre idee.»

A quel punto Lanfranchi cominciò a tossire. Aba si chiese subito se fosse un espediente, ma Bonan si precipitò ad aprire le finestre mentre MGC spegneva la sigaretta elettronica, più contrariata che mortificata.

« Mi spiace, Stefano, potevi anche dirlo che il fumo ti dà fastidio, no? »

Lanfranchi fece ciò che faceva sempre. Le diede ragione mentre poneva le basi per il futuro.

« Giusto, Maria Giovanna, la prossima volta sarò più assertivo. »

Sul taxi diretto a Regina Coeli, penso a Paolo e ai miei figli che sono a scuola. Prima o poi dovrò dire loro qualcosa. Penso ad Antonio Ferrara, Papà Doyle, morto anche per un mio errore. A Jane Wesbach che fuma le canne a piazza di Spagna con la figlia disabile. Penso a mio padre, a cosa direbbe di ciò che sto combinando, lui così ligio a ogni possibile regola di prudenza e decenza. Penso a Johnny Jazir, nella casupola sul mare a Sabratha, con le quattro mogli giovanissime col burqa, i bambini vestiti di stracci, le capre, le galline, gli scarafaggi.

E penso che finirà male, perché in una cosa mio padre aveva certamente ragione. Nessun gran maestro può vincere molte partite in contemporanea contro altri maestri. È inevitabile che ne perda una. E quella sconfitta distrugge il resto.

Fuori dal finestrino scorre la vita, gente e turisti dovunque, nei bar, nei negozi, mentre attraversano il ponte sul Tevere diretti a San Pietro, e poi il solito traffico di Roma, pullman, auto, motorini. I cittadini, che noi dobbiamo proteggere dai little boy e da chi ha deciso di cominciare a mandarli qui da noi. Ma dobbiamo farlo coi nostri metodi, non come vorrebbe il bell'uomo che ho accanto, impeccabile fuori e feroce dentro.

« Lei vorrebbe consegnare Paul Alli agli americani, vero, dottor Bonan? »

E lui, che stava guardando fuori dal suo finestrino, forse

con gli stessi pensieri, si volta verso di me, si toglie gli occhiali celesti come il suo vestito e i suoi occhi che mi osservano con interesse.

« Certo. Per lo stesso motivo per cui lei vorrebbe farlo ma non può nemmeno dirlo. Li sta guardando anche lei i nostri concittadini e i turisti qui intorno. Pensa che debbano andare a piazza San Pietro col rischio che un little boy con uno zainetto si faccia esplodere gridando *Allah akhbar*? Solo perché noi dobbiamo combattere l'inciviltà con le leggi della civiltà? Siamo pagati per difendere gli italiani, non le leggi italiane. »

Il Generale indossò il passamontagna e smontò da solo la sua tenda, poi la caricò sulla jeep. Seamus O'Neill sedeva al volante.

« Potevo aiutarla io, Generale. »

« No, Seamus. Io non gioco né a golf né a tennis, devo fare movimento e questo è uno dei miei passatempi preferiti. E poi la manualità non è il tuo forte, con quelle dita mancanti, no? »

L'irlandese fece una risata.

« Nei pub di Belfast vinco ancora quasi tutte le gare a freccette anche se tiro con la mano sbagliata. Con l'altra non mi fanno più nemmeno provare, nessuno accetta più scommesse. Si ricorda quel tizio a Misurata con la pistola? »

« Certo, Seamus. Gli hai tirato un coltello a dieci metri di distanza per trapassargli il collo. Un bel colpo. Anche perché uccidevi per soldi, senza essere più accecato da quell'inutile ideologia. »

Seamus O'Neill distolse lo sguardo dal Generale. Aveva sentito certe storie terribili su di lui per stroncare i ribelli, quando il Generale era ancora dalla parte di Gheddafi.

« Noi ci uccidevamo tra noi, IRA, inglesi, unionisti. Eravamo terroristi, noi e loro. I civili non li toccavamo. »

« Non funziona così, Seamus. Il terrore vero si propaga uccidendo gli innocenti. In Africa lo sappiamo bene. »

Seamus preferì non rispondere e l'uomo col passamontagna si accomodò accanto a lui sulla jeep.

« Hai aggiornamenti sugli italiani? »

« Visto il suicidio di Abdalla Ghali, Paul Alli sarà interrogato dal pubblico ministero. »

« Tempo perso, ma Paul sa cosa fare. Ora dimmi di FAST e Brigit Weiss. »

« Ha ragione FAST, Generale, quella donna è un pericolo. Con la scusa di scrivere la biografia del principe ereditario Tareq, sta ficcando il naso in molte cose, le fondazioni islamiche, le transazioni finanziarie. Secondo FAST dovremmo... »

Il Generale lo bloccò con un gesto. Ci aveva riflettuto molto durante la passeggiata nel deserto.

« Ho capito, Seamus. Ma non ora. Qual è la prima occasione in cui FAST vedrà Brigit Weiss e Tareq? »

« La gara annuale dei falconi, tra pochi giorni. »

Il Generale sospirò.

« La gara annuale dei falconi. Bene. Ti farò sapere. »

Aba e Bonan si sedettero davanti a uno specchio unidirezionale da cui potevano vedere la sala dei colloqui; il PM era seduto di fronte a little boy, con in mezzo un tavolo.

Paul Alli era ammanettato e c'erano due agenti nella stanza. Il ragazzone di colore era uno dei due attentatori che avevano catturato sulla piazza del Campidoglio, quello col falso passaporto francese, quello dei due che si era arreso subito e la cui cintura esplosiva non aveva innesco. Non come Abdalla Ghali, che aveva accoltellato a morte Antonio Ferrara e stava per farsi esplodere quando Johnny Jazir l'aveva abbattuto con un colpo di karate alla nuca.

Il pubblico ministero gli si rivolse in francese.

« Capisce questa lingua, signore? »

Il giovanotto non rispose e il PM continuò.

« Lei ha un passaporto falso, non conosciamo neanche la sua nazionalità. Se vuole dirci il suo vero nome e da dove viene, controlleremo e contatteremo la sua ambasciata così potranno fornirle un'assistenza legale. »

Nessuna risposta. Paul Alli lo ignorava, fissandosi i polsi ammanettati sul tavolo.

« Signore, le serve un avvocato. »

Ancora nessuna risposta. Il ragazzo non lo guardava nemmeno. Il PM si alzò e uscì nel corridoio.

Aba e Bonan si alzarono e gli andarono incontro.

« Non posso proseguire oltre, deve avere un difensore d'ufficio. »

Bonan aveva l'aria compiaciuta.

« Pensare che basterebbe mezz'ora in un certo modo per far parlare quel delinquente. »

Il PM lo guardò con aria prima sorpresa, poi seccata.

« Sono le leggi del nostro Paese, dottor Bonan. »

« Fatte da gente civile per gente civile, non per questa gentaglia. »

Bonan si voltò, senza nemmeno salutare. Toccò ad Aba scusarsi col PM spiegandogli che erano tutti molto scossi per la perdita di Antonio Ferrara.

Se ne andarono, salirono sul taxi e Aba sbottò.

« Ha rischiato di creare un incidente diplomatico tra l'intelligence e la magistratura, dottor Bonan. Lei non può... »

Lui le rispose col tono gelido che le riservava appena veniva attaccato.

« *Lei* non può, dottoressa Abate. Non può rimproverare un suo superiore. »

Aba udì il *bip* del cellulare personale.

Siamo all'interrogazione su Dreyfus, la stronza ha chiesto i possibili motivi per cui una spia tradisce il suo Paese. Tu hai almeno un'idea?

Rispose velocemente.

Chiedi a tuo padre.

Ora Bonan le stava sorridendo.

« Le ho già detto che lei è più bella quando scrive ai suoi figli, vero? »

« E lei che ne sa a chi stessi scrivendo? »

« I suoi occhi. Cambiano. Meno concentrati, più veri. »

Aba non gli rispose nemmeno. L'ultima cosa che desiderava in quel momento era un corteggiatore. E l'ultimo uomo che avrebbe desiderato come corteggiatore era un misogino violento. Ma Bonan aveva anche ragione, non potevano proteggere in quel modo i cittadini italiani. C'erano le *vie di mezzo* definite da Adelmo Abate. Solo che quello che lei aveva in mente suo padre l'avrebbe definita « via di mezzo per induzione ». Adelmo usava spesso termini presi a prestito propriamente o impropriamente dalla fisica o dalla filosofia. Comunque il concetto era chiaro. Non doveva esporsi, doveva indurre qualcun altro a farlo, e il soggetto adatto era proprio accanto a lei.

« Non sono d'accordo sul consegnarlo agli americani, ma lei ha ragione, dottor Bonan, dovremmo essere liberi di interrogare noi Paul Alli in modo più diretto. »

Lui sbuffò.

« Con le pastoie legali italiane è impossibile. »

E ora, l'induzione.

« Peccato. Se lo avessimo catturato in Africa e tenuto lì sarebbe stato tutto più facile. »

L'ufficio di Stefano Lanfranchi era come sempre debolmente illuminato dagli abat-jour, con le persiane accostate, mentre fuori continuava a piovere.

Il direttore dell'AISE sembrava assopito mentre ascoltava il resoconto di Bonan. Ma Aba ormai lo conosceva, Lanfranchi era sempre lì, panna fuori e acciaio dentro.

« Abdalla Ghali si è suicidato, Johnny Jazir non ha mantenuto la promessa di tornare a Roma e Paul Alli non dice una parola. »

Lanfranchi sollevò appena le palpebre.

« Cosa proponi, Maria Giovanna? »

Lei giocherellava con l'astuccio della sigaretta elettronica senza accenderla, ma era come se quella minaccia fosse lì, incombente, pronta a scattare se l'avessero tirata troppo per la giacca.

« Paul Alli ha il diritto di non rispondere e il diritto a essere difeso. Mi sbaglio, Stefano? »

Lanfranchi spalancò le palpebre, come se fosse sorpreso ma ovviamente non lo era.

« Assolutamente no. Ma ci sono altre strade possibili. »

Lei lo guardò, sospettosa.

« Davvero? Tipo? »

« Interrogarlo con una legge diversa dalla nostra. »

« Cambiamo il codice penale e lo interroghiamo tra cinque anni? »

Lanfranchi ora aveva lo sguardo fisso su una delle fotografie in cui stringeva la mano a presidenti e papi. Ma, nella semioscurità, Aba non riusciva a capire quale fosse.

« Potremmo portarlo in un luogo sicuro, interrogarlo noi in modo un po' più libero. Sai che è stato già fatto in passato, per proteggere l'interesse nazionale, Maria Giovanna. »

La voce soffice e bassa di Lanfranchi era come la musica diffusa in uno studio dentistico.

Maria Giovanna Cordero stava diventando impaziente e decise di renderlo chiaro a tutti portandosi alle labbra il suo tubetto.

« Un luogo sicuro dove? Una Guantánamo nostrana non esiste, spero! »

« All'estero, Maria Giovanna. »

« Cosa? Stefano, ti ricordo che Paul Alli è in arresto, non

è nella nostra disponibilità ma in quella dell'autorità giudiziaria.»

«La posizione giuridica dei due little boy è molto diversa. Paul Alli si è arreso subito, non ha fatto un graffio a nessuno e aveva già disattivato l'innesco dell'esplosivo che gli abbiamo trovato addosso.»

«E quindi?»

Lanfranchi fece il suo sorriso mansueto e Aba vi riconobbe uno dei grandi insegnamenti di Adelmo. La parte sgradita della via di mezzo deve essere sepolta sotto un umile sorriso.

«E quindi, per Paul Alli potremmo far cadere ogni imputazione, liberarlo ufficialmente e portarlo in un Paese con una diversa giurisdizione.»

MGC si alzò, andò a una delle finestre, aprì un'anta e, incurante della pioggia, fece partire una prima minacciosa nuvoletta di vapore.

«Vorresti darlo a Miss House of Cards per portarlo in America, Stefano?»

«No, assolutamente. Ora il dottor Bonan ci spiega tutto.»

Aba sapeva che il più era fatto, la paternità della via di mezzo era passata da Aba a Bonan e da lui a Lanfranchi, l'unica persona che MGC avrebbe ascoltato.

«Spieghi l'attuazione, dottor Bonan.»

Bonan sentì la necessità di alzarsi in piedi, come se dovesse rivolgersi a una platea. Forse perché non gli andava di parlare a MGC dal basso verso l'alto.

«Dunque, ho pensato che...»

Lo sbuffo di MGC lo bloccò. Anche perché subito dopo da fuori arrivò un tuono vero.

«Stia pure seduto, dottor Bonan, so che è sempre la stessa commedia ma non siamo ancora a teatro.»

Quello era ormai il tono che MGC riservava a Bonan. Aba sospettava che, più che dovuto alle simpatie filoamericane di Bonan, l'atteggiamento di MGC fosse la conseguenza della finta fede al dito per ingannare le pretendenti ambiziose.

Bonan si sedette, ma laddove chiunque si sarebbe intimidito davanti a quelle parole e quel tono da parte di un direttore, lui trasse ancora più forza.

« Un governo amico dovrebbe avere un capo di imputazione grave per giustificare un'estradizione immediata. E dovrebbe essere un governo talmente amico che Paul Alli resterebbe sotto il nostro controllo e così potremmo interrogarlo noi. »

Per il momento i vapori alla menta venivano diretti fuori e MGC aveva i capelli bagnati di pioggia, mentre Lanfranchi restava immobile, apparentemente addormentato con gli occhi socchiusi.

« Davvero fantastico. E quali sarebbero questo governo e questo reato, dottor Bonan? »

Bonan sventolò un foglio dattiloscritto in italiano e arabo.

« Tramite i nostri amici a Tripoli abbiamo già la richiesta del governo di Al Sarraj. Paul Alli è venuto da lì in Italia ed è accusato di aver ferito in modo grave un militare della Guardia costiera libica che aveva invano cercato di fermarlo mentre saliva sul barcone. »

Nessuno domandò se fosse vero o meno, era del tutto irrilevante, e Bonan continuò.

« Abbiamo concordato che per i primi dieci giorni lo terranno in uno spazio militare dentro l'aeroporto, il che vuol dire che in un'ora di volo potremo andare a interrogarlo e poi tornare qui. Come se fosse a Milano o in qualunque... »

Maria Giovanna Cordero sbuffò di nuovo, e quel sibilo minaccioso bloccò Bonan.

« Conosco la geografia, dottor Bonan. E chi lo interrogherebbe a Tripoli? Lei? Il nostro grande attore? »

« Proporrei di farlo con la dottoressa Abate, signor direttore, è un caso di sicurezza interna con ramificazioni estere, va seguito insieme. »

Aba era sorpresa. Bonan aveva proposto una soluzione gradita a Maria Giovanna Cordero.

Solo a quel punto, intravedendo il traguardo, Lanfranchi si risvegliò dal finto letargo.

« Sempre che tu sia d'accordo, come spero, Maria Giovanna. »

Il volto di Maria Giovanna Cordero si rasserenò e lei si sciolse in una delle sue risate.

« Sì, oggi è proprio teatro! Furono i fratelli De Rege a inventare il duo col saggio e lo schizzato, vero? »

Poi, senza attendere una risposta che ovviamente non arrivava, lei chiuse l'anta della finestra in modo tanto fragoroso da far sobbalzare anche gli uscieri nel corridoio, sbuffò un paio di nuvole di vapore e si rivolse a Bonan.

« Trasferisca Paul Alli a Tripoli già questa sera. Vi farò sapere fra poco se a interrogarlo a Tripoli verrà anche la dottoressa Abate. »

Poi si diresse verso la porta.

« Mi segua, dottoressa Abate, le voglio parlare. »

Prima di uscire si rivolse a Lanfranchi.

« Grazie, Stefano. Ottima via di mezzo. »

Entrata nel suo ufficio, Maria Giovanna Cordero posò il magnifico astuccio dorato che emetteva il fumo profumato alla menta e si accomodò nella poltrona accanto ad Aba. E lei si mise inevitabilmente in allarme, perché il metodo, quel metodo, MGC lo aveva appreso da suo padre.

MGC fissò per qualche istante la pioggia che picchiava sui vetri, poi si voltò.

« Lei è d'accordo, dottoressa Abate? »

« Mi scusi, signor direttore. Su cosa, esattamente? »

MGC sorrise. Le si accentuavano le rughe intorno agli zigomi e alle labbra, ma gli occhi verdi diventavano ancora più belli.

« Ogni tanto dimentico di chi è figlia. Sulla prima delle due questioni. »

Con MGC doveva stare molto attenta, lei non era manipolabile.

« Anche io sposterei Paul Alli a Tripoli, signor direttore. »

« Lo immaginavo. E sulla seconda questione? »

Doveva rischiare qualcosa. Se avesse manifestato perplessità, Maria Giovanna Cordero avrebbe mandato Bonan da solo.

« Sarebbe meglio che a interrogare Paul Alli fossi presente anche io, signor direttore. »

Maria Giovanna Cordero sembrava concentrata sul percorso delle nuvolette di vapore alla menta.

« Non trova strano che il dottor Bonan richieda la sua presenza? Vuol dire che i vostri rapporti sono migliorati? »

A questa domanda Aba non si era preparata, e subito se ne rammaricò. Piccole incrinature legate allo stress. Scelse con cura le parole.

« I nostri rapporti professionali sono migliorati grazie alla mia idea di spaventare Abdalla Ghali fingendomi israeliana. »

MGC sbuffò una nuvoletta cercando di indirizzarne il percorso verso il soffitto.

« Sono migliorati anche i rapporti personali? »

Aba scosse il capo.

« Non da parte mia, signor direttore. »

« Lo so. Pensavo a lui, mi domando se nella proposta che lei lo accompagni a Tripoli non ci sia una componente personale. »

Aba non disse nulla e MGC la guardò dritto negli occhi. Questa volta non sorrideva.

« Pensa di incontrare Marlow a Tripoli? »

Tono neutro, come se fosse una domanda ovvia.

« Signor direttore, se lei vuole che lo faccia... »

Lo sbuffo di solito riservato a Bonan la bloccò.

« Non basta chiamarmi 'signor direttore', deve trattarmi come tale. Allora? »

« Mi scusi, signor direttore. Ovviamente no, mai di mia iniziativa. »

Di nuovo lo sguardo di Maria Giovanna Cordero si posò su quelli di Aba.

« Ho bisogno di chiarire un punto. Lei non era obbligata a fare quella telefonata per farlo venire a Roma. Avrebbe potuto rifiutarsi, dottoressa Abate. Mi domando perché l'abbia fatto. »

« Lei avrebbe preferito che non la facessi, signor direttore? »

MGC la osservò freddamente senza replicare, e Aba si rese subito conto di aver commesso un altro errore per evitare una risposta pericolosa. Sì, troppo stress, piccoli errori, doveva stare più attenta.

« Mi scusi, signor direttore. Il direttore Lanfranchi era favorevole e lei non si è opposta. Ho pensato fosse giusto obbedire. »

MGC sospirò e Aba restò in silenzio, in attesa che decidesse se crederle e mandarla a Tripoli o invece rimuoverla da quel caso.

Poi MGC si rilassò. Aveva un sorriso bellissimo, i suoi occhi splendevano.

« Un giorno suo padre, che era il mio docente al corso di formazione, la portò con sé in classe, perché era estate, la scuola era chiusa e la vostra babysitter era malata. Lei aveva sei o sette anni. »

Aba scosse il capo, inconsapevolmente. Non voleva parlare di Adelmo Abate.

« Non deve odiarlo, Aba. Tutte le persone eccezionali hanno dei lati difficili e suo padre ne aveva alcuni difficilissimi. Ma a lui brillavano gli occhi quando ci presentò la sua bambina. »

Aba sapeva quanto fosse irrituale quella conversazione. Lì dentro, nel loro ambiente di lavoro, non esistevano chiacchierate personali. Concluse che MGC era preoccupata da lei o per lei.

« Ci raccontò la storia del pozzo, in fondo al vostro giardino. Quello dove le aveva proibito persino di avvicinarsi e invece un giorno Antonio Ferrara la trovò lì dentro. Non perché lei urlasse o piangesse, anzi l'aveva chiamata e lei non rispondeva. »

Aba restò muta e per sua fortuna il cellulare personale emise uno squillo.

« Scusi, signor direttore, è mio figlio... »

MGC annuì.

« Risponda pure. »

Aba rispose, a bassa voce.

« Dimmi. »

« Cazzo, mà, tu non ci sei e manco Shrek! Sono chiuso fuori di casa! »

« Sotto la pioggia? »

« No, nell'auto di Freddy. »

« Freddy? »

« Federico, il mio allenatore. La cena del rugby, avevi promesso, ricordi? »

« Vai con lui, vi raggiungo alla cena. »

Aba chiuse la comunicazione.

« Grazie, signor direttore. »

Non disse per cosa, se per l'avvertimento o la gentilezza.

MGC controllò l'orologio quadrato sul polso sinistro.

« Darò a Lanfranchi il mio assenso al trasferimento di Paul Alli a Tripoli. Lei andrà lì a interrogarlo con Giulio Bonan domani mattina. Prendete il Falcon, andate, lo interrogate, tornate. E nient'altro. »

Mentre rientrava velocemente a casa sulla sua auto, Aba si ricordò dell'impegno preso con il marito per il giorno dopo da Babington e chiamò Giulio Bonan.

« Sto predisponendo il trasferimento del nostro amico, parte tra un'ora. Sono lieto che venga anche lei. »

« Le dispiace se domani mattina partiamo alle sei? Così da Tripoli ritorniamo per le nove e mezzo. Avrei un appuntamento alle dieci. »

« Va bene. Alle sei all'aeroporto. »

Il pub ribolle di alcol, voci e odori maschili.

« Aba, quindi sarebbe meglio giocare con l'1-3-3-1, no? Il 2-4-2 non va bene coi nostri ragazzi! »

Annuisco con aria ebete. Lo faccio più o meno da due ore, tra padri con la pancetta e i capelli diradati ma tutti super competenti sul rugby, ragazzi troppo grossi e su di giri, bistecche enormi troppo al sangue e colossali pinte di birra, urla e discussioni su touche, pool, rack. Mentre i pensieri si alternano tra little boy e Paolo.

« Perché il 2-4-2 richiede dei forward molto più esperti, i nostri sono al primo anno. »

A parlare è un tizio biondo e abbronzato, col barbone un po' incolto, seduto davanti a me. Mi sta facendo un corso accelerato di tattica. Peserà centoventi chili o più, e dalla dimensione delle sue spalle, dei suoi bicipiti e delle sue mani potrebbe essere l'attore che interpreta Hulk. Invece è Federico, il figaccione, come direbbe Cristina, che allena la squadra di Francesco.

« Sei la prima madre che viene a una nostra cena, Alba! »

« Aba, non Alba. »

Mi guarda, con gli occhi verdi sgranati.

« Aba? Che razza di nome sarebbe? »

Forse la gentilezza è passata di moda. O forse con quel fisico e quegli occhi l'esperienza gli ha insegnato che può farne a meno.

« Mio padre era un aguzzino, voleva marchiarmi alla nascita. »

Credevo di averlo solo pensato, invece l'ho detto. Colpa della pinta di birra che mi sono forzata a bere per evitare che il mio Francesco si vergognasse troppo di questa mummia imbalsamata.

Lui ride e ha una bella risata, bei denti, una bella bocca tra la barba bionda. Nulla che mi interessi, ma capisco come mai non si impegni nel corteggiamento.

« Ecco da chi hai preso! Mi sa che tu sei come il sergente di ferro che allena i Marines in quel film, *Ufficiale e gentiluomo*, il mio preferito con *Top Gun* e *Rambo*. »

Sì, certamente conosce meglio le cosce che la psiche delle donne.

Fa una pausa, butta giù una sorsata da mezzo litro di birra e mi strizza l'occhio mentre mi fissa sfacciatamente le tette che premono sotto il maglione.

« Naturalmente tu sei molto molto meglio di quel negro! »

Questo è il massimo della galanteria per Federico detto Freddy, una battuta razzista. Dev'esserci qualcosa nell'aria o qualcosa in me che non va. Forse ho già l'aria da moglie mollata, una preda facile.

« Lo dice anche mio marito. »

La menzione esplicita di un coniuge non lo spaventa affatto.

« Nel fine settimana faccio il maestro di sci al Terminillo. Ci vieni? »

Rambo o non Rambo, razzista o meno, devo essere gentile, è sempre l'allenatore di Francesco.

« Non scio da anni. E in effetti avrei un po' di impegni. »

Mi pento subito, devo essere un po' brilla per via della maledetta birra. Avrei dovuto essere molto più netta, e invece ho lasciato spiragli. Infatti lui insiste.

« Allora ti cerco su WhatsApp. »

Annuisco. È un'ottima soluzione, visto che non mi troverà mai. Freddy è pieno di buone intenzioni.

« Ti insegno io a sciare, vedrai che con me riprendi alla grande! »

Qualcosa, forse l'alcol, rende equivoca quella frase. No, è meglio andarsene. Francesco sta discutendo animatamente di piloni e touche coi compagni. È bello vederlo felice, gli hanno scritto tutti gli auguri sul gesso. Ma la mia giornata è stata lunga e impegnativa e domani alle sei ho un aereo per andare a Tripoli a interrogare un terrorista.

Faccio un sorriso al biondone, cercando di apparire molto più una povera mamma apprensiva che Sharon Stone.

« Mi sono scordata una cosa in ufficio. Puoi riaccompagnare a casa mio figlio? »

« Certo, Alba. »

Esco dal pub, mi fermo sotto la pioggia, respiro a pieni polmoni. Sì, la vita è sempre al confine tra dramma e commedia, come Ice e Aba. L'importante è che il confine resti solido.

Torno a casa, è mezzanotte passata e Cristina non c'è. Al cellulare non risponde. L'ansia mi assale, soprattutto perché non mi ha detto che usciva e tanto meno con chi.

Riprovo più volte, niente. Resto alla finestra, a guardare in strada, oltre il nostro piccolo giardino al piano terra. Mi immagino di tutto, dal meglio al peggio. Tremo alla sola idea che squilli il telefono. Me la sono immaginata milioni di volte, la telefonata maledetta che ogni genitore teme ed esorcizza, ogni volta che ho letto di incidenti, stupri, liti finite male, e in ogni occasione ho pensato alla madre che risponde alla telefonata della polizia, durante la notte, *ci spiace, signora.*

A un certo punto un maggiolino Volkswagen si ferma davanti al nostro cancello e mi si apre il cuore. Esco di corsa, sotto la pioggia, mi avvicino. Francesco è seduto accanto al biondo Federico. Cercando di restare calma, gli faccio segno di scendere, ma ovviamente Freddy lo imita, con la scusa di aiutare Francesco con le stampelle. Lo blocco subito.

« Grazie, Federico, buonanotte. »

Esibisce il solito sorriso che probabilmente seduce molte mamme di piccoli rugbisti e apprendiste sciatrici.

« Freddy, per gli amici. Vuoi che accompagni Francesco dentro casa? »

Vorrei incenerirlo sul posto, ma è l'allenatore di Francesco. Devo liberarmi di lui, subito, per cercare Cristina, ma devo farlo in modo gentile. Ricorro al sorriso che non uso quasi mai, lo Sharon Stone al commissariato di polizia.

« Grazie, Freddy, restiamo come ci siamo detti per lo sci. »

Lui annuisce, soddisfatto dalla promessa. Finalmente risale sul maggiolino e se ne va mentre io e Francesco entriamo in casa.

« Vai a dormire. Domani hai scuola. »

« E Shrek? »

Non voglio trasmettergli la mia ansia.

« Mi ha detto che tornava tardi. Vai. »

Lui mi guarda, il mio enorme orso peloso.

« Sei preoccupata, mà? »

« Un po'. »

Lui capisce al volo, si attacca al cellulare, chiama la sorella, sveglia tutte le sue amiche. Niente, il cellulare di Cristina è staccato. Sto per chiamare la polizia quando dalla finestra della cucina vediamo Cristina scendere da un piccolo coupé. Scende anche un ragazzo con una lunga coda di cavallo e si baciano appassionatamente nonostante la pioggia. Quando mia figlia entra dalla porta, fradicia d'acqua e truccata in un modo assurdo, tutte le mie regole crollano.

« Come cazzo ti permetti di non avvertirmi? »

Cristina e Francesco mi fissano, sbalorditi. Mai avrebbero immaginato che potessi anche solo pensare un'espressione del genere.

« Mamy, scusa, è che dopo cena Sasha ha insistito per andare in discoteca e mi si è scaricato il cellulare. »

La balla del cellulare è uno standard. Mi sforzo di mantenere la calma.

« Sasha ha la coda di cavallo? Mi avevi detto che è laureato in medicina! »

« E allora? Un medico non può avere il codino? »

« Tu non ci esci più con Sasha! »

« Cosa? Per la coda? »

« No. Perché ha dieci anni più di te! »

Ma Cristina non è tipo da lasciarsi intimidire, e so bene da chi ha preso.

« Papà ha sempre detto che avevo bisogno di un ragazzo più grande, che mi aiutasse a maturare. Ora lo chiamo, voglio che torni da Bolzano! »

« A quest'ora non chiami nessuno. »

Le strappo il cellulare di mano. Un gesto violento. Anche questa è una prima volta. Di colpo sento che le gambe mi tremano, sto perdendo il controllo ma non posso permettermelo. L'adulta sono io e per colpa mia e di Paolo li stiamo sottoponendo a uno stress di cui ancora non conosco i confini. Le porgo il cellulare.

« Io domani esco presto, vi lascio la colazione sul tavolo, prendete i mezzi per andare a scuola. »

Mi guarda, incerta. Una grossa lacrima le scivola su quella meravigliosa guancia un po' pienotta, cola portando giù il trucco.

« Scusami, mamy. Ma papà quando torna? »

« Non lo so. »

Si butta tra le braccia del fratello, si abbracciano, in silenzio, stretti in mezzo alla cucina, sotto gli occhi preoccupati di Killer che non ha mai sentito urlare lì dentro.

Io li guardo, i miei figli, la ragione della mia vita. Dovrei dirglielo. *Papà e io abbiamo dei problemi, domani ci vedremo per discuterne serenamente e troveremo una soluzione.* Ma non posso, non ci riesco. Domani parlerò con Paolo in modo civile, ragionevole. Ci spiegheremo, ci calmeremo, ci faremo delle promesse. Poi lui tornerà qui e riprenderemo a vivere come se niente fosse, per i prossimi decenni.

« Andate a dormire, siete stanchi. E lo sono anch'io. »

Se ne vanno in silenzio. Mentre apparecchio la prima colazione per i miei figli, Killer mi guarda, poi viene timidamente a leccarmi una caviglia.

« Rodica ti ha dato i Baulucy e ti ha portato giù, vero? »

Scodinzola, appena sente quella parola. Saltella e non zoppica, forse per farmi vedere come le fanno bene i biscotti alla marijuana. Trema un po'.

Forse ha capito che qui sta per cambiare tutto e ha paura.

« Vedi, Killer? Sto diventando scema, penso che tu mi voglia dire qualcosa. »

Lei abbaia come per confermare. Scrivo le istruzioni per i ragazzi.

Vi ho lasciato la colazione sul tavolo, buona giornata.

Poi per Rodica.

Tieni d'occhio Killer, mi pare che tremi un po'.

Mi butto sul letto vestita, sfinita. Vuoto il letto, svuotata io. Ma domani tornerà tutto normale.

28 ORE ALL'UDIENZA

La casa vacanza è in cima a una collina. Una signora del posto ha già apparecchiato sulla veranda, da cui si gode la vista sui prati e sulla vallata chiusa tra le montagne. Jane Wesbach arriva con un po' d'affanno, zoppicante, la pelle bianca arrossata dal sole.

Sul tavolo, caffè, tè verde, latte scremato, succo d'arancia, fette di pane tostato, marmellata. Jane prende dalla borsa una tazza personalizzata con la scritta *Best Boss.* Il fatto che gliel'abbiano regalata mi dice che lavora con dei mentecatti, il fatto che lei la ostenti depone invece a suo favore, l'autoironia non è una dote molto diffusa tra le spie. Vi versa metà della caraffa di caffè e vi immerge una fetta di pane tostato su cui ha spalmato mezzo chilo di marmellata. Rivolge un'occhiata di riprovazione al mio tè verde.

« Sei al limite tra la dieta perenne e l'anoressia, Ice. Sai che non ti dona, vero? »

« Non ha nulla a che fare con l'estetica. »

Lei annuisce.

« Già. Vuoi vivere a lungo con i tuoi figli dopo gli anni che passerai in prigione. La misura dell'amore è amare senza misura. Ogni madre lo sa, anche senza aver letto Sant'Agostino. »

Vede la mia faccia sorpresa e scoppia a ridere.

« Suvvia, Ice, tu credi che noi yankee siamo tutti ignoranti! Ma è un tuo pregiudizio, io ho una laurea in storia e un dottorato in teologia. »

« Però non hai figli. »

« Ho solo detto che quella ragazza sulla sedia a rotelle non è mia figlia. »

Non precisa altro, ed è chiaro che lei ha il diritto di sapere tutto di me e io assolutamente nulla di lei.

« Ricominciamo, Ice. »

Il sole sta salendo nel cielo, inizia a far caldo e io vorrei tanto starmene per conto mio. Ma siamo qui per me e Jane Wesbach è un testimone decisivo nel processo a mio carico.

Accende la videocamera ed estrae dal suo zaino un blocco di fogli gialli a quadretti, dello stesso tipo di quello su cui mesi prima aveva disegnato il volto di Giuda.

« Allora, per ora lasciamo perdere la questione se hai avvertito o meno Johnny Jazir. Lui non è arrivato, questo è certo. Parliamo del secondo little boy, di Paul Alli. Di chi è stata l'idea di spostarlo a Tripoli? »

« Del direttore dell'AISE, Lanfranchi. »

La vedo aggrottare la fronte e mi rendo conto di essere stata un po' troppo precipitosa, nell'ansia di tenerla lontana da me. Così mi correggo.

« L'ha esposta Stefano Lanfranchi, ma forse gliel'aveva suggerita Giulio Bonan. »

« Ah, ecco! »

Mostra una certa soddisfazione, come se fosse contenta per la sincerità e la memoria della traditrice Ice, ma so bene che è solo recita.

« E Bonan ne aveva prima parlato con te? »

Fa caldo e il sudore si è già appiccicato sulla mia schiena.

« Non mi pare, non credo. »

« Strano. Perché lavoravate insieme a questo caso e io stessa avevo notato grande stima da parte sua nei tuoi confronti. Lo avevi già un po' ammaliato e sedotto, no? »

« Ammaliato o sedotto? Sono due cose diverse, no? »

Il « no? » è una chiara stupidaggine legata allo stress, ed è proprio ciò che lei vuole, che mi sfuggano parole contenenti brandelli di verità.

« Ah, voi latini, così sofisticati anche in amore! Qual è la differenza, Ice? »

« 'Ammaliato' è passivo, 'sedotto' è attivo. »

« In grammatica italiana? »

« No, nella realtà. »

« Capisco. Allora tu lo hai ammaliato o sedotto o entrambi? »

« Del primo non so, il secondo no. »

Annuisce, sorseggia altro caffè.

« No? Pensavo alla scena della falsa israeliana. A Bonan eri piaciuta molto, no? »

« Sì, come attrice. E comunque in quel caso ammaliavo, non seducevo. »

« Perché? Non recitavi per lui? »

« No, recitavo per little boy. »

« E se, per ipotesi, tu gli avessi dato l'idea di far spostare Paul Alli a Tripoli, lui ti avrebbe appoggiato? »

« Tutti sanno che Bonan voleva mettere le sue mani libere su Paul Alli. »

« E sarebbe rimasto ammaliato? O sedotto? »

« Ammaliato, forse. Non sedotto, visto che... Visto che, se lo avessi fatto, sarebbe stato per convinzione lavorativa e non per sedurre Bonan. »

« Ma tu non l'hai fatto, no? »

« Già detto. No. »

Lei prende un appunto sui fogli gialli. Deve essere l'elenco delle mie bugie.

« E quindi ti hanno ordinato di andare a Tripoli? Così come ti avevano 'ordinato' di chiamare Johnny Jazir per convocarlo a Roma? »

Il cane pastore abbaia più forte, corre verso una pecora che si è allontanata troppo dal gregge. Gli occhi di Jane sono lì, aspettano.

« Il nostro lavoro è obbedire, Jane. »

« Già. Come pecore, vero? Ma a volte una pecora sfugge al cane e non torna. Sai, Ice, siamo qui tutte e due per un valido motivo. Ma se tu non sei sincera con me... Scusa, se io *sento* che non sei sincera con me, passerai molti anni a tenerti in forma prima di rivedere i tuoi figli. »

SEI MESI PRIMA: GIORNO 3

Il Falcon atterrò in uno spiazzo isolato dell'aeroporto Mitiga di Tripoli. Ma avrebbero potuto essere dovunque, visto che appena scesi dalla scaletta furono fatti salire su una berlina coi vetri oscurati che percorse non più di duecento metri e si fermò davanti a un parallelepipedo di cemento grezzo, circondato da un muro con sopra il filo spinato e le fotocellule.

Aba e Bonan furono subito scortati da diversi militari libici armati di tutto punto all'interno e scesero con l'ascensore a un livello sotto l'edificio, sino a un corridoio e a uno stanzino tutto per loro.

Lì dentro seguirono tutta la procedura: passamontagna, tute, disattivazione cellulari. Poi entrarono in una sala riunioni completamente spoglia, pareti bianche senza finestre, neanche un orologio, nessun mobile. C'era un tavolo metallico inchiodato al cemento, con tre sedie metalliche, di cui una inchiodata anch'essa al pavimento. Seduto c'era un giovanotto di colore, col cranio rasato e senza barba. I polsi erano bloccati dalle manette collegate a un anello saldato sul tavolo, le caviglie erano incatenate alla sedia.

Il little boy Paul Alli li osservava con totale indifferenza. Dalla fessura del passamontagna, Aba guardò little boy.

Che bambino eri? Perché ci vuoi morti al punto di morire anche tu?

Aveva letto i manuali di suo padre. Quelle domande non erano solo sconsigliate, ma espressamente vietate.

Umanizzare ci allontana dai fatti.

Bonan era pronto, aveva un copione scritto, lui interrogava, lei doveva solo osservare. Lui iniziò a parlare in francese.

« Il tuo amico Abdalla Ghali è vivo e parla, molto più di te. Quindi ora lui è in una cella molto comoda e riscaldata. Perciò, noi non abbiamo più bisogno di te. A meno che tu abbia qualcosa di molto utile da dirci. »

Bonan fece una pausa. Poi si chinò verso il prigioniero, in modo da combinare la minaccia fisica con le parole.

« Ora tu puoi scegliere, Paul o come diavolo ti chiami davvero. O collabori e ti spostiamo in una cella comoda come Abdalla o continui a fare lo stronzo e ti faccio chiudere in una cella molto peggiore di quella dove sei oggi. »

Paul Alli gli rispose in un francese un po' sgrammaticato.

« La vostra cella peggiore è un albergo di lusso rispetto ai posti dove ho dormito per anni. »

Bonan ignorò l'ironia, non voleva perdere tempo, ora che finalmente little boy aveva detto qualcosa.

« Hai incontrato anche tu l'esaminatore? »

Paul Alli non disse nulla e Bonan continuò, del tutto incurante delle occhiate di disapprovazione di Aba.

« Senti, Paul. Abdalla ci ha già detto chi è l'uomo del deserto e dove trovarlo. Da te ci serve soltanto una conferma. »

Paul Alli continuò a fissarli senza dire nulla. A quel punto Bonan lanciò il suo bluff.

« C'è scappato un morto, Paul. E per vostra sfortuna è americano. Non abbiamo ancora detto di voi due agli americani. Ma se non parli lo faremo, e poi saranno loro a interrogarti. Con altri metodi. »

Aba vide qualcosa cambiare negli occhi di Paul Alli che parlò con voce bassa, come se temesse di essere udito fuori da quella stanza.

« Quello che voi chiamate l'esaminatore l'ho incontrato anch'io, è stato Michael Ghali a mandarmi da lui. »

Bonan si buttò a capofitto nel varco che si era improvvisamente aperto.

« Dove? »

« Se parlo, giurate di non consegnarmi agli americani? »

Bonan annuì.

« Va bene. »

« Non basta dire 'va bene'. »

« Hai la mia parola. »

« Voglio una garanzia vera. »

« Che tipo di garanzia? »

« Ho visto il vostro Primo Ministro alla TV. Lo fate venire qui e lui mi dà la sua parola, i Primi Ministri non possono mentire. »

« I Primi Ministri non vanno nelle prigioni a dare la loro parola d'onore ai delinquenti. Non verrà mai qui. »

« Allora mi accontenterò di un video. Dev'essere lui a giurarmi che non mi consegnerete a quei macellai degli americani. »

« Scordatelo, Paul. O parli adesso o ti ritrovi a Guantánamo. »

Paul Alli sputò in mezzo al tavolo.

« Allora fottiti. »

Aba vide il braccio di Bonan sollevarsi, poi udì il suono del ceffone. Prima che Bonan si alzasse per picchiarlo ancora, Aba intervenne, in arabo.

« Hai paura degli americani, Paul? Certo, tu dei due little boy sei il vigliacco, no? Quello che se l'è fatta addosso e si è fatto disarmare subito. »

Il ragazzo rimase un attimo stupito dalla voce femminile, poi si chinò verso di lei attraverso il tavolo.

« Sai una cosa, *sharmuta*? Quando esco vengo a cercarti. E senza quel video, qui abbiamo finito. »

Giulio Bonan, inferocito, si alzò di scatto e colpì Paul Alli con un pugno in volto. Stava per avventarsi su di lui, ma Aba lo bloccò e riuscì a portarlo fuori dalla stanza.

«Non aprirà più bocca, dottor Bonan. Torniamo a Roma e parliamone ai nostri capi.»

Sul Falcon, Bonan era gelido.

«Bella provocazione, Ice. Voleva farsi sputare addosso o prendersi una testata in faccia?»

«Ho ottenuto due risultati.»

«Quali risultati? Farsi dare della puttana e minacciare di morte?»

«L'ho provocato in arabo, così ha risposto senza rifletterci, e ci ha detto da dove viene.»

Vide la sorpresa negli occhi di Bonan.

«Ah, sì? Io non ricordo proprio che lo abbia detto!»

«Ce l'ha rivelato indirettamente.»

Ora lui si passò la mano tra i capelli.

«Vuole illuminarmi?»

«Viene dal Niger.»

«E da cosa lo deduce?»

«Solo nel Niger usano *sharmuta* pronunciato in quel modo e non *gahba* per dire 'puttana'.»

Bonan restò un attimo interdetto.

«Lei è davvero così capace di distinguere i dialetti?»

«È scritto nel mio curriculum. Conosco tutti i dialetti dell'Africa sahariana.»

«Ma come...»

«Ho studiato e ci sono anche stata in quei posti. Le sembra strano perché ogni tanto porto il tailleur invece dei pantaloni? La prego, lo dica pure sinceramente.»

Bonan sbuffò.

«La smetta con le provocazioni. Guardi che io le cose le dico sempre in faccia. Con lei penso di essere stato sincero sin dall'inizio, no?»

«Sincero su cosa? Sul fatto che una donna non è in grado di gestire certe situazioni come per esempio un interrogatorio? »

« Non generalizzi. Parlavo della mia opinione su di lei, non sulle donne. »

« Non è forse la stessa cosa? »

« No. Lei non è... »

« Non sono una donna? Perché ne so più di lei sui dialetti? Perché non me ne sto a casa a fare la calza? Perché lei non mi vorrebbe su una barca in regata o su una nave in battaglia? Perché preferisce donne mute? »

Bonan ora era visibilmente a disagio.

« La pianti! Lei è assolutamente capace di fare il suo lavoro, ormai questo lo so bene. Capacissima. »

« E allora si decida! Cosa le dà fastidio? Ho il cervello un po' troppo piccolo oppure le tette un po' troppo grandi? »

« Non vedo cosa c'entri. E poi lei non ha... le sue... »

« Lasci perdere, era una battuta. Allora, sono incapace o troppo capace? »

Bonan la guardò negli occhi, in un silenzio strano. Aba ebbe l'impressione che lui stesse pensando a qualcosa che la riguardava molto direttamente. Forse per questo sentì il bisogno di una vera risposta alle sue battute.

« Allora, dottor Bonan? Sono incapace o troppo capace? »

La ripetizione della domanda, con tono serio, sembrò convincere Bonan a risponderle. Lui assentì, lentamente, e dai suoi occhi scomparve l'ironia.

« Troppo capace. Capace di tutto, anche di menarci tutti per il naso. AISI, AISE, CIA, tutti. Lei è capace di ingannare chiunque, Ice. »

Aba si rese conto che quell'uomo non era un pallone gonfiato arrogante come tanti che le erano capitati tra i piedi negli anni. Si *mascherava* da pallone gonfiato arrogante. Era disposto a passare per stupido, e questo lo rendeva molto pericoloso. Come aveva scritto suo padre.

A nessuno piace passare a lungo per stupido. Quindi o è davvero stupido o ha un grande motivo per farlo.

E ora Aba conosceva la risposta. Bonan non era affatto stupido. Usava la sua vera natura, violenta e misogina, per farsi sottovalutare. Era un uomo molto pericoloso per Ice.

Appena atterriamo a Roma saluto Bonan dandogli appuntamento in ufficio. Sul taxi riattacco il cellulare personale. Non c'è neanche un messaggio, né da Cristina né da Francesco. Scorie delle discussioni della sera prima e della mia assenza a colazione. Devo recuperare.

Ciao. Ci vediamo a cena.

Rispondono subito.

Certo, mamy. Porti un dolce?

A mà, voglio la chianina!

Quindi è tutto nella norma. O forse mi hanno visto in quello stato e cercano di tranquillizzarmi. Quando entro da Babington, accanto alla scalinata di piazza di Spagna piena di gente nonostante la pioggia, sono contenta di aver accettato di vederlo. Paolo è una persona ragionevole, troveremo certamente un modo per chiarire e ripartire. Anche perché abbiamo due figli meravigliosi da tutelare, due ragazzi che hanno bisogno sia del padre che della madre.

Ma subito qualcosa va storto. Mio marito è già lì, con un ridicolo mazzo di rose rosse che imbarazzerebbe anche una star. Ridicolo come il tavolino in un angolo, come le coppiette clandestine, come il nostro mezzo abbraccio, il suo bacio a metà strada tra zigomo e labbra, il suo scostare la sedia per farmi sedere. Ha preparato una scena, come fosse uno dei suoi spot pubblicitari, come se non sapesse ancora chi sono, che non faccio parte del suo target, quello in cui la superficialità consente di evitare la riflessione. Improvvisamente quel ridicolo spot mi appare in tutta la sua tragica realtà, la conferma visiva che insieme avremmo davanti non la continuazione di un matrimonio stanco ma la parte peggiore, quella in cui si tira avanti pur avendo la consapevolezza che l'amore vero non c'è ma si finge solo per i figli e poi, quando se ne andranno, saremo troppo vecchi e impauriti per cambiare.

Potrei alzarmi ora, voltarmi, andarmene. Ma non posso farlo così. Ci sono Cristina e Francesco, le vittime della mia scelta di venti anni prima, quando non ho voluto vedere l'altra faccia del *vivi e lascia vivere* di Paolo.

Cerco parole adatte nel dizionario di Ice. Mi appello ai manuali di mio padre.

Non essere mai sgradevole quando devi dire una cosa sgradita.

« Ho pensato tanto a noi, Paolo. »

Mi pento subito. Pessimo esordio, melodrammatico, sono caduta nel suo stesso spot.

« Anch'io ho pensato sempre a te, Aba. E ai ragazzi, ovviamente. »

« Ho pensato che... »

Lui mi prende la mano.

« Un viaggio. Noi due da soli. La crociera sul Nilo, in Africa io ci sono andato per uno spot ma tu non ci torni da allora! Tutto sole, relax e sesso! »

La mano mi trema leggermente, la sfilo dalla sua e porto alle labbra la tazza con il tè verde mentre lui sorseggia il caffè.

« Non possiamo ricominciare come prima, Paolo. Ho pensato a una soluzione. Visto che la casa è cointestata con il mutuo in comune, tu ti prendi una casa in affitto e io te ne pago metà. »

Nei suoi occhi torna la paura che ho intravisto durante la passeggiata al parco con Killer.

« Mi vuoi cacciare da casa? »

Cerco di parlare con una dolcezza che non è nemmeno uno sforzo con quell'uomo gentile che con un'altra, diversa da me, sarebbe stato molto più felice.

« Voglio che riflettiamo. Separatamente. »

Per un attimo la sala da tè è immobile. Nessuno parla, nessuno si muove, pietrificati avventori e camerieri, ferma a metà strada tra le labbra di Paolo e il tavolo la tazzina di caffè, incredulo lo sguardo dell'uomo con cui ho passato metà della mia vita e fatto due figli. Poi nei suoi occhi la rabbia sostituisce del tutto l'incredulità e la paura.

« Tu non sei una donna, sei un pezzo di ghiaccio. Pensi che io e i nostri figli siamo solo burattini nella tua vita? »

Questa frase è la sintesi dei nostri vent'anni.

E poi vedo l'incredibile. Come la luna vista dall'alto o il mare dal basso. Un lampo di rabbia nei suoi occhi. Non avrei mai creduto possibile che Paolo provasse rabbia verso di me. Meglio così, quella rabbia è la porta che si spalanca sulla luce del futuro e non mi provoca ansia, ma sollievo. Vuol dire che lui è ancora vivo, vent'anni con Ice non l'hanno ucciso. Troverà un'altra, forse Tiziana, e sarà sempre il padre dei nostri ragazzi.

« Resteranno con me, Paolo, ma li potrai vedere quando vorrai, ogni giorno. »

Ma lui fa una cosa di cui mai lo avrei ritenuto capace. Mi tira uno schiaffo, poi si alza rovesciando la sedia.

« Vedrai, Aba. Te li porto via per sempre, Cristina e Francesco. »

E se ne va.

Appena varcò il portone del palazzo dell'intelligence, Aba si impose di accantonare il pensiero dello scontro con Paolo da Babington. Non era semplice ma lo faceva da vent'anni: oltrepassava quella soglia e le preoccupazioni di Ice, la sicurezza degli italiani, spingevano in secondo piano quelle di Aba. Era stato più facile in passato, quando la vita familiare era rimasta dentro i rassicuranti canali dei problemi normali, lo era meno oggi. Ma doveva pensare a Paul Alli, capire se c'erano altri little boy in arrivo in Italia, pronti a farsi esplodere in una piazza. Guardò oltre i vetri, verso la stanza vuota di Papà Doyle. Si ripromise di tornare sulla sua tomba solo dopo aver trovato i mandanti. Antonio avrebbe voluto così, il lavoro prima di tutto.

Convocò Albert, il terzo dei suoi giovani collaboratori. Una laurea in matematica a pieni voti alla Normale di Pisa, ventidue anni ma ne dimostrava diciotto, Albert si presentò con le mèche verdi tra i capelli rossi e la T-shirt con il volto del protagonista di *Breaking Bad*, forse per lui era un compromesso dignitoso tra un vero delinquente e una persona perbene, visto il lutto per la morte di Antonio Ferrara.

« Immagino che tu abbia già setacciato le telecamere della città, Albert. »

« Niente immagini, niente telefoni. Paul Alli è un maledetto fantasma, cazzo! »

« Albert, ti ho già detto che certe parole... »

« Nemmeno Tony e Leyla hanno trovato qualcosa su Paul Alli. Niente su di lui neppure nelle trascrizioni dei colloqui con i suoi informatori nelle moschee. Capisce cosa vuol dire, vero? »

Era una conversazione surreale, ma dopo un terribile primo impatto Aba si stava abituando ai modi inusuali di Albert.

« Albert, io lavoro qui da vent'anni. Vuol dire che il nostro Paul Alli non è un normale terrorista, è iperprotetto. »

« Brava, ha capito! »

Aba decise di fingere di non aver sentito. Del resto, sapeva che Albert era stato abbandonato fuori da un campo rom e cresciuto in un orfanotrofio e la forma di Asperger che aveva sviluppato portava con sé quel tipo di comportamento che era però compensato dalle straordinarie doti di quel ragazzino.

« E su Abdalla Ghali? »

« L'ho trovato su due telecamere, una alla stazione Termini e una intorno al luogo dell'attentato. Leyla dice che su di lui ci sono tracce nelle conversazioni registrate dai nostri infiltrati nelle moschee. Un esaltato, come tanti dei Ghali. Fondamentalisti islamici, pazzi fanatici.»

Aba conosceva gli eccessi di Albert, ma quella vena era del tutto nuova. Forse la sua storia d'amore con Leyla era finita? Finita male? Non poteva tollerare quel tipo di turbative in ufficio. Così decise di allargare la riunione a Tony e Leyla, un po' perché era necessario, ma anche per capire meglio le dinamiche interne.

Leyla arrivò e portava il velo verde come le mèche del suo amato, quindi nessun segno di crisi. Tony era tornato alle solite giacche firmate ma senza il girocollo. Portava una camicia con le maniche così lunghe da coprire il tatuaggio.

Aba li fece sedere. Decise di dare la notizia senza alcun particolare.

«Abdalla Ghali è morto.»

«Meglio così, un fanatico di meno» esclamò Albert.

«E i fanatici non vanno nel nostro paradiso!» aggiunse Leyla.

Certo, qualcosa non andava, ma Aba preferì ignorare per il momento quei commenti.

«Paul Alli pretende un video in cui il presidente del Consiglio gli garantisce una specie di immunità. Altrimenti non parla.»

«Che stronzata» commentò Albert. «Colpa del nostro garantismo con queste bestie!»

«Consegnatelo al Mossad o alla CIA» aggiunse Leyla.

Quel grottesco duetto era decisamente fuori luogo. Pochi giorni prima Aba li avrebbe fatti a pezzi, forse licenziati. Invece decise che era meglio approfondire in seguito, e solo con Leyla. E poi c'era anche l'altra coppia.

«Tony, come sta Diana?»

Lui si strinse nelle spalle.

«Male, ha reagito proprio male. Non fa altro che piangere e si alza dal letto o dal divano solo per vomitare.»

« Dille di riposarsi. Tu e Albert potete andare. Vedete di trovare qualcosa su Paul Alli, qualunque cosa. »

Appena i due ragazzi uscirono, si rivolse a Leyla.

« Si può sapere cosa ti prende? Ti devi controllare, non hai mai fatto così. E poi tu sei musulmana, sai bene che la stragrande maggioranza è moderata, perché tutta questa rabbia? »

La ragazza si contemplava le mani intrecciate sulle ginocchia.

« È per via di Albert. »

« Sì, ho visto che la pensa così anche lui, ma non capisco. »

« Mio padre è peggio dei little boy. »

Aba quasi sobbalzò.

« Un simpatizzante dei terroristi? »

« No, peggio. Ha scoperto che mi vedo con Albert e ha detto che se non lo lascio mi chiude in casa e non esco più. »

Aba si fermò a guardarla, sollevata da un lato e indignata dall'altro.

« Ho letto di queste cose ma non pensavo che fosse la tua situazione. E tua madre? »

Leyla scuoteva il capo, disperata.

« Ha provato a difendermi ed è stata picchiata! L'ho dovuta portare io al pronto soccorso. »

« E non lo avete denunciato? »

« Mia madre non vuole. Se lo arrestano perdono il negozio, perdono tutto. »

Aba sospirò.

« Hai ragione, è un bel problema. »

« Può aiutarmi, dottoressa? »

« In che modo? »

Leyla guardò Aba dritta negli occhi.

« Lei potrebbe fargli dare una lezione. »

Aba era sorpresa di se stessa. Quella era la madre di famiglia, non Ice. Ma lì era in ufficio, non a casa sua.

« Non funziona così, Leyla. Siamo impiegati dello Stato,

non banditi. Devi convincere tua madre a denunciarlo. Oppure rinunci ad Albert. Ora vai.»

Leyla sollevò gli occhi.

«Per quanto riguarda il video che chiede quel bastardo fanatico di Paul Alli, non potete imbrogliarlo? Tanto lui non ha onore.»

Aba aggrottò la fronte.

«Cosa intendi?»

«Ci sarà qualcuno che somiglia al Primo Ministro, no? E poi Albert con la tecnologia deep fake può ritoccarlo.»

In quel momento le arrivò il messaggio di Giulio Bonan.

Da Lanfranchi tra dieci minuti.

Aba scese al primo piano e l'attendente del direttore dell'AISE Stefano Lanfranchi le fece cenno che poteva entrare direttamente nell'ufficio.

«Entri pure, il direttore è sceso al bar ma sta arrivando.»

«Ma...»

«Non si preoccupi, dottoressa, il direttore ha detto che può entrare.»

Aba entrò e restò in piedi, guardandosi in giro. Stefano Lanfranchi era molto popolare, lasciava entrare i collaboratori nel suo ufficio e scendeva al bar dei dipendenti.

L'ufficio era illuminato solo dalla luce bassa di un abat-jour. Aba si fermò davanti a una delle foto tra le tante con presidenti, primi ministri e papi appese alle pareti della stanza. Era quella che Lanfranchi fissava ogni tanto durante le riunioni. Il direttore dell'AISE, con i capelli più folti e scuri, stringeva la mano a papa Wojtyla, Giovanni Paolo II, anche lui piuttosto giovane. Ai suoi lati c'erano una donna più giovane e una bimba molto bella che assomigliava in tutto alla madre, ma aveva esattamente gli stessi occhi gentili di Lanfranchi.

Poco dopo, Lanfranchi entrò.

« Mi scusi, signor direttore, mi hanno detto di attenderla qui. »

Lui sorrise e indicò la foto su cui Aba si era soffermata.

« Belle, vero? Troppo? »

Aba era imbarazzatissima e per fortuna entrarono Maria Giovanna Cordero e Giulio Bonan. Lanfranchi sembrò dispiaciuto, forse avrebbe voluto prolungare quel momento di confidenza tra lui e Aba. Poi presero posto e il direttore dell'AISE si sistemò nella semioscurità dell'abat-jour, socchiuse le palpebre e iniziò a parlare in tono soffice.

« Il presidente del Consiglio non farà mai quel video, Maria Giovanna. »

« Lo so bene, Stefano. »

« Forse è arrivato il momento di raccontare agli americani di little boy. Secondo il dottor Bonan, potrebbero aiutarci anche a interrogarlo. »

Il direttore dell'AISI teneva il tubetto argentato tra le dita, spento, come una minaccia.

« Stefano, il nostro Paese non cede un suo prigioniero a chi giustifica la tortura. »

Lanfranchi ebbe un sussulto.

« Chi ha parlato di cederlo e di tortura? »

« Nessuno. Ma con Miss Jane Wesbach la tortura aleggia nell'aria. E tu lo sai. »

Lanfranchi alzò di un decibel appena il suo tono. Come accadeva spesso, sembrava assopito.

« Maria Giovanna, Paul Alli è un pericoloso terrorista. Se potesse, ci ammazzerebbe tutti. Dobbiamo costringerlo a parlare in qualche modo, la sicurezza degli italiani ha la precedenza. E poi c'è l'altra questione, la CIA ci sta addosso, sono convinti che noi abbiamo fatto in modo che Johnny Jazir non venisse a Roma. Dobbiamo pur dirgli qualcosa. »

Aba aveva ascoltato, osservato, riflettuto, come sempre. Aveva in mente il suggerimento di Leyla. Alzò una mano e MGC le fece cenno di parlare.

« Signori direttori, io avrei un'idea per accontentare Paul Alli. »

La guardarono tutti: con preoccupazione MGC, con sorpresa Lanfranchi, con scetticismo Bonan.

« Una falsa promessa » completò Aba.

MGC aggrottò la fronte.

« Paul Alli vuole un video, non un pezzo di carta, dottoressa Abate. Il presidente del Consiglio non lo farà mai e tanto meno giurerà il falso. »

« Potremmo chiedere aiuto a chi le ha regalato la sigaretta elettronica, signor direttore? »

Lanfranchi emerse dal finto letargo.

« Mi scusi, dottoressa Abate, temo di non riuscire a seguirla. »

Ma MGC aveva capito. I suoi magnifici occhi verdi sorridevano.

« Un mio caro amico ha un locale in cui si esibiscono i migliori imitatori italiani. Sicuramente ce n'è uno capace di imitare il nostro presidente del Consiglio. »

« E i miei ragazzi conoscono le tecnologie per renderlo identico » completò Aba.

Maria Giovanna Cordero approvò subito.

« Come vedi non servono gli americani, Stefano. »

Lanfranchi e Bonan fissarono le due donne un po' sbalorditi. Poi Lanfranchi annuì, un po' titubante.

« E va bene, Maria Giovanna, se trovi un imitatore convincente proviamo. Fatemi sapere. »

MGC era già in piedi.

« Chiamo subito, massima priorità. »

La pausa pranzo oggi va assolutamente dedicata ad Aba, non ad Ice. Questa sera dovrò spiegare la situazione con calma ai miei figli. Ci vuole una cena speciale, fuori dagli standard consueti. Ma si aprono numerosi problemi: Cristina vorrebbe sempre carboidrati, Francesco è carnivoro.

Chiamo Rodica, il mio angelo custode, le spiego tutto, tanto lei ha sempre una soluzione.

« Pizza coi würstel piace a tutti e due. Cristina mangia pizza, Francesco mangia würstel. »

« Le puoi ordinare? »

« No, signora. Preparo io. Occasione speciale? »

« Sì. »

Una risposta sincera. In fondo, è certamente un'occasione speciale, devo comunicare ai miei figli che i loro genitori si separano.

« Allora lei compra quel dolce che loro piace. »

« Il tiramisù la sera? »

« Lei detto occasione speciale, no? »

« Va bene, lo compro prima di tornare a casa. »

Chiudo con Rodica e mando il messaggio a tutti e due.

Questa sera pizza coi würstel e tiramisù!

Passa qualche secondo e arrivano due risposte, praticamente identiche.

Ma stai bene, mamy?

Tutto bene, mà?

Non mi riconoscono, giustamente. La madre inflessibile di colpo così accondiscendente. Ma so benissimo che quella pizza e quel tiramisù sono solo il primo piccolissimo cedimento, so che non basteranno migliaia di cedimenti per risarcire quei due ragazzi del torto immenso che stanno per subire. Solo che questa è la vita reale, non Risiko o una scacchiera, la vita in cui il cuore ha una parte che non sempre la ragione può compensare.

Subito dopo pranzo, Maria Giovanna Cordero li convocò nella sua sala riunioni, prese dalla borsa una chiavetta USB, la collegò al pc e pochi secondi dopo sullo schermo comparve l'immagine del presidente del Consiglio. O di una persona che gli somigliava moltissimo.

MGC sorrise.

« Anche gli uomini a volte sono di qualche utilità. Lei, dottoressa Abate, può chiedere ai suoi giovani geni di fare qualche ritocco per rendere del tutto identici volto e voce e fargli dire ciò che ci serve? »

« Certo, signor direttore. Non ci vorrà molto. »

Stefano Lanfranchi si rivolse ad Aba e Bonan.

« Non c'è un minuto da perdere. Appena il video sarà pronto, andate all'aeroporto, salite su quel Falcon e tornate subito a Tripoli da little boy. »

Aba non aveva previsto uno sviluppo così rapido.

Scusate ma dovrei cenare coi miei figli per annunciare che io e il loro papà ci lasciamo.

Fece un rapido calcolo.

Se torniamo per le otto faccio ancora in tempo a cenare con Cristina e Francesco.

Seamus O'Neill e il Generale si erano alzati all'alba. Il Generale non restava mai troppe ore nello stesso posto, per non dare punti di riferimento alle lunghe orecchie degli americani.

Il sole era ormai alto sulle dune e la sabbia scottava. Seamus O'Neill teneva gli occhi fissi sulla corda che collegava la caviglia sinistra del suo cammello a quella del cammello del Generale qualche metro davanti a lui.

« Sei preoccupato, Seamus? »

« No, Generale. Grazie alla corda non posso perdermi nel deserto. »

« Potrei perdermi io e moriresti anche tu. »

« Infatti. E poi sono preoccupato perché i satellitari non prendono, vorrei già essere all'oasi. »

« I satellitari che non prendono sono la nostra salvezza,

Seamus, qui nessuno ci sente e ci vede. Io mi perdo per le strade di Tripoli e Bengasi, non qui. Appena saremo all'oasi vedremo che notizie ci sono da Tripoli. Farei volentieri a meno delle città ma purtroppo serve anche la vita normale, la copertura è indispensabile. »

« Anche noi in Irlanda siamo rimasti allo scoperto il più possibile, ma a un certo punto siamo dovuti sparire. »

« Lo so, Seamus. Per questo io ho scelto la doppia vita e non la latitanza totale. Ho studiato la vita di quelli come voi: terroristi, latitanti, mafiosi. Tutta gente che aveva agito a volto scoperto, come te e i tuoi amici dell'IRA, ed era poi stata costretta a nascondersi per anni in qualche cantina di Belfast o in una grotta in Afghanistan o un ovile in Sicilia. Io non volevo trovarmi in queste condizioni. Dai, ci siamo quasi, fra un po' potremo berci un bel chai all'ombra e fumare. »

Il sole invernale stava tramontando quando Aba e Bonan scesero dal Falcon all'aeroporto di Tripoli. Pochi minuti dopo entrarono nella solita saletta. Paul Alli era ammanettato al tavolo e alla sedia.

« Siete già qui? Il vostro Primo Ministro è disoccupato? »

Bonan non gli rispose. Gli mostrò il video sul suo smartphone. Little boy volle rivederlo diverse volte. Poi annuì.

« Spero che il vostro Primo Ministro sia un uomo di parola. »

« Questa promessa è valida solo se collabori. Quindi ora riprendiamo subito l'interrogatorio. »

Paul Alli fece cenno di no.

« Domani. »

« Cosa? »

« Ora voglio fare un bagno caldo, poi la preghiera della sera e una cena decente. Una bella pizza, magari. Voglio dormire comodo almeno una sera. In una cella più grande, con una finestra, su un letto con un materasso comodo, come dormite voi. Se vi dico tutto ora, mi risbattete nella mia lurida cella. Domani mattina dopo un bel sonno sarò più capace di ricordare.»

Aba vide le dita di Bonan serrarsi a pugno, poi i loro sguardi si incrociarono e lui si fermò. Aba si rivolse in arabo a Paul Alli.

«Paul, la promessa del nostro presidente del Consiglio è legata alla tua collaborazione. Domani ci dirai dell'esaminatore?»

«Certo, *sharmuta*. Domani quando sorgerà il sole farò prima la *salat* dell'alba. Poi vi parlerò di quel signore che vi interessa tanto.»

Aba si rivolse a Bonan.

«Possiamo uscire a parlarne?»

Bonan la seguì fuori dalla stanza.

«Non credo che poche ore in più cambino qualcosa, dottor Bonan. Torniamo a Roma e ritorniamo qui domani.»

Bonan fece cenno di no.

«Il Falcon non è un autobus, dottoressa Abate. La benzina la pagano i contribuenti italiani. Se proprio insiste dormiamo qui a Tripoli e domani all'alba appena finisce le sue preghiere lo interroghiamo.»

Aba sapeva benissimo che Bonan aveva ragione. Razionalmente non c'erano dubbi, il dovere le imponeva di restare. Pensò alla pizza coi würstel, al tiramisù, a Cristina e Francesco che la aspettavano, soli, senza il padre che lei aveva sottratto loro. Cercò di restare impassibile, non voleva che quell'uomo le leggesse negli occhi il tormento.

«Ha ragione. Rimaniamo qui.»

Lui annuì. A lei parve quasi contento.

«Bene. Faccio prenotare al Waddan due stanze e il ristorante per cena.»

Forse MGC aveva ragione, forse a Bonan non dispiaceva passare una serata con lei. Ma con i problemi che aveva, quella era l'ultima cosa che poteva accettare.

« No. Restiamo qui in aeroporto, è più sicuro, no? »
Bonan fece una smorfia, poi annuì.
« Sì, è più sicuro. »

Il Generale e Seamus O'Neill erano arrivati all'oasi al tramonto, quando la temperatura calava di un grado ogni quarto d'ora. Mentre bevevano chai seduti su una stuoia sotto una palma, accanto al fuoco acceso, Seamus controllava il suo telefono satellitare.

« Gli italiani hanno portato Paul Alli a Tripoli. »

Il Generale si accese una sigaretta e annuì.

« Dove? »

« Dentro l'aeroporto. In una zona militare molto ben protetta. Lo hanno già interrogato due volte. »

« Quanti sono? »

« Due. Un uomo e una donna. Dormiranno a Tripoli. »

Il Generale aspirò una lunga tirata dalla sigaretta, poi buttò fuori il fumo dalle narici e sorrise.

« Bene, Paul sa cosa fare. Noi dobbiamo pensare a proteggere FAST. »

« Allora torno in Arabia Saudita a occuparmi dei suoi falconi. »

« Certo. E riferiscigli che penserò io a Brigit Weiss, quando sarà il momento. Buon viaggio, Seamus. »

Avrei preferito un alloggio del tutto separato da Bonan, ma l'unica soluzione per dormire dentro l'aeroporto è in una casetta del personale tecnico, con due camere più bagno e cucina.

Mi sono chiusa subito nella mia stanzetta. Il pensiero di Cristina e Francesco abbandonati mi tormenta. Certo, sono due adolescenti, hanno già dormito soli in casa qualche volta, durante i pochi fine settimana fuori Roma che io e Paolo ci siamo concessi negli ultimi anni. Ma ora non è così, ora Paolo non è con me e loro hanno capito che qualcosa non va. Inoltre c'è persino il problema su come avvertirli che non solo salta la nostra cena ma che non tornerò. Il cellulare personale deve restare staccato per sicurezza. Potrei usare il mio cellulare criptato aziendale per chiamarli, ma sarebbe una grave violazione delle regole di sicurezza. Alla fine formo il numero di Leyla Salem. Lei risponde immediatamente.

« Buonasera. »

Non sa dove sono ma conosce benissimo le regole di sicurezza. Niente nomi, nessuna domanda.

« Devi andare in una cabina telefonica, chiamare casa mia e spiegare alla donna di servizio che ho perso il volo e mi hanno rubato il cellulare. Così avvisa lei i miei figli. »

Leyla capisce al volo.

« Ok. »

« Grazie. A domani. »

Cerco di non pensare a cosa proveranno Cristina e Francesco. Il dolore dei figli è sempre il nostro dolore, ma diventa intollerabile quando siamo noi a causarlo. Solo che non posso fare nulla per evitarlo.

Fuori dalla finestrella ci sono solo il buio e i riflettori che tagliano la pioggia che ha attraversato il Mediterraneo e mi ha seguita sin qua. Non ho nessuna intenzione di condividere la cucina e la cena con Giulio Bonan. Mi sdraio sul letto, in attesa di un sonno che non verrà, poi sento bussare e la voce allegra di Bonan.

« *Room service, dinner is ready!* »

La mia reazione è automatica.

« Grazie, non ho fame. »

Lui, come fa a volte, ignora ciò che ho detto.

« Ho cucinato una mia specialità apposta per lei, Ice. Una squisitezza. Venga, la aspetto in cucina. »

Il tono è diverso, né autoritario né insinuante. Mi rendo

conto che non ho pranzato, ho i crampi per la fame e posso cavarmela in pochi minuti.

In cucina la tavola è apparecchiata, con le posate di plastica, i bicchieri e i tovaglioli di carta. Bonan ha addosso un assurdo grembiule da cucina, non so dove abbia potuto trovarlo.

Vede il mio sguardo sorpreso.

« Non ho un vestito di ricambio e non vorrei sporcarmi. Temo che da bere ci sia solo acqua o Pepsi. »

Mi siedo mentre lui serve la sua omelette alle erbe.

« Spero che le piaccia. C'erano solo spaghetti, pelati, uova e spezie. Per come la conosco, ho evitato gli spaghetti. Su, assaggi e mi dica. »

In effetti è appena decente e con troppo sale ma non ho nessuna voglia di discutere, tanto meno delle sue capacità di cuoco.

« Ottima. »

Mi guarda un attimo, come se fosse ovvio.

« Vivo da solo e cucinare mi piace. Temeva che la mia proposta di cena fosse una trappola e le avrei rifilato carne in scatola? »

« Sono allenata sin da bambina alle trappole. »

Non so nemmeno perché gli ho risposto così, aprendo una conversazione e per di più su un canale personale. Forse la stanchezza, la pressione, la solitudine che crea il bisogno di parlare con qualcuno, persino con Giulio Bonan.

« Trappole di che genere? »

« Nulla di interessante. »

« Su, Ice, un po' di conversazione durante una cena non è un peccato mortale! »

« Mio padre disseminava i luoghi proibiti della casa e del giardino con polvere gialla che restava attaccata alle dita sino all'ora di cena, in cui io venivo inesorabilmente scoperta e punita. »

Lui sembra più inorridito che ammirato.

« Terribile ma molto efficace, immagino. »

« Non proprio. Lui lo faceva per stimolarmi a trovare delle soluzioni. »

« E lei le trovava? »

« Certo. Usavo i guanti di gomma della cuoca. »

« Ice, davvero non me la immagino rubare la marmellata. »

« Non ero quel tipo di bambina. »

« E cosa prendeva di così proibito? »

« Libri, per esempio. Dalla sezione proibita della grande libreria prendevo quelli che mio padre considerava sovversivi. »

« *Arcipelago Gulag*? O magari sesso, *L'amante di Lady Chatterley*? »

« No. *I ragazzi della via Pál.* Mio padre lo considerava irrazionale e sovversivo. Come Allen Ginsberg, Anaïs Nin, Henry Miller. »

« Quindi lei riusciva a fregarlo! »

« Nessuno fregava il generale Adelmo Abate. Ho capito anni dopo che, come sempre, papà sapeva che usavo i guanti. »

« E allora? »

« Allora voleva che leggessi quei libri e quindi me li proibiva. Semplice psicologia inversa. »

Bonan resta a bocca aperta.

« Fantastico. Suo padre era davvero un uomo eccezionale. Forse un po' pesante viverci come figlia? »

Normalmente divagherei o non risponderei proprio. Ma a una parte di me, quella più stanca e più sotto stress, queste quattro chiacchiere stanno facendo bene.

« Non userei il termine 'pesante', è più adatto 'complicato'. Al mare, mio padre restava vestito in giacca e cravatta, con le scarpe, persino sotto l'ombrellone. E quindi potevamo andarci solo fuori stagione o, in estate, solo al mattino presto o al tramonto. Ci misi anni a capire che lo faceva per me, per evitare il sole troppo pericoloso per la mia pelle chiara, senza dovermi rimproverare o costringere all'ombra come ogni genitore con i bambini nelle ore calde.»

Bonan sembra affascinato, ma ho come l'impressione che da quelle chiacchiere stia cercando di conoscere meglio chi ha davanti ora, non il leggendario generale Adelmo Abate.

«Se vuole parliamo di lei, dottor Bonan. Da chi ha preso la sua grande stima per le donne?»

Sembra colto leggermente di sorpresa, ma non si tira indietro.

«Da mia madre, che quando avevo sedici anni se ne è andata con un altro uomo. Lei lo farebbe mai di lasciare i suoi figli?»

Evito di rispondere, spostando il discorso.

«Anche suo padre era in Marina?»

Bonan scuote il capo. Ora sembra leggermente imbarazzato.

«No. Fa l'avvocato divorzista. Esperto di come far finire bene i falsi amori.»

Di colpo impallidisce, si alza, si toglie una scarpa e picchia furiosamente qualcosa sul pavimento.

«Bestiacce maledette, questo postaccio è pieno di sabbia e scorpioni.»

Getto un'occhiata ai miseri resti spiaccicati sul pavimento.

«A me sembra più una scolopendra.»

«Comunque una bestia schifosa e io sono allergico, rischio uno shock anafilattico. Ogni volta che vengo in questi posti mi tocca portarmi dietro il cortisone e la siringa di adrenalina.»

Poi si rimette la scarpa e torna a sedersi a tavola.

«Ne vuole ancora?»

Indica la padella col resto dell'omelette. La scena della scolopendra mi ha tolto ogni residuo di appetito.

«Ottima, ma no, grazie.»

«Dovrebbe mangiare di più, è sin troppo magra.»

Be', certo non parleremo del mio corpo. Raccolgo la mia

bottiglietta di acqua e mi alzo. Lui si mette in piedi, si frappone tra me e la porta, per un breve attimo temo che cerchi di baciarmi.

« Ci vediamo domani mattina, dottor Bonan. »

Sguscio tra lui e lo stipite della porta della cucina e mi chiudo a chiave nella mia stanza.

26 ORE ALL'UDIENZA

Sono seduta in poltrona a guardare oltre la vetrata del salotto il cielo azzurro e la vallata gialla con poche macchie verdi. Mi domando come stia facendo Paolo a combinare i diversi gusti vacanzieri di Cristina e Francesco, discoteche lei, natura lui. Quando io esistevo ancora, ci dividevamo: lui con Cristina in giro per posti come l'Argentario e le Eolie, io con Francesco a fare trekking o bici tra monti e laghi. Ora la mia assoluta proibizione di mandarli da soli sino all'inizio dell'università sarà stata superata. Conoscendo il liberismo assoluto di Paolo, *liberi crescono meglio, Aba, imparano dagli errori*, li avrà mandati in vacanza ciascuno per conto suo, ciascuno dove vuole e coi suoi amici, magari Cristina col suo Sasha e Francesco col gruppo del rugby e delle canne.

« Ti vedo pensierosa, Ice. Per il processo? »

Non ho sentito arrivare Jane Wesbach alle mie spalle. Indossa un pareo con sotto un bikini e infradito. Le smagliature ben visibili sulla sua pelle sono la conseguenza dei chili persi, decisamente troppi.

« No. Mi chiedo dove siano in questo momento i miei figli. Perché mio marito è il tipo... »

« Da lasciarli andare in vacanza da soli? »

« Sì. Sarebbe la loro prima volta. »

Sorseggia la lattina di Coca-Cola, scuote il capo.

« Sua figlia ha compiuto diciassette anni! »

« Sono affari miei. »

Lei decide di lasciar perdere.

« Questa villa ha anche la piscina. Vorrei stare un po' all'aperto, prendere un po' di sole e magari fare un bagno. »

« Non pensavo che mi portaste in una villa con piscina. »

Lei annuisce.

« Be', il tuo datore di lavoro non è molto generoso. Allora abbiamo offerto questa, è parte dell'appannaggio del nostro ambasciatore che ha molto generosamente accettato di cedercela per oggi. Ti aspetto in piscina. Sul letto della tua stanza troverai un costume. Intero, nero, taglia 42, giusto? »

Non chiede se mi va. Non è previsto dai nostri ruoli qui. E così salgo nella mia stanza e indosso il costume, identico al mio, stessa taglia, stesso colore, perfino stessa marca.

Quando scendo, Jane è in acqua, in realtà sull'acqua. Sta seduta su una poltrona gonfiabile, con la sua immancabile lattina di Coca-Cola e un berretto da baseball con la scritta CIA a coprirle il caschetto di capelli neri. Di sicuro si scotterà, ma non sarò io ad avvertirla. Mi squadra mentre mi siedo sul bordo della piscina, sotto un ombrellone dove qualcuno ha portato anche una ghiacciaia con lattine di Coca-Cola e bottiglie d'acqua.

« Ti sta un po' largo il costume, Ice. »

« Sono dimagrita, in prigione non si mangia granché. »

« Non vuoi fare un bagno? In acqua si sta benissimo. »

« Non dobbiamo continuare con gli interrogatori? »

« Certo. È ciò che stiamo facendo. Ma visto che ora parleremo anche di come i tuoi problemi personali abbiano inciso sul tuo comportamento, preferisco farmi prima un'idea senza videocamera. »

Mi chiedo se sia un gesto di riguardo per la povera Aba o una tattica per incastrare meglio la traditrice Ice. Ci si può aspettare di tutto da Miss House of Cards, così apparentemente innocua con il suo cappellino CIA, la sua lattina di Coca e il corpo ossuto con la pelle smagliata e già arrossata, seduta su una poltrona gonfiabile in mezzo alla piscina.

« A cosa serve parlare dei miei problemi a casa? A determinare se lo stress familiare induce a bugie sul lavoro? »

« No. Quello lo so già. È una domanda rivolta al futuro, non al passato. »

Potrebbe essere sia una promessa che una minaccia, ma chiaramente Jane non ha intenzione di darmi ulteriori spiegazioni e cambia discorso.

« Ice, ti dispiace prendermi un'altra lattina dalla ghiacciaia? Ci sono anche bottigliette d'acqua per te. »

Si avvicina al bordo, prendo la sua lattina vuota e le passo una piena.

« Dunque, Ice, mi racconti perché hai deciso di buttare all'aria vent'anni di matrimonio? »

« Non c'è molto da dire. Ho scoperto che Paolo mi tradiva e ho deciso di lasciarlo. »

« No, Ice. Dall'inizio. Dal giorno in cui hai conosciuto tuo marito. »

E allora le racconto il nostro incontro all'università, favorito da Tiziana. Lei ascolta, attentissima, come se le stessi parlando di John Kennedy e Marilyn Monroe. Evito ogni commento sui miei dubbi iniziali e arrivo velocemente alla proposta di matrimonio di Paolo.

« Strano, Ice. Davvero. »

« Non vedo cosa ci sia di strano. Tu hai conosciuto tuo marito in modo ancora più banale? »

Sorride.

« Non mi sono mai sposata. Intendevo strano per il tuo carattere, Ice. Tu sei piuttosto, come dire, decisionista. Non sembri il tipo da farsi presentare un ragazzo dalle amiche, tanto meno il tuo futuro marito. Eppure, lui ti è piaciuto a tal punto da sposartelo. Sai quand'è che una donna forte sposa un uomo debole? »

« Non vedo come puoi saperlo tu, visto che non ti sei mai sposata. »

Jane non fa una piega.

« Ci sono anche i libri, le statistiche. Di solito è quando la donna già prevede che avrà molto da nascondere. »

«Se lo dici tu sarà vero, Jane.»

«Ma tu sei entrata nell'intelligence *dopo* il matrimonio, non prima. Vero?»

La parte pericolosa è l'ultima parola, con il punto di domanda. Tutto il resto è scritto nel mio curriculum. Jane in realtà mi sta chiedendo se c'è qualcosa di non scritto.

Certo che c'è, Jane. Ora so perché mi hai portato qui, a bordo piscina, senza videocamera. Perché la videocamera c'è eccome, nascosta da qualche parte. E tu, dopo, riguarderai al rallentatore ogni mia reazione.

Devo soltanto restare calma, nessuno sa di 9999. Ma questo «nessuno» include la CIA? Non posso saperlo, devo solo dare una risposta plausibile.

«Paolo aveva il profilo perfetto per il mio carattere. E ovviamente il mio carattere è adatto al mio mestiere.»

Lei non sembra soddisfatta.

«Ci torneremo poi, Ice. Ma ora il punto è un altro: una donna con la tua razionalità non butta via vent'anni di matrimonio e due figli per un tradimento. Tanto più se quel marito è uno dei pochi uomini al mondo adatti a far da marito ignaro a una spia. A meno che...»

Si ferma e so benissimo cosa intende.

A meno che la spia sappia già che non farà più quel mestiere.

«L'hai letto sui manuali della CIA?»

«Parlo anche per esperienza diretta, Ice. Mia moglie è l'unica che potrebbe sopportarmi col mio lavoro.»

Non so se è una provocazione, una trappola come la finta figlia su sedia a rotelle, ma decido di ignorare la parola *moglie.*

«Senti, Ice. Facciamo solo per un attimo l'ipotesi che, anche grazie alla mia testimonianza, tu venga assolta da tutte le accuse e riacquisti la libertà e il lavoro. A quel punto ti servirebbe di nuovo tuo marito, no?»

«Posso crescere i miei figli senza di lui.»

«Facendo la spia? Non credo. Io e mia moglie ci abbiamo rinunciato.»

Decido di continuare a ignorare la provocazione.

« Non siamo uguali, Jane. Nemmeno simili. Io non interrogo la gente in piscina con una videocamera nascosta. »

Ora il suo sguardo si indurisce.

« Certo. Tu li denudi, li metti legati su una sedia sfondata, con i testicoli che pendono e i fili elettrici intorno... »

« Quello è stato Johnny Jazir, non io. »

« Ma tu eri lì con lui e l'hai lasciato fare. O no? »

Per un attimo mi tornano in mente quei momenti. Ci sarebbe molto da dire, ma anche molto da perdere. Scelgo il silenzio.

Jane mi porge la lattina vuota di Coca-Cola.

« Parlo di falsità, Ice. Di doppia faccia. Forse sei il tipo di donna che ha bisogno di rompere con suo marito prima di iniziare a sedurne un altro? Perché so che voi cattoliche vi sentite meglio così. »

« Davvero? Sempre dai libri della CIA? »

Jane Wesbach si tuffa in acqua, scompare, riappare vicinissima. I suoi occhi grigi sono freddi.

« Se tu non avessi sedotto Giulio Bonan molte persone a noi care sarebbero ancora vive, vero? »

Non le rispondo. Una nuvola ha oscurato il sole, altre sono in arrivo. In lontananza si sente il primo tuono. E di nuovo torna il dolore. Non è per me, non è per gli anni di prigione che mi attendono. È per i morti, colpevoli e innocenti, e per i vivi, per i miei figli che oggi sanno che sono in carcere e sotto processo per un'ingiusta accusa di irregolarità amministrative e domani dovranno convivere con una madre condannata a molti anni di prigione per tradimento del nostro Paese.

SEI MESI PRIMA: GIORNO 4

Aba era sdraiata al buio, insonne, divisa tra i rumori degli aerei e i pensieri su Cristina e Francesco, figli senza un padre che lei aveva cacciato, senza una madre che se ne stava a Tripoli a interrogare un terrorista.

Ogni tanto, nel dormiveglia, sognava di alzarsi, correre fuori, mettersi ai comandi del Falcon ed eccola lì, coi suoi due ragazzi, in cucina, e Paolo che leggeva i giornali sul suo iPad e Killer con gli occhi allucinati dalla marijuana.

Si svegliò di soprassalto, col sudore appiccicato alla schiena. Si alzò, fece una doccia e si vestì. Uscì dalla stanza, sperando di poter fare colazione da sola. Invece Giulio Bonan era già in cucina, vestito con la pochette a quattro punte nel taschino del doppio petto grigio del giorno prima. Aveva preparato il caffè, sulla tavola c'erano biscotti e fette di pane già tostato. Aveva l'aria un po' stravolta.

« Qualcosa non va, dottor Bonan? »

Lui fece una smorfia disgustata.

« Non ho chiuso occhio, ho tenuto la luce accesa per gli scorpioni. Mille volte meglio gli squali, quelli non ti entrano in camera. »

Poi indicò la tavola apparecchiata.

« Ho trovato biscotti e pane. Quindi per lei ho tostato il pane. »

Aba buttò giù rapidamente il caffè senza toccare il pane, mentre lui aggiungeva il latte al caffè e immergeva due biscotti nella tazza. Lui non era loquace e lei ne fu felice.

Venti minuti dopo erano nella palazzina che faceva da prigione a Paul Alli. Dopo aver indossato nuovamente passamontagna e tuta entrarono nella solita saletta, che Aba trovava ogni volta più claustrofobica. Come se gradualmente si sentisse anche lei prigioniera.

Little boy era già lì, come sempre, seduto e ammanettato. Aveva l'aria molto più riposata e tranquilla. Bonan mise sul tavolo la sua agenda di pelle e la penna. Aba riconobbe il metodo, preso da un paragrafo del libro del generale Adelmo Abate sulla conduzione degli interrogatori, sull'uso dei messaggi non verbali. Ma suo padre aveva scritto quei manuali sulla base delle sue esperienze con i brigatisti e i mafiosi, non con ragazzini venuti da un altro mondo per farsi saltare in aria.

Bonan scelse un tono calmo per fare il punto della situazione.

« Questa volta mi aspetto molte risposte esaurienti, Paul. La promessa fatta dal nostro Primo Ministro in quel video verrà mantenuta solo se noi diremo che hai collaborato. Altrimenti ti passeremo oggi stesso agli americani, che non ti tratteranno bene come noi. Chiaro? »

Paul Alli annuì.

« Certo. Come promesso. »

« Bravo. Chi ti ha reclutato per questa missione in Italia? »

« I fratelli Ghali. »

« Conoscevi già Abdalla? »

« No. L'ho conosciuto solo al momento di salire sul barcone che ci ha portato in Italia. »

« E, arrivati in Sicilia, cosa avete fatto? »

« I nostri complici ci aspettavano, ci hanno prelevato e portati in un casolare in campagna. Io e Abdalla abbiamo preso il treno per Roma la sera prima che voi assaltaste il casolare. Avevamo già tutto con noi, l'esplosivo e le tute da netturbino. Ci siamo preparati in una toilette della stazione Termini. »

« Molto bene, Paul. Ora parliamo di quell'uomo, l'esaminatore. »

« Va bene. »

« Dove vi siete incontrati? »

« In Libia, vicino a Tripoli. »

« Chi ti ha mandato da lui? »

« Michael Ghali. »

« Quando? »

« Tre mesi fa, più o meno. A inizio dicembre dello scorso anno. »

« E come fu organizzato l'incontro con l'esaminatore? »

« Michael mi ordinò di andare a Tripoli al Caffè di Roma, dietro il Castello Rosso. Dovevo chiedere di un certo Mustafà e consegnare una busta con una lettera di Michael. »

« Bene. Ci sei andato? »

« Sì. Al Caffè di Roma c'era un barista, un vecchio coi baffoni. Gli chiesi di Mustafà. Lui mi rispose di bere uno chai e intanto fece una telefonata. »

« Continua. »

« Una ventina di minuti dopo indicò un ragazzo di colore che stava in piedi davanti a un pick-up sull'altro lato della strada. »

« Descrivilo. »

« Più o meno come me. In fondo siamo tutti uguali noi neri, no? »

« No, Paul. Non siete tutti uguali. »

« Be', questo lo era. Sono andato da lui e gli ho dato la busta di Michael Ghali. Lui l'ha aperta, non so cosa ci fosse scritto. »

« Prosegui. »

« Siamo saliti sul pick-up e mi ha fatto mettere un cappuccio, così non vedevo nulla. Ha guidato in silenzio per più di un'ora, poi si è fermato e mi ha fatto scendere. »

« Dove eravate? »

«Non lo so. Per un po' ho sentito soltanto il vento. Credo in mezzo al deserto, non si sentiva nulla. Poi, di colpo, la voce di un uomo mi ha chiesto se fossi pronto a morire.»

«Giovane o anziano?»

«Non giovane.»

«Che accento aveva?»

«Non del Niger, libico o tunisino, direi.»

«E tu cosa gli hai risposto?»

«Che ero pronto. Allora mi ha dato una pistola a tamburo, ha detto che tanto c'era dentro una sola pallottola, poi mi ha ordinato di mettere in bocca la canna della pistola e tirare il grilletto.»

«Hai obbedito?»

«Certo. Anche se fossi morto, sarei stato un martire. Ma non sono morto e subito dopo l'autista mi ha riportato a Tripoli. Non siamo stati lì per più di cinque minuti.»

«Cosa è successo dopo che l'autista ti ha riportato a Tripoli?»

«Sono rimasto in una pensioncina coi soldi che mi aveva dato Michael. Due giorni dopo, Michael mi ha ricontattato per dirmi che avevo superato la prova dell'esaminatore e dovevo partire per l'Italia.»

«E non sai altro dell'esaminatore?»

«No.»

Bonan annuì, soddisfatto. Era la stessa storia che aveva raccontato l'altro little boy, Abdalla. E domande e risposte si erano alternate serratissime, senza pause né esitazioni. Il che, ad Aba, pareva un po' strano, come se quel video, la pizza, la notte nella cella comoda avessero sbloccato Paul. Infatti, little boy indicò il taccuino su cui Bonan aveva trascritto tutto.

«Guardi quante cose ha scritto! Per oggi vi ho detto già abbastanza.»

«Questi non sono i patti.»

Ora Paul Alli aveva di nuovo quel sorriso sfrontato.

« Voglio continuare ad avere un trattamento di lusso. Poi, con calma, se mi trattate bene e non mi passate agli americani, vi dirò il resto. Intanto avete quello che vi ho appena detto. »

Dalle feritoie del suo passamontagna, ciò che Aba vide negli occhi di Paul Alli non era odio, ma scherno. Solo un tragico, terribile scherno. Toccò il braccio di Bonan. Gli parlò in russo.

« Non ci dirà altro. Torniamo a riferire ai nostri capi. »

Bonan fu subito d'accordo.

« Sì, andiamocene, altrimenti finisce che lo gonfio di botte. »

Salirono sul Falcon proprio mentre si scatenava un furioso temporale. Bonan le fece cenno di sedersi di fronte a lui.

« Proporrò al direttore Lanfranchi di consegnare Paul Alli agli americani. Non vedo altra strada. Lei può aiutarci a convincere il direttore Cordero? »

Aba capì che quello era il motivo per cui aveva accettato subito di tornare. Voleva il suo aiuto.

« Paul Alli non mi convince, dottor Bonan. »

« Cioè? »

« Non lo so. Una sensazione. »

Bonan fece una smorfia.

« Noi non lavoriamo sulla base delle sensazioni ma dei fatti. »

Mentre discutevano, Aba si tolse la parrucca e la ripose nella 48 ore, seguita dallo sguardo assorto di Bonan.

« Un giorno lei fece una scenata plateale per entrare al mio circolo per soli uomini, ma ebbe almeno la prudenza di travestirsi... Si mise proprio quella parrucca con la frangia... »

Aba avvertì un brivido. Fece un tentativo, col solito metodo.

« Già. Lei si arrabbiò moltissimo e quel povero maggiordomo all'ingresso non sapeva che fare. »

« Ricorda cosa ho detto quando l'ho vista con quella parrucca? »

« Mi scusi, non ricordo. »

« Le feci un complimento, dissi che le stava bene. »

« Be', allora mi farò crescere frangia e capelli. »

Giulio Bonan sembrò colpito da quel tono in una donna che, con ogni evidenza, giudicava un incrocio tra uno stoccafisso e una monaca.

Il destino le venne in soccorso: un tuono, un fulmine, un vuoto d'aria che fece sobbalzare e sprofondare il Falcon. Di colpo si trovarono entrambi pallidissimi e aggrappati alle rispettive braccia. Poi l'aereo si stabilizzò e quel momento di panico si trasformò in imbarazzo.

« Scusami, Aba, odio i fulmini... »

Lei colse l'attimo, sorvolò sull'uso del nome proprio e del tu, doveva distrarlo dalla faccenda della parrucca. Ora e per sempre.

« Scusami tu, Giulio, io non sopporto i sobbalzi... »

Poi l'imbarazzo fu superato dal ridicolo e Aba ringraziò silenziosamente la sua paura di volare e quella dei fulmini di Bonan.

Il Generale lesse con soddisfazione il messaggio di Seamus O'Neill.

Little boy ha cominciato a parlare: Mustafà, al Caffè di Roma.

Ottimo. Paul Alli era un vero professionista. Le sue istruzioni erano chiare: niente per i primi tre giorni, qualcosa dal quarto giorno.

Spostò il posacenere pieno di cicche ed estrasse un quaderno da uno schedario di ferro. Su ogni pagina c'erano una cinquantina di righe scritte in arabo. Trovò le voci che cercava.

Mustafà: autista
Caffè di Roma: esaminatore
Esattamente quello che aveva chiesto a Paul Alli di fare.
Mandò un messaggio a Seamus.
Qui ok. Avvisa FAST, domani da lui.

Fuori dall'aeroporto, davanti alla fila dei taxi, Bonan mi apre lo sportello per farmi salire.

« Prendiamo due taxi, Giulio. Passo da casa a farmi una doccia e cambiarmi. Ci vediamo in ufficio più tardi. »

Al solito, una verità è sempre meglio di una bugia.

« Certo, Aba. Sento io i nostri capi e ti avviso. »

Ormai, dopo l'involontario e tragicomico abbraccio in aereo, lui è passato stabilmente al nome proprio e al tu. Ma io ho altri pensieri, sensi di colpa che mi arrivano addosso da tutte le parti.

In taxi riattacco il cellulare personale e mando subito un messaggio a Cristina e Francesco che sono a scuola.

Recuperato cellulare. Mi spiace per ieri sera, Rodica aveva lasciato la pizza coi würstel?

La risposta arriva da Cristina, immediata.

Non ti preoccupare, mamy. Quando Rodica ci ha detto che non tornavi abbiamo chiamato papà. È tornato a Roma, ci ha portato alla nuova birreria a Trastevere.

Poi arriva anche il messaggio di Francesco.

Che figata, mà. Papà ci ha portato alla birreria di *Guerre stellari*!

Non me la sento di chiedere altro. Non sono in grado di sopportare i dettagli della cena con Paolo al pub di *Guerre stellari*. Ora devo solo recuperare e parlare con loro.

Vengo a prendervi all'uscita da scuola, si pranza al Temakinho.

La risposta ovviamente è entusiastica, immediata, a Francesco piace la cucina brasiliana, a Cristina quella giapponese.

Ora devo solo sbrigarmi. Entro in casa, mi affaccio in cucina per salutare Rodica e arrivano le prime brutte notizie. La tazza nella lavastoviglie che Rodica sta finendo di riempire è quella con la scritta NICE DAD, regalo di Cristina e Francesco a mio marito.

« Paolo ha fatto colazione? » chiedo con aria di finta indifferenza a Rodica.

« Signor Paolo portato a scuola i figli, poi ufficio. »

Ecco, un padre modello, improvvisamente attivissimo dopo vent'anni di totale letargo. La guerra è iniziata. Così, senza preavviso. Mentre io ero in Libia a combatterne un'altra.

Decido di non chiamare Paolo. So già cosa risponderebbe. *Non potevo mica dire ai ragazzi che andavo a dormire in albergo.*

Lo affronterò dopo aver spiegato la situazione ai miei figli, cosa che farò fra poco.

Killer mi viene incontro scodinzolando e tremando un po'. Non zoppica ma ha occhi molto strani per un cocker.

« Killer ha mangiato, Rodica? »

« Sì, tutti Baulucy. Killer guarita, signora. Miracolo. »

« Già, un miracolo. Ma non ti sembra che tremi? »

« Sì, un poco. Cosa può essere? »

Un sospetto ce l'ho, ed è molto più che un sospetto: Killer è strafatta di marijuana. Ma non ho proprio tempo per lei in questo momento.

« Pranzo fuori coi ragazzi, Rodica. Non cucinare per loro, ora mi faccio una doccia e li vado a prendere. »

« Va bene, allora non preparo niente. Venuto postino, raccomandata per lei. »

Rodica mi porge una busta. Sul retro è stampato il nome di uno studio legale. Quattro nomi di avvocati, ciascuno coi suoi pomposi titoli professionali vagamente minacciosi. Dentro c'è una lettera molto breve.

Gentile signora Abate,
invio la presente a nome e per conto di Suo marito Paolo Neve. La invito a farmi contattare al più presto dal Suo legale di fiducia.
Avvocato Sofia Goren

Per un attimo provo simpatia per l'avvocato Goren. Anche lei ha un padre sadico come il mio, che abbina un nome a un cognome tanto per rendere la vita infernale a sua figlia. Poi arriva tutta la rabbia verso Paolo e la sua falsità.

Invita i miei figli alla birreria di Guerre stellari*, dorme nel mio letto, e intanto mi fa scrivere dall'avvocato.*

Mi calmo. So bene cosa fare: dire ai miei figli la verità.

Vostro padre si scopa la mia migliore amica.

Mi faccio una doccia veloce, indosso abiti puliti e sono pronta per andarli a prendere quando arriva un messaggio da Giulio Bonan.

Piscina Foro Italico tra mezz'ora con MGC.

Calma, calma, devo restare calma. Torno in cucina da Rodica mentre con la app chiamo il taxi.

«Non posso portarli a pranzo.»

Mi guarda, smarrita.

«Ma ho rimesso in frigo la carne.»

«Apri le scatolette di tonno.»

«Si arrabbiano, signora.»

«Li avviso io.»

Un minuto dopo salgo in taxi, mancano dieci minuti all'una e non c'è niente che possa fare. Mando il messaggio a entrambi.

Contrattempo, scusate, ci vediamo a casa per cena.

Questa volta non c'è risposta, il che è peggio di un insulto. Mentre il taxi mi trasporta al Foro Italico penso con rabbia a mio marito, a tutto il suo tempo libero per farsi bello coi figli e farmi scrivere da un avvocato. Poi respiro profondamente e mi impongo di non essere ostile. Ci sono Cristina e Francesco, devo trovare un accordo con Paolo, in fondo siamo due persone civili, ragionevoli.

Il *bip* del cellulare personale mi distrae da quei pensieri. È l'ennesimo messaggio di Tiziana.

Chiamami.

Che faccia tosta! Ecco, basta poco a far prevalere la rabbia. Lo cancello. La cancello.

La piscina coperta del Foro Italico era semideserta nella pausa pranzo. Aba e Bonan si sedettero sulle gradinate. MGC era sul trampolino da tre metri per l'ultimo tuffo del suo allenamento. Snella, in piena forma nel costume intero verde smeraldo, un corpo da trentenne.

MGC fece un respiro profondo, poi un altro. Un passo, un secondo, un terzo più breve. Si fermò, meno di un secondo, in realtà. Prese il primo slancio, sollevandosi un po', atterrò sulla gamba sinistra e rimbalzò, gambe unite, braccia tese verso l'alto, toccò il bordo del trampolino e decollò. Un istante dopo era su, un metro, due, forse meno, forse più. S'incurvò in avanti sino a che fu piegata in due, mentre le braccia dirette in basso sfioravano le ginocchia che stavano ancora salendo, i glutei l'apice del suo corpo che poi come una molla si riaprì di scatto in una verticale che solcò l'aria e si infilò in acqua sollevando appena uno schizzo.

Bonan era a bocca aperta.

« Certe donne sono davvero sorprendenti, Aba, capaci di tutto. »

Lei si alzò.

« Ha finito, raggiungiamola. »

Discesero i gradini che li separavano dal bordo piscina, mentre MGC si toglieva la cuffia, scioglieva i lunghi capelli castani e indossava un pesante accappatoio di spugna verde bottiglia come i suoi occhi. Poi MGC si tirò su il cappuccio per proteggere la testa dal freddo. O forse, pensò Aba, per via dei capelli lunghi sciolti che riteneva riservati ai suoi amanti.

Bonan la osservava come se fosse una bestia strana fuggita da uno zoo. MGC era chiaramente fuori da ogni parametro che per lui definiva i confini del mondo femminile.

« Si allena ogni giorno, signor direttore? » chiese Aba.

MGC le lanciò un'occhiata e lei si rese conto della gaffe.

« Mi scusi, signor direttore. Non sono autorizzato a saperlo. »

« Esatto. Allora, con il direttore Lanfranchi abbiamo discusso il vostro rapporto sull'incontro con Paul Alli e abbiamo concordato una linea d'azione. »

Fece una pausa, si frizionò i capelli bagnati con l'accappatoio, ma senza mostrarli.

« Dobbiamo arrivare ai mandanti dei little boy nel più breve tempo possibile. Quindi bisogna verificare immediatamente se Paul Alli dice la verità o meno. Tornate a Tripoli a cercare questo Mustafà al Caffè di Roma. Solo che a Tripoli la situazione è sempre più pericolosa e per uscire dall'aeroporto servirà una copertura. »

Bonan doveva averlo previsto, perché aveva già una soluzione.

« La Marina italiana ha una nave di supporto tecnico alla Guardia costiera libica nella base di Abu Sitta. Ufficialmente, potremmo andare per valutare quella nave. »

Aba fece per obiettare.

Io devo restare a Roma il più possibile e occuparmi della mia famiglia.

Ma Bonan in fondo aveva ragione e il lavoro veniva prima. Tuttavia MGC era pensierosa.

« Riusciamo a nascondere le vostre missioni sino a che restate in aeroporto, ma se entrate a Tripoli gli americani lo verranno a sapere senza alcun dubbio. Ora, mentre la presenza del dottor Bonan su una nave militare ha senso, quella della dottoressa Abate no. E alimenterebbe un sospetto che gli americani già hanno. »

Bonan scosse il capo.

« Mi scusi, signor direttore, a me sembra un sospetto senza nessuna base. Aba, la dottoressa Abate, è ormai indispensabile. »

Aba era incerta. Una parte di lei non voleva credere che Maria Giovanna Cordero avesse ragione, che si trattasse di un'infatuazione. E poi, lei doveva occuparsi di Paolo, Cristina, Francesco. Ma improvvisamente l'insistenza di Giulio Bonan le apriva una possibilità.

« Signor direttore, potremmo dire agli americani che vado a Tripoli per parlare con Johnny Jazir e convincerlo a incontrarli in un luogo neutrale. E nel frattempo chiedergli di aiutarci a trovare l'esaminatore. »

Gli occhi verdi scintillarono in mezzo alle rughe, rivolti ad Aba.

« E quando le è venuta quest'idea, Ice? »

« Adesso, signor direttore. Quando lei mi ha confermato i dubbi degli americani su di me. Se li aiutassimo si ricrederebbero, anche sul mio conto. »

« Lei che ne pensa, dottor Bonan? »

Gli occhi cerulei di lui incrociarono quelli di Aba e per un attimo lei trattenne il fiato.

Ora le dirà della maledetta parrucca.

« Credo che sia una buona idea, purché Ice lo incontri con me. »

Aba si chiese se lo pensasse davvero o fosse solo perché lui la desiderava a Tripoli con sé. Ma non aveva importanza. Lei doveva fare di tutto per togliersi di dosso i sospetti degli americani.

MGC annuì.

« Va bene. Vado a farmi una doccia calda e a vestirmi, intanto lei chiami Marlow. Sia convincente, dottoressa Abate. Di solito le riesce abbastanza bene. »

MGC si diresse velocemente verso gli spogliatoi. Aba estrasse dalla tasca il cellulare. Scelse di scrivere invece di chiamare, così non avrebbe avuto il problema del controllo del tono di voce in una telefonata che sicuramente sarebbe stata intercettata, registrata e vivisezionata sia dai suoi colleghi italiani che dagli americani.

Io e Arpax a Tripoli domani. Può incontrarci?

La risposta arrivò pochi secondi dopo.

Ok. Tenetevi pronti: a metà mattinata le scriverò.

Poco dopo MGC uscì dagli spogliatoi. Elegante, con il solito chignon e con la sigaretta elettronica che emanava vapore. Aba le mostrò la risposta di Johnny Jazir e MGC annuì, lentamente.

« Qualcuno deve pur convincere Johnny Jazir a incontrarsi con gli americani e se lo fa lei tanto meglio, così la smetteranno di fare illazioni. Ma naturalmente non parlate con lui del fatto che stiamo interrogando Paul Alli in Libia. »

MGC diede un'occhiata ai due orologi, prima il destro, poi il sinistro.

« Autorizzerò il Falcon per domani mattina. Fate buon viaggio. Ora devo andare. »

Aba salì al piano con l'open space ed entrò nel suo box. Per prima cosa chiamò al telefono Tony e Albert. Nell'attesa, recuperò dalla cassettiera la 48 ore. Tolse tutto ciò che non era necessario, aveva bisogno di spazio. Lasciò solo il velo, gli occhiali scuri grandi, la parrucca nera lunga con la frangia. Per entrare a Tripoli erano indispensabili.

Tony arrivò per primo. Aveva ancora una giacca sobria ma la camicia era sparita, sostituita da uno dei suoi amatissimi girocollo da macho. Solo che questo aveva le maniche molto lunghe, fin sopra il polso, per coprire il tatuaggio coi due uccellini e la gabbietta. Aveva l'aria corrucciata, che in Albert sarebbe stata normale, ma in un tipo allegro come lui era sintomo di grave malessere. Aba la attribuì alla morte di Papà Doyle.

« Tony, devi andarmi a comprare quattro paia di scarpe, due da corsa e due da calcio. Per bambini, ti ho scritto qui l'età e il codice della mia carta. »

Albert si sarebbe ribellato, ma Tony prese il foglietto e la carta di credito.

« Quanto devo spendere? »

« Prendi i modelli migliori. »

Tony uscì senza fare altre domande. Albert non era ancora arrivato e lei lo richiamò. Lui si presentò alcuni minuti dopo. Ora indossava una T-shirt col profilo di Marlon Brando nel *Padrino*. Sempre quel concetto dei delinquenti simpatici. Simpatici a lui.

« Avevo detto di venire subito, Albert. »

« Stavo finendo di cercare un cracker che non avrei più trovato. »

« I cracker te li puoi comprare al bar, quando io ti chiamo devi... »

« Non quel tipo di cracker. Quello che ha crackato di nuovo i codici di protezione della trasmissione della Champions League. »

« Non potresti chiamarlo 'pirata informatico' così capisco anche io? »

« Il cracker è quello che rompe i codici di protezione. Il pirata è quello che distribuisce i warez. »

« Warez? »

« I software illegali. »

« A proposito di illegali. Hai solo magliette con facce di criminali? »

« Certo, le stampa un mio amico. Ho anche quelle con certi politici italiani ma le metto la sera, qui in ufficio non mi sembra il caso. Ora scusi ma io ho da fare, che vuole? »

« Mi serve un moscone da portarmi in viaggio. »

« Dove va? »

Aba gli lanciò un'occhiataccia ma Albert non si scompose.

« Dottoressa, non voglio carpire un segreto di Stato ma devo sapere se prende un aereo. Lì ci sono i metal detector e allora il moscone bisogna mascherarlo. »

« Aereo. Ma viaggio col nostro Falcon e con me ci sarà qualcuno col bagaglio diplomatico. »

« Ah, allora è tutto ok. Lei lo sa usare il moscone, vero? »

Aba si trovò fastidiosamente sulla difensiva.

« Ho fatto il corso di formazione, come tutti. »

Albert sospirò, scuotendo il capo.

« E pensa che basti? Venga con me. »

Albert le voltò le spalle e uscì. Aba fu costretta a seguirlo sino al deposito con annesso laboratorio pieno di ogni genere di aggeggio tecnologico, incluso un robot a cui Albert aveva insegnato a scaldare i toast per le sue merende.

Aba passò un'ora con in mano un joystick innestato su una piccola consolle da videogioco, un'alunna costretta a ripassare l'utilizzo del moscone sotto la guida di un ragazzino con la maglietta di Don Vito Corleone. Solo alla fine, quando fu soddisfatto dei suoi progressi, Albert le consegnò l'astuccio col joystick e il moscone.

« Veda di non fare casino e me lo riporti tutto intero. Va in missione all'estero, vero? »

« Albert, mi pare di averti spiegato... »

« Se è un segreto dovrebbe essere più prudente, che ci fa la sua 48 ore fuori dall'armadio? »

« Albert... »

« Be', gli faccia un culo così a quei fanatici musulmani! »

Aba lo congedò e poco dopo Tony si affacciò nel suo ufficio con in mano un grosso sacchetto di plastica.

« Ho preso le scarpe migliori. Per le femmine ho scelto il rosa. »

« Già. Tu te le immagini tutte in rosa le donne, vero? »

Tony si bloccò, perplesso.

« Mi scusi, non... »

« Diana come sta? »

« Sempre uguale. Piange e vomita. »

Lei gli fece cenno che poteva andare e lui sparì velocemente.

L'atmosfera intorno al tavolo in cucina è strana. Molto più silenziosa. Come se oltre a Cristina e Francesco persino Killer fosse lì in attesa di qualcosa. Provo a parlare un po' della scuola, faccio persino un accenno distensivo a Sasha, il fidanzato non gradito di Cristina, porto in tavola i cannoli freschi che ho comprato in pasticceria e che normalmente suscitano entusiasmo e baci. Nulla. I miei figli sono cupi e chiaramente risentiti, forse per il pranzo saltato al Temakinho. O forse c'è altro?

« Come è andata la cena con papà ieri sera? »

Cristina e Francesco si guardano. Risponde lei, la più grande.

« Ieri sera bene. Ma visto che tu ci hai dato di nuovo buca ci siamo preoccupati, lo abbiamo chiamato e papà ci ha spiegato che avete dei problemi. »

Sono sbalordita. Non avrei mai creduto che Paolo fosse capace di fare una cosa del genere senza la mia autorizzazione.

« Cosa vi ha detto? »

« Dice che tu non vuoi che lui torni a casa. Ma non ha voluto spiegarci perché. Ha detto che sei tu che devi decidere. »

È il tipico metodo di Paolo, tanto i figli devono crescere, hanno gli anticorpi per tutto. Solo che non è affatto così. Sono pieni di fragilità, come ogni adolescente.

« Non è così. Io gli ho solo proposto di vivere per un po' separati, io con voi e lui in albergo. Ma stiamo cercando... »

Francesco è il primo a ribellarsi, come sempre.

« Tu hai deciso! Da sola! Senza neanche parlarne con noi! »

Ci sarebbe un modo molto semplice di gestire la questione: la verità.

Vostro padre si è scopato la mia migliore amica. Se non ci credete, vi mostro la multa che ha preso in piena notte parcheggiando in sosta vietata sotto casa di Tiziana.

Ma farlo avrebbe un terribile effetto collaterale. Li lascerebbe per sempre soli con Ice. La madre fredda, senza cuore.

« C'è sempre uno dei due che deve decidere. Ma voi continuerete a vederlo tutte le volte che volete. »

Cristina non ha neanche assaggiato il cannolo. Mi guarda, ora le lacrime rigano le guance paffutelle di rimmel e mi si stringe lo stomaco.

« Papà dice che farà di tutto per portarci con lui. »

Adesso mi è definitivamente chiara la lettera dell'avvocatessa Sofia Goren. Dopo la scena da Babington, Paolo ha deciso per la guerra totale.

« E voi cosa vorreste? »

Francesco reagisce, indignato.

« Noi vogliamo che tutto continui come prima. »

Cristina annuisce.

« Altrimenti ce ne andiamo noi. »

Poi scoppia a piangere e se ne vanno nelle loro stanze, lei singhiozzando e lui zoppicando sulla stampella e tenendole un braccio intorno al collo. E io cerco ancora di restare calma, riflettere, soppesare i pro e i contro, in una guerra tra ragione ed emozione, tra amore per loro e rabbia per lui.

Vado in cucina, solo Killer è sempre allegra e saltellante, forse anche un po' troppo, con quei piccoli tremiti.

Preparo la colazione per i ragazzi. Lascio loro un biglietto.

Esco presto. Ci vediamo domani a cena e riparliamo con calma di tutto.

Poi uno per Rodica.

Niente dieta, fai la pasta per pranzo. Controlla Killer, vedi se trema quando cammina.

24 ORE ALL'UDIENZA

I temporali estivi sono più brevi ma più intensi e rumorosi. Anche la stanza dei *nostri incontri*, Jane rifiuta categoricamente di chiamarli interrogatori, è scossa dai tuoni mentre Jane accende la videocamera.

« Dunque, Ice. Passiamo da tuo marito al secondo uomo di questa storia. »

Lei aspetta che io chieda « quale secondo uomo? », ma non sono ancora così rimbambita e non dico nulla.

« Quando ti sei resa conto che Giulio Bonan... come si dice... pendeva per te? Va bene, pendeva? O diresti spasimava? »

« Non lo so, Jane. In ogni caso, non me ne sono accorta, ero preoccupata dai rapporti con mio marito. »

« Ma è un dubbio che aveva anche il tuo capo Maria Giovanna Cordero, no? »

« Davvero non lo so. Ma forse Bonan è rimasto colpito dal primo interrogatorio al little boy che poi si è suicidato, quando l'ho sorpreso inscenando quel teatrino del Mossad. »

Jane non sembra convinta. Consulta un taccuino.

« Forse lo avevi sorpreso già prima, Ice. Quando sei andata al suo circolo privato per soli uomini travestita con parrucca e occhialoni e ti sei presentata come sua moglie. Ed è anche il momento in cui ha cominciato a capire il trucco della parrucca. »

« Non credo. Dopo ci furono molti screzi tra me e lui. »

« La prima notte insieme, a Tripoli, lui cucinò per te. Poi avete fatto sesso? »

« Assolutamente no. »

« Ma lui voleva? »

« Non lo so. Io avevo già i miei problemi a casa. »

Lei prende nota sul suo taccuino. Verificherà, ma almeno so che quell'alloggio nell'aeroporto di Tripoli era sotto il controllo italiano, non potevano esserci telecamere della CIA.

« Volevi tenerlo sulla corda, Ice? »

« Pensala come vuoi. La mia storia dice che non sono quel tipo di donna. »

Ora sorride.

« Davvero? Forse hai ragione. Ma vedi, la tua storia dice che tu sei capace di ingannare chiunque, Ice. E la cosa più pericolosa, e dolorosamente assurda, è che ci riesci particolarmente bene quando pensi di farlo in nome di una giustizia che è superiore alla legge. Perché è questo che credi, vero? Che il tuo criterio di giustizia in certi casi prevalga sui tuoi obblighi. »

Non rispondo, Jane prende un altro appunto e prosegue.

« Dopo avervi detto di Mustafà, dell'esaminatore e del suo autista, Paul Alli non ha voluto più rispondere. Bonan avrebbe voluto insistere e continuare, no? Sei stata tu a dirgli di smettere? »

« Non sarebbe servito. Non poteva usare i vostri metodi. »

« Non puoi essere certa di cosa sarebbe accaduto se lo avessi lasciato fare. Sta di fatto che ormai Bonan ci teneva a mostrarsi civile e calmo, per fare breccia nel tuo cuore. »

« Non credo. Penso che razionalmente gli fosse chiaro che non c'era altro da fare in quel momento. »

Jane continua a prendere appunti. L'elenco delle mie bugie.

« Un'altra cosa, Ice. Dopo aver interrogato Paul Alli, Bonan ha chiesto il tuo appoggio per convincere MGC a consegnarlo a noi? »

« Sì. »

« E tu gli hai detto che avevi dubbi su Paul Alli? »

« Non ricordo. »

« Ma avevi dubbi? »

« No. »

« E quando Maria Giovanna Cordero ha ordinato a Bonan di tornare a Tripoli e cercare Mustafà, hai chiesto di andarci anche tu per prendere contatto con Johnny Jazir e proporgli un incontro con noi americani. »

« Sì. »

« MGC era d'accordo? »

« Era dubbiosa. »

« E ha chiesto il parere di Giulio Bonan. »

« Sì. »

« Che ovviamente è stato entusiasta di portare a Tripoli la sua Ice. »

« Non ero la sua Ice e non era entusiasta. Era solo razionalmente convinto che fosse una buona idea contattare Johnny Jazir e che per quello io fossi indispensabile. »

« Perché? »

« Perché ero indispensabile? »

Fa una risatina.

« Oh no, Ice. Quel perché lo so, fa parte di questo effetto che fai agli uomini dopo un po'. No, io voglio sapere perché tu ti sei offerta di andare a Tripoli, con tutti i guai familiari che avevi a Roma. »

« Perché Maria Giovanna Cordero mi disse che tu dubitavi della mia lealtà. Volevo dimostrarti il contrario. »

« Facciamo invece un'altra ipotesi, Ice. Mettiamo che l'interrogatorio con Paul Alli avesse reso per te urgente parlare con Marlow. Magari dei tuoi dubbi su Paul Alli. Quella era un'ottima soluzione, no? »

Un altro tuono squassa la stanzetta senza finestre e mi dà un attimo in più per riflettere.

« No, perché sapevo che MGC non mi avrebbe mai permesso di andare da sola e infatti ordinò a Bonan di non lasciarmi neanche per un attimo. »

Lei annuisce, poggia le sue mani sulle mie spalle, obbligandomi così a fare ciò che stavo evitando, doverla guardare negli occhi, dal basso verso l'alto.

« Dimmi una cosa, Ice. Giulio Bonan aveva già scoperto il tuo trucco della parrucca, quello con cui avevi avvertito Marlow? »

« No. »

« Ma se per ipotesi lo avesse scoperto, quale modo avresti avuto per farlo tacere? A parte ucciderlo, intendo. »

« Non sono esperta né di omicidi né in quell'altro campo a cui alludi. »

« Davvero, Ice? Ma tu sei una che impara tutto molto velocemente. »

Jane Wesbach spegne la videocamera. Sembra affaticata, o forse è solo delusa dalla mia elusività. Si alza, fa una smorfia.

« Abbiamo camminato troppo, ho male ai piedi. Ci rivediamo per pranzo. »

SEI MESI PRIMA: GIORNO 5

Non avevo mai sofferto di insonnia, ma questa non è nemmeno una notte, è solo un intervallo di tempo in cui i pensieri non se ne vanno neanche se provi a strizzare gli occhi, lo stomaco e il cervello. Problemi al lavoro, problemi a casa, problemi di coscienza si alternano e si affollano. E io sono al centro, origine e bersaglio, ora che tutto ciò che è stato pianificato accuratamente per anni si sta sgretolando. E non per un colpo avverso del destino. Semplicemente avevo poggiato le fondamenta della mia vita sulla sabbia e sull'acqua, l'avevo sempre saputo ma mi ero persuasa di essere più forte delle leggi fisiche.

Alle tre e mezzo non riesco più a continuare a girarmi nel grande letto matrimoniale vuoto. Vado in salotto, lì c'è il tapis roulant, uno dei simboli della mia vita ordinata, lo strumento per preservare non il mio aspetto ma la salute, per vivere il più a lungo possibile con loro, come se la loro felicità dipendesse solo da questo. Non è più possibile, non è più così. Ho bisogno di altro, almeno qui, in casa mia. Entro in cucina, il tutto in assoluto silenzio per non svegliare Killer che russa nel suo cesto con quei lievi tremori, anche nel sonno. Ma un attimo dopo è sveglia e si precipita a leccarmi le caviglie e si mette lì a fissarmi coi suoi occhi da cocker.

« Lo so cosa vuoi, maledetta drogata! »

E allora prendo la scatola dei Baulucy, mentre lei uggiola e scodinzola mi siedo per terra, il cane davanti a me. Tiro fuori un biscotto dalla scatola e lo poso davanti a Killer che lo finisce in un attimo. Poi ne prendo un altro, me lo porto alla bocca e lo sgranocchio e finisco mentre il cocker mi fissa, stupefatta.

« Sono una spia che ha tradito e una moglie tradita, Killer. Un fallimento totale. »

Lei si avvicina, mi lecca una guancia dove scende la lacrima e non uggiola, non scodinzola, non ne chiede altri. Forse solo Killer capisce davvero. Comunque è l'unica con cui posso parlare.

Aba trovò Bonan già seduto nel Falcon 900, vestito con un perfetto abito di sartoria grigio a righine celesti, ormai sapeva che il celeste dei suoi occhi non mancava mai, camicia bianca, cravatta e pochette blu scure. Sotto, al posto delle Church's di ordinanza, portava un incongruo paio di stivaletti neri fuori moda.

Lui sembrò contento di vederla, il che non fece altro che aumentare il suo disagio, ma aveva bisogno di un Bonan amichevole per evitare che ritornasse sull'argomento della parrucca.

Bonan gettò un'occhiata alla 48 ore rigonfia.

« Ti sei portata tuta e scarpe per correre? »

« E tu pensi di andare a un ballo a corte? Magari gli stivaletti da film western stonano un po'. »

« Me li sono fatti prestare, così mi proteggo le caviglie da quegli schifosi scorpioni. Hai un'aria strana, oggi, una luce particolare negli occhi. »

Certo, dottor Bonan, ho fatto colazione con i Baulucy. Non li conosce? Dovrebbe, le farebbero bene.

Durante il volo, Aba fu attraversata da mille pensieri: Aba, Ice, i figli, Paolo, Bonan, JJ e le sue quattro mogli e i quattro figli, Jane Wesbach, Paul Alli e il suo esaminatore. Pensieri fino a poco prima appartenenti a mondi diversi ma non era più così, forse non era mai stato così. Forse i due mondi separati erano stati solo un attimo durato vent'anni, un'illusione. Ora era tra due fuochi: da un lato little boy e gli americani, dall'altro Paolo e l'avvocato Sofia Goren. Ma lei era Ice, doveva affrontarli entrambi, a modo suo.

«Giulio, al ritorno puoi farmi parlare con tuo padre?»

Lui la guardò, sorpreso.

«Mio padre?»

«Fa il divorzista, no? È bravo? Perché me ne serve uno molto bravo.»

«Aba, senti...»

«Se non vuoi non importa.»

«No, guarda, mio padre è un bravissimo divorzista ma non è proprio il tipo adatto per te, perché...»

«A me basta che sia bravo.»

Bonan sembrava combattuto, poi annuì.

«Va bene. Gli scrivo appena atterriamo.»

«Non mi fai domande?»

Lui sorrise.

«Aba è peggio di Ice. Meglio non correre rischi.»

Rise anche lei. Ed era la prima volta che le capitava con Giulio Bonan.

«Perché ti preoccupa mettermi in contatto con tuo padre?»

«Mio padre è un ottimo avvocato, Aba. Solo che tutti i miei difetti li ho ereditati da lui, in particolare quelli che ti danno più fastidio.»

«Tipo la pochette nel taschino della giacca?»

Lui si tolse il fazzoletto dal taschino e si slacciò la cravatta.

«Così va meglio? Comunque, l'eleganza non fa davvero per lui. Quella è tutta mia. Parlavo del rapporto con le donne.»

«Be', per me l'importante è che nelle cause di separazione difenda anche le donne.»

«Le difende benissimo professionalmente, ma umanamente...»

Si bloccò, fece un mezzo sorriso amaro, proseguì, come parlando a se stesso.

«La misoginia violenta è una malattia geneticamente trasmessa e rinforzata col cattivo esempio, Aba. L'ho visto insultare mia madre decine di volte da bambino.»

« Giulio, la volontà è più forte della genetica. Se una cosa è il male e lo sai... »

In quel momento il Falcon toccò terra. Aba indossò l'hijab, il velo sulla parrucca, gli occhialoni.

Ai piedi della scaletta trovarono una Lancia Thema blu con autista libico, messi a disposizione dall'ambasciata. Il tragitto dall'aeroporto sino alla città dava la sensazione di un totale disordine. Traffico senza regole, sporcizia, soldati con le più svariate divise, armi ben in vista e pronte all'uso.

Bonan era cupo.

« In un Paese dove tutti sparano, chi vuole solo negoziare come noi diventa ininfluente. Questo è un posto dove girare armati, Ice. »

E indicò la tasca interna del suo doppio petto.

« A questo serve la giacca. Con la pistola mi stringe un po', ma meglio averla. Come gli stivaletti ai piedi. Poco eleganti ma efficaci. »

« Spero che ti servano solo gli stivaletti. »

L'auto si fermò sulla banchina del porto nella base di Abu Sitta. Salirono sulla nave officina italiana che assisteva la Guardia costiera libica con manutenzione e anche addestramento. In un altro momento la visita sarebbe stata interessante, ma Aba pensava a ciò che li aspettava a Tripoli e a ciò che attendeva lei una volta tornata a Roma.

Dopo una ventina di minuti scesero, risalirono sull'auto con l'autista e tornarono verso il centro. Bonan la osservava.

« Sei preoccupata? »

« Sì. Per ciò che hai nella tasca interna. Non mi piaci in versione 007. »

Lui sorrise.

« Invece, io confermo che tu mi piaci con questa parrucca. »

Aba lo bloccò subito, rivolta all'autista.

« Fermi pure qui, grazie. »

Scesero vicino a sciara Mizran, poco prima di piazza dei

Martiri. Congedarono l'autista e si avviarono cercando di usare un passo assolutamente normale, senza guardarsi troppo in giro. Attraversarono la piazza e poi oltrepassarono il Castello. Superarono la torre con l'orologio e l'edificio che ospita la Banca di Libia.

C'era il sole ma faceva freddo e quando salirono gli scalini della terrazza del Caffè di Roma, i tavolini all'esterno erano deserti. Invece all'interno la maggior parte dei posti erano occupati, ma solo da uomini. Alcuni discutevano di Haftar o leggevano il giornale. Altri guardavano il televisore appeso alla parete, che trasmetteva una partita di calcio tra squadre cinesi o coreane.

Entrarono dalla porta a vetri. Non c'era traccia del vecchio barista con i baffoni di cui aveva parlato Paul Alli. Un giovanotto smilzo col volto da topino e il pizzetto stava seguendo la partita e faceva da barista, cameriere e cassiere.

Bonan ordinò in inglese due caffè e restarono in piedi, accanto al bancone, mentre alcuni clienti uscivano e altri entravano. Aba sentiva su di sé gli sguardi di tutti quegli uomini, ma aveva la sensazione che almeno due di quegli occhi non stessero esplorando il suo corpo sotto la tunica dell'hijab ma il suo volto, celato da occhialoni, velo e parrucca.

Il barista porse loro le due tazze di caffè e Bonan gli allungò subito una banconota da cinque euro.

« Il resto *bakschisch*. »

Il ragazzo intascò velocemente la banconota.

« Come ti chiami? »

« Nabil. »

« Senti, Nabil, quando sono venuto qui alcuni mesi fa c'era un vecchio coi baffi al tuo posto, si chiama Mustafà. Era stato gentile e avevo promesso di portargli dall'Italia una maglietta della Juventus con la firma di Cristiano Ronaldo per suo nipote. »

Nabil non disse nulla. Bonan tirò fuori dieci euro. Il ragazzo fece subito per allungare la mano, ma lui lo bloccò.

« Prima dimmi dove trovo Mustafà. »

Nabil scrollò le spalle.

« Io lavoro qui da poco, che ne so? »

Bonan indicò i dieci euro.

« Se lo trovi ne avrai venti. Dieci subito e dieci quando lo trovi. »

« Be', posso chiedere al proprietario del bar. »

« Bravo. Chiamalo. »

« Non ho il numero, ma quello passa ogni mattina sul presto a prendere i soldi in cassa. Potete tornare domani? »

Bonan scosse il capo.

« No. Oggi. »

Ma Nabil era irremovibile.

« Oggi non è possibile. »

Prima che in stile telefilm americano Bonan tirasse fuori la pistola, Aba intervenne.

« Ok, Nabil, domattina. »

Bonan esitò un attimo, guardò Aba, poi passò i dieci euro al ragazzo.

« Ci vediamo domani, Nabil. Se trovi Mustafà ne avrai altri venti. »

Aba prese le due tazze di caffè.

« Ci sediamo fuori, Giulio? »

« Ma fa freddo! »

Aba fece finta di non aver sentito e si avviò, seguita da Bonan. Presero posto a uno dei tavolini, con la vista sulle vetrate del bar. Bonan era allegro.

« Allora mi attende un'altra bella serata con te! »

« No. Dopo l'incontro con JJ io torno a Roma, ma domani usa i soldi e lascia stare la pistola. Ora vediamo cosa succede. »

Aba tirò fuori la piccola consolle col joystick. Dava le spalle al bar, così non poteva essere vista da dentro. Bonan la guardava allibito.

« Sei impazzita? »

« Meglio questo della tua pistola, no? Ecco, uno dei clienti sta prendendo il cellulare dalla tasca. »

Bonan guardò attraverso la vetrata e annuì.

« Già. Quello che invece di guardare il tuo corpo guardava il tuo volto. Qui ci sono molti omosessuali, sai. »

L'occhiata di Aba lo indusse a cambiare tono.

« Volevo dire, non che il tuo volto sia meno bello del tuo... del tuo... anzi, questa parrucca ti rende più... »

« Piantala! Ora vediamo che fa! »

Sullo schermo della consolle la piccola telecamera del moscone si accese inquadrando le gambe di una sedia e le ciabatte e i piedi di qualcuno.

« Devo seguire quel tizio. »

« Aba, sta andando verso la toilette, non vorrai mica seguirlo pure lì. »

Aba manovrò il joystick e il moscone si alzò in volo e fece appena in tempo a seguire l'uomo prima che chiudesse dietro di sé la porta. Lei ringraziò mentalmente per il training il suo ragazzino coi capelli rossi e l'acne. La telecamera inquadrò un ambiente senza finestre, molto piccolo, con un cesso alla turca e un lavandino. Aba guidò il moscone sotto il lavandino.

« Tanto ora ci serve ascoltare, più che vedere. »

Bonan sospirò.

« E meno male, Ice! Vincerai un premio per il cortometraggio più esilarante! »

A quel punto il tizio iniziò a parlare in arabo.

« Hallo? Dove sei? »

Pausa.

« Sono qui in due, un uomo e una donna. »

Pausa.

« Parlavano sottovoce col barista. Non so di cosa. Devo chiedere? »

Pausa.

« Sono seduti fuori... chiamo il capo... »

Aba era già in azione, completò una veloce manovra col

moscone, chiuse il collegamento, ripose la consolle nella 48 ore e si alzò.

« Andiamocene. »

Bonan esitava, incerto.

« Ice, voglio sentire! E comunque ho la pistola! »

« Allora vado da sola all'appuntamento con JJ. »

« Sai che non devi vedere Marlow da sola, vero? »

« Allora piantala di fare il cowboy, sei un adulto. Andiamo. »

Aba si alzò e lui la seguì soffocando un'imprecazione. Si avviarono giù dalla veranda, di buon passo ma senza correre. Attraversarono un giardino e poi un parcheggio. Arrivarono sulla sponda del lago artificiale Saraya che costeggiarono sino al Castello. Senza mai guardare indietro, passarono per i giardini pubblici, dove c'era più gente. Imboccarono sciara Al Fatah verso l'ambasciata italiana. Solo a quel punto si voltarono. Nessuno li stava seguendo, perciò rallentarono il passo. Bonan aveva un leggero affanno.

« Dovrei correre con te la mattina, Ice. »

« Non potresti. »

« Perché? »

« Per tanti motivi. »

« Mi sa che troveranno il moscone, Ice. »

« Non credo, se è gente pulita che tira la catena. »

Lui la guardò.

« Ice, ognuno di quegli aggeggi costa ventimila euro. »

« Lo metterò in nota spese. »

Bonan scoppiò a ridere e Aba sentì il *bip* del suo smartphone aziendale.

Totti Cafè. Tra mezz'ora.

« Sono le nove e mezzo, Marlow ci aspetta alle dieci. »

Il Generale era di buon umore dopo aver letto il messaggio di Seamus O'Neill.

Sono tornati. I soliti due. Non so se domani vanno entrambi da Mustafà.

Finalmente le cose cominciavano a muoversi. Paul Alli si dimostrava la scelta giusta, ma lui non aveva mai avuto dubbi, conosceva molto bene quel ragazzo, uno dei più duri e preparati che avesse mai incontrato.

Si accese una sigaretta per riflettere meglio. Il problema era che c'erano ancora solo italiani a interrogare little boy. Era ora di cominciare a spingere.

Mandò un messaggio a Seamus.

Prepara Mustafà domani.

Il Totti Cafè era proprio di fronte all'ambasciata italiana, sull'altro lato di sciara Al Fatah. Davanti al locale era parcheggiata una jeep che Aba conosceva benissimo, così come conosceva il ragazzone di colore che le sorrideva appoggiato all'auto.

« Giulio, quello è l'autista di Marlow. »

Bonan la bloccò.

« Abbiamo appuntamento con lui, non col suo autista. »

« Marlow è fissato con la sicurezza, l'autista ci porterà da lui, immagino. »

« Ma a me non piacciono le sorprese. »

« I nostri capi vogliono che lo incontriamo. »

Giulio Bonan si toccò la tasca con la pistola.

« E va bene. Andiamo. »

Il giovane autista si inchinò a Bonan e sorrise ad Aba. Li fece accomodare entrambi sul sedile posteriore e partì. Poco dopo, la jeep invertì la marcia su El Shat, si diresse verso le spiagge e poi verso la strada costiera. Aba si sporse verso l'autista.

« Andiamo a Sabratha, Evergreen? »

« *Yes, Miss.* »

Bonan guardò Aba.

« Che diavolo di nome è Evergreen? »

Lei si strinse nelle spalle. Non aveva nessuna voglia di raccontargli la spiegazione che le aveva dato Johnny Jazir. Anche perché quella storia che Evergreen fosse un profugo di guerra sordomuto si era rivelata una bugia. Un semplice espediente per ascoltare le chiacchiere dei passeggeri. Uno dei tanti trucchi di Johnny Jazir, l'uomo che aveva abbattuto Abdalla Ghali ed evitato una strage in piazza del Campidoglio. Per non farlo portare via alle sue mogli e ai suoi figli, Aba aveva tradito il suo lavoro, i suoi colleghi, chi aveva sempre avuto fiducia in lei. E lo avrebbe rifatto, se necessario. Perché JJ non c'entrava nulla, lei ne era certa. Era un uomo avido, senza padroni né morale, un marito schiavista, un torturatore capace di assassinare a sangue freddo, ma non un traditore.

Né lei né Bonan aprirono bocca sino a che un'ora dopo la jeep lasciò la strada costiera poco prima di Sabratha e svoltò a destra verso il mare su Monuments Street. Passarono davanti al meraviglioso anfiteatro color sabbia, con le colonne e gli archi dietro cui si vedeva il blu del Mediterraneo. Svoltarono sul decumano e proseguirono sin dove la strada asfaltata curvava a pochi metri dal mare e tornava indietro. In quel punto la jeep si fermò. Evergreen indicò il tempio di Iside sul lato del decumano.

Lì c'era un uomo né alto né basso, né grasso né magro, dai capelli né folti né radi, la barba di qualche giorno né grigia né nera, con i Ray-Ban con le lenti verdi rettangolari anni Settanta, un cappellino dell'Ahli, una camicia a maniche lunghe beige lisa e consunta, i pantaloni di velluto a coste strette fuori moda, i sandali senza calze da cui sporgevano le unghie dei piedi lunghe e sporche. Johnny Jazir, nome in codice Marlow, fumava con la solita aria indolente, appoggiato a una statua romana con la testa mozzata, il mare blu pochi metri più in là, oltre gli scogli gialli, marroni e rossastri.

Quando Aba e Bonan si avvicinarono, JJ indicò il mare, le

colonne corinzie e infine la statua decapitata dell'antico romano.

« Ho pensato che un luogo così avrebbe ispirato il nostro incontro. »

A Giulio Bonan quel tipo di umorismo nero diede subito sui nervi.

« La aspettavamo l'altra sera a Roma, e un'ora fa a Tripoli, Marlow. »

Johnny Jazir sfregò un fiammifero sulla base in marmo della statua e si accese una sigaretta.

« A Roma piove e fa freddo e preferisco parlare a casa mia, le mie mogli ci aspettano. Ne discuteremo a tavola. »

Era chiaro che non c'erano alternative e salirono sulla jeep, JJ accanto a Evergreen che avviò l'auto sul sentiero sterrato. Ai lati, da una parte gli scogli bassi e il mare, dall'altra quel giallo misto di sabbia e di polvere, deserto di umani, solo qualche capra che non belava, per non turbare il silenzio.

Erano arrivati. Due bambini giocavano a calcio scalzi, con indosso le maglie logore di Messi e Cristiano Ronaldo. Una bambina era seduta sul copertone che faceva da altalena. L'altra, poco più grande, la spingeva ridendo. Quando ci era stata per la prima volta, qualche settimana prima, Aba aveva detestato tutto di quella casa: l'aspetto trascurato della facciata scrostata, l'interno sudicio con polvere e scarafaggi, le mosche dovunque, anche agli angoli degli occhi dei suoi quattro bambini, il burqa delle sue quattro mogli bambine che si prostravano ai suoi comandi, le capre, le galline, lo spiazzo antistante con quel terriccio polveroso dove i bambini giocavano.

L'ultima visita aveva cambiato tutto: aveva incontrato Zubaid, la moglie più vecchia e madre dei quattro bambini, che Michael Ghali aveva trasformato in sua schiava sessuale dopo aver strappato un occhio sia a lei sia a JJ. Aveva percepito la loro gioia, le quattro sorelle finalmente riunite dopo le torture e gli stupri, i quattro figli con la madre.

Appena la jeep si fermò, i bambini corsero tutti verso Johnny Jazir.

Abu! Abu!

Johnny Jazir scese dall'auto e si chinò per abbracciarli tutti insieme, mentre Bonan osservava accigliato mormorando sottovoce.

« Che schifo di posto, Aba. Li faresti giocare i tuoi figli scalzi in mezzo agli scarafaggi e alle rane? »

« Hai ragione, Giulio. Un vero schifo. »

I quattro bambini si girarono verso Aba.

« Bentornata, signora. »

Lo disse la bambina più grande, in italiano. Aba scese dalla jeep, li attirò verso di sé, aprì la 48 ore ed estrasse le quattro scatole di scarpe.

« Sono per voi. »

I bambini restarono un attimo sconcertati, senza toccare nulla. Guardavano incerti il padre. Johnny Jazir le gettò un'occhiata.

« Non sono abituati, Ice. Cosa c'è nei pacchetti? »

« Scarpette da calcio per i maschi, colorate per le bambine. Ci sono gli scorpioni nel vostro giardino e ho pensato... »

Aba sentì Bonan sibilare un'imprecazione e lo vide allontanarsi subito ai margini dello sterrato. Johnny Jazir rivolse ad Aba un ghigno sarcastico.

« Qui sono gli scorpioni ad aver paura, perché finiscono calpestati, poveretti. »

Passò all'arabo, rivolto ai figli.

« Potete prendere i regali della signora. »

Le bambine si avvicinarono per prime, poi i maschietti. Ancora non osavano allungare le mani verso i regali. Aba si accucciò per terra e iniziò a scartare i pacchetti, uno per uno. Gli occhi dei bambini fissavano quelle scarpe nuove, increduli. La bambina più grande calzò il suo paio di scarpe rosa, sorrise ad Aba e aiutò la sorella più piccola a scartare il suo pacco e indossare le sue. Poi toccò ai due bambini. Se ne stavano lì, incerti. Infine, si decisero a prendere le scarpe e indossarle. La bambina più grande riuscì a parlare, senza guardare Aba.

« *Chukra*, signora. »

Aba le fece una carezza, la bimba si fece coraggio e le diede un bacio sulla guancia. La piccolina la imitò immediatamente, ridendo. I due maschietti si scambiarono un'occhiata. Non se la sentivano di osare così tanto e Aba indicò la palla sgonfia per toglierli dall'imbarazzo.

« Mi fate vedere come giocate con le scarpe nuove? »

Sollevati dall'obbligo del bacio, i due piccoli corsero via, tra lo sterrato e le erbacce. Aba li seguì con Johnny Jazir, mentre Giulio Bonan restava sulla veranda, in zona sicura.

JJ tirò fuori dalla tasca dei calzoni un pacchetto di sigarette sgualcito e una scatola di fiammiferi. Ne sfregò uno sull'unghia e si accese una sigaretta. Era riuscita a portarlo lontano da Bonan ma sapeva di avere solo pochi secondi e che i satelliti stavano registrando ogni gesto. E forse la NSA anche ogni parola.

« Non deve portare regali, Ice. Tanto meno scarpe, si devono abituare a stare scalzi come tutti gli altri. »

Lei annuì. Ma non aveva dubbi che JJ avesse notato gli stivaletti di Bonan e avesse capito che il regalo delle scarpe era finalizzato a far paura a Bonan. Erano perfettamente consapevoli della situazione, avevano pochi attimi da soli, stando attenti.

« Marlow, lei mi ha messo nei guai, aveva promesso di venire a Roma. Ho davvero bisogno che lei incontri gli americani. »

Ecco, la prima parte della missione era compiuta, per le orecchie di Jane Wesbach.

« Mi posso fidare di lei, vero, Ice? »

Restava la seconda parte della missione: avvisarlo di non accettare quella richiesta. E aveva un'unica occasione.

Un rischio indispensabile.

Aba cercò di fare una risatina stupida.

« Certo, sempre, tranne che nei suggerimenti a blackjack, come quando andammo al Casinò a Montecarlo. »

Quando hai vinto un sacco di soldi grazie me, che ho contato le carte.

Dietro le lenti verdastre dei Ray-Ban, l'occhio buono di Johnny Jazir incrociò il suo sguardo. Poi JJ annuì e Aba tirò un silenzioso e profondo sospiro di sollievo.

« Allora ci penserò. Ora andiamo, il couscous sarà pronto. »

Tornarono alla casupola dove Bonan la prese da parte mentre JJ entrava.

« Di cosa avete parlato, Ice? »

« Dei regali. Dice che non dovevo portarli e che i suoi bambini giocano meglio scalzi. »

Lui fece una smorfia disgustata, poi Aba entrò e lui la seguì. Il soggiorno aveva il pavimento polveroso di cemento grezzo e solo tre pareti, la quarta mancava, aperta sulla veranda e sul mare. Le quattro mogli bambine in burqa erano ferme in un angolo, immobili e silenziose. Zubaid era riconoscibile dalla benda nera su un occhio. Si inchinò a Giulio Bonan e si fermò di fronte ad Aba.

« *Chukra*, signora. »

Aba fu certa che quel ringraziamento andasse ben oltre i regali per i suoi figli. Si sedettero per terra sulla ruvida stuoia poggiata sul cemento grezzo. JJ in mezzo, da un lato Aba e dall'altro Bonan, che guardava con sospetto il pavimento.

La cernia venne servita su un grande vassoio. Non c'erano posate, Aba era già stata lì e lo sapeva bene, ma la vista dello sguardo perplesso di Giulio Bonan la fece sorridere. Lei immerse le mani nella bacinella di acqua e limone e poi si servì staccando un pezzo di cernia e portandoselo alla bocca. Era squisita, freschissima.

« *Quais* Zubaid. »

Johnny Jazir mandava giù grossi tocchi di cernia con quelle mani abbronzate dalle unghie un po' sporche, alternando il pesce con sorsi di sidro. Giulio Bonan non aveva ancora toccato nulla e aveva tutta l'aria di chi non ha alcuna intenzione di abbassare il proprio livello di civiltà o rischiare di macchiare la propria bianca camicia immacolata. Allora, una delle giovani mogli di JJ gli portò forchetta e coltello di plastica in una confezione trasparente sigillata.

Johnny Jazir fece una risata.

« Le può usare, sono sterili, le ho rubate su un volo Alitalia. »

Bonan si portò alla bocca con circospezione un pezzo di cernia. Poi annuì e ne prese un altro.

« Non vedo pescherie qui intorno, Marlow, dove l'ha comprata? »

Lui si liberò di un pezzetto di pesce con lo stuzzicadenti che poi infilò in tasca, sotto lo sguardo schifato di Bonan.

« Il pesce in questa casa non si compra. La cernia l'ho presa io, questa mattina. Con la muta l'acqua è sopportabile anche d'inverno. »

Johnny Jazir batté le mani due volte e le ragazze in burqa portarono un vassoio di datteri e altro sidro e si ritirarono all'esterno. Aba sentì su di sé l'occhiata ironica e la voce di Bonan.

« Le sue mogli sono molto docili rispetto alle nostre, Marlow. »

« Non sono docili, Arpax. Sono consapevoli della realtà. »

« Per una volta siamo d'accordo, Marlow. »

Aba li interruppe.

« Siamo qui perché un mio collega è morto per causa sua e poi lei non è tornato a Roma come promesso. »

« E questo non sarà mai perdonato, a meno che lei non ci dimostri la sua buona fede » aggiunse Bonan.

JJ non si impressionò affatto.

« Perdonato in senso cristiano? Con *Pater Noster* e *Ave Maria*? »

Bonan ignorò l'ironia.

« Non vuole dimostrarci la sua buona fede, Marlow? »

« E come? »

« Vogliamo il mandante dei due little boy. »

« Era Michael Ghali il mandante. E io vi ho già sollevato dal disturbo di toglierlo di mezzo. »

« Michael Ghali era solo un mercenario e lei lo sa. Il vero mandante è quello che lo ha pagato per reclutare i little boy da far arrivare in Italia. Se ci aiutasse a trovarlo gliene saremmo grati. »

JJ si infilò di nuovo in bocca un pezzo di cernia, lo masticò, buttò giù un sorso di sidro e si ripulì minuziosamente i residui con uno stuzzicadenti che rimise in tasca. Poi sfregò un cerino sull'unghia sporca e si accese una sigaretta.

« Non avete davvero bisogno di me. Avete due little boy. Fateli parlare, qualcosa sapranno. »

« Non parlano. »

JJ fece una risata.

« Dovreste consegnarli agli americani, loro saprebbero come farli parlare, no? »

Bonan annuì.

« Siamo di nuovo d'accordo, Marlow. Allora, ci aiuta o no? »

JJ buttò giù un po' di sidro e ruttò.

« Scusate, da noi incivili il rutto è un segno di gradimento e facilita la digestione. Quanto al vostro problema, non posso aiutarvi senza qualcosa da cui cominciare. Ma se siete qui immagino che abbiate un punto di partenza, no? Vi avranno pur detto qualcosa questi little boy tra un cappuccino e una brioche. »

Aba si rivolse a Bonan.

« Devi dirglielo, Giulio. Altrimenti questo incontro è inutile. »

Bonan ci pensò ancora un attimo, poi annuì.

« Sì, un punto di partenza lo abbiamo. Paul Alli e l'altro little boy sono stati entrambi selezionati da un uomo che tra noi chiamiamo 'l'esaminatore'. »

JJ aggrottò la fronte.

« L'esaminatore? »

« Un uomo che i due kamikaze hanno incontrato separatamente in mezzo al deserto. Voleva essere certo della loro motivazione e ha messo alla prova il loro coraggio. »

« In che modo? »

« Obbligandoli a spararsi in bocca con una pistola che aveva un solo colpo nel tamburo. »

JJ ridacchiò.

« Era sicuramente scarica. Nessuno rischia di uccidere una merce così rara e preziosa come un kamikaze. »

« Probabile. Lei ha un'idea di chi possa essere l'esaminatore? »

JJ si rimise in bocca lo stuzzicadenti. Gli occhi erano nascosti dietro le lenti sfumate dei Ray-Ban. La smorfia della sua bocca disegnava quel mezzo sorriso che Aba conosceva benissimo.

« Dipende. »

« Pagheremmo molto bene, Marlow. Ma solo a risultato acquisito. E cioè una volta identificato con certezza l'esaminatore. »

JJ guardava fuori, arrivava il rumore delle onde. Si era alzato il vento e il mare reagiva.

« Non voglio altri soldi. Voglio i cinquecentomila euro che mi dovete ancora pagare per l'operazione su Michael Ghali e un paio di altre cose. »

« E cosa? »

« Una carta firmata dai direttori di AISE e AISI. Un accordo in cui giurano che non farete mai nulla contro di me, che non cercherete mai di consegnarmi agli americani o ad altri. »

« Va bene. »

Johnny Jazir ingollò un goccio di sidro e ruttò di nuovo.

« E voglio che il mio unico interlocutore sia Ice. Sia a Roma che qui. »

Bonan scattò.

« Questo è impossibile! »

« Perché? È geloso, Arpax? Professionalmente parlando, ovvio. »

« Non dica stupidaggini. Non si può e basta. »

JJ si strinse nelle spalle.

« Che parolona! Impossibile! Molti credevano impossibile che Gheddafi finisse catturato e ammazzato in quel modo. Eppure... »

Il tono di Bonan era gelido.

« Quindi lei conosce l'esaminatore e non intende dirci chi è? »

Johnny Jazir si tolse di bocca lo stuzzicadenti, ripulì sulla manica il pezzetto di cernia che vi era rimasto attaccato e si rimise in tasca lo stuzzicadenti.

« Non ho detto né di sapere chi è né tanto meno di conoscerlo. Forse potrei aiutarvi a individuarlo. Ma solo a quelle condizioni. »

Bonan fece segno di no.

« Io non mi fido di lei, Marlow. »

JJ sorrise.

« Ovvio. Neanche io di lei, Arpax. Però entrambi ci fidiamo di Ice. O no? »

Ci fu un lungo attimo di silenzio.

« Ne parleremo coi nostri capi a Roma. C'è un'altra cosa, Marlow. È disposto a incontrare gli americani? »

« Perché? »

« Vogliono chiarire la morte di Michael Ghali. »

JJ gettò un'occhiata ad Aba, poi annuì.

« Forse. Al prezzo che ritengo giusto. »

« E quale sarebbe? »

JJ calò violentemente il dorso della mano su uno scarafaggio che si era avvicinato troppo ai datteri. Poi continuò, imperturbabile.

« Ho letto che i loro ex presidenti prendono centomila

dollari per una conferenza di un'ora in cui raccontano un sacco di balle. Potete dirgli che io ne prendo il doppio per mezz'ora in cui dico cose vere. E ci si vede dove decido io.»

Bonan scosse il capo.

«Duecentomila dollari per quattro chiacchiere? È impazzito?»

JJ annuì e si alzò.

«Forse, Arpax. Ma questo è il prezzo. Prendere o lasciare.»

Anche Aba e Bonan si alzarono.

«Parleremo con i nostri superiori a Roma al nostro ritorno e le faremo sapere.»

«Partite subito?»

La domanda era rivolta a Bonan che esitò, e rispose Aba.

«Io sì. Arpax resta.»

JJ annuì.

«Bene, mi scuso ma ora ho da fare. Vi accompagnerà il mio autista.»

JJ indicò la giacca di Bonan.

«Qui in Libia corre meno pericoli per gli scorpioni che per quella pistola, Arpax.»

JJ li accompagnò alla jeep dove li stava aspettando Evergreen. Mentre salivano, JJ guardò Aba. Si strinse nelle spalle, con una finta aria desolata.

«Non si fidano più di lei, Ice. Colpa mia, vero? In tal caso dica ai suoi capi che se lo trovino da solo questo tizio, l'esaminatore. Io non vi aiuterò.»

JJ fece un inchino e la jeep partì.

Viaggiarono in assoluto silenzio sino a pochi chilometri da Tripoli, quando Evergreen rallentò. La strada era bloccata da due jeep e da due giovani poliziotti in divisa con le pistole nella fondina. Evergreen si voltò.

«Sono della polizia di Tripoli. Ci penso io, forse vorranno un po' di soldi per farci passare.»

Scese e, mentre confabulava con loro, Aba vide che Giulio Bonan aveva già la mano sulla tasca interna della giacca, quella con la pistola.

« Sei impazzito, Giulio? »

Lui non si scompose.

« No, ma non mi fido di Evergreen e di nessuno di questi animali. Mi tengo pronto. »

L'autista di JJ mise mano al portafogli, passò delle banconote, ma i poliziotti scuotevano il capo. Alla fine, Evergreen tornò indietro con uno di loro e si rivolse ad Aba e Bonan in italiano.

« Insistono per vedere i vostri documenti. In realtà chiederanno più soldi. »

Consegnarono a Evergreen i loro documenti e lui li portò al poliziotto. Trascorsero alcuni minuti. Poi i due agenti tornarono con in mano i documenti.

« *Both, down.* »

Bonan fece cenno ad Aba di restare dov'era e scese con calma dalla jeep. Non sembrava affatto spaventato e questo era proprio ciò che più preoccupava Aba.

Uno dei due poliziotti si rivolse ad Aba.

« *Lady, down.* »

Aba stava per scendere, ma Bonan la bloccò. I poliziotti si innervosirono.

« *You come with us to police station.* »

Bonan calmissimo annuì.

« *Ok, I come but the lady goes with driver.* »

« No. »

Uno dei due fece per portare la mano alla fondina con la pistola ma Bonan aveva già tirato fuori dalle tasche contemporaneamente un mazzetto di banconote con la sinistra e la sua pistola con la destra.

« *Choose. Money or bullets.* »

Aba era per metà atterrita e per metà furibonda. Quell'esibizione alla James Bond era rischiosissima. I poliziotti erano incerti e Aba formò il numero di Johnny Jazir. Parlò in arabo, in modo che i poliziotti sentissero.

« Mister Jazir, due poliziotti ci hanno fermato, vogliono portarci tutti e due non so dove. »

« Me li passi. »

Aba porse il suo telefono ai poliziotti.

« Mister Jazir vi vuole parlare. »

Bastarono poche parole di JJ al poliziotto, lo sentirono biascicare parole di scusa, poi restituì il telefono ad Aba, che tornò in linea con JJ.

« Bonan ha tirato fuori la pistola, devono portarlo in caserma ma seguirò io la cosa. Lei è libera, Evergreen la porterà all'aeroporto. »

« Ma... »

« Ho detto che mi occupo io del suo bell'amico, stia tranquilla. Ora vada. »

Aba chiuse la telefonata e si rivolse a Bonan.

« Io sono libera. Ma tu devi andare con loro in caserma, Mister Jazir si occuperà di farti rilasciare al più presto. »

Bonan continuava a tenere la pistola puntata sui due poliziotti. Parlò loro in arabo.

« Vi restituirò la pistola e verrò con voi solo dopo che la jeep con la signora sarà lontana da qui. »

Poi si rivolse ad Aba.

« Devi restare. Se non mi rilasciano in tempo... »

Aba cercò di riflettere. Restare voleva dire abbandonare di nuovo Cristina e Francesco, e di nuovo senza la possibilità di chiamarli. Un vero disastro. Ma lasciare Bonan lì da solo era impossibile, avrebbe compromesso l'indagine e lei era pagata per proteggere gli italiani, non per consolare i suoi figli.

« Solo se mi giuri di non fare stupidaggini con quella pistola. »

Bonan sorrise, calmissimo.

« Giuro. E ora andatevene. »

Aba annuì. Evergreen fece ripartire la jeep mentre Bonan continuava a puntare la pistola sui due poliziotti.

Arrivati alla Ring Road con il bivio per centro città o aeroporto, Evergreen fermò la jeep.

« Aeroporto, signora? »

Aba scosse il capo. Avrebbe voluto dire di sì, che tornava a Roma, dai suoi figli. Ma lei era Ice, la spia.

« No, Evergreen. Hotel. »

Nella stanza del Waddan si ripete lo stesso incubo di due sere prima. Non c'è altra soluzione, solo e sempre quella. Uso il cellulare criptato per mandare un messaggio a Leyla.

Devi farmi lo stesso favore.

La risposta non tarda ad arrivare.

OK, ma di nuovo cellulare rubato?

No, inventa altra scusa.

OK.

Come va coi tuoi genitori?

Mio padre vuole che lo lasci e che cambi lavoro.

Resto un attimo incredula a fissare quella frase. Poi mando un messaggio finale.

Domani torno. Buona notte.

Mentre mi faccio la doccia sono divorata dall'ansia. Non mi crederanno mai più. Non funzionano più le regole, la sicurezza, quando senti che stai perdendo l'unica cosa che conta nella tua vita.

Accendo il mio cellulare personale, vado velocissima sui loro messaggi.

Leyla ci ha detto che resti a Bruxelles e non puoi usare il cell, mamy.

Papà viene lui a cena, mà. Ordiniamo le pizze.

Mi rendo conto che non sono più furiosa con Paolo, sono sollevata. Almeno lui continua a fare il genitore. E io faccio una cosa che Aba deve fare e che Ice non dovrebbe assolutamente fare. Mando un messaggio a Paolo.

Grazie, stai con loro, resta a dormire.

Chiudo, stacco la batteria. Nel frigobar trovo solo succhi di frutta, arachidi salate e dolci, cioccolata. Fortunatamente il room service funziona, chiedo una bottiglia d'acqua e dei mandarini.

Mi chiedo se chiamare Johnny Jazir per assicurarmi che si stia occupando di far rilasciare Giulio Bonan, ma non voglio apparire troppo in ansia. Sento bussare alla porta.

Room service, madam.

Aba aprì la porta e si trovò davanti un uomo in una sdrucita divisa verde e sandali ai piedi, con il carrello su cui portava la bottiglia d'acqua e i mandarini. Johnny Jazir le porse subito un bigliettino. C'era scritto:

Parli come se io fossi l'inserviente.

Aba era agitata, per tanti ottimi motivi. Il pericolo, certo. Ma anche la sensazione di essere invasa, nella sua piccola camera da letto.

« Metta pure sul tavolino accanto alla finestra » disse Aba in inglese.

JJ le fece un cenno e si sedettero accanto, sul bordo del letto. Aba percepì quel misto di odore di tabacco e di mare. Lui prese un blocchetto e una matita che aveva in tasca e le passò un altro bigliettino.

Paul Alli sa certamente di più sull'esaminatore. Perché non lo fate interrogare da me, a modo mio?

Lei scosse violentemente il capo. Ricordava ancora i metodi di JJ. Lui fece quel suo sorriso beffardo, le allungò un altro bigliettino.

Allora perché non lo passate agli americani?

Lei scrisse la sua risposta.

Illegale. MGC non vuole e io nemmeno.

Ancora il sorriso beffardo. Poi un altro bigliettino.

Cosa vogliono da me gli americani?

Lei ci pensò un attimo, si rese conto di non saperlo.

Dicono che lei è coinvolto con quelli di Bengasi.

Poi, prima che lui rispondesse, Aba gli passò un altro bigliettino.

Lei sa chi è l'esaminatore?

JJ si alzò, e anche lei. Lui le passò ancora un bigliettino.

Forse. Perché rischia ancora così tanto per avvertirmi?

Coi tacchi Aba era più alta di lui, ma ora, con le pantofole lei e in sandali lui, i loro occhi erano allineati. L'unico occhio di JJ e gli occhi di Ice. Aba sentiva il proprio cuore battere troppo forte, temeva che anche lui potesse udirlo.

Restarono così per alcuni secondi, poi lei fece un gesto col capo e con le spalle, un gesto che voleva dire tante cose, *non lo so*, oppure *lo sappiamo benissimo entrambi.*

Lui sembrò soddisfatto da quella risposta. Poi la baciò, prima su una guancia, poi sull'altra, le porse un nuovo biglietto già preparato e uscì.

Lei aprì il biglietto.

Grazie per avermi aiutato. Ora il mio aiuto a te: stai attenta domani, poi parti e non tornare mai più.

Aba fece ogni bigliettino a pezzetti minuscoli, e per mezz'ora, pochi per volta e mescolati, li gettò nel water e tirò lo scarico. Con una decina di scarichi li smaltì tutti.

Poi si gettò sul letto. Buttò giù tre bicchieri d'acqua, mangiò un mandarino, restò immobile, cercando di placare il tumulto interiore. Stava per addormentarsi quando sul cellulare aziendale le arrivò il messaggio di Bonan.

Rilasciato. Arrivo.

Una serata con Bonan sarebbe stata davvero troppo dopo una giornata infernale.

Scusami, sono già a letto. Ci vediamo domani a colazione.

Avrebbe voluto avere con sé qualche biscotto Baulucy.

22 ORE ALL'UDIENZA

Fuori diluvia ancora, in sala da pranzo abbiamo acceso la luce. Jane Wesbach addenta gli arrosticini mentre io spilucco le mie foglie di insalata.

« È solo un temporale estivo, Ice. Ottimo per mucche e pecore. »

Ora indossa di nuovo i pantaloni della tuta rosa sotto una T-shirt rossa con la scritta nera BEST MOM. Forse si aspetta una domanda che mi guardo bene dal farle, ormai conosco le sue piccole trappole.

« Dovrebbe provare la carne di qui, Ice. Eccezionale, mucche perfette. »

« Non mangio carne rossa da tanti anni. »

« Forse sarebbe più felice senza certe privazioni autoimposte, no? »

« Non sono privazioni. Non mi piace la carne rossa, tutto qui. »

« E nemmeno il fumo, l'alcol, la droga, il sesso? Cosa le resta, Ice? »

So cosa mi sta chiedendo, dove mi sta portando. Tutti hanno difetti, forse quello di Ice è tradire i colleghi, gli amici, il proprio Paese.

« Mi restano la mia famiglia e il mio lavoro. »

Lei manda giù l'ultimo boccone di arrosticino con un sorso di Coca-Cola.

« Ma dopo la sentenza potrebbe non avere più né l'una né l'altro. »

« Allora in carcere mangerò carne rossa. Vogliamo proseguire? »

« Me lo dica lei, Ice. Vuole proseguire? »

« Non ho scelta, no? Se non la convinco, mi condanneranno di sicuro. Il mio avvocato ritiene che la sua testimonianza sarà decisiva. »

Jane annuisce.

« Già. Che responsabilità, Ice. Ma dipende più da lei che da me. Vorrei sentire il profumo della verità, non la puzza delle bugie. »

Mette sul tavolo la videocamera, tira fuori il blocchetto per gli appunti, allunga le gambe e poggia i piedi sulla sedia vicina.

« La camminata di stamattina la sento tutta sotto i piedi. »

Poi avvia la ripresa e consulta gli appunti.

« Allora, lei e Giulio Bonan tornaste a Tripoli per seguire la traccia che vi aveva dato Paul Alli: quel Mustafà. »

Aspetta un mio commento che non arriva, mentre da fuori spunta un primo raggio di sole, così prosegue.

« Non avete trovato Mustafà ma il giovane barista Nabil. »

« Sì. Ci disse che forse il proprietario del bar conosceva Mustafà. »

« Ma bisognava aspettare il giorno dopo. »

« Sì. »

« E tu convincesti Bonan ad accettare di restare a Tripoli. »

« Non c'erano alternative. »

« Non è che ti piaceva l'idea di una serata con Bonan? »

« No. Io intendevo ripartire. »

« Invece poi sei rimasta. Cambi spesso idea? »

« Bonan era troppo su di giri con quella pistola. »

Lei prende un appunto.

« Li stavate sorvegliando dalla terrazza del bar con il moscone, stavano per chiamare il loro capo quando hai sospeso l'ascolto e costretto Bonan a venire via. »

« Ci avevano scoperto, potevano piombarci addosso. E comunque non ho costretto Giulio Bonan. »

« Be', in fondo sì. Lui non poteva lasciarti andare da sola

a incontrare Johnny Jazir. Era contro gli ordini, no? E poi lo hai convinto ad andare con Evergreen da Marlow a Sabratha. »

« Erano gli ordini del direttore Cordero, dovevamo convincere Johnny Jazir ad aiutarci a trovare l'esaminatore e a incontrarsi con voi. »

« Chi ha deciso di rivelare a Marlow la questione dell'esaminatore? »

« Bonan. »

« Non tu? »

« No. Ma io ero d'accordo. Per avere il suo aiuto. »

Jane annuisce.

« Allora, perché ti sei fermata a Tripoli? Non potevi partire dopo l'incontro con Marlow e lasciare che Bonan andasse da solo a cercare Mustafà? »

« L'ho già detto. Era ciò che pensavo di fare. Poi tornando a Tripoli ci hanno fermato due poliziotti e Bonan ha tirato fuori la pistola. »

« E tu hai chiamato Johnny Jazir per farvi aiutare. »

Jane fa una smorfia, si guarda i piedi.

« Temo di avere le vesciche. Tu e Marlow siete così amici? »

Non mi faccio ingannare dai suoi scarti logici, tutta roba letta sui manuali.

« Lo paghiamo bene, era la persona giusta per aiutarci. Infatti non mi hanno arrestato e Marlow si è occupato di far liberare in poche ore Bonan nonostante lui avesse tirato fuori una pistola. »

« E hai deciso di non partire più. »

« Bonan voleva che restassi. E nel dubbio che non lo rilasciassero non era il caso di abbandonarlo lì da solo. »

« Molto premuroso da parte tua, con tutti i problemi familiari che avevi a Roma. Ma forse c'è anche un altro motivo. Non ti dispiaceva restare lì con lui. Era nato qualcosa. »

« No. Non c'era assolutamente niente tra noi. »

Lei pianta i suoi occhi grigi nei miei.

« Sicura? Non avete fatto sesso quella notte? »

Non è difficile sostenere lo sguardo quando si dice la verità.

« Non avete telecamere nelle camere da letto degli hotel a Tripoli, vero, Jane? »

Jane ride.

« Purtroppo no. »

Poi si sfila le scarpe da ginnastica. Le prende tra le mani.

« Che marca erano quelle che hai portato ai figli di JJ? »

Eccolo arrivare, il pericolo. Come la prima fitta di un dente cariato. Come un tuono lontano.

« Non lo so. Le ho fatte comprare a un mio collaboratore. »

« Perché? »

« Perché mi faceva piacere. E per creare un buon clima con JJ. »

« Quindi sapevi già che sareste andati a Sabratha? »

« No. Pensavo di consegnare le scarpe a JJ a Tripoli, poi lui le avrebbe date ai suoi figli. »

Jane posa le sue scarpe su un angolo del tavolo.

« Se tu avessi voluto violare il divieto di MGC di parlare da sola con Marlow, come avresti fatto? »

« Non avendo avuto alcuna intenzione di farlo, non ci ho pensato. »

« Certo. Ma facciamo l'ipotesi che tu volessi violare quell'ordine, avere almeno pochi secondi da sola con Marlow. Sono certa che una professionista del tuo livello avrebbe trovato una soluzione. »

« Mi spiace. Non mi viene in mente nulla, forse perché sono abituata a occuparmi solo di problemi reali. »

Jane annuisce, riguarda i suoi appunti.

« Abbiamo alcune foto di te e Bonan scattate prima della vostra partenza da Roma col Falcon. Certo, da quella distanza sono un po' sgranate ma è lui, no? »

Mi allunga una foto in bianco e nero, Bonan è appena sceso dall'auto di servizio ai piedi della scaletta dell'aereo.

« Sì, è lui. »

« Indossa degli stivaletti strani. »

Respingo la foto al mittente, senza nessun commento.

« Una scelta curiosa, no? Lui, sempre così inappuntabile! »

« Non mi occupo dell'abbigliamento dei miei colleghi. »

Jane continua a spulciare nel suo taccuino.

« Giulio Bonan era stato ricoverato d'urgenza per shock anafilattico da puntura di insetto, due anni fa, e i suoi marker indicano reazioni allergiche molto forti. Lo sapevi? »

« Non vedo cosa cambi, Jane. »

« Lo sai cosa cambia. Hai fatto apposta quel regalo ai bambini per allontanarti da Bonan e restare sola con Marlow? »

« No. »

« No? E se ti facessi fare questa domanda con la macchina della verità senza il tempo per alterare i tuoi battiti? »

« Sempre no. »

« Sei rimasta alcuni secondi con JJ da sola, lo sappiamo dai nostri satelliti. E sappiamo anche cosa vi siete detti. »

« Meno male. »

« Già, ma lo sapevate anche voi che avremmo potuto sentirvi, viviamo in un mondo così indiscreto. Quand'è stato che l'hai fatto perdere a blackjack? »

« Al casinò a Montecarlo, durante la missione in cui abbiamo scoperto per la prima volta il nome di Paul Alli. »

Jane controlla ancora il blocco di appunti.

« Già, Ice. Avete parlato di Montecarlo anche nella famosa telefonata della parrucca, il riferimento al divano del casinò, abbiamo controllato. Risulta anche che avete effettivamente giocato a blackjack. Non sapevamo che tu lo avessi fatto perdere. Ha perso molto? »

« Non ricordo quanto, ma erano tanti soldi. »

Lo rivedo, il volto di Marlow mentre, felice come un bambino, raccoglie le fiches da 500 euro ciascuna, vinte grazie al mio suggerimento.

« E poi c'è quell'incidente coi poliziotti, il fermo di Bonan, tu da sola in albergo. Eri sola, vero? »

So che ci sono poche telecamere a Tripoli e solo una nella hall del Waddan. Devo fidarmi della prudenza di Marlow.

« Sì. »

« E a cena? »

« Ho ordinato un po' di frutta al room service. »

Jane getta un'occhiata ai suoi appunti.

« Hai consumato qualcosa dal frigobar? »

Siamo a questo punto, dunque.

« Forse una bottiglietta di succo di mele e delle arachidi. »

« Strano, Ice. Tu non mangi mai roba così calorica. »

« Non avevo cenato e mi è venuta fame durante la notte. »

Jane prende un appunto, poi spegne la videocamera. Niente più tuoni, fuori il cielo è sereno e luminoso.

« Non ci siamo, Ice. Andiamo fuori, la luce del sole favorisce la sincerità. »

SEI MESI PRIMA: GIORNO 6

Taif, Saudi Arabia, King Fahd Air Base

L'aria dell'alba di Taif a milleottocento metri di quota era frizzante. Sotto l'hangar in cemento armato c'erano solo loro due, FAST e il Generale. Il Generale era sceso dal suo aereo con il passamontagna e FAST indossava la tuta da pilota, quella che giustificava la sua presenza lì per continuare a esercitarsi alla guida dei caccia intercettori F-15.

FAST aveva ascoltato in silenzio ed era preoccupato.

« Ciò che mi chiede è una novità rischiosa, Generale. »

L'uomo con il passamontagna indicò il suo aereo privato, quello con cui era arrivato poco prima alla base aerea di Taif.

« Anche io corro rischi a venire qui, Principe. Ma ogni piano ha le sue novità che vanno gestite. »

« Mi aveva detto che quella giornalista, Brigit Weiss, non era un vero problema. »

« Non le ho mai detto neanche che non fosse un problema. »

« Quella donna fa troppe ricerche a Riad. Finirà per trovare tracce che noi non possiamo permetterci che trovi. Deve tornarsene a casa sua. »

« A questo penseremo io e Seamus prima che scopra qualcosa. »

« Perché non farla smettere subito? Basterebbe far trapelare a Tareq che sta mettendo il naso anche nei suoi conti. »

« Perché prima ci può essere utile e lei deve farci amicizia come le ho chiesto, Principe. »

Ma FAST era un uomo abituato a comandare, non a essere comandato.

« Brigit Weiss è nella penisola arabica per le sue ricerche sulla finanza islamica con la scusa di scrivere la biografia di quel pallone gonfiato di mio cugino Tareq. Lui la considera sua proprietà, intende portarsela a letto. Non gradirà interferenze. »

« Non deve né frequentarla né sedurla, Principe. Solo chiederle di fare una cosa del tutto innocente. Lei la vedrà oggi alla gara annuale dei falconi. Non deve perdere l'occasione. »

L'uomo col passamontagna porse a FAST una busta sigillata. Sul fronte c'era l'intestazione del mittente, una banca di Dubai. Sul retro c'era una casella postale di Agadez.

« Faccia in modo che Brigit Weiss la trovi tra le cose di suo cugino Tareq. Sono certo che lei escogiterà un modo ingegnoso e prudente, Principe. »

FAST soppesò la busta.

« Cosa c'è dentro? »

Il Generale aveva riflettuto a lungo se rivelarglielo o meno. Aveva optato per la verità, per motivare FAST a correre quel rischio.

« Qualcosa che porterà gli occidentali a seguire le tracce del little boy fino a collegarlo a suo cugino Tareq. Oggi il principe ereditario è amato dagli americani, che lo proteggono perché appare moderato e moderno, con tutte quelle concessioni alle donne, i viaggi a Hollywood, gli amici ebrei, l'odio per gli iraniani e i turchi che invece sono gli unici alleati possibili contro l'Occidente. Dobbiamo trovare il modo di distruggere quest'immagine. »

FAST non era per niente convinto.

« Mio cugino è un arrogante presuntuoso ma non un idiota. Non lascerebbe mai tracce di un collegamento diretto tra sé e il terrorismo. »

« Davvero? L'arroganza fa commettere imprudenze, a volte. Comunque, si tratta solo di un labile indizio molto indiretto, ma alla fine porterà gli americani sulla pista di suo cugino. E quando estrometteranno Tareq, sarà lei a prendere il suo posto come principe ereditario. »

FAST era un uomo molto intelligente ed esigeva chiarezza assoluta.

« Generale, perché mai Brigit Weiss dovrebbe aprire questa busta se la trovasse? E poi che ne farebbe? »

« Innescherà qualcosa per cui gli americani costringeranno gli italiani a consegnargli il nostro little boy. Cosa essenziale per il nostro piano. »

« Non capisco, Generale. Cosa c'entra Brigit Weiss? »

« Domanda giusta, Principe. Ma quando tutto accadrà, lei sarà sospettabile, inevitabilmente. Meno sa e meglio è, per la sua sicurezza e per la mia. »

FAST indicò le guardie all'esterno dell'hangar.

« Curano loro la mia sicurezza, Generale. »

L'uomo col passamontagna indicò qualcosa vicino allo scarpone di FAST e si chinò a raccoglierlo. Lo sollevò, tenendolo tra le dita coperte dai guanti di pelle neri. Uno scorpione agitava le chele e il pungiglione.

« Dovreste tenere l'hangar più pulito. Queste bestiole stanno molto meglio lì fuori, nel deserto. Ora mi scuserà, io devo ripartire subito. »

Il Generale tese la mano, come se avesse dimenticato lo scorpione che stringeva tra le dita. Poi la ritrasse.

« Mi scusi, Principe, ero sovrappensiero. »

Infilò lo scorpione in una tasca della tuta da pilota.

« Il veleno di queste bestiole è prezioso come digestivo dopo un agnello o un couscous di montone. »

FAST lo guardò freddamente.

« Pregherò Allah per lei, Generale, perché abbia ragione, su tutto, anche sul veleno dello scorpione. Mi aspetto che subito dopo lei risolva il problema Brigit Weiss, senza che io debba ricordarglielo ancora. »

L'uomo col passamontagna si inchinò.

« Se Allah vorrà, Principe. »

Poi si avviò verso il suo aereo.

Aba si alzò all'alba. Si alzò, non si svegliò. Perché ormai non riusciva più a dormire. La visita serale di Johnny Jazir nella sua stanza aveva alterato il suo equilibrio.

Nella 48 ore non aveva portato abiti di ricambio, perché le scarpe dei figli di JJ avevano occupato tutto lo spazio e perché non aveva proprio immaginato di doversi fermare a Tripoli. Aveva solo il kit con spazzolino, dentifricio e filo interdentale e un provvidenziale paio di slip. Cominciò con una doccia, ma anche sotto l'acqua fredda i pensieri si rincorrevano.

Chissà se hanno sentito la sveglia, chissà se usciranno in tempo per la prima ora a scuola, Paolo non li sveglia di sicuro.

JJ mi ha detto di stare attenta oggi e di non tornare mai più.

Restò a lungo sotto il getto d'acqua, cercando di cacciare la stanchezza. Poi si vestì, indossò parrucca, velo, occhialoni scuri. Scese nella sala colazione e trovò Giulio Bonan, inappuntabile come sempre e con una camicia celeste diversa dal giorno prima.

« Come facevi a sapere che ci saremmo fermati a Tripoli? »

« Non lo sapevo. »

« Ma ti porti sempre il ricambio per la notte? »

« Certo. Pianificazione, Ice, mi meraviglio di te. Ti servono il dentifricio e lo spazzolino? Ne ho sempre due. »

« No, grazie, li ho. Ti hanno maltrattato alla stazione di polizia? »

Lui fece una tranquilla risata.

« Ho distribuito così tanti dollari che mi hanno offerto tè e datteri. E persino restituito la pistola. »

Fece un cenno al rigonfiamento della sua tasca.

« Forse grazie anche alle buone parole del tuo amico Marlow, Ice. »

Aba non gli rispose, sorseggiò il tè verde mentre Giulio Bonan buttò giù caffellatte, uova, pancetta, toast.

« Ah, ho pure lavorato per te, Aba. Mio padre ti aspetta, appena torniamo a Roma. Cliente raccomandata, corsia preferenziale. »

Poi Bonan bevve un ultimo sorso di caffellatte e si alzò.

« Bene. Direi che è ora di muoverci. »

Taif, Saudi Arabia

Alle nove di mattina, sull'altipiano c'erano quindici gradi e pochissimo vento, le condizioni ideali. Il principe Feisal Al Saddoon bin Tamimi tolse con la mano destra lo chaperon, il cappuccio di cuoio, dalla testa di Saladino, il suo magnifico ibrido di girfalco che era posato sulla sua mano sinistra protetta dal guanto.

« Ti piace qui, habibi? »

Saladino roteò velocemente i suoi formidabili occhi che dall'altipiano roccioso spaziavano per chilometri, giù sulla valle con gli alberi di limone e il lago, più avanti, sino alla zona desertica e cespugliosa che portava ai pozzi di petrolio e al Golfo Persico.

Seamus O'Neill compì la stessa operazione con Sayf, l'altro magnifico esemplare che aveva allenato per FAST.

« Siamo pronti, Principe. I nostri coi cani sono già laggiù. »

FAST annuì e fece il movimento previsto col braccio sinistro, imitato da Seamus. Poco dopo entrambi i falconi erano in volo e salivano verso l'alto, per avere la visione più completa del territorio.

FAST vide la prima ubara alzarsi in volo dai cespugli, pressata dai cani.

Sayf si gettò in picchiata velocissima, ma l'ubara scartò all'ultimo istante, e cominciò a risalire velocemente verso la zona con gli alberi di limone, la salvezza.

Ma Saladino lo aveva previsto e la sua diagonale discendente incrociò l'ubara dieci metri prima degli alberi, la trascinò giù e la finì rapidamente col suo rostro.

FAST annuì, soddisfatto. Il nordirlandese era l'uomo che il Generale gli aveva messo accanto per i collegamenti tra loro, ma si occupava di falconi da trent'anni e lasciava credere a tutti che quelle dita mutilate fossero colpa dei becchi dei falchi e non delle bombe.

« *Good job*, Seamus. Sappiamo chi usare per sfidare mio cugino Tareq. »

« So che ha visto il Generale all'alba, Principe. Oggi ci sarà anche Brigit Weiss con suo cugino Tareq. Non dobbiamo farci sfuggire questa occasione. »

FAST annuì.

« Lo so, me lo ha già detto lui, riuscirò in qualche modo a farle trovare quella busta. Ma poi dovrete togliermela di torno e farla andare via dall'Arabia Saudita. »

« Il Generale glielo ha promesso, Principe. Lui mantiene sempre le promesse. »

FAST indicò l'elicottero.

« Ora andiamo all'aeroporto di Gedda a incontrare la mia grande famiglia. »

Il piano concordato con Bonan prevedeva di muoversi ciascuno per conto proprio. Aba prese un taxi per andare dall'albergo al Caffè di Roma. L'autista continuò a parlarle in arabo, presumendo che sotto la frangia della parrucca e gli occhialoni ci fosse una siriana o una libanese.

« Ha sentito i cannoni stanotte, madame? »

Aba non rispose e l'autista indicò fuori, dei ragazzini coi kalashnikov, su un pick-up.

« Per lei sono meglio questi delinquenti che Al Sarraj finanzia per essere protetto o quel macellaio di Haftar? »

« Non saprei, davvero. Non sono di qui. »

Finalmente il taxi si fermò nel grande parcheggio alle spalle del bar. Aba ordinò al tassista loquace di aspettarla, attraversò il parcheggio deserto e si avvicinò abbastanza da avere una vista sulla veranda esterna al bar. Non c'era nessuno in giro e meno di cinque minuti dopo Giulio Bonan arrivò a piedi ed entrò. Aba si accertò che non lo stessero seguendo, ma non c'era anima viva. Allora entrò anche lei. Il bar era deserto, a parte il barista Nabil e Bonan che aveva ordinato un caffè per sé e acqua per Aba.

« Allora, Nabil, hai sentito il proprietario del bar? »

Alla domanda di Bonan, il ragazzo fece una smorfia.

« Dovete parlare direttamente con lui, i soldi li vuole lui. Ma ora non mi ricordo più il suo indirizzo. »

Bonan tirò fuori una banconota da cinquanta euro che Nabil intascò velocemente.

« Mustafà ha un negozio di alimentari a sciara Al Kairouan, città Giardino. »

Bonan si voltò verso Aba.

« Andiamo? »

Ma lei si rivolse a Nabil.

« C'era un cliente qui ieri. Ti ha chiesto qualcosa di noi? »

Lui scosse violentemente il capo.

« Nessuno mi ha chiesto niente. »

Uscirono, raggiunsero il parcheggio e tornarono insieme sul taxi dove lui diede indicazioni all'autista.

« *Sciara Al Kairouan, please.* »

Il tassista approvò.

« *Good place, nice.* »

Poi riprese la tiritera su Haftar, Sarraj, gli italiani, i francesi, i russi, i sauditi, i turchi, una vera lezione di geopolitica internazionale.

Lei aveva in mente il monito di JJ: *stia attenta.* Parlò in russo, per non farsi capire dall'autista impiccione.

« Nabil ha detto a quell'uomo che ci spiava cosa stavamo cercando. E forse qualcuno ci sta aspettando a sciara Al Kairouan. »

« Tranquilla, ho la pistola. »

« È proprio per questo che non sono tranquilla. Dammela. »

« Cosa? »

« JJ non ci aiuterà un'altra volta, Giulio. Se tiri fuori quella pistola, o ci arrestano o ci ammazzano. E io voglio tornare a casa dai miei figli. »

Lui le passò la pistola, senza farsi scorgere dall'autista nello specchietto retrovisore, e lei la ripose nella 48 ore.

Il Generale ricevette da Seamus il messaggio.

Stanno andando tutti e due a sciara Al Kairouan.

Tirò fuori dalla tasca il quaderno con i codici. Si spostò sulla seconda parte con una lista interminabile di squadre di calcio. Trovò ciò che cercava.

Inviò il messaggio a Seamus O'Neill.

Liverpool-Manchester United.

Il taxi avanzava lentamente in mezzo al traffico e ai soliti pick-up con mitragliatrici e ragazzini vestiti da soldati con cento divise diverse ma tutti armati di kalashnikov. Il tassista li guardava e mormorava insulti terribili.

« *These people shit. You Russian good, help Haftar.* »

In una decina di minuti arrivarono. Il negozio di alimentari era in realtà un piccolo supermercato sulla strada, in sciara Al Kairouan, una via molto tranquilla, con pochissimi negozi e un paio di ambasciate. A un'estremità c'era uno di quei soliti pick-up con due mitragliatrici e quattro ragazzini armati. Dopo l'esperienza del giorno prima Aba non era affatto tranquilla.

« Facciamo una cosa rapida, Giulio. »

« Se vuoi, vado solo io e tu mi aspetti in taxi. »

Aba scosse il capo.

« Ho rinunciato a cenare coi miei figli ieri sera per essere qui. »

Strinse il velo sul viso e scese con lui, chiedendo al tassista di attendere il loro ritorno. Sul marciapiede accanto all'entrata c'era un tipo coi capelli bianchi, corpulento, con un gran paio di baffi grigi. Fumava tranquillo la shisha, seduto su una seggiola di legno.

« Mister Mustafà? »

Lui scrutò il vestito impeccabile con la pochette di Bonan e dedicò una lunga occhiata ad Aba.

« Italiani, vero? »

Si esprimeva in un italiano più che decente.

« Sì. »

« Nabil mi ha avvisato. Ha detto che avete una maglietta di Ronaldo per me, ma io non vi conosco e ho solo nipoti femmine. »

Poi ridacchiò.

« Però mi ha detto che avete molti soldi. Andiamo dentro, qui fuori ci sono troppi occhi e fucili. »

Si alzò ed entrò nel negozio, seguito da Aba e Bonan. Chiuse a chiave la porta a vetri e li condusse sul retro, invisibile dalla strada.

« Allora, amici italiani, cosa volete? »

Bonan mostrò a Mustafà la foto di Paul Alli.

« Quest'uomo è venuto al Caffè di Roma da te, un paio di mesi fa. »

« Sono vecchio. Due mesi sono tanto tempo fa. »

Bonan tirò fuori una banconota da cinquanta euro.

« Ora te lo ricordi? »

« Solo un po', con cento sarebbe meglio. »

Bonan gli porse i cinquanta euro. Poi tirò fuori un'altra banconota da cinquanta ma non gliela consegnò.

« Prima sentiamo cosa ricordi. »

Mustafà sospirò, dispiaciuto per l'evidente sfiducia nei suoi confronti.

« Quel giovanotto si presentò un giorno, era inizio dicembre forse, chiese di me e allora io telefonai al numero che mi avevano dato. Dopo una ventina di minuti arrivò un ragazzo di colore con una jeep. »

« E chi ti aveva detto di fare quella telefonata? »

« Proprio quel ragazzo con la jeep. Per dieci dollari. Ma non so altro, non lo conosco e non so dove sono andati. »

Bonan si rimise in tasca i cinquanta euro.

« Allora ti abbiamo pagato anche troppo. Oppure troppo poco e te ne diamo cento, Mustafà. Ma devi dirci tutto. »

Mustafà sembrava combattuto.

« Perché cercate il ragazzo della foto? »

Bonan scosse il capo.

« Non ti riguarda. Devi dirci se conosci l'autista o sai dove andavano lui e il ragazzo della foto. »

« Non so chi è l'autista, l'ho visto appena, uno di questi ragazzi di colore, tutti uguali. E non so dove sono andati. »

« Allora niente più soldi, Mustafà. »

Il vecchio esitò, poi parlò a voce molto bassa.

« No, aspetta! Il ragazzo della foto l'avevo già visto il giorno prima che venisse al Caffè. »

Bonan scattò.

« Come sarebbe? Dove? »

Mustafà capì di avere un asso nella manica.

« Quanto offri? »

Bonan tirò fuori altre banconote e le passò a Mustafà.

« Duecento. Allora, dove? »

« L'ho visto passare qui davanti, con un altro ragazzo di colore. »

Aba e Bonan si guardarono. Poi lui gli mostrò sul cellulare la foto del secondo little boy, Abdalla Ghali. Mustafà annuì immediatamente.

« Mi pare sia lui, sì. Sembravano allegri, erano sull'altro lato del marciapiede, uno con la maglietta del Liverpool e l'altro con quella del Manchester United. »

« E il giorno dopo sono venuti tutti e due al Caffè di Roma? »

« No, solo quello più grosso, quello della prima foto. »

Aba aveva ascoltato e riflettuto, come sempre. Ricordava benissimo il biglietto di JJ.

Stai attenta domani, poi parti e non tornare mai più.

Pose la domanda in arabo.

« Da quale parte della strada venivano, signor Mustafà? »

Il vecchio arabo scosse la testa. Era un po' spaventato ora, timoroso. Aba tirò fuori dalla borsa una banconota da cento euro e la diede a Mustafà.

« Per un etto di buoni datteri, signor Mustafà. »

L'arabo capì al volo, riempì un sacchetto di datteri e li porse ad Aba.

« Brava, signora, non insospettiamo i bambini coi mitra lì fuori. »

Uscirono di nuovo all'aperto. Mustafà si sedette sulla seggiola, dove si trovava quando erano arrivati. Guardò davanti a sé in silenzio, poi si rivolse ad Aba.

« Ci sono pochi clienti, allora passo molte ore seduto qui fuori a fumare, signora. Vedo chi entra, chi esce... »

Due dei ragazzini col kalashnikov si stavano avvicinando dal fondo della strada e urlarono, rivolti verso di loro.

« Stop! »

Aba non ci pensò due volte, afferrò Bonan per un polso e lo trascinò nel taxi.

« *Yalla, go, go! Airport!* »

L'autista partì a tutta velocità. Bonan era decisamente seccato e protestò in russo.

« Bastava pagarli, Ice. Ora non sappiamo da dove stessero arrivando i due little boy! »

Jeddah International Airport, Saudi Arabia

Lo sceicco Feisal Al Saddoon bin Tamimi, detto FAST, non sopportava quel luogo, quella compagnia. Tutto era finto, come il loro nuovo mondo dopo la scoperta del petrolio, finto come la modernizzazione di suo cugino Tareq che avrebbe trasformato la penisola arabica nel clone mansueto delle finte democrazie occidentali. Ma lui, con l'aiuto del Generale, lo avrebbe impedito.

FAST detestava tutto del padiglione riservato alla dinastia reale in cui stavano pranzando: i soffitti d'oro, le fontane coi mosaici e i marmi italiani, l'aria condizionata pervasa da quel profumo di petali di rosa che conferiva a tutto il contesto il senso di irrealtà di un mondo costruito sulla sabbia in pochi anni coi miliardi dei petrodollari, dopo millenni di pesca e pastorizia.

FAST era seduto di fronte a suo cugino Tareq, il principe ereditario, il primo nipote del re. Intorno a loro c'erano una quarantina di principi, tutti maschi e tutti parenti reali. Erano i concorrenti che sarebbero partiti per il deserto sull'aereo reale e avrebbero partecipato nel lungo fine settimana islamico alla gara annuale dei falconi. Niente mogli, ovviamente, perché quella era una barriera ancora invalicabile.

Solo una donna, Brigit Weiss, era stata ammessa a quel tavolo, in quanto giornalista e con il pretesto che stava scrivendo un libro su Tareq e doveva essergli accanto anche in quelle occasioni.

FAST volse lo sguardo sulla tunica coi filamenti d'oro di suo cugino e sul suo orologio da un milione di dollari. Cercò di celare qualunque segno del disgusto e del disprezzo che provava.

Appena morto l'anziano re, o forse anche prima, Tareq sarebbe asceso al trono. A quel punto avrebbe fatto piazza pulita di chiunque potesse anche lontanamente fargli ombra.

Appena morirà nostro zio, io sarò fatto a pezzi dalla sua guardia del corpo. La stessa cosa farà con le mie mogli e i miei figli e con tutti gli appartenenti ai rami collaterali della dinastia.

Ma quel giorno non sarebbe mai arrivato. Ci avrebbero pensato lui e il Generale a evitarlo. Lo preoccupava molto, il Generale, come tutti gli uomini troppo fanatici per essere comprati e troppo soli per essere ricattati. Ma era indispensabile per il suo piano.

« Quale dei tuoi falconi utilizzerai, Feisal? »

FAST intuiva il motivo di quella domanda del cugino Tareq. Durante la notte il suo falcone, un magnifico ibrido tra girfalco e pellegrino, allevato e allenato per mesi, avrebbe subito una piccola iniezione di lidocaina, una dose minima ma sufficiente a farlo arrivare stordito e confuso alla gara del giorno successivo.

Certo, lui poteva far mettere uomini a guardia del suo falcone, ma questa mossa sarebbe stata interpretata come una dichiarazione di guerra a Tareq. Una guerra che avrebbe perso, mentre il piano concordato col Generale era perfetto. Quell'uomo aveva appreso e sperimentato la giusta strategia combattendo sul campo contro Gheddafi, dopo averlo servito per tanti anni.

I nemici si abbattono attraverso altri nemici. Ieri la NATO contro il Colonnello, domani l'Occidente civilizzato contro Tareq.

Ora doveva essere inappuntabile, cortese, collaborativo.

« Utilizzerò Saladino, caro cugino. »

Tareq sorseggiò lo champagne. L'alcol era vietato dalla loro religione ma quando il vecchio re non era presente, in un evento privato come quello, Tareq amava sfoggiare la propria modernità, anche in quel modo. Sapeva che offrendo ai cugini reali lo champagne più costoso del mondo li adulava e minacciava allo stesso tempo.

Io posso darvi tutto o togliervi tutto, anche la vita. Senza motivi, senza processi, dal mattino alla sera.

FAST incrociò per una frazione di secondo lo sguardo di Brigit Weiss. La bellissima giornalista tedesca che era diventata famosa per le numerose biografie e interviste a capi di Stato, scienziati, star dello spettacolo e dello sport e persino terroristi super ricercati. Ma anche per alcune inchieste che avevano scavato nelle pericolose connessioni tra finanza, scienza e terrorismo. Sebbene lei fosse sposata da anni con un architetto italiano, vivevano in Kenya ma giravano sempre, lui tra Africa e Italia, lei dove la portavano i suoi reportage e le sue biografie. Si mormorava che alcuni degli intervistati fossero stati intervistati anche a letto.

Brigit Weiss aveva proposto a Tareq di scrivere la sua biografia. E Tareq, il pallone gonfiato arrogante e presuntuoso, aveva accettato. Prima di tutto perché una biografia della Weiss era un grande onore, un'incoronazione anticipata. E poi per sedurla e aggiungere il suo scalpo a quello di numerose altre amanti, tra cui alcune attrici di Hollywood.

Sedurre quella donna era parte dell'immagine di potere incontrastato e di modernità che il principe ereditario voleva trasmettere ai suoi sudditi e al mondo intero.

FAST gettò un'occhiata veloce verso di lei mentre Tareq era distratto, impegnato nella scelta dello champagne con cui proseguire. I loro sguardi si incrociarono per un attimo. Era già capitato un paio di altre volte e lui l'aveva ignorata. FAST aveva esperienza, sapeva cogliere dietro gli sguardi delle occidentali l'iniziale curiosità che poteva portare a ben altro. Forse perché era un'occidentale moderna, forse per la sua notorietà, forse semplicemente per la totale mancanza di sottomissione, Brigit Weiss non si rendeva conto del rischio che correva. Erano in un Paese dove i presunti adulteri venivano lapidati in piazza il venerdì davanti a folle eccitate e urlanti. Lei pensava che il suo status di giornalista internazionale e famosa la proteggesse, ma non era mai stata l'oggetto del desiderio di un uomo spietato come suo cugino Tareq, che non avrebbe mai tollerato un affronto che potesse anche lontanamente scalfire il suo carisma.

Il Generale era stato chiaro durante il loro breve incontro.

Deve solo farle trovare la busta tra le cose di Tareq.

Portarsela a letto era fuori discussione, ma non poteva neanche ignorarla. Doveva solo farsela abbastanza amica da chiederle quel favore. Un piano aveva iniziato a formarsi nella sua testa. Era molto audace, al limite del rischio, ma era l'unico modo per seguire le indicazioni del Generale.

Tareq si rivolse a Brigit, seduta accanto a lui, e indicò Feisal che gli sedeva di fronte.

« Feisal gareggerà col suo falcone Saladino. Sai come si chiama quello che userò io, Brigit? »

Lei lo guardò, gli occhi color fiordaliso tra le lentiggini.

« Non saprei, Tareq. »

Tareq distolse lo sguardo da lei e lo fissò su FAST.

« Carlo di Valois, caro cugino. »

FAST non disse nulla, non sussultò, non si indignò né sorrise.

Solo col nulla posso rispondere alle sue provocazioni e restare vivo.

Poi, dopo alcuni interminabili secondi, Tareq scoppiò a ridere.

« Scherzo, cugino! Non avere paura, il mio falcone si chiama Mohammad come mio padre, il nostro re. Dovrebbe farti più paura lui che un vecchio crociato morto e sepolto. »

FAST fece un inchino.

« Certamente, cugino. »

Poi si alzò.

«Mi scuso, cugino. Dopo i pasti ho questo vizio terribile del sigaro.»

Tareq annuì e gettò un'occhiata a Brigit.

«Io ho altri vizi, Feisal. Più interessanti.»

FAST uscì all'aperto. L'aria di Gedda era tiepida e umida, vera, non come la gelida aria condizionata dal profumo di rose. Guardò verso l'Hajj Terminal, immensi tendoni in teflon aperti sui lati, sopra centinaia di cessi. Li fissò a lungo, quel simbolo arabo che lui detestava, costruito dai tedeschi e progettato dagli americani.

Per ospitare i pellegrini in transito per la Mecca e non sentirne la puzza. Perché è quello che pensano di noi, da sempre.

Sul Falcon, Bonan continua a recriminare.

«Dovevi lasciarmi fare, Aba, con i soldi ti compri tutto qui a Tripoli. Per cinquanta euro, quei ragazzini ci avrebbero portati loro stessi all'aeroporto. Comunque io ti proteggo, o coi soldi o con la pistola.»

«Non ne sarei sicura. E non voglio un protettore, va bene?»

Lui sospira.

«Va bene, scusami. Pensavo ci fosse differenza tra cavalleria e misoginia.»

«A me non piacciono né i misogini né i cavalieri.»

«Questo lo so benissimo.»

Cerco di calmarmi, non voglio dargli la soddisfazione di capire quanto mi fossi spaventata e preoccupata. E che la colpa è di Johnny Jazir.

«Oggi mio padre non ha udienze, è in studio. Dovresti andare da lui appena atterriamo, però, perché poi ha degli impegni. Ti giro l'indirizzo.»

«Grazie.»

« Spero che non ti faccia arrabbiare. È un ottimo avvocato ma... »

« ... un pessimo uomo. E tu hai preso da lui. Grazie per l'avvertimento, su entrambi. »

L'immenso jet volava sul deserto saudita da Gedda ad Abu Dhabi. Nella zona reale c'erano poche file ben distanziate, veri e propri letti. Nell'aria aleggiava un profumo di rose.

Brigit Weiss era seduta nel posto di corridoio sul lato opposto al principe ereditario Tareq, in prima fila, nella zona più spaziosa, una specie di salotto. Tareq aveva le cuffie sulle orecchie, era intento a gustarsi l'ultimo film di James Bond, una delle sue grandi passioni come le auto speciali e le belle donne.

FAST era seduto un po' più indietro. Si alzò dalla poltrona letto, si stirò la tunica bianca, si aggiustò meglio sul capo la ghutra candida e Brigit sollevò lo sguardo dalla rivista di moda.

« Vai a salutare i tuoi falchi, Feisal? »

FAST si guardò intorno. In quella zona privata dell'aereo erano ammessi i soli membri della famiglia reale. C'erano una decina di principi, alcuni da soli, altri con amanti più o meno ufficiali. Poteva parlare con Brigit perché Tareq era lì accanto, tutto era alla luce del sole e lei non era la moglie.

« Sì, Brigit. »

Lei continuava a guardarlo.

« Vai anche tu con Tareq a salutare gli Al Nahyan quando arriviamo ad Abu Dhabi? »

Feisal realizzò di colpo che lei gli stava offrendo una chance, un'insperata apertura che forse non sarebbe mai più ricapitata.

« È una visita di Stato, Brigit, io non sono ammesso. »

« Nemmeno io, per fortuna. »

Era un'opportunità da cogliere al volo. Ma era tutto molto pericoloso, doveva stare attentissimo.

« Vado a Yas Island, al circuito di Formula 1, voglio provare il nuovo modello che la Ferrari ha costruito per me. »

Brigit allungò un braccio attraverso il corridoio e toccò la spalla di Tareq, che si tolse le cuffie.

« Che c'è, Brigit? Mi hai interrotto proprio mentre 007 scopre che quella bellissima bionda è una spia! »

« Scusami, Tareq. Vorrei andare con Feisal al circuito di Formula 1 mentre tu vai dagli Al Nahyan. Tuo cugino deve provare la sua nuova Ferrari. »

Poi sorrise, con aria leggera.

« Ma ci vado solo se Feisal promette di farmela guidare. »

Tareq lanciò un'occhiata a entrambi.

« Io sono colui che ha dato alle donne il permesso di guidare e persino di andare allo stadio. Se Feisal è così generoso da mettere a repentaglio il suo costosissimo giocattolo solo per i tuoi occhi... »

FAST rispose immediatamente nell'unico modo possibile.

« Come desideri tu, Tareq. »

Tareq scoppiò a ridere.

« Brigit, mi prometti che non farai danni né all'auto né a te stessa? »

« Sono un'ottima guidatrice, Tareq. »

Il principe ereditario annuì.

« Allora vi auguro buon divertimento. E ora lasciatemi tornare a James Bond e alla sua bionda traditrice! »

Tareq si rimise le cuffie e FAST si allontanò velocemente. Aprì la porta che separava la zona reale dal resto del jet in cui i centoventi posti erano equamente suddivisi tra guardie del corpo, falconieri e falconi, ciascuno con la propria poltrona, inclusi i falchi, ciascuno in una gabbia.

FAST si avvicinò al suo falconiere, Seamus O'Neill, e indicò le gabbie di due falconi.

« Come stanno, Seamus? »

« Sayf deve avere un po' di mal d'aria, principe. »

FAST sorrise. Saladino e Sayf erano nati insieme e il loro aspetto era quasi identico. Seamus era stato bravo a scambiare i cartellini sulle gabbie. Così gli uomini di Tareq avevano praticato l'iniezione di tranquillanti a Sayf convinti di farla a Saladino.

« *Thanks, Seamus, great job.* »

FAST tornò sino alla sua poltrona nella zona reale senza degnare di uno sguardo Brigit Weiss. Battere Tareq coi falconi era troppo pericoloso, quasi quanto parlare con Brigit, e lui non poteva compromettere il piano per uno stupido moto d'orgoglio, ma non voleva nemmeno sfigurare.

Se Saladino arriva in finale contro il falcone di Tareq, dirò a Seamus di perdere.

Allo studio legale, mi trovo davanti un Giulio Bonan con trent'anni di più e venti centimetri più alto, un gigante di quasi due metri. Osvaldo Bonan ha lisci e folti capelli candidi ben tagliati e pettinati all'indietro e gli stessi lineamenti regolari di suo figlio, con gli occhi celesti sotto le spesse lenti. Mi riceve nell'ampia sala con il parquet di ulivo e la boiserie in legno alle pareti, tra le due ampie finestre c'è anche l'immenso quadro a olio che raffigura la battaglia di Lepanto in cui la flotta cristiana distrusse quella degli infedeli. Nota la mia occhiata perplessa e decide di chiarirmi subito il suo punto di vista.

« I cristiani decapitarono l'ammiraglio ottomano, impalarono la sua brutta faccia sul pennone più alto della nave ammiraglia e i turchi se la fecero sotto. Se i nostri politici avessero almeno la centesima parte di quella determinazione... »

Lascia la frase in sospeso, e io non fatico a immaginare come sarebbe il suo bellissimo mondo. Sarà durissima, è molto peggio del figlio. Ora capisco bene i timori e gli avvertimenti di Giulio.

Mio padre non è proprio il tipo adatto per te.

Certo, io ho bisogno di un avvocato combattivo, non di un pacifico velista, ma Bonan padre è assolutamente al di fuori dello standard e ci tiene a esserlo.

Indossa una tunica immacolata lunga sino ai piedi scalzi nei sandali e ha una lunghissima barba bianca, sino al petto. Non mi tende neanche la mano, mi indica una delle poltroncine.

« Non ho molto tempo, stavo provando Socrate. »

« Socrate? »

Si toglie con un gesto la barba finta e la posa sul tavolo. Sotto ha un pizzo nero. Sono un po' sollevata, quella lunga barba bianca mi destava una certa inquietudine.

« Recito a teatro. Processiamo i personaggi storici. Io impersono l'avvocato difensore di Socrate e questa sera è la prima. »

« Ah, ecco, sa, la barba bianca mi sembrava... »

« Certo, agli occhi del popolo ignorante di oggi una lunga barba bianca toglie credibilità, pensate a un barbone o a un vecchio rimbambito. Ma per fortuna ai tempi di Socrate quella barba era un segno di saggezza. E lo sa perché, signora? »

« Francamente... »

« Perché la saggezza arriva con gli anni. Infatti solo poca gente affetta da un inguaribile infantilismo si separa dopo una certa età. Per mia fortuna ci siete tutti voi, ancora abbastanza giovani da credere che esista un'anima gemella più adatta alle vostre splendide caratteristiche. Allora, che le succede? Liti in famiglia? »

Non intendo replicare neanche a una delle sue assurdità. Osvaldo Bonan non mi interessa né come sociologo né come filosofo. Gli porgo la lettera dell'avvocato Goren. Dopo una rapida occhiata, lui sorride.

« Sofia è giovane, ma è un osso duro. Preparata e motivata. Come tutte le donne di oggi, che si ritengono vittime perenni di complotti. Tipo quelle del *me too*, dovrebbero chiamarle *meet you*, vista l'abitudine a frequentare produttori e registi.»

Il mio cupo silenzio lo insospettisce. Mi squadra, da sopra gli occhiali bifocali. Forse suo figlio mi ha fatto un po' di pubblicità negativa.

«Non sarà mica una di quelle, vero?»

Forse Osvaldo Bonan si aspetta che io lo mandi a quel paese e me ne vada. Forse non vuole per cliente una che Giulio gli avrà descritto come una gelida rompiscatole. Ma io ho solo bisogno di un bravo avvocato e non ho tempo di cercarne un altro. Né posso sprecarne in discussioni inutili.

«Come dovremmo procedere, avvocato? Perché io sono appena tornata da fuori e dovrei...»

Di colpo lui è un altro. Serio, attento, concentrato.

«Viaggia per il Ministero o per fatti suoi?»

La domanda mi coglie alla sprovvista. Ma è ovvia, non sa dove lavoro, non sa neanche dove lavora suo figlio.

«Glielo chiedo solo perché potrebbe essere uno degli elementi.»

«In che senso, mi scusi?»

«Per l'assegnazione della custodia dei figli. Nel caso deprecabile in cui non si arrivasse a un accordo.»

«Ah. No, non parto spesso. E sempre per lavoro e viaggi brevi.»

Annuisce. Prende una stilografica da qualche tasca della tunica e scrive un appunto su uno dei cartoncini che ha davanti sul tavolo in noce. Forse ha deciso di allinearsi alla tecnologia ai tempi di Platone per riuscire a immedesimarsi sempre più nella parte.

«Mi spieghi, in breve.»

Così gli racconto tutto. Il *tutto* di Aba, ovviamente. Non quello di Ice. Tutto sino alla scoperta dello scooter di mio marito parcheggiato nel cuore della notte in sosta vietata sotto casa della mia migliore amica e poi la lite da Babington, schiaffo compreso.

Mi guarda, incuriosito.

« Davvero lei ha tolto la multa dal parabrezza e se l'è portata via? »

« Sì. »

« Perché? »

« Paolo si sarebbe spaventato a morte, trovandola. La notifica sarebbe arrivata a me in ufficio. Sono io quella che paga le multe. »

Prende un'altra nota sul cartoncino.

« Certo. Un atto molto gentile da parte sua, molto femminile. »

Non mi piace il suo tono ironico.

« Scusi, non vorrà insinuare che... »

« Molto femminile vuol dire subdolo, quindi saggio. Lo prenda come un complimento. E ce l'ha ancora lei quella multa? »

« Sì, a casa. Ma non ho alcuna intenzione di usarla come arma per... »

« Non serve come elemento per un giudice in una causa di separazione, ma potrebbe comunque rivelarsi utilissima. La conservi. »

« Va bene. Riguardo ai miei figli, io intendo tenerli con me, ovviamente. »

« Certo, stia tranquilla. Voi donne vincete sempre, tranne in casi rarissimi. »

« Mi scusi, quali sarebbero? »

« Quelli in cui la madre è palesemente non in grado di accudire i suoi figli. Perché fa uso di droga, o perché è in prigione, o è fuggita con un altro. Ma non credo che lei ricada in nessuna di queste categorie. »

No. Io sono solo Ice. Una spia. Come tuo figlio.

« Allora, signora, esattamente cosa vuole ottenere? »

« Che per un po' mio marito Paolo viva per conto suo, felice e in armonia con i nostri due ragazzi e con me. E poi vedremo.»

Prende ancora una nota.

«Sempre la stessa storia. Volete la botte vuota e il marito astemio!»

«Guardi che il proverbio è un altro.»

«Lo conosco il proverbio, andava bene due secoli fa. Lei vuole troppe cose. Davvero ha tra le sue priorità che lui sia felice? Mi guardi negli occhi e me lo giuri sui suoi figli, perché sarebbe il primo caso in quarant'anni.»

Cerco di non arrabbiarmi.

«Senta, avvocato, io ho lentamente soffocato quell'uomo per anni e ora...»

«Non dica stupidaggini. Un uomo che si lascia soffocare è solo un masochista a cui piace così, altrimenti l'avrebbe riempita di parolacce e forse di botte.»

«Comunque io...»

«Si levi dalla testa la felicità di suo marito, non la riguarda più, ammesso che l'abbia mai riguardata. Ed è contraria al suo interesse a tenersi i figli.»

«Ma perché?»

«Me lo ha detto lei perché. Suo marito ha già detto ai suoi figli che loro vivranno con lui, no? Si prepari a combattere, o non ne è capace?»

Sì, certo, basta che Aba sia come Ice. Ma è l'ultima cosa che vorrei fare con Paolo. Io voglio pace, non guerra.

«Forse si potrebbe trovare un accordo, no?»

Sbuffa.

«Ho capito. Vuole sentirlo con le sue orecchie che il suo caro Paolo glieli vuole portare via. Verifichiamo subito.»

Prende il cellulare, cerca nella rubrica, preme un tasto, mentre la tensione cresce dentro di me.

«Cara Sofia, Osvaldo Bonan. In tribunale mi dicono meraviglie di te!»

La voce di Osvaldo Bonan ora è profonda, calda, tutta

miele. Non sento la risposta, solo una voce giovane e compiaciuta.

« Rappresento la dottoressa Abate, ha ricevuto la tua lettera per la questione con il marito, il dottor Paolo Neve. Mi chiedevo se possiamo tentare di risolvere amichevolmente la faccenda. »

Di nuovo sento un profluvio di chiacchiere mentre lui prende appunti sul cartoncino con la stilografica.

« Grazie, Sofia. Esauriente come sempre, ma parlarti al telefono è meno piacevole che vederti. Domani è domenica, non ho impegni, io e la mia cliente potremmo fare un salto da te se anche il tuo cliente è d'accordo. »

Sorride, ascoltando la risposta. Quando chiude la telefonata mi rivolge lo sguardo di chi cerca di accontentare una bambina capricciosa.

« Sono disponibili per un incontro domani, ma suo marito è disposto a fermare tutto solo se lei lo fa rientrare a casa. Altrimenti, lunedì depositeranno il ricorso per la separazione giudiziale che la cara Sofia ha già pronto. »

« Ma io... »

« Ci pensi su, è sabato, la mente è sgombra dai problemi di lavoro, domani mattina decidiamo se confermare l'incontro. »

Ora si alza. È magrissimo e altissimo, con quella tunica avrebbe potuto essere davvero un filosofo di Atene.

« La devo salutare. Devo provare ancora Socrate. Vuole venire a vedermi stasera? »

Mi alzo anche io.

« Grazie, starò coi miei figli. Le devo lasciare un assegno? »

« Avete una brutta idea di noi avvocati. Colpa dei film americani. Passi da me domani mattina verso le dieci, prima devo portare il cane al parco. »

Il circuito di Formula 1 di Yas Marina, incastrato tra anse di mare e lussuosissimi alberghi, era affollato ma ora tutti guardavano solo Brigit Weiss. Con la tuta rossa della Ferrari era davvero sensazionale e FAST ne era ben consapevole.

Resta concentrato sul piano. Non correre nessun rischio inutile. Lei è solo uno strumento per il nostro piano.

La nuova Ferrari era pronta, lucida e fiammante, una variante unica della P80/C da oltre cinque milioni di euro. FAST aveva contribuito personalmente allo sviluppo e ora la vettura era attrezzata con i doppi comandi per il collaudo.

Brigit si sistemò su una sedia nei box e FAST salì sulla Ferrari con il suo collaudatore. Provarono l'assetto personalizzato per una ventina di minuti durante i quali FAST diede al collaudatore le indicazioni sulle modifiche allo sterzo e al sedile. Ma era distratto da ben altri pensieri e aveva fretta.

« Va bene così, torniamo ai box per favore. »

Brigit aveva già indossato il casco, i suoi occhi color fiordaliso ridevano e il suo tono era ironico.

« Il principe Al Saddoon è preoccupato per la sua auto nuova. Come tutti i beduini, pensa che le donne non sappiano guidare. »

FAST si chiese se Tareq avesse mandato delle spie a sorvegliarli, ma era tutto nei limiti del lecito. Molto pericoloso, ma necessario per il piano.

Si rivolse all'ingegnere collaudatore.

« Mi fido totalmente della signora Weiss. Faccio io un po' di giri con lei alla guida. E sarò pronto a schiacciare il freno. »

Brigit si mise al volante, il collaudatore le regolò sterzo e sedile e a quel punto la Ferrari partì. In pochi minuti cominciò a inanellare giri su giri a velocità crescente, senza mai sbandare.

« Guidi benissimo, Brigit. »

« A quattro anni correvo sui go kart, in Germania avevo la pista sotto casa, come Schumacher. »

« Si vede. Sei molto veloce ma anche molto prudente, niente sbandate. »

« Se io fossi davvero prudente non saremmo qui, Feisal. »

Lui restò senza parole di fronte a quella frase del tutto inattesa e molto poco appropriata. Poi lei imboccò una curva stretta in controsterzo, la Ferrari scodò e lei ne riprese velocemente il controllo.

« Dovresti rallentare, Brigit. »

Lei scoppiò a ridere.

« Era solo un test per te, Feisal. Pensavo che tu fossi molto più disposto a rischiare. »

FAST si rese conto che il piano si stava complicando. Lei, da brava occidentale emancipata, non si faceva problemi. Solo che lui non poteva permettersi di assecondare quel gioco.

Prese una decisione rapida, come era abituato a fare alla guida degli F-15.

« Allora oggi farò una cosa imprudente per te, Brigit. Ora però rientriamo ai box, non è il caso di restare troppo tempo da soli. »

Non era certo che quella fosse la soluzione migliore, ma era l'unica che aveva intravisto. E qualcosa doveva fare, altrimenti il suo piano e quello del Generale si sarebbero arenati.

Tornarono ai box e scesero dall'auto. FAST si rivolse al collaudatore capo.

« La signora Weiss terrà la tuta da pilota come ricordo, visto che non ha fatto danni. »

Sì, ora aveva un piano.

Passo velocemente a casa, prendo l'auto e, appena arrivo in ufficio, chiamo Tony e Albert che mi stavano aspettando. Li porto nel mio box e mi è subito chiaro che qualcosa non va. Tony, solitamente brillante e ciarliero, è imbronciato e silenzioso. Come vedere Woody Allen in un film muto.

Albert, solitamente iperattivo e sopra le righe, è totalmente assente, con le sue mèche verdi e una maglietta col volto di Vladimir Putin.

Non ho nessuna intenzione di fare da madre anche a questi due, ma tento di scuoterli.

« Allora. Siamo a una svolta per cercare i mandanti dei little boy e salvare il nostro Paese da altri attentati, mi serve il vostro aiuto. »

Annuiscono, ed è meglio di niente.

« Tony, segnati 'sciara Al Kairouan, Tripoli'. Voglio sapere al più presto tutto di quella strada, di ogni negozio, ufficio pubblico o privato, eventuali studi medici, banche, chi abita lì, chi ci lavora. E tu, Albert, ti occupi delle telecamere. »

Il ragazzino con le mèche verdi fa una smorfia.

« Devo cercare le facce di quelle due scimmie, vero? »

Quello che è troppo è troppo. Ci sono solo due modi di affrontare la questione. Il primo sarebbe di estromettere il ragazzino dall'indagine e di informare la sezione disciplinare. Ma, forse a causa di ciò che sto passando coi miei due adolescenti, forse per via di Leyla che per due volte mi ha aiutato senza fare domande, forse perché è proprio il comportamento del padre di Leyla a generare la reazione inconsulta di Albert, forse è per tutte queste ragioni insieme o forse semplicemente perché sto cominciando a sentirmi come Aba prima di 9999, decido per il secondo modo di affrontare la situazione.

« Tu puoi andare, Tony. Tu no, Albert. Io e te facciamo una passeggiata. Prendi la tua giacca e scendiamo. »

« Cosa? »

« Al volo, Albert. »

Poco dopo siamo nel garage sotto l'edificio. Lui guarda con sospetto la mia auto, poi sale.

« Ma lei sa guidare? »

« Piantala, Albert. Guido da prima che tu nascessi. »

Non so neanche io che cosa mi stia muovendo, ma è sicuramente qualcosa che ha a che fare con Cristina e Francesco. È la prima volta che ci vediamo fuori dall'ufficio. È una pratica vivamente sconsigliata nel nostro lavoro, e una regola che io stessa ritengo essenziale per la sicurezza di tutti. Anche con Papà Doyle ci si vedeva solo una volta l'anno per Natale.

Ma oggi è indispensabile. Devo risolvere.

« Si può sapere dove diavolo andiamo, dottoressa Abate? »

« Non imprecare. Andiamo dai genitori di Leyla. »

« Cosa? È impazzita? Perché? »

« Perché ho bisogno di collaboratori efficienti e concentrati, non di ragazzini in crisi. Nella busta sul sedile posteriore c'è una maglietta di mio figlio. Ti starà larga, ma sarà sempre meglio di quella che indossi. »

« Putin non le piace? »

« Non com'è raffigurato sulla tua maglietta, con gli occhiali scuri e la pistola in mano, Albert. Serve qualcosa di pacifico, inoffensivo, devi almeno avere un aspetto presentabile. »

Guarda inorridito la maglietta.

« Chi diavolo è Ribéry? »

« Secondo mio figlio un grande calciatore. Che dopo aver sposato una musulmana si è convertito all'Islam. Mettiti la sua maglietta. »

« Lei è completamente pazza! »

Mi volto a guardarlo, mentre accelero.

« Ogni tanto te lo dimentichi, ma io sono il tuo capo, Albert. Saremo lì tra cinque minuti. Se non sarai convincente, Leyla sarà costretta a licenziarsi e poi io licenzierò anche te. Quindi fai il bravo, che ti vada o meno. »

« Ma lei ha educato i suoi figli con questi metodi nazisti? Non l'hanno mandata a quel paese? »

Il mio sorriso alla Maggie Thatcher lo incenerisce. Mi guarda ancora un po', incerto tra la ribellione e il cedimento. Poi, imprecando a mezza voce, si cambia la maglietta, se la infila nei jeans e si rimette sopra la giacca di pelle.

« Bravo. Nella busta c'è anche un cappellino di mio figlio che gli ho portato dall'Egitto, mettilo per coprire quelle mèche verdi. »

Prende il cappellino e mi fissa, attonito.

« Cosa c'è scritto in arabo? »

« Mettilo. Siamo arrivati. »

Sbuffando, Albert si infila il capellino e scendiamo. Ho scelto l'ora giusta, la gente è in ufficio, dentro il negozio ci sono solo tre persone, due sono i genitori di Leyla. Lei ha preso i lineamenti della madre e gli occhi del padre. Aspetto che il signor Salem alla cassa riscuota i soldi dell'ultimo cliente. Poi mi faccio avanti.

« Signor Salem, buongiorno. Sua figlia lavora per me al Ministero. »

È un uomo segaligno di mezza età, con barba e baffi, mentre la moglie è rotondetta e ha l'aria sveglia e cordiale.

« Piacere, signora Salem. Vostra figlia è la migliore tra le nuove assunte e sarebbe un delitto se rinunciasse a questo lavoro. Tanto più per una storia tra ragazzi che si vogliono bene. »

Il signor Salem ha una smorfia di disappunto.

« Non c'è nessuna storia, mia figlia non ha nessun... »

« E lui allora chi è? »

Indico Albert, paonazzo. Lui fa un goffo inchino e per un attimo temo che gli scivoli via il cappello.

La signora Salem, sorridente, gli porge subito la mano. Il che, per una donna musulmana, è abbastanza inusuale, infatti il marito le getta un'occhiata torva.

« Allora tu sei Albert. Leyla dice che sei intelligentissimo, oltre che molto carino, e ha ragione. »

Ora il signor Salem sta fissando il cappellino con la scritta in arabo ISLAM È PACE e la maglietta di Ribéry.

Poi mi guarda, scuotendo il capo.

« Mi prende in giro? »

« Signor Salem, tre persone su quattro sono felicissime del rapporto tra sua figlia e questo ragazzo, tra cui le due più direttamente coinvolte. Noi qui siamo in una democrazia. »

« Nella mia famiglia comandiamo solo io e il Corano, signora. »

« Il Corano rende i genitori responsabili dell'istruzione dei figli, non delle loro azioni. »

Gli ho parlato in arabo. Lui è colpito, esita, poi risponde in arabo.

« Saremmo lo zimbello della comunità. »

« Non è vero. E Allah non accetta motivi così futili per causare danni e dolore a sua figlia. »

« Ma i genitori di quel ragazzo sono sicuramente cattolici, vorranno che Leyla si converta, è inutile che lui si metta la maglietta di Ribéry. »

« Albert è orfano ed è cresciuto in un orfanotrofio laico. »

Scuote il capo, perplesso.

« Ci penserò, ma non credo che... »

Lo interrompo. È ora di farla finita.

« Signor Salem, mi aspetto che lei abbia con Leyla e Albert la flessibilità che usa col suo registratore di cassa. Altrimenti le manderò la Guardia di Finanza e forse la rispediremo al suo Paese, dove non c'è questa nostra democrazia che la infastidisce tanto. »

Albert mi fissa a bocca spalancata mentre il signor Salem impallidisce visibilmente. Non è un uomo cattivo, solo ignorante, con una moglie buona e intelligente e una figlia eccezionale.

Ora mi rivolgo a entrambi i coniugi Salem.

« Vostra figlia non dovrà mai sapere di questa visita. Mai. Siamo d'accordo? »

Annuiscono, lei sorride, grata. Le porgo la mano e lei mi dà un timido abbraccio.

« Grazie di averci fatto conoscere Albert, signora. »

« È stato un piacere. Albert, andiamo. »

Ma a questo punto, Albert fa una cosa assolutamente imprevista. Più che imprevista, qualcosa di cui forse nessun ragazzo tranne lui sarebbe capace. Si avvicina al signor Salem, si inginocchia davanti a lui, lo guarda negli occhi.

« La prego, signor Salem, io amo sua figlia. »

Il signor Salem annuisce inebetito, io strattono via Albert prima che le cose si complichino e finalmente ce ne andiamo.

In auto, Albert mi guarda con occhi luminosissimi.

« Che figata! Lei è come quello lì, Tom Hagen, l'avvocato di Vito Corleone, quello che fa tagliare la testa al cavallo di quello stronzo... Ce l'ho, la maglietta di Hagen, domani me la metto! »

« Albert, giurami di non dire mai a Leyla ciò che abbiamo fatto. »

« Giuro su Einstein. Ma lei sa che sono stato abbandonato dagli zingari e non l'ha detto ai Salem. Per onestà dovrei dirlo a Leyla. »

« Senti, Albert, quel padre ha già abbastanza pregiudizi, lascia perdere la storia degli zingari. »

« Ha ragione, certo. Quanto le devo, dottoressa? »

« Sei per caso impazzito? »

« No, dicevo per la maglietta e per il berretto, vorrei tenermeli per ricordo. »

Scoppio a ridere, poi ride anche lui. Ed è il primo sollievo di una giornata infernale.

« Ora torniamo in ufficio. E ti metti subito a cercare i volti dei little boy nelle riprese delle telecamere di sciara Al Kairouan. E niente magliette con Tom Hagen o altri delinquenti. »

« Certo. Ma mi spiega perché... »

« Perché oggi ho un dannato bisogno di fare del bene a chiunque e mi sei capitato tu! »

Mi guarda, capisce che non è il caso di fare altre domande.

Oasi di Liwa, a sud di Abu Dhabi, sul confine con l'Oman

Il sole cominciava a calare all'orizzonte e la temperatura era già scesa rapidamente di dieci gradi, tra le immense dune del deserto di Liwa.

FAST adorava quel luogo magico. Ci era stato più volte, sin da bambino. Suo padre lo portava lì per farlo allenare coi falconi a caccia di ubara e per le sfide di sandboarding con gli amici giù dalle dune ripidissime, le colline di sabbia alte sino a trecento metri, le più alte del mondo. Ogni volta che guardava quelle dune maestose pensava a quanto fossero più belle delle Alpi dove le sue mogli e i suoi figli amavano tanto sciare. Dune calde e non montagne fredde. Color dell'oro e non dell'argento. Cadendo rotolavi giù indenne mentre tra le rocce bastava un nulla per rovinarsi la vita, come era successo al suo unico idolo occidentale, Michael Schumacher.

Quel paesaggio lo emozionava ancora, come da bambino: la nitidezza dei colori, azzurro il cielo, marrone la sabbia, la purezza assoluta dell'aria, ogni respiro era un soffio di vita, il silenzio assoluto, con i falconi che sfrecciavano verso le prede, silenziosi, determinati e letali come deve essere ogni vero assassino allenato a cacciare per uccidere.

La gara era al termine. Erano rimasti in lizza solo il falcone Mohammad di Sua Altezza Reale il principe ereditario Tareq e il suo falcone, Saladino.

Tareq si avvicinò a Feisal, con Brigit Weiss al fianco.

« Il tuo Saladino è molto in forma, cugino Feisal. »

Era un avviso, forse l'ultimo. A Tareq non piaceva affatto perdere. « Grazie, Vostra Altezza. Sarà una bella lotta. »

« Certo. E come è andata Brigit come pilota? »

FAST evitò lo sguardo di Brigit Weiss.

« Benissimo. Veloce e prudente. »

Tareq ridacchiò.

« Veloce ci credo, ma prudente non è l'aggettivo più calzante per Brigit. La tua nuova Ferrari è integra, cugino Feisal? »

« Sì, è perfetta. »

« Ho provato a ordinarne una per me, ma ne fanno una all'anno, pare che le prossime cinque siano già prenotate. Ora però diciamo ai falconieri di sbrigarsi. E vinca il migliore. »

Feisal incrociò lo sguardo di Brigit Weiss. Le aveva promesso di fare una cosa imprudente per lei. Era indispensabile per creare la confidenza che gli avrebbe consentito di farle trovare la busta del Generale.

Si voltò verso Seamus O'Neill. Gli fece un cenno con le dita. La V.

Vincere.

Tareq se la sarebbe legata al dito, pronto a vendicarsi alla prima occasione. Ma se il Generale era un uomo di parola, e su questo FAST aveva ricevuto ampie referenze, Tareq non avrebbe mai avuto quell'occasione.

Nell'ufficio di Maria Giovanna Cordero volteggiavano nuvolette di vapore alla menta. Stefano Lanfranchi si era spostato nella poltrona sopravvento e ammirava le foto della reginetta di bellezza e della tuffatrice olimpica dietro la scrivania. Giulio Bonan e Aba Abate erano seduti un po' discosti dai capi.

« Quale delle due carriere avresti seguito se non fossi entrata nell'intelligence, Maria Giovanna? »

« Nessuna delle due, Stefano. Richiedono entrambe una vita in cui gli altri ti dicono ogni giorno cosa devi fare. Allenatori, dietologi, grandi esperti di pubbliche relazioni. E troppa competizione. Avevo bisogno di un lavoro molto più tranquillo. »

Lanfranchi annuì, come se quella spiegazione fosse ovvia e in fondo rassicurante. Poi si rivolse a Bonan.

« Allora, dove ci portano le informazioni del signor Mustafà? »

« Al fatto che Paul Alli continua a mentirci, signor direttore. Non ci aveva detto di essere stato a Tripoli con l'altro little boy, Abdalla Ghali. Né tanto meno cosa siano andati a fare insieme in quella via. Non sapeva che Mustafà li aveva visti, altrimenti non ci avrebbe mai mandato da lui. »

MGC annuì.

« Bisogna ricordargli che in quel video il presidente del Consiglio gli ha fatto una promessa che vale solo se lui collabora. Bisogna interrogare little boy coi nuovi elementi che abbiamo. Stefano, che ne pensi? »

Lanfranchi era pensieroso e palesemente infastidito dalle nuvolette della sigaretta elettronica.

« Johnny Jazir può aiutarci a trovare l'esaminatore? »

Giulio Bonan gettò un'occhiata ad Aba e lei decise di prevenirlo.

« Forse potrebbe. »

« Quanti soldi vuole? »

« I cinquecentomila euro che già gli dobbiamo. E un accordo scritto in cui ci impegniamo a non consegnarlo agli americani. »

Bonan intervenne.

« L'accordo non sarebbe un problema, potremmo anche firmarlo e poi disattenderlo, tanto Johnny Jazir è un avido e un traditore. »

MGC scosse il capo.

« Nessuno qui firma accordi che poi disattende, dottor Bonan. È per questo che abbiamo trovato un imitatore del Primo Ministro. Io penso che la richiesta di Johnny Jazir sia ragionevole. »

Bonan era pronto, col suo asso nella manica.

« Capisco, signor direttore. Il problema è la terza condizione che ha posto. Vuole lavorare direttamente solo con Ice. »

Lanfranchi aggrottò la fronte.

« Perché Marlow si fida così tanto di lei, dottoressa Abate? »

Aba diede l'unica risposta che avesse senso.

« Crede che sia più facile gestire una donna. Come tanti uomini, no? »

Lanfranchi sorrise.

« Be', si vede che non la conosce bene. Gli avete chiesto di incontrare gli americani? »

Questa volta rispose Bonan.

« Vuole duecentomila dollari per mezz'ora, ma a Tripoli, dove e quando decide lui. Una vera provocazione che gli americani non accetteranno. »

MGC era rimasta in silenzio.

« Siete sempre restati insieme nell'incontro con Johnny Jazir? »

Ancora una volta Bonan gettò un'occhiata ad Aba, poi annuì.

« Sempre. »

Lanfranchi era abituato a vedere i bicchieri mezzi pieni.

« Intanto, questo con Marlow è un piccolo passo avanti che comunicherò subito agli americani. Interroghiamo Paul Alli e poi vediamo cosa fare con Johnny Jazir. Questa volta il dottor Bonan può andare da solo, la dottoressa Abate non deve correre rischi inutili. Sei d'accordo, Maria Giovanna? »

Aba vide che Maria Giovanna Cordero era combattuta. Non voleva perdere il controllo di un'indagine nata da una minaccia per la sicurezza interna. Ma non voleva nemmeno rimandare Aba a Tripoli.

Inaspettatamente, fu la voce di Giulio Bonan a interrompere quel silenzio.

« Mi scusi, signor direttore. In questi interrogatori il protocollo prevede di essere in due, uno che fa le domande e uno che osserva le reazioni del prigioniero. Dovrei portare con me qualcun altro con gli stessi problemi di copertura. Io credo che ormai la dottoressa Abate conosca tutto, la storia, il prigioniero... »

Aba sentì gli occhi verdi di MGC nei suoi.

« Lei che dice, dottoressa? »

Aba ricordò il messaggio di JJ.

Stai attenta domani, poi parti e non tornare mai più.

Ma era suo dovere andare, per il suo Paese, per ciò che aveva fatto avvertendo per la seconda volta Johnny Jazir. Per le vite da salvare, inclusa la sua. E per poter guardare in faccia i suoi figli.

«Sono a disposizione, signor direttore.»

Lanfranchi tagliò corto.

«Bene. Partite domani e vediamo cosa vi racconta Paul Alli.»

Aba e Bonan uscirono insieme dalla sala riunioni, lui la seguì sino al suo box in mezzo all'open space. Il clima era più disteso.

«Scusa, Aba, tutto bene con mio padre?»

«Tutto bene, sul piano professionale.»

«Io ti avevo avvertita.»

«E hai fatto bene. Ma a me serve un bravo avvocato, non una brava persona. E comunque, tu sei molto meglio di lui.»

Lui sembrò soddisfatto di questo giudizio.

«A che ora vuoi partire domani?»

«Alle sei.»

«Alle sei? Ma domani è domenica, Aba. Non potremmo fare un po' più tardi?»

«Ho un impegno con tuo padre alle dieci.»

Lui annuì immediatamente.

«Certo. Va bene. Ma devi restituirmi la pistola.»

Aba la tirò fuori dalla 48 ore e gliela porse.

«Te la porti di nuovo a Tripoli?»

«Certamente.»

«Prometti almeno di usarla solo col mio consenso?»

«Prometto di usarla se serve per salvarti la vita.»

Sto indossando il trench per andarmene a casa quando Leyla bussa e le faccio cenno di entrare.

«Che ci fai in ufficio di sabato pomeriggio?»

Ha gli occhi belli, profondi e sereni, come vorrei vedere questa sera quelli di Cristina e Francesco. Se solo fossi capace di fare per loro quello che ho fatto per Leyla e Albert.

«Dottoressa, volevo dirle che è successo un miracolo. Mi ha chiamato mia madre. Mio padre vuole che questa sera Albert venga a cena da noi.»

Abbasso lo sguardo sullo schermo del computer, simulando una totale indifferenza.

«Quindi non ti dimetti?»

«No, glielo volevo dire subito, senza aspettare lunedì.»

«Mi fa piacere, Leyla. Ora scusami ma ho da fare.»

«Sono venuta anche per un'altra cosa, dottoressa.»

«Leyla, non possiamo parlarne lunedì?»

Le cose stanno cambiando, Leyla è più decisa.

«Mi scusi, ma Diana è disperata, è incinta, Tony vuole che abortisca ma lei vuole tenerlo. Anche Tony non sa che fare, è stravolto.»

Mi alzo, prendo il trench e la borsa.

«Non so che farci nemmeno io, Leyla, se la devono risolvere loro.»

La saluto e me ne vado, finalmente. Ora devo occuparmi solo dei miei figli, i miei veri e unici figli. Ordinerò la pizza a casa e ci guarderemo insieme qualunque serie TV vogliano.

Francesco è sdraiato sul divano col gambone ingessato, sta guardando *Il trono di spade*. Fa un mezzo cenno, non mi saluta nemmeno.

«Mi dispiace, Fra. È stata un'emergenza, dovevo tornare, ma...»

«Tanto ci siamo divertiti con papà.»

Cristina arriva dalla sua stanza. Ha gli occhi gonfi per il pianto ed è molto agitata.

«Mi dispiace, Cristina, spero che papà...»

«Papà ci ha preparato la cena ieri sera, questa mattina ci ha svegliato, ha fatto colazione con noi, ci ha portato a scuola in orario. E tu lo cacci di casa! »

« Cri, ascolta... »

« Ascolta un cazzo, è una vita che ti ascolto! E quando ho bisogno non ci sei. »

« Cristina, è stato un imprevisto. »

« Leyla ha detto che non potevi neanche avvertirci, due volte in tre giorni! Dopo che hai cacciato papà osi pure sparire? »

« Non l'ho cacciato! Lui... »

« Questa è anche casa sua! Io e Fra ci siamo informati, sai? Lui ha diritto di stare qui. E poi, non ci vuoi proprio spiegare cosa ha fatto di male per essere cacciato? »

E Francesco completa l'opera.

« Allora, mà? Si è scopato la cassiera del bar qui sotto? Diccelo, tanto non ci crediamo! »

Non ero assolutamente preparata a un attacco frontale e sono sfinita. E loro in fondo sono due adolescenti. Bisogna mettere un punto.

« Basta così. Non sono affari vostri! »

Lei si volta e torna in camera sua. La seguo, la stanza è sottosopra, ha buttato tutti i vestiti per aria.

« Non ho niente da mettermi! Rodica mi ha rovinato i jeans nuovi. Li ha lavati e si sono ristretti. »

Non prende neanche in considerazione l'ipotesi che la sua circonferenza sia aumentata a causa delle sue deviazioni dalla dieta. Ma è colpa mia. Colpa dell'ansia che sto causando.

« Domani andiamo a fare shopping e te li ricompro, Cri. »

« E stasera che metto? A Sasha piaccio coi pantaloni! »

« Stai uscendo? »

« Sì, andiamo al nuovo pub di Sasha. »

« Che vuol dire 'il nuovo pub di Sasha'? Non fa il medico? »

« Si è stufato, è troppo indietro con gli esami. Ha aperto un pub con due amici al Pigneto. »

Cerco di contenere sia il risentimento sia l'ansia.

« A che ora torni? »

« Quando cazzo mi pare! »

Lo schiaffo mi parte senza preavviso e colpisce Cristina sulla guancia. Lei comincia a urlare, Francesco arriva, saltellando su una stampella e con l'altra mi minaccia.

« Brutta stronza, non toccare mia sorella. »

« Cosa hai detto? »

Faccio per schiaffeggiarlo e accade l'incredibile. Mi colpisce allo zigomo con la stampella, facendomi un male cane. Sento il sangue colare e subito vedo lo sgomento nei loro occhi.

« Mamy... »

« Mà, scusa... »

Sono scioccata, incredula. Come siamo potuti arrivare sin qua? Loro due stanno peggio di me, Cristina è pallidissima, Francesco trema da capo a piedi.

L'adulta sono io, la colpa è mia. Cerco di calmarmi e di tranquillizzarli.

« Non è niente, solo un graffio. Tutto bene... »

Cristina corre a prendere il ghiaccio dal freezer, Francesco mi tampona il sangue con la manica della sua felpa, pure Killer si affanna a leccarmi le caviglie. Dopo un po' torna la calma, Cristina avverte Sasha di non venire a prenderla, ordino le pizze per loro e si mettono a mangiare davanti a *The Big Bang Theory*.

Io vado in cucina per farmi una tisana e trovo Killer che mi guarda con gli occhioni dolci un po' spiritati. Scodinzola, guaisce, salta. Tanto i ragazzi ora si sono tranquillizzati, meglio lasciarli alle loro risate.

« Va bene, facciamo la passeggiata. »

La pioggia è cessata ma l'asfalto è bagnato, Killer tira con la forza di un grosso alano. Ora i tremori sono evidenti, anche se non zoppica più. La riporto a casa, sfiancata, io, non Killer.

I ragazzi sono ancora lì a ridacchiare, io faccio una ricerca su Google.

I segni clinici di ingestione di cannabis nei cani comprendono: depressione, ipersalivazione, dilatazione della pupilla, vomito, incontinenza urinaria, tremori, ipotermia e bradicardia (frequenza cardiaca più lenta del normale). Dosi più elevate possono causare diversi effetti collaterali tra cui: nistagmo (movimento oculare involontario), agitazione, tachipnea (respirazione anormalmente rapida), atassia (un gruppo di disturbi che influiscono sulla coordinazione, l'equilibrio e la parola) e convulsioni.

Scrivo subito un messaggio a Rodica.

Smetti di dare i Baulucy a Killer. Solo biscotti normali o digiuna.

Poi mi affaccio in salotto.

« Domani esco presto per una cosa di lavoro, ma torno per pranzo. »

Annuiscono distratti, assorbiti dalla tv, nessuno obietta che domani è domenica, che le madri normali sono a casa, meglio così. E ora, finalmente, me ne vado in camera, metto la sveglia alle cinque e mi guardo allo specchio. Ci sono un piccolo taglio e un livido bluastro sullo zigomo, metto un cerottino, ma il livido un po' si vede. Mi butto sul letto che ho condiviso per vent'anni con Paolo. Questa è casa, la mia nuova casa. Ma dopo un bel po' è chiaro che non riesco a prendere sonno. Di là in cucina ci sono quei maledetti biscotti, quelli mi farebbero bene ma non posso toglierli a Killer e mangiarli io. Salgo sul tapis roulant, il mio vecchio amico scacciapensieri. Dopo pochi minuti qualcosa dentro di me si ribella.

« E che cazzo! Basta coi sacrifici! »

Appena entro in cucina Killer si sveglia di soprassalto, mi getta un'occhiata che io trovo complice, *dai, Aba, facciamolo!*

Poco dopo la tengo in braccio, tre Baulucy ciascuno. Poi strappo il biglietto di raccomandazioni per Rodica.

20 ORE ALL'UDIENZA

Mi piace l'odore della terra umida sotto i raggi del sole. Il cielo è di nuovo limpido e Jane Wesbach può stendere al caldo le gambe bianchicce e i piedi dolenti per la passeggiata mattutina e sorseggiare Coca-Cola sulla sdraio in veranda.

La videocamera è accesa, puntata su di me.

« Allora, Ice. Tanto per capire. Perché hai rivelato al barista Nabil che ti eri accorta che eravate seguiti? »

Ormai conosco i meccanismi mentali di questa donna e so già dove sta andando a parare.

« Ero preoccupata che potesse esserci un agguato contro di noi. »

« E in effetti c'erano i ragazzini col kalashnikov e tu avevi disarmato Giulio Bonan. »

« Non lo avevo disarmato. Mi ero fatta dare la sua pistola per evitare che combinasse altri guai con la sua idea di proteggermi. »

« Un vero cavaliere pronto a tutto per salvare la sua bella, no? »

Jane scaccia le mosche che le ronzano intorno. Vede che non dico nulla e prosegue.

« Sai cosa sembra questa storia, Ice, vista da occhi maliziosi? Un uomo che protegge una donna che protegge un uomo. Ma non lo stesso uomo. Ti spiace mettermi un po' di crema sulle spalle, dove non arrivo? »

Si tira su, prende un flacone di crema protettiva.

« Dovresti stare all'ombra, Jane. »

« Ecco Ice, che si preoccupa di tutto e di tutti. Anche delle mogli e dei figli di JJ. E persino di me! Sai, Bonan notò che eri insolitamente preoccupata da Nabil e poi da Mustafà. Si sbagliava? »

« Mi innervosiscono i bambini col kalashnikov, Jane. Lo trovi strano? »

« Eppure il giorno dopo sei tornata lo stesso a Tripoli! MGC non voleva. Ma pare che foste tu e Bonan a convincerli. »

« Bonan disse che servivano due persone per interrogare Paul Alli. »

« E che tu eri la più adatta. »

« Be', era così. Ero la più adatta al suo vero scopo: usarmi come esca per Marlow. »

« Certo. E tu hai accettato subito. Nonostante la tua situazione familiare. Nonostante la paura dei bambini col kalashnikov. »

C'è un solo modo, una sola difesa, che lei non può contestare.

« Alla fine me lo ha chiesto Maria Giovanna Cordero. »

Si sposta all'ombra, più vicino a me, i suoi occhi grigi a pochi centimetri dai miei. Ormai la conosco, quando fa così ha in serbo un asso nella manica.

« Insomma, eri preoccupata per un agguato quando siete andati da Nabil. Ti aveva avvertito lui, l'altro uomo? »

Eccolo, il colpo a sorpresa. In un attimo, rivedo il biglietto di JJ.

Stai attenta domani, poi parti e non tornare mai più.

Ma in questo caso è molto semplice: la menzogna è obbligatoria.

« No. »

« Ah. Pensavo che ti avesse mandato una lettera. O che fosse addirittura venuto a trovarti in albergo. »

Devo per forza fidarmi della prudenza di Johnny Jazir e della totale assenza di telecamere.

« No. »

Jane prende nota sul suo taccuino, l'elenco delle bugie si allunga. Poi spegne la videocamera.

« Non ti dispiace finire per anni in prigione, Ice? Non provi dolore al pensiero di non poter più vivere con i tuoi figli? »

« Non è il mio dolore che conta, ma il loro. Solo che tu non puoi capirlo, Jane. »

Si allontana, zoppicante. Si allontana come la mia possibilità di stare con Cristina e Francesco.

SEI MESI PRIMA: GIORNO 7

La cannabis dei Baulucy mi accompagna almeno nel dormiveglia.

Una domanda mi martella.

Chi è l'uomo che rivedrò domani insieme agli avvocati?

Ripercorro ogni singola tappa dei vent'anni con Paolo. Tutto è sempre andato liscio, i ragazzi sono cresciuti bene, è del tutto normale che gli ormoni dell'adolescenza li rendano a volte inquieti o permalosi o fragili. Con Paolo mai una lite, solo piccole divergenze sul modello educativo dei figli. Tutto normale, il lavoro, il sesso tra noi, le cene con gli amici. Un uomo accomodante. Lo sapevo quando l'ho scelto, era ciò di cui avevo bisogno, più che mai in quel momento della mia vita. Solo che, col tempo, Paolo si è spento e dopo vent'anni non ha trovato niente di meglio che la soluzione più banale: andare a letto con la mia migliore amica. Chi è mio marito? Uno stronzo o un infelice? Decisamente il numero due, vittima di una moglie insistente e della sua amica leggerina.

Quindi niente decisioni definitive. Dobbiamo provare a vivere separati e darci il tempo di capire chi siamo e quindi cosa vogliamo davvero. Oggi ci vedremo coi nostri avvocati, parleremo in modo razionale di come organizzarci, senza tribunali né guerre. Lui si troverà un'altra casa, io gli rimborserò metà dell'affitto e lui potrà vedere i ragazzi tutte le volte che vorrà. A un certo punto capiremo se vogliamo tornare insieme, senza farci la guerra.

Alle quattro mi alzo. Una lunga doccia, un po' di trucco, un po' di fard sul livido, un tè verde in silenzio mentre Killer dorme. Le riempio la ciotola coi biscotti normali, quelli che ha mangiato per anni, prima dei Baulucy.

Killer mi sente, si sveglia, si avvicina alla ciotola, annusa e mi guarda come se fossi colpevole dei più orrendi maltrattamenti.

« Non ti ci mettere pure tu, Killer. Hai gli occhi da drogata, sei piena di marijuana, basta Baulucy. »

Appena sente quella parola uggiola e scodinzola. Mi guarda con aria complice.

Cara padrona, anche tu hai le pupille un po' strane!

« Maledizione, Killer! Ora basta! Mi arresteranno per spaccio a un cane! »

Giulio Bonan notò immediatamente il piccolo livido.

« Tuo marito ti ha picchiato, Aba? »

Il tono non era ironico, come sarebbe stato sino a pochi giorni prima, solo preoccupato e arrabbiato. Tuttavia Aba non aveva davvero alcun interesse per le attenzioni di Bonan.

« No, ho sbattuto contro una porta. »

Bonan fece una smorfia, incredulo.

« Sicura? Perché se serve... »

« Non serve niente. Pensiamo solo a little boy. »

Per tutto il viaggio sul Falcon Aba tenne i grossi occhiali scuri per coprire il livido e il cerone con cui aveva tentato di nascondere il piccolo danno prodotto dalla stampella di Francesco. Parlò con Bonan di come interrogare Paul Alli. Lui aveva idee ben chiare, le solite.

« Little boy deve essere certo di non avere scampo, Aba. O la smette di mentire o lo passiamo agli americani. »

Per la prima volta Aba sentì di essere d'accordo con lui. Era il frutto avvelenato della piccola crepa che il messaggio di JJ aveva aperto nella sua sicurezza.

Perché non lo passate agli americani?

La mancanza di sonno, lo stress, il continuo andirivieni a

bordo del Falcon, come se fosse il normale tragitto di un pendolare, il rapporto di difficile equilibrio con Bonan, gli effetti dei Baulucy, erano tutti elementi che, lo sapeva, potevano indebolire la sua capacità di osservare, capire, difendersi.

«Va bene, Giulio. Ma usa le parole, non i pugni.»

Atterrarono alle sette. Pochi minuti dopo indossarono i passamontagna ed entrarono nella solita stanzetta. Paul Alli aveva l'aria tranquilla e attenta. La convinzione che i little boy fossero tutti rozzi, ignoranti e poco intelligenti, Aba ormai lo sapeva, era figlia del pregiudizio molto occidentale secondo cui una persona in grado di ragionare non si suiciderebbe mai in un atto terroristico. C'erano voluti Mohammed Atta e le Torri Gemelle a dimostrare quanto quella teoria fosse infondata.

Bonan iniziò subito, senza alcun preambolo.

«Ti ricordo che, se non collabori, ti spediamo nelle mani degli americani.»

Il ragazzo annuì.

«Lo so.»

«Vedi di tenerlo a mente. Allora, a Tripoli abbiamo trovato Mustafà.»

Paul Alli non disse nulla.

«Dice che lui ti ha fatto incontrare un ragazzo con la jeep.»

«Sì, quello che mi ha portato nel deserto, dall'esaminatore, come lo chiamate voi. Ve lo avevo già detto, no?»

«Sì. Ma avevi promesso di darci anche altre informazioni.»

«Sono qui, a disposizione.»

«Quando sei stato a Tripoli l'ultima volta?»

«Ve l'ho già detto. Quando ho incontrato l'uomo che voi chiamate 'esaminatore'.»

«E quando sei arrivato a Tripoli?»

«Il giorno prima.»

«Da solo?»

Paul Alli era incerto, come se non sapesse decidersi.

« Io non ricordo. Voi che dite? »

Bonan si chinò in avanti, con aria minacciosa. Prima che Aba potesse bloccarlo riprese a parlare.

« Non ricordi? Eri col tuo complice nell'attentato, Abdalla Ghali. »

Aba vide le pupille di little boy stringersi, come per concentrarsi.

« Davvero, non ricordo... »

« Balle! C'è un testimone. Indossavate delle magliette di calcio del Liverpool e del Manchester United. »

Paul Alli restò in silenzio, i suoi occhi calmi divennero prima ironici, poi sprezzanti. Si chinò verso Bonan. Allungò il dito indice verso la fede al suo dito.

« Dove lo preferisce tua moglie? Davanti o dietro? »

Bonan gli sferrò un pugno allo sterno che fece rimbalzare Paul Alli all'indietro contro lo schienale e poi ancora in avanti. A quel punto, Bonan estrasse la pistola e appoggiò la canna sul ginocchio di little boy.

« Non ti mando dagli americani, bastardo. Se non mi dici chi è questo esaminatore ti faccio a pezzi prima le ginocchia, poi le caviglie e poi le palle. »

Aba posò la sua mano sul braccio di Bonan che reggeva la pistola. Gli parlò in russo, sperando che Paul Alli non capisse.

« Basta, è quello che vuole lui e se lo fai ti rovini la carriera! »

« Me ne frego della mia carriera. »

« Allora fallo per me! Lo avevi promesso. »

Lui si voltò. I loro occhi si incontrarono attraverso le feritoie dei passamontagna e lui rimise in tasca la pistola. Aba lo tirò per il braccio e lo portò fuori, nel corridoio.

« Non dirà nient'altro, e lo sai. Torniamo a Roma, Giulio. Riferiamo ai capi e decideranno loro. »

« Il tuo capo ci impedirà di consegnarlo agli americani. »

Aba si rese conto che Bonan era fuori controllo per l'indignazione e per la rabbia. E lei stessa era preoccupata, una preoccupazione che nasceva dalle parole di Johnny Jazir.

Non tornare mai più.

« Questa volta ti appoggerò io, Giulio. Ma ora rientriamo. Io ho appuntamento con tuo padre, per me è davvero importante e non posso lasciarti qui senza il Falcon per tornare. »

Di colpo tutto cambiò. Giulio Bonan si rasserenò e annuì.

« Hai ragione. Va bene, andiamocene. »

L'accondiscendenza di Bonan, insieme alla maledetta storia della parrucca, la preoccupava molto. Perché sentiva che presto avrebbe dovuto scegliere tra due mali.

Osvaldo Bonan non indossa più la tunica da avvocato di Socrate, ma è vestito ancora peggio, con una camicia felpata a quadri sotto una tuta da ginnastica che doveva essere di moda negli anni Settanta. Probabilmente si accorge della mia occhiata stupita.

« Ho portato a spasso il cane. Lei quando porta il suo si mette l'abito da sera? »

« Come lo sa che ho un cane? »

Lui ci pensa, solo un istante.

« Lei è il tipo da cane. »

Poi indica il mio zigomo col cerottino. Per fortuna non si è gonfiato e il livido è rimasto piccolo.

« Suo marito? »

Per un attimo ho un dubbio: sembra il nostro metodo, il mio metodo, cambiare discorso. Ma poi preferisco cancellare il dubbio che Paolo mi abbia malmenato.

« No, è solo un graffio e mio marito non c'entra niente. »

Non mi ascolta nemmeno. Sparisce, torna, mi porge un quotidiano.

« Lo tenga bene aperto in modo che si veda la prima pagina, così si risale alla data. »

Mi scatta alcune foto con il cellulare. Poi lo vedo scrivere una nota col suo lapis su un foglietto.

Pugno del marito. Vedi foto.

Sono indignata, incredula.

«Ma le ho detto che non è stato mio marito!»

Non mi degna di una risposta.

«Allora, ci ha riflettuto bene? Vuole davvero incontrare suo marito davanti a noi avvocati?»

«Certo, dobbiamo trovare un accordo amichevole e voi ci aiuterete.»

«Come vuole. L'avvocato Goren è così onorata della mia visita al suo studio che ci riceverà dopo pranzo, anche se è domenica.»

«Non potremmo fare subito? Dopo ho da fare in ufficio e poi vorrei pranzare con i miei figli.»

Mi guarda, insospettito.

«Che deve fare al Ministero di domenica? Mi sta raccontando delle balle? Ha un amante?»

«Avvocato, la prego. Non ho nessuno.»

«Sicura? Perché se poi salta fuori che i suoi viaggi di lavoro non sono di lavoro ma...»

«La prego! Chieda alla Goren di anticipare!»

Scuote il capo.

«Non si può. Io la domenica mattina vado dal barbiere che apre apposta per me e sono certo che l'avvocato Goren stia cercando un parrucchiere per farsi bella prima di vedermi. La passo a prendere a casa sua alle tre.»

E, gentilmente, mi accompagna alla porta.

Stefano Lanfranchi era al massimo stadio di esercizio della sua pazienza, anche per le nuvolette di fumo profumato emesse dallo splendido gingillo di MGC. I suoi occhi erano socchiusi, il capo leggermente reclinato, la voce un soffice sussurro.

«Maria Giovanna, ormai è chiaro che Paul Alli ci prende in giro e ci dice solo ciò che vuole. Non credi che a questo punto dovremmo riferire tutto agli americani, così loro potranno interrogarlo al posto nostro usando informazioni che noi non abbiamo?»

«Ne abbiamo già parlato. Loro lo farebbero con metodi per noi inaccettabili, Stefano.»

Lanfranchi vide immediatamente uno spiraglio.

«Potremmo imporgli le nostre modalità, con noi presenti. Ci torna anche comodo, dobbiamo pur dare qualcosa agli americani. Da quando Johnny Jazir ci ha fatto quello scherzo, Jane Wesbach è sul piede di guerra.»

Aba vedeva MGC visibilmente combattuta. Le cattive notizie portate da lei e Bonan sull'ultimo interrogatorio di Paul Alli complicavano la sua linea e Stefano Lanfranchi aveva ragione, coi metodi normali non ne sarebbero mai usciti.

Maria Giovanna Cordero sospirò.

«Lo dovrebbero interrogare secondo le regole in vigore qui in Italia, anche se è a Tripoli.»

Stefano Lanfranchi annuì.

«Certamente.»

MGC fece una smorfia.

«'Certamente' lo diciamo noi due, Stefano. Ma Miss House of Cards non sarebbe d'accordo.»

«Be', possiamo chiederglielo.»

«Stefano, cerchiamo di essere pratici. Perché mai Paul Alli dovrebbe essere più loquace con gli americani se usassero le nostre stesse modalità di interrogatorio?»

Era una frase ovvia e spietata, che metteva tutti di fronte alla realtà di una decisione alle cui conseguenze estreme nessuno voleva davvero pensare.

Bonan sbuffò e MGC lo fulminò con un'occhiata.

«Qualcosa non va, dottor Bonan? Sappiamo benissimo come la pensa. E la mia risposta è no.»

Ad Aba nessuno chiese nulla. Lei non aprì bocca. Come le aveva insegnato suo padre: nell'incertezza, lasciar parlare gli altri. E aveva solo fretta di tornare a casa dai suoi figli.

Quando arrivo è quasi ora di pranzo e i due ragazzi si sono alzati da poco. Francesco è atterrito dal mio cerotto.

« Sei andata al pronto soccorso, mà? »

« Non è nulla, solo un livido. »

Anche Cristina è preoccupata.

« Ma sei matta, mamy? I colpi in testa sono molto pericolosi, ce l'hai sempre detto tu. »

Sono i risultati della mia educazione iperprotettiva. L'unico modo per distrarli è il pranzo domenicale libero dai vincoli della dieta. Ognuno mangia quello che vuole. Faccio la pasta che piace a lei, la bistecca che piace a lui e ho portato i cannoli che piacciono a entrambi. Tutto fila liscio. Alla fine, senza che io lo chieda, Francesco mette su la caffettiera mentre Cristina sparecchia. Non sollevano l'argomento del padre e io nemmeno.

Forse ci hanno già rinunciato. Possiamo vivere benissimo così, noi tre. Almeno per un po', sino a che i miei rapporti con Paolo si chiariranno.

« Uscirò per un'ora subito dopo pranzo, ma torno presto. Vi va di andare insieme al multisala? »

Mi guardano allibiti.

« Mamy, il cinema è una palla. »

« Mà, se ci vedono gli amici con te ci prendono per sfigati! »

« Allora una serie TV qui a casa? »

Capisco dai loro sguardi che hanno entrambi programmi migliori, uscite con gli amici.

« Ok, ho capito. Per cena però tornate, vero? »

Mi guardano. Il primo a cedere è lui.

« Va bene, mà. Tanto al pub ci vado al pomeriggio. »

Anche Cristina annuisce.

« Certo, mamy, dico a Sasha che stasera non possiamo lasciarti da sola. »

Dopo un po' escono. Mi affaccio in cucina. La ciotola dei biscotti è ancora piena e il cocker mi guarda.

« Non puoi ricattarmi, Killer. Devi mangiare quelli normali. »

Continua a fissarmi, con quegli occhi tristi. E io sono debole, debolissima, nemmeno parente di quella inflessibile. Le metto davanti tre Baulucy, ma Killer non si muove. Aspetta che io mangi con lei.

Seamus O'Neill era sdraiato all'ombra mentre FAST nuotava nella piscina olimpionica della sua casa di città, come la chiamava il principe Feisal per distinguerla dalla vera casa, sulla montagna di Khamis Mushayt. Seamus odiava sia l'acqua che il sole: l'acqua perché gli ricordava le torture che gli avevano inflitto gli inglesi, il sole perché la sua pelle diventava in pochi attimi una fiamma.

Lesse con soddisfazione il messaggio da Roma.

LB non va agli yankee, MGC ostacola.

Lo trasmise al Generale e la risposta arrivò subito.

Allora il nostro amico deve farlo oggi.

Seamus si versò una dose di Bushmill con ghiaccio e si preparò a dare a FAST la bella notizia.

La busta va consegnata oggi stesso a BW.

Non tutto è prevedibile, ma l'avvocato Osvaldo Bonan ci tiene molto a stupire. Mi passa a prendere a casa su una splendida Jaguar con autista ed è vestito in modo impeccabile, con un tre pezzi blu scuro, la pochette a quattro punte nel taschino della giacca e persino un papillon blu. I suoi capelli sono nerissimi come la barba. Vede che inevitabilmente li fisso e annuisce.

« Cosa guarda? I miei capelli al naturale sono neri come la barba. »

« Scusi, ma perché se li era tinti di bianco? Di solito si fa l'opposto. »

Fa un ghigno sgradevole.

« Questa storia di tingersi i capelli grigi riguarda le donne, che lo fanno per piacere agli uomini. L'avvocato di Socrate secondo lei aveva i capelli neri? Piuttosto, lei ha degli occhi un po' strani. Sta bene? »

« Sto benissimo, grazie. »

Mi sono solo fatta un paio di biscotti alla marijuana.

Lo studio dell'avvocato Goren è ipermoderno e minimalista, forse per compensare la padrona di casa, l'avvocatessa di un'età imprecisata tra i trentacinque e i quarantacinque, con l'abito scarlatto di Valentino che fa pendant con la sua fluente chioma rossa del tutto innaturale e fresca di messa in piega, come previsto da Osvaldo Bonan, e con un rossetto che funzionerebbe da catarifrangente di notte.

È evidentemente eccitata e onorata dall'avere un simile luminare nel suo studio, io sono solo il pretesto di quella visita e mi degna a malapena di un'occhiata quando Bonan mi presenta. Parla tantissimo, intercalando le frasi con risatine del tutto immotivate. Prende a braccetto il mio avvocato e lo porta lontano da me, come se dovesse conferire con lui di questioni di interesse vitale per la nazione.

« Te lo ricordi il cancelliere, quello rompicoglioni? È morto ieri, un infarto. »

« A quarant'anni, con tre figli piccoli! »

Altra risatina.

Entro nel salottino per la riunione. Paolo è lì, seduto a un angolo del tavolo pieno di penne, blocchi per appunti, bottiglie d'acqua e bicchieri.

Non deve essersi più fatto la barba dal nostro ultimo incontro, ha i capelli sporchi e spettinati, un maglione al posto della giacca, le scarpe marroni coi calzini rossi. Faccio per avvicinarmi, ma lui alza il volto verso di me.

« Ciao, Paolo. »

Non ha più il solito sguardo, quello un po' assente e tranquillo. Ha gli occhi ostili, duri, occhi che non gli ho mai visto in vent'anni.

« Ciao. »

Mi siedo davanti a lui. Paolo fissa la copia dell'atto che hanno preparato per il deposito. Alle mie spalle giunge la voce garrula di Sofia Goren.

« Quel giudice nuovo, Rossi, è un pignolo tremendo, come tutti quelli che arrivano dal penale, espunge i documenti dal fascicolo se appena non sono perfetti, dicono abbia un cancro allo stomaco. »

Ride di nuovo, con grande mostra di una dentatura bianchissima ma un po' sporgente.

Osvaldo Bonan si accomoda al mio fianco e Sofia Goren accanto a mio marito. Ora la donna garrula, loquace, eccessiva, cambia espressione. Inforca un paio di occhiali e mi getta un'occhiata gelida. A me, a questa donna che ha un'aria a metà tra una maestra e un'infermiera e in fondo che cos'è, solo una ministeriale, no?

Poi si rivolge a Osvaldo Bonan.

« Caro collega, grazie per essere venuto qui. Io però devo chiarire prima di tutto una cosa che tu sai benissimo e che ti ho ricordato ieri al telefono. »

Prende il fascicolo e glielo porge.

« Questo è il ricorso, ecco una copia per te in anteprima. Per bloccarne il deposito dovremmo trovare subito un accordo, oggi stesso. Da qui all'udienza fissata dal tribunale passerebbe qualche mese e c'è una questione da sistemare. »

Bonan fa segno che, certo, lo sa.

« Sino all'udienza col presidente del tribunale, il tuo cliente avrebbe tutto il diritto di restare nell'abitazione dove ha sempre vissuto. Ma forse possiamo trovare una soluzione tutti insieme già oggi, siamo qui apposta, no? »

Sofia Goren ci tiene a sfoggiare la propria competenza.

« Sai benissimo, collega, che se il dottor Neve si trovasse per i prossimi tre mesi una sistemazione esterna, questo agli occhi del giudice sarebbe come aver accettato di andarsene, quindi, indipendentemente da come va oggi, lui deve poter rientrare immediatamente a casa, stasera stessa. »

Sono sbalordita, la cosa sta prendendo una piega del tutto imprevista. Non riesco a trattenermi, ma cerco di usare un tono gentile, rivolta a mio marito.

« Io penso che non sia un bene per i nostri figli, Paolo. »

Lui mi getta un'occhiataccia.

« Davvero? A me hanno detto il contrario. Vogliono che torni subito. »

La voce di Paolo è diversa da come me la ricordavo, più dura, rozza anche nella scelta delle parole.

« Sono io che credo... »

L'avvocato Goren mi interrompe.

« È un diritto di suo marito, signora. Ciò che lei crede è molto meno rilevante della legge. »

Fa una risatina delle sue, come se avesse appena detto qualcosa di divertente e di importante, che resterà nella storia. Io decido di ignorarla e mi rivolgo a Paolo.

« I figli hanno bisogno di pace in casa, e questo insieme non sarebbe possibile adesso. Dobbiamo lasciar decantare la rabbia, dobbiamo... »

Ma la Goren mi interrompe di nuovo.

« Lei non è una psicologa, lavora al ministero, mi pare. »

Lei ride e io esplodo.

« E lei dovrebbe recitare in una commedia! Se lui torna, io porto via i ragazzi e sparisco. »

La Goren si sporge in avanti verso il mio avvocato.

« Collega, io non posso... »

Ma Osvaldo Bonan posa una grossa mano sulla sua.

« Su, Sofia, prendilo per un complimento, no? Mica ogni donna può recitare in un film! Bisogna essere belle e intelligenti come te. »

La Goren sembra incredibilmente compiaciuta. È ben consapevole della scollatura con vista di Bonan sul suo reggiseno rosso. Assume un tono molto professionale.

« Caro collega, ci sarebbe la soluzione condivisa. Per i due o tre mesi sino all'udienza presidenziale, forse potrebbero sostenerla dividendo i costi. »

Osvaldo Bonan si volta per spiegarmi.

« L'avvocato Goren propone che, sino all'udienza presidenziale, sia lei sia suo marito troviate un altro alloggio, lasciando nell'abitazione principale solo i figli che vedreste a giorni alterni. »

Scuoto subito la testa.

« Cristina e Francesco da soli? No, non sono in grado. »

La voce di Paolo mi arriva aspra come il suo alito.

« Sono del tutto in grado, invece. Sei tu che hai bisogno di controllarli ossessivamente. »

La Goren scuote il capo.

« Caro collega, temo che oggi non troveremo nessun accordo. Depositerò il ricorso e il mio cliente tornerà a casa questa sera stessa. »

Osvaldo Bonan le sorride, i suoi occhi sulla scollatura, anzi, proprio *nella* scollatura.

« Cara Sofia, al massimo sarebbe sino all'udienza in cui il presidente rigetterà il tuo brillante ma infondato ricorso. »

Lei fa una smorfia di sdegno.

« Infondato? La signora Abate è praticamente sparita per quasi tutto il mese di gennaio, non è stata presente nemmeno quando hanno dovuto operare la frattura del figlio, ha saltato il saggio finale della figlia... E questa settimana per ben due notti non ha dormito a casa, ha lasciato i figli da soli e il mio cliente ha dovuto supplire. »

Osvaldo Bonan mi rivolge un'occhiata feroce e la Goren sogghigna.

« Non lo sapevi? Era con un altro uomo. Lo ha detto lei stessa al marito. »

Ero in Libia, in Niger. A salvare tutti voi da little boy. Anche te, brutta stronza!

La Goren non si ferma più, come se fosse davanti al giudice.

« E comunque, il dottor Neve ha tutto il diritto di tornare a casa sua e di dormire nel suo letto con i suoi figli! Quindi... »

Osvaldo Bonan, del tutto inaspettatamente, tira fuori dalla tasca della giacca uno strano oggetto d'argento, due semisfere metalliche adiacenti e separate da due semicilindri un po' curvi, collegati tra loro in modo da comporre un cilindro che sale tra le due semisfere. Pene e testicoli d'argento.

Bonan preme le due semisfere che si sollevano. Dentro ci sono delle praline di cioccolato.

« Prendine una Sofia. Fondente a sinistra, al latte a destra. E scegli il liquore. Rum col fondente e porto con quello al latte. I migliori che puoi trovare. »

L'avvocato Goren sembra affascinata e inorridita allo stesso tempo da quell'oggetto inusuale ed evidentemente osceno. Fa una risatina un po' più dentuta e nervosa, poi la sua mano si allunga incerta su una pallina al latte, la prende, la soppesa mentre Osvaldo Bonan le versa il porto nel bicchiere. Poi si rivolge a Paolo.

« Le consiglio rum e fondente, dottor Neve. »

Paolo prende il cioccolatino e Osvaldo Bonan si volta verso di me, con un sorriso beffardo.

« Scelga, dottoressa. È il cioccolato Baulucy, il migliore del mondo! »

Mi prende quasi un infarto, ma devo controllarmi, non è il momento, né per morire né per mettersi a strillare *maledetto spacciatore di droga!*

« No, grazie, avvocato. Non mi piace questo tipo di cioccolata. »

Lui non si scompone, mescola rum e porto nel proprio bicchiere e lo solleva verso la stupefatta Sofia Goren.

« Dai, Sofia, gustati il cioccolato e brindiamo. »

Lei fa un altro risolino che sembra più il gorgoglio di chi ha un cappio al collo. Sto per fermarli ma non ci riesco perché ormai ho capito che quel maledetto pazzo di Osvaldo Bonan sta risolvendo il mio problema e io posso solo tacere e reggergli il gioco oppure ritrovarmi Paolo nel letto già da questa sera.

Sofia Goren e Paolo buttano giù la pallina di cioccolato, poi bevono il liquore. L'avvocatessa deve avere freni inibitori già bassi di suo ed è subito più allegra, la risata è rilassata, i denti sporchi di cioccolato alla marijuana ben visibili.

« Mai assaggiato niente di più buono! »

« Allora prova subito anche il fondente col rum, vedrai! »

Il mio avvocato continua a servire cioccolata e alcol corretti alla marijuana a mio marito e al suo avvocato. Poi, quando li vede molto più rilassati, lancia la sua proposta.

« Sofia cara, forse la cosa migliore è che il tuo cliente trovi una sistemazione solo temporanea, per esempio in albergo, di cui la mia cliente pagherà la metà. Così non pregiudicherà in alcun modo la vostra posizione processuale. »

Lei prende un'altra pallina di cioccolato sfiorando con un dito il cilindro metallico, l'oggetto osceno, ormai senza timore o ritegno.

« Sei molto convincente, collega. »

Osvaldo Bonan sta fissando sempre più intensamente la sua scollatura. Una scena apocalittica, infame, contraria a ogni principio etico o giuridico, ma sono costretta a far finta di niente. Anzi, una parte di me approva, attratta e ammirata da tanta audacia. È quella parte che mi spingeva verso il pozzo vietato da mio padre, quella che mi ha spinto a improvvisarmi israeliana nell'interrogatorio di little boy, quella che ha avvertito Johnny Jazir del pericolo e quella che mangia biscotti Baulucy con Killer.

Osvaldo Bonan è tutto allegro e complimentoso.

« Cara Sofia, se tutti gli avvocati fossero come te! »

Paolo ha un residuo di lucidità.

« Non ci vado in albergo, voglio stare a casa mia. »

Osvaldo Bonan cambia maschera. Indica il cerotto col livido sul mio viso.

« Davvero, dottor Neve? Per picchiarla di nuovo? »

Poi si volta drammaticamente verso Sofia Goren che è ormai completamente frastornata dal mix di alcol, cioccolata, marijuana e sesso immaginario.

« Sofia, ci sono diversi testimoni. Pochi giorni fa da Babington il tuo cliente ha colpito con un pugno in faccia la mia cliente provocandole quella lesione sotto il cerotto. »

Gli occhi di Paolo sono increduli, atterriti. La Goren esibisce ben due risatine e io sto per gridare.

Non è vero, era uno schiaffo e questa ferita me l'ha fatta Francesco durante una lite.

L'occhiata di Bonan mi blocca, mentre Sofia Goren guarda sbalordita mio marito, che tace.

Bonan le allunga un foglio dattiloscritto.

« È già firmato da me, firmalo anche tu, Sofia. C'è scritto che la mia cliente pagherà la metà del costo di una camera in un albergo a quattro stelle per i mesi sino all'udienza. »

Sofia Goren annuisce e firma. Bonan si riprende il foglio e lei ha un sussulto di lucidità e dignità. Indica me, col dito un po' tremante.

« Magari l'ha picchiata il suo amante. »

Bonan è pronto da un secolo con la sua battuta.

« O forse l'ha picchiata la sua ex migliore amica Tiziana, l'attuale amante del tuo cliente, cara collega. »

La Goren ride di nuovo e io oscillo tra sdegno e ammirazione, tra ciò che sono diventata e ciò che ero.

Dovresti saperlo, sei Ice. Lo sai cos'è la guerra, no? La guerra vera, non quella che vediamo da lontano. Lo sai che in quella guerra si spara davvero e anche alle spalle, pur di non farsi ammazzare.

Mi alzo.

« Devo andare, ho una riunione in ufficio. »

Paolo solleva lo sguardo, pieno di disprezzo. Lui regge alcol e marijuana meglio della sua avvocatessa ed è pieno di una rabbia covata per venti lunghissimi anni.

« Al Ministero? Sono vent'anni che racconti stronzate, lì non fa un cazzo nessuno dalla mattina alla sera e tu sparivi continuamente, giorno, notte, sabato, domenica! »

« Paolo, è per lavoro... »

« Sei scomparsa nel nulla per due sere, mi hai scritto di badare io ai ragazzi mentre te ne stavi a scopare con chissà chi! »

La droga rimuove ogni inibizione. L'ho sempre saputo, per questo non ho mai voluto provarla.

Osvaldo Bonan è un uomo di mondo, prende a braccetto una traballante Sofia Goren e sulla porta la bacia, a metà tra la guancia e la bocca.

« Ti chiamo, Sofia. Stia bene, dottor Neve. »

Poi mi lancia un'occhiata gelida.

« Andiamo. »

Riad, Saudi Arabia

Il Palazzo al-Yamama è la residenza ufficiale della monarchia saudita. È costituito da due edifici, uno più grande che ospita anche il Consiglio dei ministri e tutti i ricevimenti, e uno più piccolo con un parco e una residenza più privata per le feste con gli amici più stretti.

Nel palazzo piccolo, il pranzo che chiudeva la manifestazione dei falconi era stato per FAST più estenuante del solito. Sei portate tra carne stufata, pollo, gamberetti, pesce, riso, il tutto con ogni genere di spezie: cumino, coriandolo, curcuma, cannella.

FAST era un po' teso, non si sentiva a proprio agio in quel contesto: l'aria condizionata col tenue profumo di rose, il rumore perenne in sottofondo dell'acqua delle fontane, la musica araba soffusa, la presenza delle donne anche se a tavoli diversi. Quella pace così finta era solo la coreografia di Tareq, il manto che mostrava il regime evoluto che suo cugino, nei suoi incontri con gli occidentali, si vantava di aver avviato. Per FAST una follia che avrebbe allontanato l'Islam dai suoi veri valori, quelli che lo dividevano da sempre dall'Occidente. Alla fine gli occidentali li avrebbero assimilati, gli islamici avrebbero chattato sull'iPhone, creduto alle verità trovate con Google, fatto amicizia su Facebook e comprato su Amazon, avrebbero trasformato le moschee in punti vendita di McDonald's e guardato solo le serie TV americane ideate e finanziate dai sionisti.

FAST aveva mangiato pochissimo, lo stomaco stretto in una morsa. Quello che aveva fatto vincendo la gara dei falconi era piuttosto pericoloso. Quello che doveva fare era molto peggio, più pericoloso che bombardare lo Yemen da un F-15. Ma Seamus O'Neill era stato chiaro, il Generale gli chiedeva di accelerare l'operazione Brigit Weiss perché gli italiani stavano per passare little boy agli americani. FAST non aveva la più pallida idea del perché l'operazione BW avrebbe accelerato questo passaggio, ma doveva fidarsi del Generale.

Fu servito il caffè con i dolcetti Lgeimat a base di farina, lievito, uova, cardamomo e zafferano, miele, sciroppo e melassa. Poi i Balaleet a base di spaghettini con burro, zucchero, cardamomo e zafferano, sovrastato da una specie di frittatina arricchita con cipolle.

FAST non toccò nulla. Erano dei pazzi: col diabete dilagante per i matrimoni tra cugini, continuavano a mangiare quella roba.

Aspettò il momento in cui il re Mohammad decise di ritirarsi per riposare. Tutti i cugini erano satolli, un po' intontiti e già pronti ad approfittare dell'assenza del sovrano per un goccio di ottimo whisky ad aiutare la digestione.

FAST aveva studiato tutte le possibilità. La soluzione che aveva trovato non era sicura al cento per cento, ma era la più plausibile. Tareq era seduto poco distante, tra i cugini. Discutevano come al solito di marche di orologi, di auto, di come convincere Messi e Cristiano Ronaldo a venire a giocare per Al-Hilal.

« Vado fuori a fumare il mio sigaro cubano, non vi voglio appestare. »

Tareq annuì distrattamente. Era seccato per la sconfitta, ma anche per quello FAST aveva un piano.

Uscì e si addentrò nell'immenso parco, con la piscina e il lago artificiale con al centro un'isola piena di palme. Si accese il sigaro e si avviò verso il palazzo più grande. Percorse l'ampio viale fiancheggiato da alberi, fiori, cespugli, fontane e laghetti. Si soffermò a osservare le carpe che nuotavano in superficie, come se non avesse alcuna fretta. Sapeva di essere discretamente osservato a distanza dalle guardie scelte dei servizi segreti. Nessun uomo prudente avrebbe mai corso il rischio che stava per correre lui.

Ma io non sono loro. Io sono l'uomo che cambierà la storia dell'Islam.

Fumando il sigaro si avviò verso il palazzo principale a tre piani con la facciata in stile arabo che ospitava le riunioni del Consiglio, i ricevimenti diplomatici e gli uffici reali.

C'era stato già molte volte, aveva anche lui un ufficio lì dentro. Passò tra le due guardie ai lati dell'ampio portone. Salì a piedi lungo lo scalone in marmo cercando di non accelerare il passo. Superò il suo ufficio e si diresse verso gli uffici di suo cugino Tareq, sotto gli occhi delle telecamere e delle varie guardie che si inchinavano al suo passaggio. Non gli chiese nulla nessuno, era normale che lui vi avesse accesso, era il numero due in ordine di successione al trono ed era di casa lì dentro.

Entrò nell'anticamera dello studio privato di Tareq. Sapeva a memoria dov'erano le telecamere e quale fosse l'angolo cieco. Si avvicinò allo scrittoio coprendo col suo corpo la telecamera che era alle sue spalle. Tirò fuori dalla tasca della tunica il mazzo di chiavi, in modo che fosse ben visibile dalla telecamera. Lo appoggiò sul tavolo mentre faceva scivolare dalla manica della tunica la busta, coperta dalla sua schiena e invisibile alla telecamera. La posò sopra il mucchietto delle altre buste nel piattino della corrispondenza.

Tornò indietro lungo il corridoio e ridiscese lo scalone, sempre con molta calma. Sì, era più agitato rispetto a quando sganciava bombe dal cielo sui ribelli yemeniti. Sapeva che ogni minimo errore avrebbe potuto portarlo a essere crocifisso nella piazza di Riad.

Entriamo nella Jaguar e Osvaldo Bonan si mette a canticchiare sottovoce.

Non son degno di te, non ti merito più...

« Cazzo, avvocato, la smetta. »

Lui si volta, quel volto crudele, col naso dritto, affilato.

« Pensavo che odiasse le volgarità, dottoressa Abate! »

« Infatti. Ma odio anche i misogini, gli imbroglioni e gli spacciatori di droga! »

Lui non si scompone.

« Suo marito ha detto che per due volte non è tornata a casa in questi giorni. Dove è andata? »

Evito di guardarlo.

« Ho avuto problemi al lavoro. »

« E ha lasciato i suoi figli da soli? »

« Senta... »

« No, senta lei. Se c'è qualcosa che deve dirmi le consiglio di tirarla fuori subito, perché loro hanno soltanto questi argomenti, nient'altro. »

Indica il fascicolo col ricorso dell'avvocato Goren.

« Se dorme con un altro uomo non potrà giustificare le sue assenze. »

Mi accusa e fa finta di nulla, come se lo spettacolo indegno a cui mi ha fatto assistere e i Baulucy non fossero mai esistiti. Ora me lo ricordo benissimo, è lui l'uomo tutto coperto di nero, con il cappellaccio e i biscotti alla marijuana, nel parchetto sotto casa mia, quando portavo a spasso Killer, l'uomo col cocker nero e quei maledetti biscotti.

La mia rabbia esplode.

« Il suo cane è un cocker maschio di nome Lady? »

Aggrotta le sopracciglia cespugliose.

« È impazzita per la tensione, signora? »

« E lo nutre coi biscotti Baulucy drogati? »

Scuote il capo.

« Senta, lei si deve dare una calmata. Ho ottenuto ciò che voleva, no? Ora vada a casa a occuparsi dei suoi figli. Niente viaggi e notti fuori, né per lavoro, né per amanti. Anzi, si mangi qualcuno di questi, le farà bene. »

Non riesco a bloccarlo. Infila la sua grossa zampa nella mia borsa e mi lascia un po' di cioccolatini drogati. Esiste un solo modo per controllarsi quando vorresti ammazzare qualcuno che ti è indispensabile.

« Mi faccia scendere subito. »

Lui fa fermare la Jaguar e io esco senza salutare quel mostro.

FAST tornò alla palazzina piccola e rientrò nell'ampio salone. Ora, nonostante l'aria profumata di petali di rosa, le fontane e la musica araba, sentiva la stessa tensione di quando volava sul suo F-15 oltre il confine, sullo Yemen. Si avvicinò a suo cugino Tareq che stava chiacchierando con gli altri cugini. Si chinò su di lui e gli parlò in un orecchio.

« Dovrei parlare un attimo con Brigit. Non da soli, ovviamente. »

Tareq scoppiò in una delle sue risate. Rispose a voce alta, in modo che tutti lo sentissero.

« Cugino Feisal, le donne sono libere. Puoi parlare con Brigit quando vuoi, anche da soli. »

Tareq fece un cenno verso il tavolo di Brigit, che stava parlando con uno dei suoi cugini. Brigit Weiss si alzò e si avvicinò.

« Mio cugino ti vuole parlare. Dopo il giro in Ferrari ci ha preso gusto! »

Il tono era quello allegro e ludico di chi ha bevuto e gli altri cugini risero.

« Però state attenti: in questo Paese lapidiamo le adultere e crocifiggiamo i traditori. »

Il tono era ancora scherzoso, ma un brivido percorse la schiena di FAST. Si inchinò. Poi si diresse con Brigit in mezzo all'ampissimo salone, verso la fontana con i mosaici, le carpe e i petali di rosa. Lei lo guardò negli occhi, era visibilmente preoccupata.

« Vincendo la gara dei falconi sei stato coraggioso e imprudente, Feisal. Anche troppo. »

« Sai perché l'ho fatto. »

« Sì, ma Tareq... »

« Lo so, devo farmi perdonare da lui. »

Brigit annuì.

« Come vuoi fare? »

« Ho fatto portare qui la mia Ferrari nuova. Ho lasciato le chiavi della macchina nell'anticamera del suo studio privato, sullo scrittoio. »

Lei sorrise.

« Bravo, ottima mossa. Lo prenderà come un segno di rispetto. »

Ora FAST cercò di assumere un tono disinvolto, leggero, di complicità.

« Ma adesso mi è venuto in mente un modo più spettacolare per fargli una sorpresa, alla James Bond. A Tareq piacerebbe molto, ma tu dovresti aiutarmi. »

« Volentieri, visto che la colpa è mia, no? Che dovrei fare? »

« Andare nella tua stanza, indossare la tuta della Ferrari che ti hanno regalato al circuito di Formula 1, prendere le chiavi della Ferrari dallo scrittoio di Tareq e farti trovare alla guida sul retro del palazzo. Poi, quando sei pronta lo chiami. »

Lei scoppiò a ridere.

« Hai questa fantasia in tutto ciò che fai, Feisal? »

Avevano parlato anche troppo. FAST si inchinò e subito dopo tornò al suo posto, cercando di non guardare Brigit Weiss che usciva dal salone.

Tareq lo fissava un po' sorpreso. Lo invitò ad avvicinarglisi.

« Di cosa avete parlato tu e Brigit? »

Feisal si sforzò di sorridere.

« Un complotto contro di te, cugino. »

Tareq rimase un attimo spiazzato dalla battuta, tutti i cugini avevano sentito. Poi si rese conto che FAST ovviamente scherzava.

« Attento a te, Feisal! Ricorda la sharia! »

Tareq riprese la conversazione con uno dei cugini e FAST si sedette in mezzo agli altri. Mentre loro parlavano di quei maledetti dell'Iran e del Qatar, FAST pensava a Brigit Weiss.

Vedrà la busta? La prenderà? Senza farsi vedere dalla telecamera? E poi cosa ne farà?

Aba era già sul taxi per tornare a casa quando le arrivò il messaggio di Maria Giovanna Cordero.

Ha tempo per un salto al Foro Italico?

I figli erano fuori, non c'era fretta di tornare a casa e MGC era il suo capo.

Sì. Venti minuti e sono lì.

Quando Aba arrivò, Maria Giovanna Cordero la stava aspettando nella palestra. Era seduta alla pressa su cui spostava con le gambe un peso che doveva essere di diverse decine di chili.

Indossava una maglietta e leggings aderenti rosa shocking sotto cui risaltavano il fisico asciutto e i muscoli scattanti.

« La palestra a quest'ora è deserta, dottoressa Abate. Possiamo parlare con tranquillità, persino più che nel mio ufficio. »

Il che significava una cosa ben precisa: lì nessuno le avrebbe ascoltate.

« Com'è andata la riunione con suo marito e gli avvocati? »

Aba non era affatto sorpresa che sapesse dell'incontro, un funzionario dell'intelligence non ha gli stessi diritti alla privacy di un normale cittadino.

« Abbiamo trovato un accordo temporaneo da qui all'udienza che si terrà tra due o tre mesi. »

MGC aggiunse una piastra al mostruoso peso da sollevare.

« Bene, un accordo è sempre meglio di una guerra. I suoi figli come l'hanno presa? »

« Ancora non ho spiegato cosa succederà da domani. Lo farò questa sera. »

« Ah. E cosa succederà, esattamente? »

« È una cosa un po' personale, signor direttore. »

« Davvero, Ice? »

Il riferimento ad Ice chiariva in modo inequivocabile i termini della questione.

« Mi scusi, ha ragione. Paolo andrà in albergo, per questi mesi. Divideremo le spese. Sul dopo deciderà il giudice. »

MGC si alzò dalla pressa.

« Ci vogliono gambe che non ho più per rimbalzare abbastanza in alto dal trampolino. Questa è l'unica cosa che mi fa sentire ciò che sono, vecchia. C'è un'altra o c'è un altro? »

« Un'altra, signor direttore. Una mia amica. »

MGC fece una smorfia.

« Lei non è il tipo da chiudere vent'anni di matrimonio per un motivo così sciocco. »

« Ha ragione, quella non è la causa, è un sintomo. Ho capito da una serie di cose che è stato tutto uno sbaglio, che lui senza di me vive ma con me è morto. »

Gli occhi verdi lampeggiavano.

« Molto razionale e molto nobile. Suo padre lo diceva sempre, quando ci parlava di lei. Una bambina intelligentissima che però ha preso dalla madre la tendenza a far prevalere il giusto sull'utile. Lei la pensa come me, vero? Non consegnerebbe Paul Alli agli americani. »

Il repentino cambio di argomento non la colse di sorpresa, ormai conosceva il metodo di MGC. Aba si ricordò della promessa fatta a Bonan di appoggiarlo. Ma non poteva mentire.

« No, signor direttore. »

MGC non sembrava convinta.

« Lei crede in Marlow. Mi spieghi bene perché. »

Di nuovo un cambio di argomento. O forse no. Forse stavano sempre parlando di Paul Alli.

« Perché Marlow è un delinquente in tutti i sensi tranne che uno, signor direttore. Lui è leale. »

MGC annuì, lentamente.

« La lealtà, il valore che suo padre considerava l'avversario più difficile da infrangere nei nemici e da cercare negli amici. »

Aba non fece commenti e MGC continuò.

« Ma i nostri alleati americani non sono affatto certi della lealtà di Johnny Jazir. Quando loro si convincono di una cosa, vanno sino in fondo, come ci dimostrano le fini di Saddam e di Bin Laden. Sa cosa sto pensando? Di pagare noi i duecentomila dollari richiesti da JJ e fargli incontrare gli americani. Lei cosa ne pensa? »

« La stessa cosa che penso per quanto riguarda Paul Alli,

signor direttore. Come interrogherebbero Johnny Jazir gli americani? O in questo caso non ci riguarda?»

Dallo sguardo di Maria Giovanna Cordero, Aba si rese conto che l'ultima frase era pleonastica e offensiva. Ora le era chiaro che quell'incontro imprevisto aveva un'origine e il suo capo era preoccupato da qualcosa.

«Un'ora fa è arrivata da Larry Moll una richiesta urgente di incontro per domani alle dieci. Jane Wesbach arriverà all'aeroporto domattina alle otto e alle nove sarà da noi. Credo che dovremo scegliere tra Paul Alli e Johnny Jazir.»

Era passata oltre un'ora e FAST era preoccupato, Brigit Weiss non era ancora tornata mentre a tavola si continuava a mangiare, bere, fumare e la conversazione era passata dalla guerra al calcio. FAST lo detestava, al contrario di Tareq e di tutti i suoi cugini. Era uno sport stupido in cui gli occidentali avrebbero sempre battuto gli arabi perché i prati non crescono facilmente nel deserto.

FAST sentì il *bip* dello smartphone di Tareq. Suo cugino diede una rapida occhiata, aggrottò la fronte, si alzò e si diresse verso l'uscita, seguito dalle guardie del corpo. FAST lo seguì all'aperto, mentre girava intorno al palazzo.

Sul retro trovarono la Ferrari. Al posto di guida era seduta Brigit Weiss, fasciata nella tuta rossa. Lei fece cenno a Tareq di salire.

«Ti fidi, mio principe?»

Tareq ebbe un istante di esitazione, poi si voltò verso Feisal. Lo guardò per un attimo, incerto. FAST cercò di sfoderare un sorriso convincente. Poi, finalmente, Tareq sorrise.

«Sei intelligente, cugino. E generoso. Me ne ricorderò.»

Tareq salì sulla Ferrari al fianco di Brigit Weiss, mentre le guardie del corpo salivano sulle auto e le moto di scorta.

Appena il corteo si avviò, FAST chiamò Seamus O'Neill. «Ci vediamo al Khozama tra dieci minuti.»

FAST sapeva che il Generale aveva copiato quel metodo per comunicare tra loro, attraverso il *postino*, dagli italiani. Era così che facevano i mafiosi. Gli aveva imposto Seamus O'Neill come falconiere di facciata e come postino per evitare troppi incontri e contatti diretti tra loro.

Seamus O'Neill lo aspettava nell'atrio del Khozama. FAST gli disse solo due parole.

« Busta consegnata. »

Seamus annuì e se ne andò. FAST si avvicinò al bancone del bar e si fece portare una birra analcolica.

L'incontro con Maria Giovanna Cordero rende indispensabile ciò che prima era urgentissimo. E posso abbinare un'esigenza lavorativa a una mista, lavorativa e personale.

So dove abita Tony, ovviamente. Quando citofono risponde Diana.

« Sono io, ho bisogno di parlare con Tony. »

La voce di Diana è sorpresa ma contenta.

« Le apro subito, dottoressa. Quinto piano, non c'è ascensore. »

« Arrivo. »

Invece, la faccia di Tony quando mi accoglie in tuta da ginnastica sul pianerottolo è perplessa.

« Mi fai entrare, Tony? »

Si scosta, mi fa strada attraverso l'ingresso in un piccolo salottino. Diana si alza dal divano, indossa la sciarpa che le ho regalato, ha gli occhi arrossati e le occhiaie. La abbraccio e sia lei sia Tony non sanno che dire. Dalla borsa tiro fuori una bottiglia di champagne che ho appena comprato.

« Ci pensi tu ad aprirla, Tony? »

Lui mi guarda, perplesso.

« Sì, certo, ma non capisco cosa festeggiamo. »

Mi siedo accanto a Diana sul divano.

« Festeggiamo il vostro bambino. »

È stupefacente ciò che accade alle loro espressioni. Mi sorprendo ancora, ogni volta che si ripete esattamente ciò che mio padre mi ha sempre insegnato.

La prima reazione, Aba. Solo quella.

Gli occhi di Diana sono pura gioia e commozione. Ma sono quelli di Tony a interessare Ice, la spia, esattamente come quelli di Paul Alli dopo le domande di Giulio Bonan.

Paura e orgoglio. Niente rabbia.

Proprio ciò che immaginavo. Lo vuole anche Tony, questo bambino. Ma il bel ragazzo, lo scapolo d'oro ambito da tutte le ragazze, il bravo ragazzo di ottima famiglia un po' viziato, è anche un bambino quasi terrorizzato da ciò che gli sta capitando. Devo fargli coraggio, non intimorirlo. Li guardo, mentre Tony riempie i bicchieri. Anche se il mio momento non è davvero il più adatto.

« Sarà bellissimo. Ve lo dico con assoluta certezza, ho vent'anni di esperienza. »

Tony mi guarda.

« Ma lei non crede che siamo troppo giovani per fare figli? »

« No, io e mio marito li abbiamo fatti ancor prima di voi. »

Diana annuisce.

« E siete felici di averlo fatto presto, no? »

Ho un attimo di esitazione che loro non percepiscono.

« Farete cinque figli e saranno tutti meravigliosi. Ora brindiamo? »

Tony riempie i calici, beviamo, loro si abbracciano e prima che Tony abbracci anche me mi alzo dal divano.

« Tony, quelle informazioni sui due little boy a sciara Al Kairouan a Tripoli... »

« Io e Albert ci stiamo lavorando, dottoressa. »

« Serviranno entro domattina presto, Tony. Dillo anche agli altri, andate in ufficio. »

Tony non fa nessuna obiezione, i miei ragazzi sono indistruttibili.

« Chiamo Albert e Leyla e vado. »

Diana si alza.

« Vengo anche io, basta riposo. »

Ecco, questi sono gli altri miei figli, come Cristina e Francesco, come i quattro bambini di JJ. Si fidano di me, di Aba e di Ice. Di una traditrice che mangia biscotti drogati con il suo cane.

La chiesa vicino a casa è silenziosa. Non salto mai una domenica, se posso, e ci vengo solo negli intervalli tra una messa e l'altra perché non ho bisogno di parole ma del silenzio, della semioscurità, dell'incenso. Non prego, non chiedo, cerco solo di sentire ciò che Qualcuno, chiunque sia, dovunque sia, vuole dirmi.

Innocente è chi sbaglia credendo di essere nel giusto.

Questa è la frase che mi arriva oggi. Ma non vale per una spia. Una spia che sbaglia credendo di essere nel giusto è ancor più pericolosa di un traditore. Non lo dico io, l'ha scritto Adelmo Abate nei suoi manuali.

Nella mia testa tutto è chiaro: una cena tranquilla, una conversazione tra una madre e due figli responsabili.

Ora io e papà non possiamo stare insieme. Lui non vivrà qui con noi ma potrete vederlo tutte le volte che volete.

Invece, appena rientro a casa ci sono problemi. Cristina è in cucina, affranta, seduta accanto al nostro cocker.

« Mamy, Killer trema troppo! »

« Quel maledetto cane drogato! »

Mi guarda, sbalordita.

« Mamma, stai male? »

Mi rendo conto che devo controllare le parole. Killer mi guarda, coi suoi occhi da cocker. Trema, ma lo sguardo è pieno dell'amore di cui ho tanto bisogno.

« Non ti preoccupare, dopo cena la porto giù e starà meglio. Dov'è tuo fratello? »

« È in camera sua con un fico tremendo. »

« Chi? »

« Non lo so, mamy, un biondo con dei muscoli pazzeschi. Se non avessi già Sasha... »

Mi avvio lungo il corridoio con un cupo presentimento. Appoggio l'orecchio alla porta e riconosco due cose: il rumore infernale di quel videogioco dove chi massacra vince e la voce di Federico, Freddy per gli amici e le tardone di cui fa strage.

Sto per bussare quando il gigante biondo spalanca la porta.

« Aba, che ci fai qui? »

« Veramente questa è casa mia. »

Ride, con quei denti bianchissimi tra la barba bionda.

« Intendevo a origliare dietro la porta. »

« Non ero dietro la porta a origliare, passavo nel corridoio. Grazie per aver tenuto compagnia a Francesco, ora che sono tornata... »

Mio figlio interrompe il videogioco.

« Freddy si ferma a cena, mà. Gli ho detto che Rodica ha fatto le scaloppine. »

Freddy mi getta un'occhiata assassina.

« Vado pazzo per la carne tenera. »

Non ho dubbi che Freddy vada pazzo per la carne, tenera o anche più stagionata. Cerco un motivo per oppormi ma vorrebbe dire litigare di nuovo con Francesco e non è assolutamente il caso viste le notizie che porto.

« Bene, allora tra cinque minuti a tavola perché poi io devo portare Killer al parco. »

Poco dopo ci ritroviamo in cucina e Freddy, con molta naturalezza, si siede di fronte a me, al posto di Paolo.

« Ti sei fatta male allo zigomo, Aba? »

Francesco arrossisce violentemente.

« Una stupidaggine, ho sbattuto contro una cosa. »

Francesco trascina Freddy in una lunga dissertazione sul rugby che lo distrae momentaneamente dalle mie tette, mentre anche Cristina ascolta chiacchiere tecniche di cui non capisce nulla, affascinata dai muscoli e dal sorriso assassino di Freddy rubacuori.

Dopo le scaloppine e la frutta arriva il momento del dolce, il mio asso nella manica, nascosto nel frigorifero. Ma certo non posso dire ai miei figli che il padre non torna per un bel po' con Freddy ad ascoltare.

« Esco per portare Killer al parco. Freddy, mi accompagni? »

Freddy non aspettava altro.

« Certo, non dovresti girare da sola a quest'ora. »

Appena usciamo cerco di liberarmi di lui.

« È una zona tranquillissima, Federico, ci giro da sempre. Tu vai pure. »

Lui neanche mi ascolta. Mi mette le manone sulle spalle e mi sorride. Sembra non avere dubbi, è certo che io voglia essere baciata. Lo respingo ma lui continua a stringermi. Mi divincolo, urlo.

A quel punto accade l'impossibile. O meglio, ciò che sarebbe impossibile senza i biscotti Baulucy alla marijuana. Killer lo azzanna alla caviglia e Freddy urla di dolore. Ma più urla, più Killer non molla e ringhia, e più Freddy urla, più è terrorizzato.

« Maledizione, che cazzo... »

Prima che il gigante macho svenga decido di intervenire.

« Killer, basta! »

Killer si stacca e mi guarda con i suoi occhi da cocker drogato. Forse vede la gratitudine e l'orgoglio sul mio volto, scodinzola e uggiola, mentre un po' saltella e un po' trema.

Il gigante biondo fissa con odio la mia cagnetta. Sa di aver fatto la figura del vigliacco, trattiene a stento la rabbia.

« Sarebbe da rinchiudere al canile questa bestiaccia rabbiosa! »

Ne ho davvero abbastanza di Freddy rubacuori. Metto il miele e il fiele nella mia voce.

« Per prudenza dovresti fare la profilassi antirabbica e antitetanica. »

« Cioè? »

« Non ricordo bene, un certo numero di iniezioni. »

Impallidisce. Quasi trema.

« Iniezioni? Aghi? Per carità! »

« Nella pancia, temo. Trovati un'infermiera con la mano delicata. »

Lo lascio lì a meditare e torno in casa col mio Killer alla marijuana. Per stasera ha già fatto ben più che una passeggiata, ma trema come una foglia, ha gli occhi sbarrati.

I ragazzi sono nelle loro stanze. Mi affaccio da Cristina, già dorme. Busso a Francesco, la risposta è *notte, mà!*

Non ce l'ho fatta a dire loro che Paolo non tornerà almeno per qualche mese. Lo farò domani, il tiramisù resisterà. Ora però bisogna recuperare, dormire. E serve un aiuto.

Dal frigo tiro fuori il Prosecco preferito di Paolo, quello che io non tocco mai. Be', forse si conserverebbe in sua assenza, ma ora serve più a me. Lo apro, tiro fuori il flûte buono, lo riempio sino all'orlo. Poi dalla borsa tiro fuori i due cioccolatini Baulucy di Osvaldo Bonan. Li scarto, mentre Killer mi fissa, sospettosa e speranzosa. O forse sono io, che mi sto rincretinendo e come tutti i proprietari di cani vedo parole e pensieri nei loro occhi. Comunque probabilmente mi ha salvato da uno stupro e merita un bel premio.

« Uno per te e uno per me, Killer. E da domani ci disintossichiamo. »

Il Generale rilesse il messaggio di Seamus O'Neill.

Busta consegnata, americani hanno chiesto riunione domani.

FAST era un uomo in gamba. Del resto il Generale aveva occhio, sapeva come separare i coraggiosi dai pazzi, che erano molto più pericolosi dei codardi. Feisal Al Saddoon bin Tamimi non era né pazzo né codardo, sarebbe stato un ottimo principe ereditario, una volta tolto dai piedi l'ingombrante cugino Tareq, il grande innovatore e amico dell'Occidente. Solo che per arrivarci bisognava uccidere le due donne, la giornalista e la spia, e far ricadere la colpa su Tareq. Mandò il messaggio a Seamus.

BW deve partire.

Si accese una sigaretta, guardò il cielo del deserto illuminato di stelle. Poi, dopo Brigit Weiss, avrebbe fatto uccidere la spia italiana.

17 ORE ALL'UDIENZA

Sono le sette, il sole sta cominciando a calare sull'orizzonte e sulla veranda comincia a far fresco. Ho passato il tempo a immaginare Cristina e Francesco in vacanza, per la prima volta da soli. Pensieri carichi di ansia: la prima volta di Cristina con Sasha, avrà usato il preservativo? E Fra si sarà portato le pastiglie di cortisone, lui così amante della natura e dei luoghi pericolosi?

È quasi un sollievo quando Jane Wesbach riappare, con la tuta rosa da pensionata americana in Florida. Mi vede raggomitolata sulla poltrona.

« Andiamo dentro, Ice. Domani è il grande giorno, non vorrei presentarmi afona davanti al giudice. »

La seguo all'interno. Ci sediamo nel salotto con la vetrata che dà sulla vallata, incendiata dal rosso del sole al tramonto. Lei si toglie le scarpe, ha le vesciche sotto le piante dei piedi. Accende la videocamera, mette i piedi su una sedia, sembra una pensionata malandata, ma forse è l'impressione che vuole darmi.

« Allora, Ice. Hai interrotto l'interrogatorio di Bonan a Paul Alli. Perché? »

« Perché Bonan ha tirato fuori la pistola e gli avrebbe sparato. Si sarebbe rovinato la carriera. »

« Davvero credi che Bonan gli avrebbe sparato? »

« Non lo so. Ma era fuori di sé. »

« E per calmarlo gli hai anche promesso di appoggiare la sua richiesta di consegnarci Paul Alli. »

« Chi lo dice? »

Mi guarda, ora freddamente.

« Non ti sei preparata a questa domanda? »

È un'altra cosa che sto imparando di questa donna: tollera le bugie, come se fossero parte indispensabile del nostro lavoro. Ma non sopporta l'evasività, che considera un'imperdonabile debolezza.

« Non ti riguarda chi lo dice. Poi parlando con Maria Giovanna Cordero ti sei opposta alla consegna di Paul Alli a noi. Ora, Ice, abbiamo sempre lo stesso problema, lo capisci, vero? »

Certo che lo capisco, zia Jane. Uomo protegge donna, donna protegge uomo. Ma non lo stesso uomo.

« Ero semplicemente d'accordo con Maria Giovanna Cordero. Era contro la legge italiana consegnarvi Paul Alli. »

« Non era per proteggere Johnny Jazir? »

Forse sa che è la stessa domanda che mi fece MGC. Ma la risposta non cambia.

« No. »

Jane prende uno dei soliti appunti. Chissà a quante bugie siamo arrivate. Poi spegne la videocamera e scuote il capo. No, non è soddisfatta.

SEI MESI PRIMA: GIORNO 8

Finalmente ho dormito per qualche ora. So benissimo che è stato grazie all'effetto combinato del prosecco e del cioccolatino alla marijuana di Osvaldo Bonan. Ma non accadrà mai più. Da questa mattina tutto dovrà essere perfetto coi ragazzi. Quindi, *laissez faire* stile Paolo: lascio che lei scorra Instagram e che lui legga le notizie sportive sul cellulare mentre io apparecchio, lascio che lei attinga alla bottiglia di latte intero, lascio che lui approfitti del gambone ingessato per non sparecchiare. Loro devono essersi accorti che il padre è sparito e la loro madre inflessibile è di colpo insolitamente accondiscendente, ma forse si stanno già adattando alla nuova realtà. Sparecchio, poi, con tatto e discrezione, li riporto agli obblighi minimi.

« Forza, preparatevi, vi accompagno io a scuola. »

Anche l'uscita è in orario. Durante il tragitto, evitano i soliti commenti sulla mia guida inutilmente avventata, visto che al Ministero non ci può certo mai essere nulla di urgente ad attendermi. Ma un attimo prima di scendere, davanti alla scuola, mi rendo conto che si sono solo sforzati di essere normali. Cristina ha i lacrimoni.

« Avete parlato tu e papà? »

Domanda legittima, ma è impossibile spiegare tutto qui e ora, con la campanella che annuncia l'inizio delle lezioni.

« Sì. »

« E allora? » chiede Francesco.

« Tutto bene, vi racconto dopo. »

« Dopo quando? »

« All'una. Vi vengo a prendere all'uscita e pranziamo insieme. Vi porto da Temakinho, questa volta ce la facciamo. »

Cristina mi abbraccia, il ragazzone peloso mi fa la V con le dita, segno virile di grande affetto. Ed è la loro fiducia in me a spezzarmi il cuore, la loro incrollabile convinzione che io risolverò ogni cosa, come ho sempre fatto. Resto lì per un po', a guardare il portone della scuola, sapendo che per la prima volta in quasi vent'anni arriverò in ufficio in ritardo e sotto i postumi di alcol e droga.

Quando Aba arrivò in ufficio, Diana era seduta alla scrivania davanti alla stanza vuota di Papà Doyle.

« Dottoressa, volevo ringraziarla, se non ci fosse stata lei... »

Aba le fece la stessa V di suo figlio e proseguì per la sala riunioni, sempre pensando a Cristina e Francesco. Non riusciva a levarseli dalla testa, a concentrarsi su little boy, su JJ, sugli americani in arrivo.

Giulio Bonan, Maria Giovanna Cordero e Stefano Lanfranchi erano già nell'ufficio del direttore dell'AISE. Lei si scusò per i due minuti di ritardo e si sedette.

« Gli americani ti hanno anticipato qualcosa, Stefano? » stava chiedendo Maria Giovanna Cordero.

« No. Ma se Jane Wesbach torna qui a Roma deve esserci qualche novità importante. »

« In ogni caso » chiarì MGC, « qualunque cosa sia, non diremo nulla di Paul Alli senza prima esserci consultati. »

Aba poteva leggere chiaramente la disapprovazione sul volto di Giulio Bonan e il dubbio su quello di Stefano Lanfranchi. Poi il cellulare del direttore dell'AISE squillò, lui rispose brevemente e richiuse.

« I nostri ospiti sono arrivati. »

Jane Wesbach e Larry Moll entrarono e fu subito chiaro che il clima di formale cortesia si era dissolto. I convenevoli furono rapidi e freddi. Gli americani rifiutarono il caffè e si sedettero.

Jane Wesbach indossava una delle sue mise standard: giacca e pantaloni grigi.

« Dato l'argomento, ho preferito prendere un aereo e venire subito qui, Stefano. »

Rivolse un cenno a Larry Moll. Lui le passò una cartellina da cui lei estrasse un foglio che porse a Stefano Lanfranchi.

« Questa è una contabile bancaria. Riguarda un trasferimento di centomila dollari, il primo gennaio di quest'anno. I soldi sono partiti da un conto corrente della National Emirates Bank a Dubai e sono arrivati a un conto della HSBC ad Agadez, in Niger. »

Lanfranchi esaminò il documento, poi lo porse a MGC che lo girò a Bonan e questi ad Aba. Lei trattenne la contabile solo un attimo, il tempo necessario a memorizzare i riferimenti della filiale della National Emirates Bank, visto che gli americani avevano oscurato i numeri dei conti correnti. Poi il foglio tornò a Jane Wesbach.

« Lo spazio riservato alla causale indica *dp*, cioè *down payment*, un anticipo. Abbiamo avuto questo documento da meno di un giorno, ma abbiamo già controllato alcuni dettagli. Il conto alla Emirates Bank fa capo a una delle innumerevoli fondazioni caritatevoli saudite con sede a Dubai. Dovremo indagare per capire chi la finanzia davvero, ma sappiamo da casi precedenti che il reticolo è molto complesso e presenta seri ostacoli, ci sono di mezzo banche in Iran e Corea del Nord, dove avremo delle ovvie difficoltà. Ma in un modo o nell'altro noi ci arriveremo. »

Fece una delle sue pause, preludio di guai, poi indicò il beneficiario sul foglio della contabile.

« Ma sappiamo a chi è intestato il conto alla HSBC di Agadez. Sappiamo chi ha preso quei soldi. »

Ci fu un'altra pausa durante la quale Aba si preparò a restare impassibile.

« Il conto in Niger fa capo a un uomo col passaporto francese il cui ultimo recapito è una casella postale di Agadez. Avevamo già rilevato un movimento insolito su quel conto dopo la morte dell'ambasciatore americano a Bengasi nel 2012. Il nome dell'intestatario è Paul Alli. »

Jane Wesbach non formulò la domanda ovvia, *lo conoscete*? Aba sapeva perché, avevano studiato tutti sugli stessi manuali, innumerevoli giocatori di scacchi che conoscevano ogni mossa dell'avversario. Stava spiando le loro reazioni.

Se il silenzio può aumentare, ebbene, aumentò. Non si udiva più neanche il respiro delle persone che erano intorno a quel tavolo. Poi Lanfranchi parlò, con la sua voce soffice. Come direttore dell'AISE, toccava in prima battuta a lui.

« Come siete venuti in possesso di questa contabile bancaria? »

Jane Wesbach scosse il capo.

« Un nostro agente. Altro non posso dirvi. Le fonti, come sapete, vanno protette. Tu hai qualcosa da dirmi su Paul Alli, Stefano? »

Lanfranchi gettò ancora un'occhiata a Maria Giovanna Cordero, poi prese una decisione che solo lui aveva il diritto di prendere, trattandosi di una questione internazionale.

« Abbiamo in detenzione un uomo con quel nome sul passaporto. Per una questione di sicurezza interna. È indagato per un tentativo di attentato terroristico qui in Italia. »

Jane Wesbach non mostrò né sorpresa né risentimento. Aba sapeva che quella era una delle grandi doti degli americani rispetto agli europei, il pragmatismo. Il passato è passato, conta solo il futuro.

« Bene, Stefano. Vorremmo che ci raccontaste le circostanze in cui è entrato in contatto con voi. »

Lanfranchi guardò Maria Giovanna Cordero che esitò. Ma questa volta Lanfranchi non socchiuse gli occhi. I tre americani ascoltarono in silenzio il resoconto completo di MGC su tutta la storia con i due little boy, Paul Alli e Abdalla Ghali, suicida in carcere, incluso il ruolo di Johnny Jazir nell'operazione. MGC non menzionò il fatto che Paul Alli fosse detenuto e interrogato a Tripoli. Larry Moll prese diversi appunti, senza mai interrompere. Quando MGC si fermò, Jane Wesbach si rivolse a Lanfranchi, ignorando palesemente Maria Giovanna Cordero.

« Come ti ho detto, c'era già stato un movimento sospetto sul conto bancario di Paul Alli all'epoca dell'attentato di Bengasi. Questo lo rende un sospettato. Vogliamo vedere i verbali dei vostri interrogatori e poi vogliamo interrogarlo noi. »

Maria Giovanna Cordero scosse il capo.

« Fate la richiesta di rogatoria internazionale e poi, se e quando sarà approvata dalle autorità italiane, lo potrete interrogare, qui in Italia, con le modalità previste dalle leggi italiane. »

L'americana la guardò. Parlò con voce calma, senza nemmeno una traccia di impazienza.

« Non abbiamo tempo per le pastoie burocratiche. Abbiamo le prove che Paul Alli fa parte di un complotto internazionale. »

« Quali prove, Miss Wesbach? Come quelle contro Saddam Hussein? »

Lanfranchi e Bonan sobbalzarono. Per quanto fosse noto che Maria Giovanna Cordero non amasse la diplomazia e che per lei le regole e la giustizia italiana venissero prima di tutto, un attacco così frontale era fuori da ogni canone nei rapporti tra presunti alleati.

Eppure Jane Wesbach non si offese, era imperturbabile.

« Larry, Miss Cordero ha ragione. Condividiamo le informazioni che abbiamo. »

Il giovanotto della CIA estrasse dalla cartellina un altro foglio e lo porse a Lanfranchi.

« Questi sono tutti i collegamenti fatti a gennaio da diversi internet point in Italia usando il passaporto col nome Paul Alli. Sono colloqui avvenuti in chat sul deep web, con passaggi molto complessi da ricostruire. Paul Alli è stato in Italia una sola settimana ma si è collegato con qualcuno ogni giorno, sino allo scontro in Niger in cui Johnny Jazir ha ucciso Michael Ghali. Poi più nulla.»

Dopo che il foglio le fu restituito, Jane fece un altro cenno a Larry Moll. Lui estrasse dalla cartellina una foto e la fece circolare. Mostrava una folla di uomini, molti col passamontagna, tutti armati. Larry Moll indicò un cerchio rosso.

«Questa è stata scattata da un nostro agente col teleobiettivo dall'interno dell'ambasciata americana la sera dell'assalto a Bengasi. Visto che il volto è coperto, abbiamo potuto soltanto fare dei rilievi attraverso il software di riconoscimento antropometrico. L'uomo cerchiato di rosso, confrontato con la fototessera sul passaporto di Paul Alli, ha una corrispondenza pari a 82. Se avessimo una foto del corpo intero potremmo avere la certezza.»

Anche questa volta, Aba trattenne la foto un attimo più degli altri. La sua attenzione era attratta dal gruppo di uomini che circondava Paul Alli. In particolare da una figura di profilo, seminascosta, col passamontagna e una mezza sigaretta che penzolava dalla fessura delle labbra.

In quel momento il cellulare personale di Aba emise un *bip* e lei gettò subito un'occhiata, temendo problemi con Cristina o Francesco. Invece era un messaggio di Osvaldo Bonan.

Venga in studio il prima possibile.

Restituì la foto a Jane Wesbach, e l'americana chiarì la propria richiesta.

«Possiamo interrogare Paul Alli in una base americana qui in Italia. Poi ve lo restituiamo.»

«Non se ne parla proprio» le rispose MGC.

Ma Stefano Lanfranchi non era più così accomodante.

«Dobbiamo parlarne tra noi, Maria Giovanna, e con il governo. Vi faremo sapere, Jane.»

« Quando, Stefano? »

MGC ne aveva abbastanza di quel tono.

« Appena lo riterremo opportuno. »

Jane Wesbach ignorò il direttore dell'AISI e continuò a rivolgersi a Lanfranchi.

« Entro domani, Stefano. Fammi sapere. »

I due americani si alzarono e, dopo un freddo saluto, se ne andarono. A quel punto anche Aba si alzò.

« Dovete scusarmi, un problema urgente. Se posso... »

Lanfranchi voleva parlare da solo con Maria Giovanna Cordero.

« Una pausa mi sembra un'ottima idea. Aggiorniamoci dopo pranzo con idee più chiare. »

Aba corse via, verso l'altra parte della sua vita.

Il Generale ricevette il messaggio di Seamus O'Neill sulla chat nel deep web pochi minuti dopo.

Indecisi, MGC blocca.

Ci pensò un po', il tempo di una sigaretta. Non era stupito, conosceva gli italiani: garantisti a oltranza, indecisi, più pensiero che azione. E ora anche tutto quel potere alle donne, alle donne! In tre, addirittura, a ostacolare i suoi piani. Doveva affrettare i tempi.

Mandò la risposta a Seamus O'Neill. L'unica possibile.

Procedi subito con BW.

A mezzogiorno, le finestre nello studio di Osvaldo Bonan sono aperte sulla piazza strapiena di turisti durante una pausa della pioggia. Lui mi porge subito un fascicolo di una cinquantina di pagine.

« Questo è il ricorso dell'avvocato Goren per conto di suo marito, quello che ci ha dato ieri e che oggi hanno depositato. Non c'è fretta. L'udienza presidenziale sarà fra due o tre mesi e avremo tempo per rispondere.»

«E allora perché mi ha convocato d'urgenza?»

«Glielo spiego. Suo marito chiede il collocamento principale dei figli presso di sé e di conseguenza l'assegnazione della casa coniugale. Direi che è una richiesta normale.»

«Ma il giudice la rigetterà, vero, avvocato?»

«Il codice e i precedenti sono tutti in suo favore, come le ho già detto i figli vanno alla madre. Tranne nei casi in cui è comprovabile che la madre non sia in grado di occuparsi dei figli.»

«Questo me lo aveva già detto, avvocato. Mi dice perché mi ha convocato qui?»

«Perché ora ho letto il ricorso con attenzione e c'è un rischio. Insistono moltissimo sulle sue numerose e inspiegabili assenze ed è su questa base che chiedono il collocamento dei figli presso suo marito. Non hanno altro. Quindi, nella nostra memoria difensiva le sue assenze dovranno essere minimizzate e attribuite a motivi di lavoro.»

«Certo, è così.»

«Dovremo assicurare e garantire che nel suo lavoro al Ministero non è mai accaduto prima che lei viaggiasse tanto e che non accadrà più. E per le assenze contestate lei fornirà le prove che dimostrano che era in ufficio, vero? Basteranno le timbrature del suo cartellino al Ministero. E non ci devono essere più assenze improvvise come negli ultimi giorni. L'ho chiamata qui per questo, voglio averne la certezza assoluta e subito.»

Cerco di restare calma.

«Se non potessi fornire queste prove?»

Lui sbuffa, seccato.

«Senta, io devo sapere la verità per assisterla al meglio.»

«Non potrò fornire prove che spieghino le mie assenze.»

Lui scuote il capo, disgustato.

« Siete tutte uguali. Tradite e poi avete la crisi di coscienza. Doveva proprio dirglielo, a suo marito, che lei aveva un amante? »

Sono disarmata davanti a questo maledetto indispensabile misogino e spacciatore. Devo passare per una puttana come lui pensa che siano tutte le donne. Non posso dirgli che sono Ice, una spia. Lui sarebbe vincolato al segreto professionale, ma ci sono segreti e segreti.

« Avvocato, la prego. Facciamo l'ipotesi che io non possa giustificare le mie assenze per il motivo che lei sospetta. Che si fa? »

Osvaldo Bonan sbuffa.

« Prima di tutto, nella memoria difensiva dovrò essere molto aggressivo. Accluderò la testimonianza firmata della cameriera del Babington che confermerà il pugno che le ha dato suo marito. »

« Io le avevo detto che era solo uno schiaffo! »

Di colpo si alza, torreggia su di me, con i suoi quasi due metri di altezza.

« La pianti col suo falso moralismo! Visto che lei non può spiegare le sue assenze perché ha un amante, dovremo distruggere la figura di suo marito, dimostrare che è una persona poco equilibrata, persino peggiore di una moglie adultera. »

« Ma perché? »

« Perché per i giudici un'adultera resta comunque una madre normale, mentre un uomo che le dà un pugno è un mostro che non può fare il padre. Questo è il mondo assurdo in cui viviamo, per sua fortuna, signora! »

« Ho capito, ma... »

« E forse servirà anche quella multa che suo marito ha preso sotto casa della sua amante. »

« Mi aveva detto che non è così rilevante per il giudice il suo eventuale tradimento. »

« Per il giudice no. Ma se i suoi figli verranno chiamati a testimoniare, lei dovrà prima mostrare loro la prova del tradimento del loro caro papà. »

Di colpo sono davvero spaventata.

« Il giudice potrebbe convocare i miei figli? »

« Sono abbastanza grandi, se le vostre posizioni saranno del tutto contrapposte con accuse che solo loro due sarebbero in grado di chiarire, potrebbe decidere di ascoltare anche la loro testimonianza. »

« Ma io non voglio. Forse se gli lasciassi la casa e mi spostassi con i figli da un'altra parte... »

« Perché mai dovrebbe? La casa è cointestata e le spetterà automaticamente nel momento stesso in cui il presidente del Tribunale delibererà il collocamento principale dei figli presso di lei. »

Sembra quasi che lui non mi stia ascoltando.

« Non voglio che i miei figli vengano chiamati in udienza, avvocato. Soffrono già abbastanza così. »

« Già. Ma lei li vuole con sé giusto? »

« Certo, ma lei mi ha detto che il giudice non me li toglierà, no? »

« Stia tranquilla. Con me va sul sicuro, non perdo mai. Deve solo seguire i miei consigli ed evitare altre assenze ingiustificabili. Veda il suo amante nella pausa pranzo, come tutte le persone di buon senso. E tenga molta compagnia ai suoi figli. Insomma, faccia la madre. Me lo assicura? »

« Certo, non è mica uno sforzo! Ora li vado a prendere a scuola e li porto a pranzo. »

« Brava! »

Arriva il *bip* del cellulare aziendale col messaggio di Giulio Bonan.

Riunione anticipata. Fra un quarto d'ora da Lanfranchi.

Dentro di me sento salire l'odio per Ice, per quella gelida donna che sta distruggendo la mia famiglia. Vorrei tanto mandarli tutti al diavolo, a partire da Jane Wesbach, pranzare coi miei figli, spiegare tutto con calma. Ma non posso sottrarmi alle conseguenze del mio tradimento, molto peggiore di quello di Paolo.

Mi spiace, ragazzi, non riesco, ci vediamo a cena.

Aba entrò trafelata nella sala riunioni di Lanfranchi impregnata dei vapori alla menta della sigaretta di MGC.

La guardarono tutti e tre, non erano abituati ai ritardi e tanto meno ai suoi, ma nessuno le chiese nulla e Lanfranchi riprese ciò che stava dicendo. Era visibilmente preoccupato.

« Maria Giovanna, il ministro degli Esteri ha ricevuto una richiesta urgente di incontro dall'ambasciatore americano. Ho dovuto spiegare la situazione al sottosegretario alla Presidenza del Consiglio. Prima di rispondere agli americani, vogliono sapere cosa ne pensiamo. »

Maria Giovanna Cordero corrugò la fronte, accentuando le rughe.

« Temo che tu e io non siamo d'accordo su questo punto, Stefano. »

« Vorresti impedirgli di interrogare Paul Alli? Costringerli a seguire la procedura della rogatoria richiederebbe dei mesi. »

« Mi pare che questo sia ciò che prescrive la legge italiana. »

« Per la legge italiana, Paul Alli dovrebbe essere in carcere in Italia, con un avvocato che lo rappresenta. E poi c'è la faccenda di Bengasi: quando hanno assaltato l'ambasciata americana Paul Alli era lì, a giudicare dalla foto che ci hanno mostrato. Visto che Paul Alli non è in Italia e non è sotto la custodia della nostra magistratura, potremmo almeno evitare i mesi della rogatoria. »

Bonan alzò una mano per chiedere la parola. MGC parve sul punto di negargliela, ma intervenne Lanfranchi.

« Prego, dottor Bonan. »

« Signori direttori, ci sarebbe una soluzione intermedia.

Visto che Paul Alli è già a Tripoli, potremmo interrogarlo noi in presenza degli americani, che avranno la possibilità di richiedere specifiche domande. »

Lanfranchi sembrò positivamente colpito.

« Cosa ne pensi, Maria Giovanna? »

MGC era evidentemente perplessa.

« Ci voglio riflettere, Stefano. Possiamo parlarne domani mattina, vero? »

« Certo. Chiamerò Jane per dirle che domani avranno una risposta. »

Il Generale lesse il messaggio di Seamus O'Neill.

Hanno detto di little boy, ma MGC contraria a interrogatorio americani.

Sogghignò, non aveva dubbi. Ci voleva anche altro per forzare la mano agli italiani. Ci volevano americani non solo preoccupati, ma molto arrabbiati, inferociti. E ora Brigit Weiss non gli serviva più. Digitò il messaggio per Seamus.

Operazione BW domani?

La risposta di Seamus arrivò immediatamente.

Fattibile.

Allora procedi.

Aba tornò nel suo box in mezzo all'open space. Mandò un messaggio a Tony, Albert e Leyla.

Da me.

Pochi minuti dopo, quando i tre ragazzi entrarono, Tony parlò per primo, come sempre.

« Dottoressa, anche da parte di Diana volevo dirle... »

E Albert si unì subito.

« Anche io, davvero. Lei è stata strafiga, neanche Angelina Jolie in... »

Il ragazzino coi capelli rossi indossava una maglietta con il volto di una donna che ad Aba parve familiare.

« Chi è quella? »

« Carrie Mathison! »

« Chi? »

« Quella di *Homeland*, quella della CIA. Una tizia fortissima, come lei! »

Aba decise di lasciar perdere. Un'agente della CIA era comunque un passo avanti verso la legalità rispetto a mafiosi e delinquenti. Lei aveva ben altri pensieri, divisi tra little boy, JJ, Paolo, i suoi figli.

« Ragazzi, ho fretta. Avete trovato qualcosa in sciara Al Kairouan a Tripoli? »

Tony annuì.

« Sì, tre ambasciate nel giro di cinquecento metri nei pressi del negozio del signor Mustafà. »

« Arabe? »

« Due: Algeria e Arabia Saudita. Poi c'è quella della Grecia. »

« Albert, tu hai analizzato le registrazioni delle telecamere di sicurezza? »

Il ragazzino si grattò la testa.

« Ci sono pochissime telecamere a Tripoli, e in sciara Al Kairouan non ce ne sono proprio. Ma sono riuscito a individuare entrambi i little boy in giro per Tripoli quel giorno, in mattinata. »

« Insieme? »

« No. Separati. E non indossavano magliette di calcio. »

Aba annuì.

« Bene. Ora ci sono altre ricerche da fare. »

Raccontò loro i dettagli essenziali della riunione con gli americani.

« Partiamo dalla contabile bancaria. Il versamento di centomila dollari sul conto di Paul Alli ad Agadez proviene dalla National Emirates Bank di Dubai, per la precisione dalla filiale di Jumeirah. »

Tony annuì.

« A Dubai andrò in vacanza con Diana il prossimo Natale col bambino. Quello è il quartiere dove ci sono i grandi alberghi sulla spiaggia. »

« Non mi interessano le tue vacanze. Diamo un'occhiata. »

Poco dopo, sullo schermo comparve la mappa di Dubai e Tony indicò la sede della banca.

« Quell'edificio vicino alla banca, lì accanto sul mare, è il famoso albergo a forma di vela, il Burj al-Arab. »

Aba rifletté. Poteva essere un buon punto di partenza.

« Mi servono subito i nomi e le foto del passaporto di tutti quelli che a Capodanno hanno alloggiato negli alberghi di Jumeirah. Complicato? »

« Per niente. Ma perché a Capodanno? » chiese Tony.

Leyla rispose, prima ancora che lo facesse Aba.

« Perché il bonifico a Paul Alli è stato fatto il primo gennaio. Forse chi l'ha eseguito dormiva in uno di quegli alberghi. »

« Potrebbero averlo fatto online » obiettò Tony.

Albert intervenne a sostegno della sua ragazza, senza una base logica, pura solidarietà amorosa.

« Secondo me ha ragione Leyla. »

Tony stava già smanettando sul suo pc.

« Pochi minuti, dottoressa. Coi software di riconoscimento automatico e le banche dati è semplice. »

Lo osservarono lavorare per una decina di minuti, bofonchiando e imprecando sottovoce, mentre elenchi e volti scorrevano sullo schermo.

Tony sorrise.

« Fatto. Ho la lista e le foto degli ospiti dei grandi alberghi di Jumeirah vicino alla filiale della National Emirates Bank a Capodanno. Ho trovato e incrociato i database, nessun volto noto. Comunque le mando il file via mail. »

Aba annuì.

« Va bene, era un tentativo. Albert, possiamo vedere la cartina di Tripoli? »

Il ragazzino aprì Google Maps.

« Quella è sciara Al Kairouan, dottoressa. Ci sono le tre ambasciate in poche decine di metri. Algeria, Arabia Saudita, Grecia. »

Aba indicò ad Albert l'ambasciata saudita sullo schermo.

« Ingrandisci al massimo anche l'altro lato della strada, sulla destra. »

Poi lei puntò qualcosa sullo schermo.

« Ecco, quello è il piccolo market del signor Mustafà. Lui li ha visti, i due little boy, sull'altro lato del marciapiede, con le magliette da calcio del Liverpool e del Manchester United. »

« Grandi squadre ma io tifo Arsenal, squadra proletaria » interruppe Albert.

Aba lo ignorò.

« Mustafà non ci ha detto da dove venissero i due little boy, ma... »

Aba ricordava la frase di Mustafà, prima che i ragazzini col kalashnikov mettessero in fuga lei e Bonan.

Ci sono pochi clienti, allora passo molte ore seduto qui fuori a fumare, signora. Vedo chi entra, chi esce...

« E da dove pensate che venissero? » chiese Aba scommettendo con se stessa.

« Secondo me uscivano dall'ambasciata saudita. »

Era stata Leyla la prima ad arrivarci, come previsto.

« Esatto. Tony, passa ad Albert la lista con le foto dei passaporti degli ospiti presenti negli hotel di lusso a Jumeirah a Capodanno. »

Albert ridacchiò.

« Chissà quanti papponi e puttane! »

Aba perse la pazienza. La doveva ai suoi figli naturali ma non a quelli aggiuntivi.

« Non usare certe parole. A casa tua non te lo ha insegnato nessuno? »

Albert la guardò, incredulo, e Aba si sentì sprofondare. Aveva dimenticato l'orfanotrofio. Poi il ragazzino le sorrise.

« Ogni tanto anche Carrie Mathison dice qualche stupidaggine. »

Aba represse un sorriso.

« Non voglio più sentire parolacce, Albert. Sono la scorciatoia di chi non sa argomentare e tu hai tutte le capacità per spiegarti in altro modo. »

Il ragazzino annuì, sembrava contento.

« Mi scusi, dottoressa. Imparerò. »

« E non voglio più vedere magliette con delinquenti e neanche questa, come si chiama... »

« Carrie Mathison. »

« Appunto. Andiamo avanti. Devi controllare se in quella lista degli ospiti a Capodanno c'è qualcuno che è andato il primo gennaio nella filiale della National Emirates Bank. Puoi dare un'occhiata alle telecamere? »

Lui annuì.

« Certo. Nella zona di Jumeirah sono numerosissime, acquisirò tutti i volti del primo gennaio. »

« Inoltre vorrei sapere se in sciara Al Kairouan a Tripoli trovi una faccia che compare anche a Jumeirah o nella banca a Dubai. »

« Lì non ci sono telecamere pubbliche per strada, tranne quella dell'ambasciata saudita. Di solito le registrazioni vengono digitalizzate e conservate. »

« Sai come entrare nelle registrazioni delle telecamere dell'ambasciata saudita? »

« Ci metto meno del tempo che lei passa a truccarsi la mattina. »

Poi Albert si portò le mani alla bocca.

« Mi scusi, dottoressa, mi è sfuggito. »

Tony era sbalordito sia dall'improvvisa deferenza di Albert che dalla pazienza del loro capo.

« Scusate, è successo qualcosa che dovrei sapere? »

Aba trattenne un sorriso che non sarebbe stato educativo.

« No, Tony, nulla che tu debba sapere. »

Poi si voltò verso Leyla.

« Voglio che tu riveda tutti i video degli interrogatori di Paul Alli a Tripoli. Dall'inizio alla fine. Cerca le contraddizioni, verbali e non verbali. Forse mi è sfuggito qualcosa. »

Leyla annuì.

« Va bene, dottoressa. Però non c'è quello con l'altro little boy, Abdalla Ghali, quello che poi si è suicidato. »

« Lì non c'erano né il registratore né la videocamera. Ho riassunto io in una nota ciò che mi ricordo. »

Cercò l'appunto in un cassetto della scrivania e porse il foglio a Leyla. Aba guardò l'orologio.

« Potete andare. »

Tony esitò.

« Io e Diana ci sposiamo a settembre, lei potrebbe farci da... »

Aba indicò la porta.

« Auguri. Ora ho da fare. »

Filarono via tutti e tre. Aba li vide attraverso i vetri del suo box, ciascuno seduto alla sua postazione dove avrebbero trascorso tutto il giorno e tutta la notte. Gli altri suoi figli, che lei aveva tradito.

Appena uscirono si fermò un attimo a riflettere.

Dubai, una banca.

Aprì il computer e trovò il numero di conto della First Gulf Bank di Dubai che le aveva dato poche settimane prima Johnny Jazir e che non aveva mai comunicato perché il pagamento di quei cinquecentomila euro pattuiti per l'ultimo servizio reso agli italiani, l'operazione contro Michael Ghali, non era più stato versato dopo l'uccisione di Ghali e il mancato arrivo a Roma di Johnny Jazir.

Intorno al tavolo in cucina, la quarta sedia è rimasta. So che i ragazzi non vogliono che venga tolta. Mi guardano, in attesa, ora che la nostra cena silenziosa è terminata.

« Io e vostro padre... »

« Tuo marito » mi interrompe Cristina.

« Abbiamo raggiunto un accordo. Lui vivrà da un'altra parte ma potrete vederlo ogni giorno, senza nessun problema. Poi, fra due o tre mesi, il giudice deciderà bene tutto. »

Cristina ha già le lacrime agli occhi, come le accade sempre più spesso. Trema per la rabbia e il dolore.

« Ora ci hai rotto i coglioni! Spiegaci perché! »

Certo, tesori miei. Lo farei, se potessi. Ho sposato un uomo che andava bene ad Ice, la spia, ma non ad Aba, vostra madre.

« È complicato, Cristina. »

« Mà, se avete un accordo, che c'entra 'sto giudice? » irrompe Francesco.

« Il giudice deciderà quante volte vostro padre avrà diritto di vedervi e anche una serie di questioni economiche. »

« Hai detto che possiamo vederlo ogni giorno, mà! »

« Sì, ma sino all'udienza. Comunque forse il giudice vorrà sentire anche il vostro parere. »

Francesco dà un pugno sul gesso del gambone.

« Col cazzo che ci vengo a testinomiare! »

Mi spezza il cuore, quest'enorme ragazzo peloso e fragilissimo. Non gli correggo nemmeno più quella saltuaria dislessia, non lo rimprovero per le parolacce.

Cristina è trascinata dalla rabbia del fratello.

« Ci penso io, Fra. Glielo spiego io a questo stronzo di giudice! Papà torna qui a casa e tutto ricomincia come prima. Va bene? »

Il turpiloquio e la rabbia stanno superando il livello di guardia. Cerco di usare il tono più dolce possibile.

« Non è possibile, Cristina. Non ora. »

Francesco ha uno scoppio di starnuti, l'allergia sta peggiorando. Gli occhi sono gonfi, la voce roca.

« Allora io dirò che voglio stare con papà, non con te! »

Cristina annuisce.

« Anch'io! »

È la prima volta che lo dicono esplicitamente. Forse lo hanno sempre pensato ma ora si è arrivati a un bivio e sono così disperati che pensano di convincermi con le minacce. Ho l'arma letale per distruggere Paolo ai loro occhi, in un attimo. La famosa multa che proverebbe il tradimento di mio marito con la mia migliore amica è in un cassetto, a pochi metri da qui.

Ma non ci riesco.

« Sarete liberi di dire ciò che volete. »

Si alzano da tavola e se ne vanno nelle loro stanze. Sento le porte sbattere.

Resto in cucina per farmi una tisana. Killer se ne sta mogia in un angolo, immobile.

« Andiamo a fare due passi, Killer? »

Forse avverte la tristezza che incombe su tutti noi. Forse ha bisogno di coccole.

« Vieni qui, Killer. »

Si alza, si avvicina faticosamente, il dolore all'anca deve essere peggiorato. La ciotola è piena dei suoi croccantini normali. Il messaggio di Rodica sul tavolo è chiarissimo.

Killer non mangia, non cammina. Vuole Baulucy.

Mi avvicino, mi siedo vicino al cocker, le accarezzo le orecchie come piace a lei.

« Non si può, Killer. Ti fanno male. Lo vedi che ora non tremi più? »

Come se mi avesse sentito, Killer mi lecca, torna alla sua cuccia. Zoppica, molto più che prima dei Baulucy. I suoi occhi sono tristi. Sono di fronte a una scelta: zoppia, dolore e inappetenza oppure droga e tremori.

« No, Killer, devi resistere. »

Vado in camera mia, mi butto sul letto ma ci sono troppe cattive compagnie: Paolo, Jane Wesbach, little boy, Johnny

Jazir. Il sonno non arriva, i cioccolatini magici dell'avvocato Osvaldo Bonan sono finiti e sono sveglia da ore.

E allora basta, mi alzo, vado in cucina, recupero la scatola coi biscotti Baulucy e il prosecco. Appena mi vede con quei biscotti Killer salta su, uggiola, scodinzola, guaisce.

Mi siedo per terra, accanto al mio cocker. Tiro fuori quattro biscotti.

« Facciamo metà per uno, Killer. »

E dopo aver mandato giù un paio di Baulucy e due bicchieri di vino la mente vaga, trasportata tra cervello e coscienza: da Paolo e Tiziana a una banca di Dubai, un uomo incappucciato con la sigaretta. Impossibile, no, assolutamente. Poi l'effetto della cannabis e del prosecco prevale su cervello e coscienza e sprofondo nel sonno.

15 ORE ALL'UDIENZA

Jane non si è cambiata per cena, si comporta come se fosse a casa sua in quella fattoria di cui mi parlava, coi cavalli e i cowboy. Indossa ancora la tuta rosa e sembra quasi allegra, come se la nostra lunga chiacchierata la stesse mettendo di buon umore. E mangia come se fosse un facchino che ha appena scaricato qualche quintale di roba.

« Ice, non lascerà mica le fettuccine al cinghiale, la cuoca è del posto, sono la sua specialità. »

« Qui in Italia è un piatto invernale, ora siamo in agosto. »

« Ma qui siamo in mezzo ai monti, Ice, col buio fuori fa freddo. E queste fettuccine sono divine. »

Nel dirlo, Jane Wesbach si serve una terza porzione.

« Abbiamo ancora parecchie cose di cui parlare. »

Accende la videocamera, consulta il taccuino.

« Quando vi abbiamo mostrato quella contabile bancaria di Dubai, tu sei stata l'unica a trattenerla un po' di più, Ice. »

« Davvero? »

« Non è per sentito dire. Io c'ero, Ice. Immagino che tu volessi imprimerti bene in mente nome e filiale della banca. Il punto è: perché? Che ci dovevi fare? »

« Volevo incrociare le immagini tra quella banca e sciara Al Kairouan a Tripoli. »

« Certo. E anche la foto di Paul Alli a Bengasi l'hai guardata un po' più degli altri. Ti ha colpito qualcosa in particolare? »

« Nulla, Jane. Nulla che io ricordi. »

« Strano. Perché oggi sappiamo che sia la contabile sia la foto contenevano indizi decisivi, no? »

Non dico nulla e lei continua.

« E tu eri l'unica persona che in quel momento avrebbe potuto individuarli. Però, a quanto pare, non te ne sei accorta. »

« No. Sia la contabile sia la foto le ho avute in mano per due secondi, poi ve le siete riprese. »

« Vero. Che peccato! Avremmo dovuto lasciarle nelle tue mani, tu avresti scoperto tutto e oggi non staremmo qui. Però qualche cattivo pensiero ti è venuto, no? È per questo che hai incaricato i tuoi collaboratori di effettuare quelle ricerche sulla banca di Dubai e tutto il resto. »

Ormai so quando tacere, lei prende un pezzo di strudel e lo butta giù con un sorso di vino.

« Questo vino rosso del posto è eccezionale, come fai a resistere, Ice? »

« Non bevo alcolici da una ventina d'anni, Jane. »

Lei si asciuga un rivolo di sugo col tovagliolo e butta giù mezzo bicchiere di vino. Poi gli occhi grigi si fissano nei miei.

« Da quando, esattamente? »

C'è qualcosa di inquietante in questa domanda. È scontato che Jane Wesbach sappia quasi tutto di me come spia, giorno per giorno, ora per ora. Ma non di Aba prima di Ice.

« Come faccio a ricordarmelo, Jane? »

Di nuovo i suoi occhi sono freddi. Non mi rimprovera la menzogna, ma l'evasività in luogo di una convincente bugia.

« Sai che non riesco proprio a immaginarti a vent'anni, Ice? »

Pur non avendo mangiato altro che un po' di pollo e bevuto solo acqua, ora ho lo stomaco sottosopra. Mi alzo.

« Possiamo interrompere un attimo? »

Barcollo. Jane spegne la videocamera.

« Stai male? »

Non le rispondo, mi infilo la giacca a vento ed esco, nella notte fredda illuminata da un cielo pieno di stelle. In lontananza, vedo le lucine dei paesi dispersi sull'altopiano. Potrei tentare di fuggire, ma poi cosa ne sarebbe dei miei figli? E comunque non potrei mai scappare da me stessa. Dalle conseguenze delle mie azioni. Da 9999. Non avrei mai dovuto metter su una famiglia, non ne avevo più diritto. E oggi loro pagano. Loro, i figli innocenti.

SEI MESI PRIMA: GIORNO 9

Ski Dubai, Mall of the Emirates

Feisal Al Saddoon bin Tamimi si chiese quanta energia elettrica fosse consumata ogni giorno per mantenere l'ambiente a una temperatura intorno allo zero e preservare la neve, mentre all'esterno si superavano i trenta gradi in inverno e i quaranta in estate. Aveva imparato a sciare da ragazzo sulle piste del Colorado e a Tahoe durante i viaggi negli Stati Uniti, ma non amava la montagna e non era certo lì per sciare. Odiava Dubai e detestava quel luogo in particolare, quell'esibizione di opulenza, quello spreco di risorse in nome di un divertimento insensato, mentre molti dei loro fratelli musulmani nel mondo morivano di fame. Ma quello era il modello instaurato dalla monarchia saudita e dai suoi piccoli alleati, il modello di suo cugino Tareq, un mondo in cui i soldi compravano tutto e in cui le loro tradizioni sacre sarebbero lentamente svanite.

FAST era seduto in una poltrona di pelle nell'Aspen Ski Chalet, il lussuosissimo appartamento al Kempinsky con vista sulle piste del fantascientifico Ski Dubai. Guardava distrattamente le evoluzioni delle sue mogli e dei suoi figli lungo la pista. Un ottimo alibi per la sua presenza lì, in attesa di Brigit Weiss.

A Roma sono ancora le otto di mattina. Tutto si è svolto in modo inusuale ma terribilmente reale: la puntualità di Cristina e Francesco nell'alzarsi, il silenzio durante la colazione, la loro scelta di non approfittare di un passaggio e prendere invece i mezzi per andare a scuola.

« Questa sera vi porto fuori, dove volete voi. »

Cristina scuote il capo.

« Noi usciamo con papà. »

Francesco sembra più incerto.

« Ci ha invitato al Temakinho, penso che puoi venire anche tu, mà. »

E se ne vanno a prendere l'autobus.

Killer, che trema come una foglia, mi guarda mentre riempio la ciotola coi croccantini normali, resta immobile. Le faccio una carezza e indico la ciotola.

« Dobbiamo fare un patto, Killer. Prima quelli normali, poi ti spettano cinque Baulucy. »

Mi guarda negli occhi. Ho sempre detestato i proprietari di cani geniali che ritengono i loro animali capaci di leggere il giornale e capire il cinese. Ma Killer ha compreso benissimo. Lo vedo da come mi scruta, teme di essere ingannata da Ice, la spia. Ci vuole un *down payment*, un anticipo, come i centomila dollari versati a Paul Alli per farsi saltare in aria in una piazza italiana. Tiro fuori un croccantino Baulucy, glielo faccio vedere e lo seppellisco sotto quelli normali nella ciotola. Killer si avventa, divora tutto. Alla fine mi guarda, aspetta.

« Cinque a pranzo e cinque a cena. Ma solo se mangi prima gli altri. Dimmi se hai capito. »

Mi lecca la mano e torna alla sua cuccia. Ha capito benissimo e questo fa a pezzi tutti i miei pregiudizi sui proprietari di cani geniali. È vero, ci capiscono più di tanti esseri umani.

Scrivo il messaggio per Rodica.

Per Killer cinque Baulucy sotto quelli normali. Portala giù, guarda se trema o zoppica.

Forse sono troppi, ma non posso chiedere a un veterinario quanti biscotti alla marijuana posso dare al mio cane. Una cosa so per certo: non è più tempo di negoziare a parole. Come dice quella canzone?

Che la guerra è bella, anche se fa male...

Feisal Al Saddoon bin Tamimi sentì bussare alla porta della suite e andò ad aprire. Brigit Weiss entrò, FAST richiuse la porta e lei si tolse subito il velo e la tunica. Sotto indossava solo un bikini e i sandali.

Gettò un'occhiata alla pista.

« Questo mondo è assurdo, Feisal. Ho appena fatto un'ora di sci d'acqua e questi sciano sulla neve. »

FAST chiuse le tende.

« Sicura che non ti abbiano seguita? »

« No, ero già in spiaggia qui vicino. Il velo rende inefficaci le telecamere, l'ascensore era vuoto e l'albergo è collegato col Kempinsky Mall, potrei essere dovunque. »

Lui sapeva che a quel punto avrebbe dovuto abbracciarla e portarla sul letto, per giustificare il suo invito improvviso. Ma FAST aveva un suo concetto dell'onore e non era affatto a proprio agio. Brigit Weiss percepì la sua esitazione.

« Sai, Feisal, sei stato molto generoso a regalare la tua Ferrari a Tareq. Era proprio indispensabile? »

FAST avvertì un piccolo brivido lungo la spina dorsale. Pensò a ciò che gli aveva fatto sapere il Generale tramite Seamus O'Neill poco prima.

Brigit Weiss è della CIA. Il giornalismo è solo una copertura.

« Be', dovevo farmi perdonare dopo aver vinto la gara dei falconi. »

« Appunto. Era così indispensabile vincere quella gara? »

Il principe Feisal Saddoon bin Tamimi si sforzò di fare un sorriso di complicità. Ma in quel momento si rese conto che ammazzare cento sconosciuti con una bomba sganciata a duemila metri di quota era molto più semplice che uccidere una sola persona che conosceva.

« Sai bene perché, e per chi, l'ho fatto, Brigit! »

Lei annuì, lentamente. Poi sorrise.

« Appunto. Non era indispensabile. »

Di colpo Brigit Weiss parve preoccupata e guardò l'orologio.

« Non mi piacciono le cose veloci, Feisal. E le guardie di Tareq si possono innervosire se non mi trovano in giro per il mall a fare shopping, è meglio che torni al mio hotel. »

« Dove alloggi? »

« Tareq ha una suite fissa al Waldorf Palm Astoria. »

Lei si avvicinò e FAST la baciò su entrambe le guance, poi la vide uscire. FAST si chiese se anche Giuda si fosse sentito così. Poi pensò a tutto ciò che era in ballo e mandò il messaggio a Seamus O'Neill.

Waldorf Palm, adesso.

Quando mi presento in libreria hanno appena aperto, Tiziana è alla cassa, sta servendo l'unica cliente. Mi vede, lì fuori, sul marciapiede. Resta un attimo interdetta. Non sorrido io e non sorride lei, ed è molto meglio così. Questa non sarà la sfida all'O.K. Corral ma neanche un tè tra due vecchie amiche.

Tiziana accompagna la cliente alla porta della libreria, io entro, lei mette il cartello TORNO SUBITO e chiude a chiave.

« Ciao, Aba. Andiamo nel mio ufficio, stiamo più comode. »

La seguo nella piccola stanza piena di libri accatastati, una scrivania, due sedie e un frigo. Tizzy lo apre e tira fuori una bottiglia d'acqua e una di vino bianco e ci sediamo, una di fronte all'altra. Lei fa per versarmi l'acqua ma la fermo.

« Bevo due dita di vino anche io. »

Il suo commento arriva automatico, per la sorpresa.

« Stai bene, Aba? »

Poi si rende conto dell'assurdità della domanda.

« Intendo dire... Non ti ho mai vista bere alcol prima di pranzo. »

« Le cose cambiano. »

« Hai gli occhi strani, sai? »

« Sono un po' fatta. »

Lei la prende per una battuta, ovviamente. Io per lei sono una monaca, sin dai tempi del liceo.

Sorride per la presunta battuta che secondo lei ristabilisce un minimo di ordine delle cose, la rimozione almeno delle macerie più grosse causate dal terremoto, il prologo indispensabile per trovare sopravvissuti, se ce ne sono. Però io voglio chiarire subito che non si torna alla casella base.

« Spiegami bene solo il perché, Tiziana. »

L'uso del nome per esteso, invece che Tizzy, chiarisce meglio il concetto.

« Io non volevo, lo sai benissimo. »

Ovviamente ha interpretato la domanda a modo suo.

« Non il tuo perché, quello lo conosco. Mi interessa solo quello di Paolo. »

Annuisce, sollevata. È sempre stato il suo forte spiegare gli altri senza aver mai saputo dare una spiegazione di se stessa.

« Paolo voleva accontentarti, farsi aiutare da me per completare il suo libro e pubblicarlo, come volevi tu. Perché lui ormai vive solo per accontentare te, l'incontentabile Aba. Io lo sapevo che alla fine sarebbe andata così. »

Ci sono tutti i nostri anni di rapporto in quella frase. C'è la solita certezza di Tizzy nell'analizzare gli altri e la crudezza della reciproca sincerità, il dirsi le cose in faccia che ha sempre tenuto in piedi quella che noi chiamavamo amicizia.

« Non mi sembri una grande esperta in merito, Tiziana. Altrimenti non saresti ancora single a rubare il marito alle amiche. »

So che c'è molta cattiveria in queste frasi. Ma non sono frutto solo della rabbia. Sono la preparazione allo scontro decisivo.

Tiziana scuote il capo, le sfugge una lacrima, si scola il bicchiere di vino e se ne versa un altro. Poi si difende, nell'unico modo che conosce, dando ad altri la colpa.

« Paolo era disperato, lui ha sempre retto alla tua prepotenza, sei tu che da un paio di mesi lo hai mollato perché hai un altro. »

« E tu hai pensato di aiutarlo scopando con lui? »

« Non è successo fisicamente, Aba. Abbiamo dormito nello stesso letto, abbracciati, ma niente sesso, neanche un bacio. Lui non ha voluto e io nemmeno, e questo è importante. »

« Importante per chi, Tiziana? Per la tua coscienza? »

Mi guarda stupita mentre mi verso un secondo bicchiere di vino e me lo scolo a metà con un lungo sorso. In qualche modo quella mia indifferenza esibita la terrorizza.

« Senti, Aba, non devi... »

« Stai zitta. Ora devi solo firmarmi questa. »

Le passo il foglio di carta, lei lo legge, scuote il capo.

« Non è la verità, Aba. Ti ho detto che non abbiamo fatto sesso. »

« Lì non dichiari di aver fatto sesso con mio marito. Solo che quella notte avete dormito insieme a casa tua, nel tuo letto. La verità. »

« Perché? »

« Il perché non ti riguarda. »

Lei scuote il capo, vigorosamente.

« Vuoi distruggerlo ai loro occhi? Perché non vuoi che Paolo rimanga con te e i ragazzi? Lui desidera solo questo. »

« Niente di tutto ciò ti riguarda più. »

Tiziana mi guarda, incredula. C'è un misto di dolore, rabbia e disperazione nel suo sguardo, e disprezzo nel suo tono.

« Aba l'incontentabile, Aba la santa, Aba la saggia, Aba che sa tutto e decide tutto. Sai, ho sempre pensato che debba essere davvero dura per te convivere con te stessa, guardare la tua severissima faccia allo specchio ogni santa mattina. »

Poi Tiziana firma, mi porge il foglio che io piego e metto in borsa. Mi alzo.

« Tu non sei più niente per me, Tiziana. Non voglio più avere nulla a che fare con te. »

Esco e prima di salire in auto scrivo un messaggio a Osvaldo Bonan.

Voglio un altro incontro con Sofia Goren e mio marito. Oggi stesso.

E ora posso andare in ufficio e sentire cosa decidono di rispondere all'altra stronza i miei capi.

Seamus O'Neill aveva tenuto accesa l'aria condizionata del SUV a quindici gradi. Odiava il caldo, odiava tutto di quei luoghi, odiava gli arabi come Feisal Al Saddoon bin Tamimi, suo cugino Tareq e tutti i nuovi ricchissimi beneficiari ingiustificati della manna che non era piovuta dal cielo ma uscita da sotto le piante dei loro puzzolenti piedi da pastori. Li vedeva lì davanti a sé, gli effetti. Quell'assurda palma di cemento che si protendeva nel mare coi suoi residence e hotel di lusso, con le auto d'epoca su un lato e le barche spettacolari dall'altro.

Il Generale era il solo tipo di arabo che Seamus O'Neill potesse rispettare. Cresciuto in una baracca, capace di dormire sulla sabbia e sotto le stelle del deserto, di maneggiare scorpioni e di sparare alla nuca a un traditore.

Si massaggiò le mani intorpidite sul volante nell'attesa. Ogni tanto i moncherini delle dita mancanti formicolavano, per ricordargli della sua adorata Derry che quei bastardi unionisti servi degli inglesi avevano deciso di chiamare Londonderry. Lui era lì quando, nel Bloody Sunday del gennaio 1972, suo cugino e i suoi migliori amici erano stati massacrati dalle truppe inglesi. Ed era lì, a Warren Point, quando nell'agosto 1979 avevano fatto saltare in aria diciotto inglesi e lui ci aveva rimesso quelle tre dita.

Si riscosse dai suoi ricordi quando il taxi si fermò su Crescent Road a poca distanza dal Waldorf Astoria e Brigit Weiss scese dal lato del passeggero.

Lui aveva già innestato la marcia. Accelerò al massimo.

Il SUV travolse in pieno la donna, scaraventandola a venti metri di distanza, e proseguì la sua corsa. Meno di un minuto dopo, il SUV sparì in un box privato del Sofitel. Seamus O'Neill scese, salì al bar del Sofitel con l'aria condizionata freddissima e ordinò un Bushmills con ghiaccio, il buon vecchio whisky di casa sua. Era uno dei vantaggi di Dubai, tolleranza per tutti purché ricchissimi.

Mandò il messaggio al Generale.

Finito BW.

Terminò il Bushmills e si fece chiamare un taxi per l'aeroporto.

Questa è davvero l'ultima cena di Paolo con loro, sicuramente l'ultima cena senza il mio preventivo accordo. Ora ho anche la confessione firmata di Tiziana. Osvaldo Bonan fisserà un altro incontro con Paolo e Sofia Goren, gli mostrerò quel pezzo di carta e si chiuderà tutto così, senza giudici e testimonianze.

In quel momento arrivano due messaggi.

Uno è di Bonan padre.

Tra un'ora con Goren e suo marito.

L'altro è di Bonan figlio.

Emergenza. Riunione con capi e americani tra mezz'ora.

Aba si rese subito conto che qualcosa non andava non appena Jane Wesbach e Larry Moll entrarono e si sedettero all'altro lato del tavolo. Le labbra di Jane erano strette, i suoi lineamenti sotto il caschetto di capelli biondo cenere erano contratti, la sua voce aveva il tono di chi non vuole perdere nemmeno un minuto in chiacchiere.

« Un'ora fa a Dubai è stato ucciso uno dei nostri agenti che stava indagando sul complotto internazionale a cui è collegato Paul Alli. Quindi abbiamo l'esigenza immediata di interrogarlo noi, secondo i protocolli con cui interroghiamo i terroristi. »

Maria Giovanna Cordero insorse.

« Miss Wesbach, Paul Alli è in arresto per un reato commesso in Italia. Non ve lo consegneremo, perché la legge italiana ci impedisce di farlo. E io non ve lo consegnerei neanche se la legge me lo consentisse. »

Jane Wesbach la ignorò e si rivolse a Stefano Lanfranchi.

« Lo deve interrogare Larry Moll a Tripoli, dove vogliamo noi, entro domani mattina. Altrimenti domani stesso il nostro presidente chiamerà il vostro presidente del Consiglio. »

Ci fu una pausa, lunga abbastanza da consentire a tutti di capire che niente sarebbe stato più come prima, che anche quel minimo di forma e cortesia istituzionale sarebbe stato spazzato via. Nessuno degli italiani disse una parola e allora Jane Wesbach completò il concetto.

« Inoltre vogliamo che fissiate un incontro a Tripoli con Johnny Jazir. »

MGC sbottò.

« Ma che c'entra adesso... »

« Ve lo abbiamo già detto. Johnny Jazir c'entra di sicuro, e vogliamo capire in che ruolo. »

Lanfranchi cercò un compromesso.

« Per quanto riguarda Paul Alli, vi faremo sapere entro oggi, Jane. Per Johnny Jazir proveremo a parlarci, ma non dipende solo dalla nostra volontà. »

L'americana annuì.

« Bene. Attendiamo la vostra risposta su Paul Alli entro questa sera. »

I due americani si alzarono e se ne andarono.

Aba guardò l'ora. Mancavano trenta minuti all'appuntamento con suo marito e gli avvocati.

« Deve andare da qualche parte? » le chiese cortesemente Lanfranchi.

Aba scosse il capo.

« No, signor direttore. »

Inviò un messaggio a Osvaldo Bonan.

Mi spiace. Problemi di lavoro. Sposti a domani, per favore.

Maria Giovanna Cordero tirò fuori il suo astuccio con la sigaretta elettronica, ma questa volta Lanfranchi si oppose. La sua voce era gentile ma determinata.

« Ti prego di non fumare più nel mio ufficio. E su Paul Alli dobbiamo accontentarli. Lo avevamo già concordato prima con il ministro. »

« No, Stefano. Avevamo concordato di interrogarlo noi, nel luogo dove si trova ora, con le nostre procedure, su una lista di domande degli americani e in loro presenza. »

« Hanno ucciso un loro agente, Maria Giovanna. »

Il cellulare personale di Aba emise un *bip*. Era un messaggio di Osvaldo Bonan.

Chi crede di prendere in giro coi suoi problemi di lavoro? Stia attenta a quello che fa, se la Goren la sta facendo seguire e la becca con un uomo sono guai.

Cercando di non farsi notare mandò un messaggio.

Avvocato, è davvero un imprevisto di lavoro, stia sicuro. Può spostare a domani pomeriggio?

Lanfranchi stava parlando.

« Maria Giovanna, se hanno ucciso un agente americano vuol dire che la situazione è grave. Noi dobbiamo far di tutto per salvaguardare gli interessi italiani. »

Anche Bonan intervenne, rivolto a Maria Giovanna Cordero.

« Questa è un'opportunità unica, signor direttore. Gli americani sanno cose che noi non sappiamo, oltre ad accontentarli potremmo scoprire da Paul Alli se ci sono delle nuove minacce sull'Italia. »

MGC si rivolse ad Aba.

« Vorrei sentire anche il parere della dottoressa Abate. »

Aba sapeva che le cose erano cambiate, dopo quella contabile bancaria di Dubai e quella foto dei terroristi a Bengasi. Doveva arrivare alla verità, per il suo Paese, per non finire in prigione, per tutto.

« Signori direttori, potremmo invertire i ruoli. »

Bonan colse al volo l'occasione che attendeva.

« Aba... la dottoressa Abate ha ragione! Possiamo consegnare Paul Alli e chiedere di essere presenti anche noi e osservare l'interrogatorio. »

MGC esplose.

« Davvero? E starcene seduti in poltrona come al cinema mentre lo torturano? Come certi maschi quando guardano su internet un film porno con uno stupro masturbandosi sul divano di casa? »

Lanfranchi e Bonan sobbalzarono, ma Aba non si perse d'animo.

« Signor direttore, io gli darei Paul Alli. Solo per poche ore e con la nostra presenza costante, altrimenti gli americani si terranno le informazioni per sé. »

Lanfranchi annuì subito.

« Maria Giovanna, è un'ottima soluzione, sono certo che Jane accetterà. »

MGC sospirò.

« Va bene, Stefano, scegliamo tra giusto e utile nel modo prescritto nelle noticine a caratteri piccolissimi nei nostri manuali. Speravo che tu la pensassi come me. »

Aba vide lo sguardo di Lanfranchi posarsi su quella foto alla parete, con la moglie e la figlia dal papa.

« Lo pensavo anche io, Maria Giovanna, da quando... Ma non vedo un'altra via. »

Maria Giovanna Cordero si alzò, si avvicinò a Lanfranchi e gli posò una mano sul braccio.

« Scusami, siamo tutti sotto stress e io a volte sono troppo scortese. »

Lanfranchi sorrise.

« No, sei solo troppo sincera. Vista l'urgenza, spero che il dottor Bonan possa organizzare tutto per domani, vero? »

Lui annuì, immediatamente.

« Certo, nessun problema. Ma credo sia opportuna la presenza anche della dottoressa Abate. »

MGC guardò Aba.

« E lei se la sente, dottoressa Abate? »

Per un attimo Aba pensò a Cristina e Francesco.

Ah, domani non sono a pranzo, devo far torturare un ragazzo come voi, solo molto più cattivo... ma Rodica vi farà la crostata...

« Penso che sia opportuno che io torni a Tripoli, signor direttore. »

Lanfranchi annuì.

« E per Johnny Jazir cosa diciamo agli americani? »

Maria Giovanna Cordero tagliò corto.

« Per ora si accontentino di Paul Alli. Per Marlow vedremo dopo aver interrogato little boy. »

Lanfranchi non insistette e si rivolse a Giulio Bonan.

« Mi sembra un compromesso accettabile. Avviso io gli americani. Dottor Bonan, lei organizzi il viaggio. »

« Certo, signor direttore. Concorderò con gli americani l'orario e avviserò la dottoressa Abate. »

In quel momento Aba sentì il *bip* di Osvaldo Bonan.

Domani ore 16 da me. Nessun rinvio.

MGC si alzò e le fece un cenno.

« Devo parlarle, andiamo da me. »

Poco dopo entrarono nella stanza del direttore AISI.

« Sieda. »

Aba si sedette volentieri, le girava un po' la testa. MGC si accese la sigaretta elettronica.

« Cosa le sta succedendo, dottoressa Abate? »

« Nulla, signor direttore. La stanchezza, lo stress, tutto qui. »

Lei la guardò.

«Ha un'aria strana, le pupille un po' dilatate, sta assumendo qualche farmaco particolare?»

«Nulla, signor direttore.»

Maria Giovanna Cordero non era affatto convinta.

«Io credo che lei non dovrebbe tornare a Tripoli in queste condizioni, dottoressa Abate. La posso sollevare senza problemi da questa missione.»

Aba era consapevole del rischio, camminava su un crinale molto stretto. Cercò come sempre di usare la verità, o almeno una parte di essa.

«Signor direttore, stiamo basando tutto sulla testimonianza che verrà estorta a un terrorista. Preferirei sentire con le mie orecchie, vedere con i miei occhi.»

«Lo so. È anche per questo che non dovrebbe più andarci. A meno che lei non sia pronta a sentire e vedere qualunque cosa.»

«Sono pronta a qualunque cosa per proteggere i nostri concittadini, signor direttore.»

MGC annuì, le sue rughe si infittirono.

«E le questioni familiari?»

«Le sto risolvendo, signor direttore.»

MGC scrollò il capo.

«Certo. Lei crede di avere il mondo sotto controllo.»

MGC gettò un'occhiata al polso destro, all'orologio fermo.

«È un'illusione pericolosa, mi creda. Cerchi almeno di riposare un po' prima di tornare laggiù.»

Aba sorrise. La aspettava una seratina con Killer e i Baulucy.

«Ci proverò, signor direttore.»

Seamus O'Neill era a Taif, pronto a decollare per la Libia. Il principe Feisal Al Saddoon bin Tamimi era di buon umore.

«L'ambasciatore americano negli Emirati ha già chiesto

che gli americani siano coinvolti nell'indagine della polizia a Dubai sulla morte di Brigit. E l'ambasciatore americano a Riad ha chiesto un incontro con il nostro re Mohammad. I miei amici nei Servizi sauditi dicono che avrebbe fatto il nome di Tareq come possibile mandante.»

«Appunto. Lei è l'amante, Tareq il geloso vendicativo e violento. Il vostro incontro nella stanza del Kempinsky sarà confermato dalle telecamere interne dell'hotel. E, quando lo troveranno nel garage del Waldorf, il SUV con cui l'ho investita risulterà noleggiato con una carta di credito che la CIA riuscirà a ricondurre a uomini di suo cugino Tareq.»

FAST annuì.

«Non basterà, Seamus. Tareq ha amici potenti tra gli americani. Dillo al Generale a Tripoli.»

«Lo vedrò molto presto. Credo abbia un piano per convincerli in modo definitivo che Tareq è il mandante.»

FAST annuì. Non aveva dubbi sulle capacità del Generale. L'unico dubbio che lo assillava era l'identità di quell'uomo, ma lì si era scontrato con un muro davvero invalicabile.

Aba tornò nel suo box. Le parole di MGC echeggiavano nella sua testa.

A meno che lei non sia pronta a sentire e vedere qualunque cosa.

Era come un inizio di ernia, un piccolo dolore intermittente che arrivava, andava, tornava.

Cercò sul computer il riferimento che Johnny Jazir le aveva dato poche settimane prima. Il conto su cui versargli il compenso per Michael Ghali, presso la First Gulf Bank di Dubai. Aba sentiva il pavimento ondeggiare leggermente. Forse era l'effetto combinato dei Baulucy, della tensione, del senso di colpa. Ma era tardi per tirarsi indietro, per non partire per Tripoli, per fuggire.

Convocò Tony, Leyla e Albert nel suo box.

« Tony, a che punto siete con quelle ricerche? »

« Ci serve ancora tempo, dottoressa. »

« Io ho poco tempo. E mi servono altre due cose. »

Passò a Tony il foglio col numero di conto di Johnny Jazir a Dubai.

« Devi incrociare tutti i dati in entrata su questo conto alla First Gulf Bank di Dubai con tutti i conti della filiale di Jumeirah della National Emirates Bank, quella da cui hanno pagato Paul Alli. Voglio sapere se ci sono movimenti tra questi due conti. »

« Di chi è il conto alla Gulf Bank? »

L'occhiata di Aba fece desistere Tony.

« Dottoressa, non ha l'altro numero di conto corrente, quello sulla National Emirates Bank? »

« Se lo avessi non mi serviresti tu, Tony. Concentrati solo sulla filiale di Jumeirah e vai indietro nel tempo, sino al 2011 incluso. »

Aba si voltò verso Albert. Gli dettò il numero del cellulare di Johnny Jazir.

« Seconda cosa. Mi serve un controllo su questo numero per la data dell'11 settembre 2012. Il giorno dell'attentato all'ambasciata americana a Bengasi. »

« Già, perché uno che va a fare una cosa del genere ci va col cellulare acceso, così magari mentre spara col bazooka chiama la moglie per sapere se è pronto il couscous! »

Lo sguardo di Aba fu sufficiente. Albert annuì.

« Mi scusi, dottoressa. Sto imparando, abbia pazienza. Lei vuole sapere se quel giorno è rimasto spento. »

« Esatto. »

Poi Aba si rivolse a Leyla.

« Stai rivedendo e rianalizzando tutti gli interrogatori? »

« Sì, dottoressa. Ma ci vuole tempo per confrontare il linguaggio del corpo con le parole. Le discrepanze si trovano lì, se ci sono. Ci lavorerò ancora tutta la notte. »

Aba li guardò meglio. Erano sfiniti, portavano gli stessi abiti del giorno prima, gli occhi erano cerchiati.

« Ma siete usciti da qui almeno per mangiare? Non potete continuare anche stanotte e restare digiuni! »

Leyla sorrise.

« I miei genitori ci hanno mandato un ottimo kebab che basterebbe per dieci persone. »

« Perché non ne porta un po' a suo marito e ai suoi figli, capo? Cioè, dottoressa. »

Aba era così stanca che le sfuggì un sorriso. Pensò ai suoi figli a cena con Paolo, alla casa vuota. Anzi no, c'era Killer, la sua compagna di bisbocce e merende a base di marijuana. Chissà se a Killer piaceva il kebab?

Il Generale stava fumando, all'aperto, nel buio. Alle sue spalle soffiava tiepido il vento del deserto, mentre in cielo un'incredibile quantità di stelle punteggiava lo sfondo scuro.

Il suo cellulare si illuminò e lui guardò il messaggio di Seamus O'Neill.

Tutto ok, a Roma hanno ceduto. Ma non su Marlow. Sto partendo.

Il Generale guardò lo scorpione che passeggiava tranquillo tra i suoi piedi nudi. Non osava proprio avvicinarsi a lui. Ma avrebbe voluto.

« Anche tu come i miei nemici? »

Gli tirò addosso la cicca rovente della sigaretta e lo scorpione fuggì.

Poi mandò un messaggio a Seamus.

Domani scegliamo i candidati, solito posto. Ci penso io a Marlow.

Aba passò la serata in cucina, con Killer, kebab, vino e alla fine due Baulucy per Killer e uno solo per sé. Rilesse un paio di volte la confessione firmata di Tiziana e la infilò nella borsa 48 ore con la parrucca, il velo, l'hijab e gli occhialoni neri.

Poi lasciò sul tavolo una nota per i suoi figli.

Vado a dormire perché domani parto presto. Ma torno per cenare con voi, non vedo l'ora.

E andò a letto, un po' fatta e un po' sfatta. Quando sentì rientrare i ragazzi si svegliò per un istante, poi si girò dall'altra parte e riprese sonno.

14 ORE ALL'UDIENZA

Jane Wesbach mi raggiunge all'aperto. Non si è messa neanche un maglione. Mi vede lì, raggomitolata nel buio sulla sdraio davanti alla vallata coi puntini illuminati dei paesi.

« Stai meglio, Aba? »

« Sì. »

« Ho voglia di fumare dopo questa bella cena. Sai, quella scena... Mia figlia era falsa, la canna no. Come scrive tuo padre, no? È sempre meglio che nell'inganno ci sia una parte di verità. »

Si siede sulla sdraio accanto a me e inizia a rollarsi una canna.

« Immagino che non ne voglia una anche tu, vero? »

« No, grazie. Avevo iniziato anch'io con la marijuana, durante la caccia a little boy. »

Sgrana gli occhi.

« Tu? Ma non risulta... »

« È una lunga storia e non c'entra, erano i biscotti per il mio cocker, per alleviare il dolore dell'artrosi. »

« Mai sentito di biscotti del genere, Aba. »

« Un'invenzione del padre di Bonan, il mio avvocato folle, che mi aveva spiato per conto del figlio quando portavo il cane al parco. I biscotti ho cominciato a mangiarli anch'io. Era l'unico modo per dormire un po', la notte. »

Lei annuisce, comincia a fumare e l'odore dolciastro di marijuana si diffonde nell'aria.

« Parliamo qui fuori, Aba. Tanto ci sono microfoni e telecamere anche qui, ormai lo sai. »

« Già, una specie di *Truman Show*. »

« Siamo al punto critico, Ice. Quando ti sei inventata la soluzione di compromesso per convincere MGC a consegnarci Paul Alli. Eppure eri sempre stata contraria. Cosa ti ha fatto cambiare idea? »

Naturalmente sono pronta.

« Lo sai benissimo. La vostra agente assassinata, l'hai detto tu. »

« Molto lodevole, ma credo che tu avessi un altro motivo, Ice. Sei cambiata dopo che io vi ho mostrato la contabile bancaria del pagamento a Paul Alli proveniente da Dubai e vi ho fatto vedere la foto dei terroristi a Bengasi. Per questo hai chiesto ai tuoi ragazzi di indagare su un certo conto bancario e su un certo cellulare. A loro non l'hai detto, ma ora sappiamo che appartenevano entrambi a Marlow. »

Nel mio silenzio, lei fa un tiro dalla canna, poi trae la deduzione più ovvia.

« E a quel punto cos'hai fatto, Ice? Hai proposto ai tuoi capi di consentirci di interrogare Paul Alli. Un bel cambiamento, no? »

« Ci avevate messo sotto pressione per l'assassinio di un vostro agente. O era un'invenzione, come la figlia disabile? »

Scuote il capo.

« No, non era un'invenzione. Ci torneremo più avanti. Tu hai proposto che, in cambio di Paul Alli, noi lasciassimo perdere Marlow, giusto? »

« No, Jane. Non sono stata io a rifiutarmi di farvi incontrare Johnny Jazir. È stata Maria Giovanna Cordero. Ed era logico. In quel momento Paul Alli era certamente un terrorista, Johnny Jazir un nostro collaboratore. »

« Ma cominciavi ad avere dei dubbi su di lui, no? »

« Sì. Ma a quel punto era solo un piccolo dubbio dovuto alla vostra certezza che lui fosse coinvolto. E nel nostro lavoro non prendiamo decisioni gravi sulla base di dubbi. »

Jane spegne la canna in un vaso, si alza, zoppicando.

« Devo fare qualcosa per i piedi, altrimenti domani mi dovranno portare in tribunale su una sedia a rotelle. »

« Ci sarebbe il metodo di mio padre, dopo le passeggiate di dieci ore in montagna. »

« E quale sarebbe? Non mi pare di averlo letto nei suoi manuali. »

« Ci penso io. Vado in cucina a prepararlo. »

Mi sorride.

« Non ti servirebbe avvelenarmi, Ice. Ti condannerebbero anche per l'omicidio di un'americana male in arnese. »

« Non devi berlo. Ti preparo un pediluvio. »

« Pensi che migliori la mia testimonianza sulle tue bugie? »

« Mi piace farlo. Lo preparavo per Francesco dopo certe partite a rugby, quando il piede gli cresceva di una taglia al mese e le scarpe d'improvviso gli stavano strette. »

Annuisce gravemente, come se tutto ciò fosse molto più importante di Paul Alli e di Johnny Jazir. E in fondo lo è. Non siamo al mondo per combattere guerre.

SEI MESI PRIMA: GIORNO 10

Il Generale era nell'ufficio del direttore del campo profughi nella zona di Tarhuna, uno dei cosiddetti alberghi a cinque stelle. Il tanfo della fossa settica e della varechina pervadeva tutto, persino il suo passamontagna, che poi avrebbe dovuto gettare.

Il direttore, uno dei tanti uomini a libro paga del suo esercito privato, indicò l'edificio in muratura. Dietro le sbarre delle finestre si erano accalcate decine di giovani di colore che urlavano.

Moya! Moya!

«Ho seguito i suoi ordini, Generale. Non diamo acqua per le docce da diversi giorni. La poca che diamo è per non farli morire di sete, così possono lavorare.»

Il Generale indicò il reticolato sul muro di cinta.

«Bene. Quanti hanno avuto il coraggio di provare a fuggire?»

«Dieci negli ultimi tre giorni, li abbiamo messi nel *black hole*.»

«Andiamo a vedere.»

Attraversarono una galleria che scendeva sotto il livello del terreno, dove il tanfo aumentava man mano che si avvicinavano alla fossa settica e i ratti si rincorrevano sul pavimento.

Infine il direttore si fermò davanti a una porta di ferro guardata a vista da due ragazzini armati di kalashnikov.

«Vuole i tamponi per il naso, Generale?»

L'occhiata dalle fessure del passamontagna diede un brivido al direttore che fece un cenno alle guardie. La porta venne aperta e il Generale entrò in una stanza rettangolare col tetto alto due metri e una grata molto fitta per pavimento. Sotto quella grata c'era il *black hole*, con le pareti in mattoni lungo le quali tracimava il liquame che arrivava sino alla cintola dei prigionieri e alla parte superiore di una grata metallica, in modo che dal cortile del campo tutti potessero vedere e capire cosa succedeva a chi provava a fuggire. Chi non resisteva in piedi alle quarantotto ore di punizione affogava nel liquame. Ce n'erano sette ancora in piedi, e tre cadaveri annegati.

«Quanti di quei sette hanno moglie e figli qui dentro?»

Il direttore conosceva il metodo di reclutamento del Generale e si era ben preparato.

«Solo due, di solito chi prova a fuggire non ha famiglia, ma con la sete anche questi due hanno provato.»

Il Generale annuì.

«Bene. Comincia a fucilarne pubblicamente uno ogni ora a partire da adesso. Lascia quei due con la famiglia per ultimi, fra un po' verrà il mio irlandese a parlare con loro.»

Durante il volo sul Falcon Aba non si tolse mai gli occhiali da sole, per evitare qualunque osservazione di Bonan sui suoi occhi un po' strani. Appena atterrarono nella solita zona militare dell'aeroporto due soldati li scortarono fino a un furgone con una paratia divisoria tra i tre posti davanti e il retro, dove si trovava già Paul Alli, incappucciato e ammanettato mani e piedi.

Non erano previsti autisti né guardie per quella gita riservata e Bonan si mise alla guida. Arrivò sino ad Al Shat Road ma prese la direzione opposta a quella per il centro di Tripoli, dirigendosi verso est. Lì il traffico era più rarefatto e anche la presenza dei pick-up armati meno frequente. Percorsa una decina di chilometri, Bonan svoltò a sinistra, verso il mare, su vie laterali sempre più strette e deserte, disseminate di carcasse di auto. Arrivarono a costeggiare il mare, sino a un moletto prima del porticciolo di Tagiura. Non c'era nessuno e Bonan fermò l'auto in un piccolo spiazzo dove era sicuro che non ci fossero telecamere. Larry Moll salì sul furgone e ripartirono. Sempre in silenzio, come tre sicari che nel buio si avvicinavano alla vittima.

Seamus O'Neill era contento di essere di nuovo in Libia. Preferiva quel luogo selvaggio e pericoloso al mondo posticcio del Medio Oriente. Trovò il Generale davanti a un computer, intento a controllare dei grafici.

«Tu investi in Borsa, Seamus?»

«Neanche un penny.»

«Fai bene, neanch'io. Ma sarà con i loro stessi strumenti finanziari che finalmente conquisteremo l'Europa, non con la spada o il terrorismo. Tutto bene a Dubai?»

Seamus fece una smorfia.

«Non mi piace ammazzare le donne. Era proprio indispensabile?»

Il Generale fece una mezza risata.

«Attento a ciò che dici, Seamus. Quelle del *me too* potrebbero accusarti di discriminazione!»

Vide che Seamus non rideva e proseguì.

«Brigit Weiss era molto pericolosa per noi e per FAST. Ora che aveva consegnato alla CIA quella busta avrebbe potuto capire che FAST l'aveva ingannata.»

Seamus annuì.

«Va bene. E ora, Generale?»

«La CIA sospetterà che Tareq abbia fatto uccidere Brigit Weiss per vendicare l'offesa che gli aveva arrecato andando con suo cugino Feisal. Ma non basterà, Tareq ha troppi amici e protettori in America, perciò dobbiamo dare la spallata definitiva alla sua credibilità. Vai al campo profughi di Tarhuna, ne ho scelti due, portali da me più tardi, nel deserto. Poi resterà solo da uccidere la spia italiana.»

Durante il tragitto nessuno dei tre disse una parola, ma seduta in mezzo a quei due uomini Aba, dietro il velo, la parrucca e gli occhiali da sole, percepiva una tensione negativa, qualcosa che la preoccupava, come se la determinazione quasi selvaggia di Giulio Bonan e la freddezza di Larry Moll fossero unite da un filo unico e lei, lì in mezzo, costituisse solo un'inutile aggiunta, un impedimento.

Arrivarono in una villetta isolata a Gargaresh, circondata da un alto muro di cinta e da un cancello che venne aperto da guardie armate. Mentre Paul Alli, incappucciato, veniva fatto scendere dal furgone da uomini che indossavano una divisa militare del tutto sconosciuta ad Aba, lei e Bonan seguirono Larry Moll all'interno.

Aba e Bonan furono portati in stanze separate e perquisiti come se fossero dei terroristi. Un'agente donna perquisì Aba persino negli slip, poi le fu data una tuta grigia da indossare sopra la biancheria. Li fecero entrare in una stanza completamente vuota, solo tre sedie davanti a uno specchio. Un giovanotto passò uno scanner per tutta la stanza per rilevare la presenza di eventuali microfoni. Poi entrò Larry Moll, con la sua aria imperturbabile, in mano un fascicolo e l'aria efficiente di un manager che sta per presentare agli azionisti i suoi dati di vendita.

«Giulio, ho riletto tutti i vostri verbali, sia degli interrogatori con Paul Alli sia delle conversazioni con Nabil e Mustafà, ma manca quello con il little boy suicida, Abdalla Ghali.»

«Quel verbale non esiste, Larry, perché era un incontro speciale, senza il magistrato e l'avvocato difensore.»

Larry fece una smorfia insoddisfatta.

«Riassumetemi cosa vi ha detto prima di suicidarsi.»

Bonan gli rispose con calma.

« Ve lo abbiamo già raccontato, Larry. Abdalla Ghali ha confessato di aver sostenuto una prova in mezzo al deserto, ad Agadez. Una specie di roulette russa con la pistola in bocca. »

« Vi ha detto qualcosa sull'uomo che gli ha dato quell'ordine? »

« Libico o tunisino, e non era giovane. Come ci ha detto Paul Alli. »

Larry Moll prese nota e annuì.

« Molto bene. Ho preparato una scaletta. Come da accordi, io gli farò le domande, voi se volete potete suggerirmene altre ma deciderò io se farle o meno. »

« La sessione è registrata? » chiese Aba.

Larry Moll fece una smorfia, come se lei avesse pronunciato una brutta parola.

« Sì, ma per ovvi motivi non vi forniremo la registrazione. »

« Allora mi servono un blocco e una penna. »

L'americano sembrava seccato ma fece portare un blocco e una matita. Poi usò un telecomando e lo specchio divenne una lastra di vetro trasparente solo in un verso che li separava dalla stanza dell'interrogatorio, una saletta asettica, pareti grigie senza finestre.

All'interno c'erano tre donne con quelle divise militari sconosciute. Stavano legando il corpo nudo di little boy a una specie di trampolino proteso su una vasca piena d'acqua, con la testa del prigioniero verso l'estremità del trampolino.

« Direi che possiamo iniziare. »

La voce di Moll era tranquilla, professionale, come se stesse parlando dell'avvio di una partita di football americano.

Aba era preparata a un po' di brutalità, ma non così immediata.

« Non si può provare prima con un normale interrogatorio? »

Il giovanotto della CIA scosse il capo.

« Ci avete già provato voi più volte, senza risultati. Quando il soggetto non risponde con i metodi convenzionali, il nostro protocollo prevede di passare subito alla fase due. Se lei è troppo sensibile può uscire e aspettare di là, poi le riferirà il suo collega Bonan. »

« E se morisse? »

Larry Moll era tranquillissimo.

« Il nostro è un approccio scientifico. Lo abbiamo sottoposto ad accertamenti cardiaci e respiratori. Vedete quegli elettrodi sul petto e quel monitor? Le nostre operatrici sono molto esperte, sanno esattamente qual è il limite oltre il quale non andare. »

Giulio Bonan era perplesso.

« Perché usate tre donne, Larry? Mi sembra un lavoro da uomini. »

« Le donne servono ad accrescere il senso di umiliazione. Con i maschi islamici funziona così. »

Poi, evidentemente stufo delle obiezioni degli italiani, parlò nel microfono.

« *Start, please.* »

Aba chiuse gli occhi. Non era un gesto emotivo, ma razionale, come sempre. Non voleva che le immagini confondessero le parole, perché questa volta il linguaggio del corpo sarebbe stato ben poco significativo. Udì il ronzio del motore che inclinava il trampolino verso l'acqua, in modo che solo la testa di Paul Alli finisse lì sotto.

Splash!

Aba cominciò a contare dal preciso momento in cui udì il suono innocuo e leggero che annunciava l'immersione. Era arrivata quasi a cento quando udì il ronzio del motore che sollevava il trampolino. Allora riaprì gli occhi. Il giovanotto di colore spalancò la bocca per respirare, ma non urlò. Buttò giù più aria possibile, poi il suo respiro tornò normale.

« Paul Alli, eri a Bengasi l'11 settembre del 2012? »

Paul Alli udì la voce di Larry Moll e si voltò verso la lastra di vetro.

« *No, I was fucking your wife!* »

La voce di little boy era un misto di odio e scherno. Nessuna traccia di paura. Larry Moll continuò, imperturbabile.

« Chi vi aveva ordinato di assaltare l'ambasciata americana? »

« Allah. »

L'americano non perse tempo a insistere. Non era né contrariato né preoccupato, solo efficiente, seguiva il protocollo: due mancate risposte, un altro tuffo.

« *Start, please.* »

Aba prese un paio di appunti e richiuse gli occhi appena udì il ronzio metallico. Contò sino a centoventi, prima che la testa di Paul Alli venisse risollevata dall'acqua. Questa volta, little boy cominciò a tossire e annaspare, come se non riuscisse a inspirare. Una delle operatrici gli praticò una pressione sul petto, fiotti d'acqua uscirono dalla sua bocca. Quando gli strumenti mostrarono che il suo respiro e il suo battito cardiaco si erano stabilizzati, Larry Moll ricominciò.

« Chi vi aveva ordinato di assaltare l'ambasciata americana? »

Paul Alli questa volta non si voltò verso il vetro.

« Non lo so. »

« Nel 2012 hai ricevuto diecimila dollari il giorno prima dell'assalto all'ambasciata americana e diecimila il giorno dopo, sul tuo conto in una banca di Agadez. Chi ti ha mandato quei soldi? »

« Allah! »

Larry Moll non mosse neanche un sopracciglio.

« *Start, please.* »

Ricominciarono. Ogni volta che Paul Alli nominava Allah, Larry Moll dava ordine di immergerlo per dieci secondi in più. E ogni volta Aba chiudeva gli occhi e contava. La quarta volta si rese necessario tirare il prigioniero giù dal trampolino e usare l'ossigeno per rianimarlo. Quando riprese i sensi, lo ammanettarono su una sedia e Larry Moll riprese, con la sua tranquilla voce nasale.

« Vuoi tornare sul trampolino, Paul? »

Paul Alli fece segno di no col capo.

« Bene. Riproviamo. Se non mi rispondi torni in acqua. Chiaro? »

Little boy annuì.

« Cambiamo argomento, per ora, così forse ti riesce più facile. Pochi mesi fa, all'inizio di dicembre, sei stato a Tripoli col tuo complice Abdalla Ghali? »

« Forse. »

« Non serve mentire. Siete stati visti. »

Ci fu un attimo di pausa, durante cui Aba prese un appunto: *stesso errore di Bonan.*

Poi arrivò la voce di little boy.

« Sì, ero lì con Abdalla. »

« Dove siete stati? »

Silenzio. Poi la voce di Larry Moll.

« Ti rimetto la testa sotto, Paul. »

Silenzio. Larry Moll continuò.

« Ti ripeto la domanda, Paul. Dove siete stati? »

Silenzio. Paul Alli non apriva bocca.

Larry Moll si strinse nelle spalle.

« Riportatelo sul trampolino. »

Aba prese una decisione e fece cenno a Larry Moll di chiudere il microfono per non farsi sentire da Paul Alli.

« Gli dica che tanto lo sappiamo già che erano andati all'ambasciata saudita. »

Larry Moll aggrottò la fronte. Si rivolse a Bonan.

« Cosa sarebbe questa storia, Giulio? Nel vostro rapporto dell'incontro con Mustafà lui dice di averli visti sull'altro lato del marciapiede, cita anche le magliette di calcio che indossavano, ma non dice da dove venissero. »

Aba non lasciò a Bonan la possibilità di rispondere.

« Mustafà non ha fatto in tempo a dircelo perché sono intervenuti dei ragazzini col kalashnikov. Ma i due little boy venivano da quella direzione, su quel marciapiede non ci sono negozi o altro. Uscivano da quell'ambasciata. Glielo dica e vediamo che cosa succede. »

Larry Moll annuì, con l'aria poco convinta.

« Prima di riportarti sul trampolino ti voglio dare un aiuto, Paul. Un negoziante in sciara Al Kairouan vi ha visto benissimo, con le magliette del Liverpool e del Manchester City, uscivate dall'ambasciata saudita! »

Paul Alli spalancò gli occhi per la sorpresa, restò in silenzio per un po', come se stesse meditando sul da farsi, poi annuì.

« Sì. »

« Cosa ci siete andati a fare? »

« Dovevamo ritirare i contanti per il viaggio sul barcone. »

« E chi ve li ha dati i soldi? »

« Un uomo di cui non so il nome. »

« Descrivilo. »

« Un uomo piccolo, con la galabia bianca, la kefiah a quadratini rossi e bianchi come la sua faccia. »

« La sua faccia? Spiegati meglio. »

« Aveva come quella malattia dei bambini... »

« La varicella? »

« Sì, così. »

« Per l'attentato contro l'ambasciata americana a Bengasi nel 2012 fu sempre quell'uomo con la varicella a pagarti? »

« Quella volta mi hanno pagato da un conto a Dubai, non so chi. »

« Lo stesso conto da cui ti hanno versato centomila dollari il primo gennaio di quest'anno? »

« Sì. »

« Bene. Hai ricevuto soldi nel 2012 e poi a gennaio di quest'anno, da quel conto a Dubai. La prima volta era per assaltare l'ambasciata americana a Bengasi. E la seconda? »

« Lo sapete già. »

« Voglio sentirlo dire da te. »

« Per fare un big bang in una piazza di Roma. »

Ora Larry Moll si chinò in avanti, verso il vetro, come se volesse avvicinarsi a little boy.

« E per la missione di Roma sei stato messo alla prova in Libia da un uomo col passamontagna. Giusto? »

« Sì. »

« E come l'hai incontrato? »

« Sono andato al Caffè di Roma e un autista mi ha portato da lui. »

« Ma lo conoscevi da prima, da quella sera a Bengasi durante l'assalto all'ambasciata americana. »

Questa volta little boy esitò.

« Paul, ti faccio affogare nel sangue di maiale, stavolta. »

Paul Alli sembrò scosso da quella minaccia.

« Avevo già combattuto per lui contro Gheddafi, anche a Sirte, l'ho aiutato a scovare il Colonnello. Si fidava di me, altrimenti non mi avrebbe scelto per Bengasi. Ma non era sicuro che fossi disposto a farmi esplodere. Perciò ha voluto sottopormi alla prova, una specie di roulette russa. »

Larry Moll annuiva, soddisfatto.

« Descrivici quest'uomo, Paul. Tutto ciò che ricordi. »

« L'ho visto al massimo cinque volte, aveva sempre il passamontagna. Dicono che abbia una cicatrice o una menomazione sul volto. »

« Allora come fai a essere sicuro che fosse sempre lo stesso uomo? »

« La voce. Roca, da fumatore, l'accento strascicato. »

« E come si chiama quest'uomo? »

« Pensate che mi abbia detto il suo nome? »

« Certo che no, ma in tutti questi anni come ti rivolgevi a lui? Hanno tutti un nome di battaglia questi animali! »

Paul Alli non disse più nulla. Larry Moll ripeté la domanda tre o quattro volte, senza ottenere risposta. Si rivolse alle tre militari in divisa.

« Il sangue. »

Una bloccò la testa di Paul Alli alla sedia, un'altra gli infilò a forza un imbuto in bocca e la terza si avvicinò con un secchio. La voce di Larry era senza alcuna emozione.

« So che voi musulmani non amate né il prosciutto né le braciole del maiale, Paul. Be', questo è sangue delle scrofe, ti piacerà. Temo che morirai impuro, niente vergini in paradiso e tutte quelle cazzate. *Start, please.* »

Paul Alli scosse disperatamente il capo mentre il sangue defluiva nell'imbuto e le sue urla aumentavano.

« Hai cambiato idea, Paul? »

Il ragazzo annuì.

« Toglietegli quell'imbuto dalla bocca. »

Paul Alli urlò, tossendo e sputando sangue. Poi urlò.

« Il Generale! Lo chiamano così! Giuro su Allah! »

L'urlo di Paul Alli li scosse, tutti e tre.

« Che generale, Paul? »

« L'uomo nel deserto, col passamontagna. Lo chiamano così. »

« Perché? »

« Non lo so, forse perché era generale sotto Gheddafi. »

« Per chi lavora? »

« Francesi, egiziani, sauditi, emiratini, Haftar, tutti quelli che non vogliono i Fratelli Musulmani né in Egitto né in Libia. »

Larry Moll si voltò verso Aba e Bonan. Sembrava che ora, di colpo, avesse molta fretta.

« Dobbiamo interrompere, devo riferire a Jane. »

Bonan fece segno che per lui non bastava. Aba scosse il capo.

« Gli chieda dell'autista. L'accento. »

« Perché? Che importanza ha? » chiese Bonan.

Ma Larry Moll accontentò subito Aba.

« L'autista che ti ha portato nel deserto era libico? »

« No, era un ragazzo di colore, come me. Non so di che Paese. »

« Che accento aveva? »

« Non ha mai aperto bocca. Gli ho chiesto dell'acqua, non mi ha mai risposto. Mi ha messo il cappuccio e me lo ha lasciato addosso anche quando mi ha scaricato al ritorno. »

Larry Moll si rivolse ad Aba.

« Soddisfatta? »

Lei cercò di celare il tremore delle sue mani mettendole in tasca.

« Sì, grazie, Mister Moll. »

L'americano si alzò. Indicò little boy, oltre il vetro, e spense il microfono.

« Portatevelo indietro. Io scrivo subito un rapporto a Jane. Sono le dieci, ci vediamo tra un'ora in video. »

Aba e Bonan riportarono Paul Alli nella sua prigione dentro l'aeroporto di Tripoli, poi si spostarono nella cucina del minuscolo villino dove avevano già dormito. Aba aprì il computer portatile, consultò i voli e calcolò i tempi. Giulio Bonan la osservava, perplesso.

« Che stai facendo? »

« Ho appuntamento con gli avvocati e mio marito a Roma alle quattro. »

« Tranquilla, siamo già in aeroporto. Col Falcon è tutto più semplice, niente scali, niente orari fissi... »

« No, quei voli sono pagati coi soldi degli italiani, io vado e torno per un mio problema privato. Prendo il volo di linea per Malta a mezzogiorno e mezzo e poi la coincidenza per Roma. »

Bonan fece una smorfia.

« Cos'era quella domanda sull'autista? »

« Niente. Speravo di capire la nazionalità dall'accento. »

« Comunque poi devi tornare, Aba. »

« Perché? »

« Perché resta aperta la questione di Marlow. »

« Davvero? Be', lo decideranno i nostri capi. »

« Quindi se i nostri direttori ti chiedessero di convincere Marlow a incontrare gli americani lo faresti? »

Aba sapeva che quel discorso era pericoloso, che poteva portarli là dove lei non voleva assolutamente andare.

« Nel nostro lavoro non si discutono gli ordini, no? Mi pare che funzioni così anche su una nave! »

Giulio Bonan si passò una mano tra i capelli del suo bel ciuffo. Poi si tolse gli occhiali dal naso, li pulì con una pezzetta, se li rimise.

« Non era questa la domanda, Aba. La domanda era: lo faresti davvero? »

Ora i suoi occhi cerulei la scrutavano. Cercavano in lei uno spiraglio, un varco da cui passare per vedere la verità.

« Certo. Ora vado nella mia stanza a prenotare i voli e riposarmi un po'. »

Si chiuse la porta alle spalle. Ma il pericolo era lì fuori, sotto forma di quell'uomo troppo bello, troppo intelligente e troppo convinto di dover salvare il mondo a modo suo. E doveva assolutamente tornare a Roma in tempo per l'appuntamento con l'altro Bonan e suo marito, per sistemare anche quella questione.

Stefano Lanfranchi e Maria Giovanna Cordero erano nella screen room a Roma. Aba e Bonan a Tripoli, nell'aeroporto, Larry Moll nella casa a Gargaresh dove avevano interrogato Paul Alli, Jane Wesbach e il colonnello Mayfield nell'ambasciata americana a Roma.

Il volto di Jane Wesbach sullo schermo era teso ma il suo tono era calmo.

« Il Generale è un'ombra inafferrabile, che inseguiamo da

anni. Avreste dovuto coinvolgerci prima, come si fa tra veri alleati.»

Lanfranchi rispose col suo tono calmo.

«La questione little boy era solo un problema di sicurezza interna. Non sapevamo nulla di questo Generale. Né dell'implicazione saudita.»

Jane Wesbach annuì.

«Bene. Sarò più aperta con voi di quanto lo siate stati voi con noi, perché ora dovrete darvi da fare su una questione essenziale.»

«Ti ascoltiamo, Jane.»

«Come vi ho detto, un nostro agente che stava indagando a Riad è stato ucciso in circostanze non chiare a Dubai. Potrebbe essere un assassinio su commissione per futilissimi motivi di gelosia oppure commissionato da qualcuno per mettere a tacere questa persona. In entrambi i casi, abbiamo lo stesso mandante come sospetto.»

«Puoi dirci chi?»

«No. Diciamo che è qualcuno che conta molto nelle gerarchie saudite. Il nostro agente ucciso è quello che ci aveva fornito la contabile bancaria con cui è stato pagato Paul Alli per l'attentato a Roma. Ora siamo riusciti a risalire dalla fondazione caritatevole sino al principale finanziatore, un uomo che guida una sezione speciale dell'intelligence saudita.»

«Puoi dirci il suo nome?»

«No. Ma posso dirvi che soffre di vitiligine.»

Per un attimo ci fu il totale silenzio sulla linea. Poi Jane riprese.

«L'uomo che ha pagato Paul Alli e Abdalla Ghali nell'ambasciata saudita a Tripoli risponde a questa descrizione, con le sue macchie rosse e bianche in viso. Quest'uomo, chiamiamolo per ora Arlecchino, è il tesoriere di una sezione speciale dei Servizi sauditi. Lui arruola e paga per le armi e per i collaboratori esterni. Una delle spie più importanti che Arlecchino paga è Marlow.»

Maria Giovanna Cordero tagliò corto.

« Miss Wesbach, ora abbiamo entrambi interesse a identificare il Generale, voi per i vostri motivi e noi perché ci ha spedito in Italia due terroristi. Che c'entra Marlow? »

Jane lanciò un'occhiata al colonnello Mayfield, seduto accanto a lei nella sala a Langley. Lui aprì una cartellina col simbolo della CIA e il timbro CLASSIFIED.

« Il Generale è un fantasma che appare ogni tanto, molto più in video che di persona, sempre con il volto coperto. Le notizie su di lui sono sporadiche, da fonti diverse e non riscontrabili. Ma abbiamo elementi per ritenere che il Generale sia complice di un piano internazionale per destabilizzare l'Occidente. »

MGC lo interruppe.

« 'Elementi per ritenere'? Mi scusi, che cosa vuol dire? »

« Non vi riguarda, al momento. Possiamo però condividere con voi cosa sappiamo con relativa certezza sul Generale. »

Mayfield aprì un'altra cartellina.

« Nella parte conclusiva della guerra civile libica del 2011 il Generale ha formato la famigerata tredicesima brigata. Sapete di cosa parliamo, vero? »

Lanfranchi annuì.

« Certo. Quella che ha annientato la più forte brigata corazzata di Gheddafi guidata da suo figlio Khamis. »

« Esatto. Dopo la resa, un uomo col passamontagna giustiziò Khamis con un colpo alla nuca. Sembra che il Generale sia un ex agente dei servizi segreti del Colonnello Gheddafi che a un certo punto è passato dall'altra parte. E noi sappiamo che per un certo periodo Marlow ha lavorato per Gheddafi. Inoltre crediamo che il Generale fosse a Bengasi la sera in cui assaltarono la nostra ambasciata e che anche Marlow fosse lì. Infine, c'è Sirte, il giorno in cui uccisero Gheddafi. Le voci che ci sono giunte dicono che sia stato il Generale a dargli il colpo di grazia. E sappiamo per certo che Marlow era a Sirte quel giorno. Noi pensiamo che Marlow sia uno dei collaboratori del Generale e ci possa portare a lui. »

Lanfranchi intervenne, col suo tono conciliante.

« Jane, anche noi siamo interessati a capire chi ci ha mandato due little boy in Italia e cosa hanno in mente. Come possiamo aiutarvi? »

Jane Wesbach annuì, lentamente, con quel sorriso che non era un sorriso. Nei suoi occhi Aba vedeva la fredda determinazione di chi combatte ogni giorno per qualcosa in cui crede fermamente.

« Se Marlow fosse venuto a Roma come aveva promesso ad Ice, avrebbe avuto modo di chiarire. Ora dovete convincerlo e fissare quell'incontro in una base americana in Italia. »

Stefano Lanfranchi allargò le braccia.

« Mi spiace ma il nostro presidente del Consiglio è assolutamente contrario a cercare di attirare qui Marlow. Non possiamo accettare che la CIA rapisca qualcuno in Italia con la nostra complicità. Tra l'altro, noi non potremmo far venire qui Marlow a forza, neanche se lo volessimo. »

Jane Wesbach non sembrava sorpresa, evidentemente quella risposta era attesa ed era solo la prima mossa di una negoziazione.

« Lo capisco, ma dobbiamo trovare una soluzione. Spieghi cosa abbiamo deciso in alternativa, colonnello. »

Sullo schermo apparve una casupola. Aba la riconobbe immediatamente.

« Questa è l'abitazione di Marlow appena fuori Sabratha. La conoscete bene. »

Poi Mayfield allargò l'immagine presa dal satellite. Riprendeva la casa di Johnny Jazir e i due lati, sino al mare davanti e l'arido terreno sabbioso alle spalle, dove Aba non era mai stata.

« Non si vede nulla da qui. Ma ora guardate con la termografia. »

Subito dietro l'abitazione, nell'area sabbiosa, si allargò una grande macchia rossa. Mayfield continuò.

« Molta energia elettrica viene consumata lì dietro. Non crediamo che siano celle frigorifere per conservare le cernie che Marlow pesca. E quelle sono jeep piene di gente armata. »

MGC intervenne.

« La Libia è piena di bande, fazioni, milizie. Tutti armati. Non mi stupisce che un tipo come Marlow ne abbia una sua. Non prova che lui sia l'esaminatore dei little boy. »

Jane Wesbach la guardò negli occhi.

« Be', noi vorremmo toglierci il dubbio, visto che Marlow ha anche assassinato Michael Ghali che conosceva l'esaminatore. E comunque siamo disposti a parlarne con lui. Ma senza più attendere, non c'è più tempo. Vogliamo parlarci subito, che lui acconsenta o meno. »

Ci fu una pausa, per dare a tutti il modo di assimilare quel concetto. Poi Mayfield riprese.

« Prelevare Marlow a forza è possibile, ma ne verrebbe fuori uno scontro a fuoco. Quando va a Tripoli o nel deserto è sempre circondato dalla polizia o dalla Guardia costiera o dalle sue guardie private comandate dal suo autista, un ex assassino del Mali. Non possiamo fare un tentativo in Libia, troppo compromettente. »

L'immagine sullo schermo cambiò. Per quanto fosse presa dal satellite, il gruppetto di quattro donne col burqa, bambini, capre e galline, era ben visibile.

Aba sentiva la morsa allo stomaco farsi sempre più forte. Voleva alzarsi, correre via, verso il terminal passeggeri, aveva già fatto biglietto e carta d'imbarco. Voleva fuggire da tutto quell'orrore, abbracciare i suoi figli, cenare con loro, dormire nel proprio letto. Ma erano suoi figli anche i quattro bambini di Johnny Jazir.

Mayfield usò un tono di voce neutro.

« Le donne e i bambini sono spesso lì fuori. A volte si allontanano, ma mai troppo, perché Marlow sa che sono il suo scudo umano. Potremmo però riuscire a rapire uno dei bambini per costringere Marlow ad accettare un incontro nella base che abbiamo in Ciad.»

In quel momento Aba udì il *bip* del cellulare aziendale. Era Tony.

Dobbiamo vederla. Urgentissimo. Aveva ragione su Dubai e Bengasi.

MGC stava protestando, indignata.

«Noi non discutiamo nemmeno di un'ipotesi del genere, Miss Wesbach.»

Jane annuì.

«Lo sappiamo bene. Da oltre mezzo secolo ci dobbiamo occupare noi della vostra sicurezza, mentre voi nascondete la vostra vigliaccheria dietro principi etici e civili. Ma questa situazione l'avete creata voi. Se Ice fosse stata più convincente avremmo già parlato con Marlow.»

Aba sentì lo sguardo di Jane Wesbach su di sé. L'americana aveva ragione. Ora anche lei aveva un dubbio. Ed era sua la responsabilità di tutta quella situazione. E lei era l'unica a sapere come uscirne.

«Io ho un piano.»

Ci fu un attimo di dubbio negli occhi di Jane Wesbach.

«Un piano per farci incontrare Marlow, Ice?»

«Prima devo parlarne con i miei superiori.»

Jane Wesbach annuì, palesemente scettica.

«Va bene. Confrontatevi pure. Però non aspetteremo tanto. Vogliamo notizie chiare entro la mezzanotte di oggi.»

Gli americani si scollegarono e MGC si rivolse ad Aba.

«Quale piano, Ice?»

«Mi scusi, signor direttore. Devo tornare subito a Roma per vedere i miei collaboratori a Ciampino. Poi le potrò proporre una soluzione.»

Ci fu un attimo di silenzio, poi MGC annuì.

« Salga sul Falcon e venga a Roma, ci vediamo all'aeroporto di Ciampino dopo che avrà visto i suoi collaboratori. »

Aba si alzò appena chiuso il collegamento. Bonan era perplesso.

« Cos'hai in mente, Aba? »

Era una domanda a cui lei non voleva rispondere. Si trincerò dietro la gerarchia.

« Ne devo parlare prima con MGC. Se lei approva, te lo dirò quando torno. »

Poi, dalla scaletta del Falcon, scrisse a Tony.

Venite a Ciampino. Portatemi un drone giocattolo, il più semplice.

Il Generale indossò il passamontagna, la tunica pesante e uscì dalla tenda. Lì all'orizzonte, oltre l'infinito delle dune, non c'era assolutamente nulla, solo sabbia, sole, silenzio.

Il Generale fece un cenno di saluto ai Tuareg che erano di turno come sentinelle, vicino alla stufa elettrica collegata al piccolo generatore sul camioncino color sabbia. Avrebbe preferito di gran lunga accendere un fuoco, come faceva da ragazzo, quando andava nel deserto con suo fratello e i suoi amici italiani. Ma non era più possibile, quei maledetti americani ormai vedevano tutto.

Uno dei Tuareg gli portò una tazza col caffè bollente conservato nei thermos e il Generale si accese una sigaretta. Vide arrivare da nord una piccola carovana di tre persone sui cammelli. Erano coperti da tuniche e turbanti bianchi e avanzavano molto lentamente tra le dune del Sahara.

Riconobbe a distanza Seamus O'Neill dal modo impacciato con cui stava sul cammello. Certo, per quell'uomo cresciuto nella verde Irlanda era molto più facile piazzare una bomba per far saltare in aria le forze speciali inglesi che fare una passeggiata nel deserto.

Il Generale accolse Seamus O'Neill e lo condusse sotto la

sua tenda. Gli fece cenno di sedersi sulla stuoia poggiata sulla sabbia, poi tirò fuori una bottiglia di Bushmills da una sacca e gliela porse con una tazza di latta.

«Temo di non avere né il bicchiere adatto né il ghiaccio, Seamus.»

«Grazie, Generale. Lei ha il suo Lagavulin?»

«Non ora, Seamus. Il mio fisico lo accetta solo a stomaco ben pieno. Hai fatto buon viaggio?»

«Cinquanta chilometri di deserto su un cammello puzzolente? La prossima volta mi faccio paracadutare, come ai bei tempi.»

«Non erano solo bei tempi, Seamus. Quando ti sei paracadutato su Zawiya per una ricognizione prima di attaccare le forze di Gheddafi, io ti aspettavo.»

Seamus buttò giù un sorso di Bushmills.

«Una fortunata coincidenza, Generale. Altrimenti non ci saremmo mai conosciuti.»

«Hai rischiato che ti facessi crocifiggere insieme ai ribelli, Seamus. Ma ho deciso che un uomo così, col tuo curriculum nell'IRA e tutta quella resistenza alle privazioni, fosse meglio averlo vivo come amico.»

«E poi lei ha cambiato idea su Gheddafi.»

Il Generale annuì.

«Ho fatto torturare e crocifiggere tutti i ribelli per scoprire i nomi dei loro complici. Ma nessuno ha parlato. Allora ho capito due cose: erano nel giusto e avrebbero vinto.»

Poi il Generale cambiò discorso.

«Novità da Tripoli?»

«Paul Alli li ha mandati dove vogliamo noi. Ambasciata saudita e tutto il resto.»

«Bene. Questi due che ho selezionato al campo di prigionia ti sembrano affidabili?»

Seamus annuì.

«Abdu Ben Ali e Hassan Benghassim sono pronti per recitare la loro parte. Sanno che la loro famiglia sarà ricompensata e che l'alternativa era essere fucilati. Penso che per la missione ad Abu Dhabi vadano bene entrambi.»

«Basta uno dei due, Seamus. Il secondo a partecipare alla missione sarà un vecchio saudita, uno dei nostri ma riconducibile a Tareq.»

«Come vuole scegliere?»

«Solito modo.»

Uscirono dalla tenda. I due ragazzi erano lì, con le loro tuniche bianche, incappucciati con le sole fessure per la bocca, sorvegliati dai Tuareg. Il Generale si avvicinò al più alto dei due.

«Come ti chiami?»

«Abdu.»

«Sei pronto a servire me e Allah, Abdu?»

Ci fu una leggera esitazione. Poi un soffio di voce.

«Sì.»

Poi si avvicinò all'altro.

«E tu sei pronto, Hassan?»

L'uomo annuì, la voce decisa, quasi sfrontata.

«Certo. Sempre.»

«Allora dimostratelo.»

I Tuareg misero un revolver in mano a ciascuno dei due incappucciati, tenendoli sotto il tiro dei kalashnikov.

«Hanno il tamburo da otto colpi e c'è una sola pallottola. Fate ruotare il tamburo e mettete la canna in bocca, la sicura è già sbloccata.»

I due ragazzi eseguirono. Il Generale diede l'ordine.

«Sparate.»

Abdu sparò immediatamente, Hassan due secondi dopo. Poi restituirono le pistole ai Tuareg.

Il Generale e Seamus O'Neill si allontanarono di qualche passo.

«Sai quale preferisco, vero, Seamus?»

«Certo, Generale. Ho imparato da lei a scegliere l'uomo giusto per ogni missione.»

«Già. Gli arroganti vogliono vivere più dei depressi.»

«Porterà lei Abdu a destinazione?»

Il Generale annuì.

«Col mio jet. Uccidi Hassan e fallo seppellire sotto una duna.»

Appena arrivò con l'auto di servizio a Ciampino, Aba raggiunse la saletta dove la stavano aspettando Tony, Leyla e Albert. I loro volti erano molto affaticati dalla tirata notturna, ma nei loro occhi c'era solo soddisfazione, nessuna recriminazione.

«Abbiamo solo mezz'ora. Poi devo vedere il direttore Cordero. Comincia tu con le banche, Tony.»

Lui indicò una serie di righe sul laptop.

«Ci sono nove versamenti su quel conto alla First Gulf di Dubai che arrivano dalla National Emirates Bank di Jumeirah.»

Aba assorbì la notizia. Sul conto di Johnny Jazir erano stati versati dei soldi, provenienti dallo stesso conto da cui era stato pagato Paul Alli.

«In quali periodi, Tony?»

«Il primo nel marzo 2011, durante la guerra civile in Libia. Poi nel settembre 2012, prima dell'assalto all'ambasciata americana a Bengasi. E poi versamenti ogni anno. Il totale supera i tre milioni di dollari.»

A ogni parola di Tony, Aba sentiva un peso crescere dentro di sé. Si girò verso Albert.

«Hai controllato quel numero di telefono durante l'assalto a Bengasi?»

Il ragazzino coi capelli rossi annuì.

«Quel cellulare risulta sempre spento, per tutta quella giornata e per la successiva. Sono gli unici due giorni in quel mese in cui risulta spento.»

Aba si sentì sprofondare e Albert continuò.

« Per le telecamere ho bisogno ancora di tempo. A Dubai sono un'infinità, ho memorizzato tutti i volti ma mi serve un'altra notte per confrontarli coi volti di Tripoli, a sciara Al Kairouan. »

Aba annuì.

« Va bene, Albert. Concentrati sul giorno in cui erano lì Paul Alli e Abdalla Ghali. Cerca un volto con le macchie rosse, con una malattia della pelle. Tipo vitiligine. »

Poi si rivolse a Leyla.

« Hai rivisto gli interrogatori di Paul Alli? »

« Ho letto prima tutte le trascrizioni, dottoressa. Oggi e anche questa notte riguarderò i video per trovare eventuali discrepanze. Poi leggerò il suo rapporto sull'altro little boy, il suicida Abdalla Ghali, e per domani avrò finito. »

« Ecco i miei appunti dell'interrogatorio di Paul Alli fatto dagli americani. Non c'è né video né trascrizione, ma esamina anche questi. Ci aggiorniamo appena finite. »

Aba si era già alzata quando Tony la bloccò.

« Dottoressa, lei ha guardato la mia mail con le facce degli ospiti dei grandi alberghi a Jumeirah il primo gennaio? »

« No, mi hai detto che li hai confrontati con i database internazionali e non hai trovato nessuno coinvolto nel caso. »

« Be', questo però era prima. Guardi il numero 471 del Burj Al Arab, la Vela. »

Il 471 era il volto con le macchie rosse, la spia saudita che Jane Wesbach aveva chiamato Arlecchino. Ma accanto c'era il 472, un volto molto più interessante. La fototessera di un giovanotto di colore sorridente che mai avrebbe potuto permettersi le tariffe del Burj Al Arab. Seydou Bagayoko, alias Evergreen, l'autista di Johnny Jazir. E quella foto era il sigillo, dopo l'accento libico e la voce roca per il fumo, dopo i trasferimenti bancari per anni sul conto di JJ dallo stesso conto da cui veniva pagato Paul Alli, dopo il cellulare di Marlow staccato durante l'assalto a Bengasi.

Aba non disse nulla. I tre ragazzi davanti a lei non avevano mai visto Evergreen, non sapevano a chi appartenessero quel conto alla Gulf Bank e quel cellulare. Doveva essere così, in modo che nessuno potesse accusarli di complicità.

Aba guardò l'orologio. Cinque minuti all'appuntamento con MGC e un'ora a quello con gli avvocati e suo marito.

« Ora tornate in ufficio. »

« E lei? » chiese Leyla.

In altre occasioni, Aba l'avrebbe rimproverata per una domanda così fuori dalle procedure. Ma non ora.

« Il kebab era ottimo, ringrazia i tuoi genitori. »

Ognuno dei tre la salutò a modo suo. Leyla la abbracciò. Tony le strinse calorosamente la mano. Restava Albert, in un angolo. Lui le porse una scatola di cartone.

« Il drone per bambini. Le batterie sono cariche ed è facilissimo da usare, ci riuscirà persino lei. Cioè, no, mi scusi, dottoressa, volevo dire... »

Di colpo, il ragazzino coi capelli rossi la baciò sulla guancia.

« Siamo molto orgogliosi di lei, capo. Mi raccomando, stia attenta. »

L'assistente di Maria Giovanna Cordero si affacciò.

« Il direttore è arrivato. »

I tre ragazzi se ne andarono. Aba ebbe la sensazione di averli conquistati e persi per sempre.

L'assistente di MGC la scortò in un piccolo edificio e la fece entrare in una sala riunioni. L'aria era satura dei vapori di lavanda e il direttore dell'AISI aveva l'aria inquieta. Le fece cenno di sedersi.

« Dottoressa Abate, mi esponga il suo piano, sempre che ne abbia uno. »

Aba guardò la donna straordinaria che aveva davanti. Quel misto di rughe e bellezza incancellabile, di durezza ed empatia.

« Parto da un presupposto, signor direttore. Anche noi abbiamo interesse a sapere la verità. »

Lei la scrutò con quegli occhi verdi.

« Gli americani pensano che lui sia l'esaminatore. Mi pareva che lei non avesse dubbi sulla totale estraneità di Marlow. È cambiato qualcosa, dottoressa Abate? »

Aba cercò di reggere lo sguardo di MGC.

« Non possiamo lasciare che rapiscano un bambino, signor direttore. »

Le rughe di Maria Giovanna Cordero si infittirono.

« Non è la risposta alla mia domanda. Comunque, vorrei sentire quale piano ha in mente. »

Aba cercò di mantenere fermo il tono di voce.

« Paul Alli conosce la voce di Johnny Jazir. Se li mettiamo a confronto, o lo riconosce come l'esaminatore, oppure no. E in ogni caso saprebbe dirci se Marlow era con lui e il Generale a Bengasi. »

MGC la guardò, aggrottando la fronte.

« E come facciamo a metterli a confronto, dottoressa Abate? »

Aba sentiva le sue stesse parole come se appartenessero al residuo di un altro essere umano che aveva iniziato a odiare. Appartenevano ad Ice, la spia, la moglie e madre che guida le vite altrui.

« Lo invitiamo a un appuntamento senza dirgli che ci sono anche gli americani e Paul Alli. Gli diremo che è un luogo sotto il controllo italiano. Marlow ha detto che avrebbe accettato un incarico per aiutarci a cercare il Generale, ricorda? Bene, accettiamo e vogliamo incontrarlo. »

« Sì, ma vuole in cambio i cinquecentomila euro che secondo lui gli dobbiamo per l'operazione su Michael Ghali e anche una garanzia scritta che non lo consegneremo mai agli americani o ad altri. »

« Gli verseremo un anticipo e gli diremo che l'accordo è pronto. »

« Va bene, dottoressa Abate. Ma Marlow chiederà di vedersi a Sabratha, da lui. »

« Gli diremo che lei, signor direttore, verrà a Tripoli per parlare direttamente con lui. Ma non a Sabratha, ovviamente. Tra l'altro, è l'unico modo con cui lui potrebbe essere certo che la firma sul documento non sia falsa. »

« Gli americani vogliono un luogo sotto il loro controllo, dottoressa Abate. »

« L'incontro lo organizziamo a Tripoli, nella villetta controllata dagli americani a Gargaresh, dov'è stato interrogato Paul Alli. »

MGC non era ancora convinta.

« A Tripoli, Marlow ha tutto sotto controllo, anche gli aeroporti. Si accorgerà che io non sono arrivata e non verrà all'appuntamento. »

Aba guardò MGC.

« Lei è anche quella delle foto dietro la sua scrivania, signor direttore. Pensavo... Penso che... »

Il reticolo di rughe si infittì sul volto di Maria Giovanna Cordero.

« Ha pensato davvero a tutto, vedo. »

« Sarà tutto sotto il nostro controllo, signor direttore. Lei parlerà solo un paio di minuti con JJ, ma nascosti dietro il vetro ci saremo io con Bonan, Larry Moll e Paul Alli. Se little boy non riconoscerà la voce di JJ o lui come complice, firmeremo quell'accordo e Jane Wesbach lascerà in pace noi e JJ per sempre. »

« E se Paul Alli riconosce la voce di Johnny Jazir, dottoressa Abate? »

« Se Paul Alli lo riconosce, lei firma l'accordo e va a riprendere il Falcon, io e Bonan restiamo con JJ a discutere di come ci può aiutare per trovare il Generale mentre Larry Moll avvisa gli uomini degli americani di venirselo a prendere. Fine dei giochi. »

MGC scosse il capo.

« C'è un altro problema. Non possiamo proporgli tutto questo tramite Giulio Bonan. C'è la famosa terza condizione posta da Marlow. Che lei faccia da unico tramite e da garante. »

« Lo so, signor direttore. »

« Quindi, dopo la riunione con suo marito e gli avvocati vuole tornare ancora a Tripoli. »

Aba non le chiese come facesse a sapere della riunione. Sarebbe stato inutile e offensivo.

« Sì, signor direttore. »

« E i suoi figli? »

« I miei figli sopravvivranno, c'è il padre. Ora sono più preoccupata per i figli di Johnny Jazir, perché loro non c'entrano nulla, chiunque sia il padre. »

Maria Giovanna Cordero sembrava molto combattuta.

« Voglio rifletterci, e devo ancora parlarne con Lanfranchi. Le farò sapere mentre è dagli avvocati. Lei sa cosa rischia se qualcosa va storto, vero? Gli americani già sospettano di lei. »

« Lo so, signor direttore. Ma se tutto va come deve andare, i sospetti saranno cancellati e io potrò tornare serenamente a occuparmi anche dei miei figli. »

I magnifici occhi verdi fissarono Aba. Ora erano occhi preoccupati, per lei. MGC indicò l'ellisse che portava al polso destro.

« Questo è fermo. Segna sempre le 3.58 del 5 settembre. Conosce questa data, vero? »

« Sì, signor direttore. La notte tra il 4 e il 5 settembre 1972. »

« Al Villaggio Olimpico avevo fatto amicizia con molti atleti, specialmente maschi. Sa, mi corteggiavano in molti per la mia bellezza e la mia fama, ero una modella da sfilata candidata a una medaglia per i tuffi. I miei due demoni. Lo sa, li tengo appesi in ufficio dietro di me. »

Aba non disse nulla. Restò in attesa del seguito.

« Avevamo fatto il giro dei pub di Monaco e stavamo rientrando al villaggio. Non volevamo fare tutto il giro e passare dall'unico check point, tutti gli atleti scavalcavano facilmente la recinzione e stavamo per farlo anche noi. C'era un gruppetto di atleti con le divise arabe e li aiutammo a scavalcare con noi, avevano borsoni piuttosto pesanti. Ci dissero che erano stati a correre con dei pesi. Poi ci siamo separati, io sono andata a dormire e loro a catturare gli israeliani. »

MGC indicò l'orologio a forma quadrata al polso sinistro.

« Questo segna l'ora reale. Ma io non voglio mai dimenticarmi di quell'ora e quel giorno che hanno cambiato la mia vita. Ce l'ha anche lei una data così, Aba? »

Per un attimo Aba si chiese se MGC sapesse qualcosa di 9999. No, era impossibile.

« No, signor direttore. La mia vita è stata molto più banale. »

MGC annuì.

« Lo spero per lei, Ice. Perché, purtroppo, nella vita la saggezza arriva sempre dopo il giorno che ci cambia la vita. »

MGC si alzò.

« Fuori c'è un'auto di servizio che la aspetta. Lei è in ritardo per la riunione con suo marito e gli avvocati. Deve risolvere la questione pacificamente, Aba. E questo non è un consiglio, è un ordine. In questo mestiere e in questo momento, le questioni personali devono sparire. »

« Mi scusi per il ritardo, avvocato. »

L'avvocato Osvaldo Bonan getta subito uno sguardo sospettoso al mio abbigliamento in jeans, camicia e giacca leggera. Quegli occhi nerissimi mi fissano sopra il naso aquilino, sotto le sopracciglia folte da diavolo.

« Non starà mica partendo per i tropici? »

« Sì, questa sera dormirò fuori Roma col mio amante. »

Osvaldo Bonan scuote il capo.

« Guardi che non è il caso di scherzare col fuoco. »

Non capisce. Non può capire che non mi fa più paura, perché non ho più nulla da perdere.

« Sono arrivati mio marito e quella svampita? »

Lui indica la porta della sala riunioni.

« Sì, e non sottovaluti la Goren. Perché ha voluto questa riunione? »

Gli porgo una fotocopia della confessione firmata da Tiziana. Lui la legge, mi guarda.

« Ottimo, con questa siamo a posto. »

E poi si sente in dovere di aggiungere una considerazione personale.

« Lei è peggio della mia ex moglie. Ora entriamo. Tenga la bocca chiusa. Parlo solo io. »

« Diceva così anche a sua moglie prima che la piantasse? »

Si blocca, la mano sulla maniglia, ma io lo spingo di lato ed entriamo. L'avvocato Goren è nella versione casta della gatta morta, forse per riprendersi un po' di dignità dopo l'indecoroso spettacolo con oggetti osceni e marijuana, stretta nella sua mise castigata ma sufficiente a lasciar intuire ciò che c'è sotto.

Paolo ha i capelli spettinati, la barba lunga, profonde occhiaie. Questa trasformazione lo rende paradossalmente più interessante, più vicino all'uomo che avrei voluto.

Osvaldo Bonan mi ignora e si rivolge a Sofia Goren.

« Cara collega, abbiamo chiesto questa riunione per un timore che credo interessi non solo la mia cliente ma anche il tuo. Il giudice potrebbe trovare il vostro ricorso e la nostra memoria difensiva troppo difformi. Potrebbe disporre di sentire anche i figli. »

Io non ascolto e guardo Paolo. Lui si morde le nocche, si tormenta le mani, è chiaro che la cosa non piace neanche a lui. Ma il suo avvocato se ne infischia.

« Caro collega, questo come sai accadrebbe solo se la tua cliente negasse le ripetute assenze o non fosse in grado di garantire che non si ripeteranno. Ma se siamo qui, immagino sia proprio perché non può garantirlo. »

Sento lo sguardo di Paolo su di me, scorgo quella muta domanda nei suoi occhi.

Davvero vuoi che ci separiamo, Aba? Davvero hai un altro?

L'avvocato Bonan tira fuori un foglio che porge all'avvocato Goren, è la fotocopia della famosa multa. Lei se lo rigira fra le mani, lo passa a Paolo.

« È una multa, caro Osvaldo. Ha qualche attinenza con la questione di cui stiamo discutendo? »

« Col caso in Tribunale no, cara Sofia. Ma questa multa prova che il tuo cliente era dalla sua amante Tiziana quella notte, la migliore amica della mia cliente. »

Paolo protesta, rabbioso.

« Non è la mia amante! »

« Davvero, dottor Neve? Perché noi abbiamo anche una testimonianza scritta e firmata della sua Tiziana al riguardo. Legga qui! »

Gli mostra la fotocopia, poi alla Goren. Fa una pausa teatrale, poi Osvaldo Bonan inarca le sopracciglia da diavolo, si alza, torreggia su Paolo che rimpicciolisce sulla sedia.

« E questa prova sarà mostrata ai suoi figli, dottor Neve. »

Osvaldo picchia un gran pugno sul tavolo, non lontano dalle mani di Paolo. Come il figlio Giulio con Paul Alli.

Paolo mi guarda, incredulo. Quell'uomo buono che ho soffocato per vent'anni. Poi dice quello che chiunque direbbe al suo posto.

« Tu sei capace di ingannare chiunque, Aba. »

Paolo è troppo debole per me, come marito, questo l'ho sempre saputo. Ma è infinitamente migliore come genitore di una moglie spia.

« Basta così. »

I due avvocati mi fissano sbalorditi. Paolo no, lui lo ha già sentito milioni di volte quel tono, rivolto a Cristina o Francesco.

« Io non parlerò mai ai nostri figli di quella multa e di Tiziana. E i nostri figli non saranno chiamati a testimoniare in nessun tribunale. »

L'avvocato Goren scuote il capo.

« Questo non lo decide certo lei, signora Abate. Il dottor Neve... »

« Lo chiami signor Neve, o chiami me dottoressa, signorina Goren. »

Lei si blocca, impietrita, e ora anche Paolo si rivolta.

« Comunque, decide mia moglie con me, non voi avvocati. I ragazzi non mettono piede in nessun tribunale. »

È un buon padre, un buon marito per qualunque donna che non sia Ice.

Osvaldo Bonan esplode.

« Ma come si fa? Volete entrambi tenervi questi due ragazzi con voi! O restate insieme o si va in tribunale e decide il giudice! »

Segue la risatina fuori luogo della rossa Goren.

« E tanto per capirci, signora, cosa la rende così sicura che per i suoi figli sia meglio restare con lei? »

Paolo mi guarda, aspetta che sia io a rispondere, come sempre. Esito un attimo, ancora incapace di fare l'ultimo passo. Poi arriva il *bip* del cellulare aziendale. MGC.

OK al suo piano. Torni a Tripoli. Call alle undici e mezzo.

Tempismo perfetto. Adesso che so come finirà, è così semplice capire ciò che è giusto per i miei figli. Semplicissimo.

« Paolo, li affido a te, a casa nostra. Devi solo promettermi che non farai ingrassare Cristina e proibirai le canne a Francesco. »

Sobbalzano sia la Goren che Osvaldo Bonan.

Paolo scuote il capo. Lui crede ancora a noi due, ma solo perché non sa chi sono davvero.

Io sono Ice, Paolo. Una spia che ha tradito il suo Paese.

« Aba, io e te potremmo provare... »

« Non posso tornare con te, Paolo. Ma sei una brava persona e li saprai aiutare a superare questo momento. »

Mi alzo. Parte del peso, di quel peso, resta lì, su quella sedia. Paolo fa per alzarsi, so che vuole abbracciarmi, gli faccio cenno di no ed esco dalla sala riunioni.

Osvaldo Bonan mi insegue nel corridoio. Lui sembra colpito, come se per la prima volta in vita sua fosse stato portato al circo e la maga Aba avesse trasformato una tigre in agnello.

« È davvero sicura, dottoressa Abate? »

« Sì, avvocato. Lei mi ha aiutata a capire molte cose, mi mandi la sua parcella. »

Annuisce, ancora incredulo.

« Lei è sorprendente, credevo di conoscervi, voi donne. Sa, ho imparato sulla mia pelle con mia moglie quanto potete essere stronze! »

« Davvero? »

« Ah, Giulio non glielo ha detto come è andata? Be', un po' si vergogna e fa bene. Sua madre ci ha mollato quando Giulio era solo un bambino. E sa per chi? Per un artista più giovane con cui andava a letto già da anni. »

È già quasi buio quando il Falcon lascia la pista di Ciampino e punta verso il cielo. Penso a Cristina e Francesco, i figli a cui ho deciso di rinunciare. E ai figli innocenti di JJ che Jane Wesbach vuole far rapire. E a quei ragazzi, Leyla, Diana, Albert, Tony, i figli acquisiti. Che mi amano, mi considerano un eroe e che presto scopriranno che è tutto falso, che il loro capo ha tradito il suo Paese. Quel pensiero porta un dolore diverso, intollerabile. Perché non è il mio dolore, che sono abituata a sopportare. È il dolore dei miei ragazzi. Dall'oblò vedo l'ultimo raggio di sole all'orizzonte.

Quando si è molto tristi si amano i tramonti.

È scritto nel *Piccolo principe*, uno dei libri sovversivi che mio padre nascondeva, in realtà per farmeli leggere di nascosto. E papà è qui, oggi, più che mai.

Quando la partita finisce, non conta solo chi ha vinto e chi ha perso. Conta ciò che l'avversario e il pubblico penseranno di te.

No, non posso infliggere loro quel dolore. E mentre il Falcon attraversa il cielo limpido sul Mediterraneo, la mia mente lavora all'uscita di scena, prepara l'ultimo spettacolo di Ice, la spia.

Al Waddan, Aba trovò Bonan che la stava aspettando impaziente a un tavolino del bar.

« Allora, abbiamo un piano? »

Aba gli raccontò ciò che lei e Maria Giovanna Cordero avevano deciso di fare. Non disse nulla di quanto aveva scoperto a carico di Johnny Jazir.

Dopo aver ascoltato, lui fece subito la domanda più ovvia.

« Chi contatterà Marlow? Tu o io? »

« Questo non è ancora deciso. Ma sai bene che JJ vuole me come tramite, ce l'ha già detto. »

Bonan scosse il capo.

« Io non sono d'accordo. Al massimo, ci andiamo insieme. Oppure io da solo, ma non tu. »

Aba decise di non affrontare subito la questione. Doveva arrivarci per gradi.

« Ho una fame del diavolo, Giulio. Posso salire a farmi una doccia e poi ne parliamo a cena? Alle undici e mezzo dobbiamo chiamare i direttori a Roma. »

Bonan si ravviò i capelli e annuì.

« Va bene, Aba. Ma da sola non ci vai da Johnny Jazir. »

Dopo la doccia, indosso la biancheria pulita che ho sempre nella 48 ore e gli stessi abiti del pomeriggio, la parrucca e il velo. Nell'ascensore che mi porta giù nella hall, penso a Cristina e Francesco. Staranno cenando con Paolo, forse a casa, forse in un pub. Dovunque sia, è meglio così. Anzi, è giusto così. E non voglio pensarci, ora devo concentrarmi solo su Johnny Jazir e Giulio Bonan. In qualche modo devo ingannarli entrambi.

La terrazza del Waddan è semideserta, non è certo un momento di grande affollamento a Tripoli. Ci sono più camerieri che clienti, come per le strade ci sono più persone armate che disarmate. Pochi tavoli, ben distanziati, gente che parla sottovoce.

L'aria è tiepida, dieci gradi più che a Roma. Sul mare si vedono nel buio della sera le luci dei pescherecci che stanno uscendo dal porto di Tripoli. Lucciole sul nero, si allontanano lente tra le motovedette della Guardia costiera.

Nulla di questa pace è un presagio dell'inferno. Persino Giulio Bonan, senza cravatta, la camicia bianca coi primi due bottoni aperti, la barba non fatta e il ciuffo scomposto, sembra più tranquillo.

Ordiniamo hummus e gamberi arrosto. Mentre mangio distrattamente, Bonan parla, ma la sua voce mi arriva come filtrata dalla nebbia dell'indifferenza per cose che già so, molto meglio di lui. Povero Giulio. Lui solleva lo sguardo dal piatto ed è il momento di avviare il piano di destabilizzazione.

« Tuo padre ti ha detto come è finita con mio marito? »

Scuote subito il capo.

« No, Aba. Lo sai, gli avvocati sono tenuti a rispettare il segreto professionale. »

« Già. Ma di solito nel tempo libero non sfornano biscotti drogati per cani. »

Spalanca gli occhi.

« Cosa? Di che parli? »

« L'avevo già visto tuo padre, quando tu e io iniziammo la caccia a little boy. Ma era buio, nel parco vicino a casa mia quando portavo giù il cane. Non credo fosse una coincidenza, no? »

Si passa una mano tra i capelli, innervosito.

« Aba, noi due ci eravamo appena conosciuti e volevo capire meglio chi sei e come reagisci sotto pressione. »

« Usando tuo padre? »

« Lui fa l'attore e si diverte moltissimo a fare la spia. Oltre al fatto che gli viene naturale provocare la gente. »

« Per questo non volevi presentarmelo come avvocato. Temevi che lo potessi riconoscere. »

Lui sorride.

« Siamo spie, Aba. Non angeli. E io ho solo fatto una cosa giusta per il mio lavoro. »

« Perché pensavi che fosse un errore affiancarti una donna nella ricerca di little boy. »

« Sì. »

Non fugge, non si giustifica.

« E ora? »

« Ora cosa? »

« Cosa pensi di me, ora? Sei convinto che non riuscirei a convincere Marlow a venire a Gargaresh? »

Lui non sorride più. Mi guarda negli occhi.

« Io credo che se tu volessi ci riusciresti, perché gli hai già dato la prova certa che può fidarsi. »

La situazione è peggiore di quanto credessi, posso solo cercare di capire quanto. Non dico nulla e lui continua.

« Quando siamo andati insieme a trovare Marlow e tu ti sei allontanata con lui, ho chiacchierato un po' con Evergreen. Abbiamo scherzato sulla tua parrucca e lui mi ha detto che a JJ fa schifo. Ma in quella telefonata vi siete detti l'opposto. »

Eccoci qua, al capolinea. Fine del gioco per Ice. Come posso convincerlo a lasciarmi andare da sola da Johnny Jazir se lui è praticamente certo che io voglia salvarlo? Lui continua, sembra dispiaciuto e rabbioso.

« Sai perché disprezzo le donne, Aba? »

«Tuo padre mi ha detto che tua madre è scappata con un altro uomo.»

Lui scuote il capo.

«Non per questo, chiunque si può innamorare follemente di colpo. Il punto è un altro. Mia madre aveva già una relazione con quel tizio prima di sposare mio padre e portargli via un sacco di soldi per comprarsi una villa. Vedi, Aba, un uomo tradisce ma in modo molto più rozzo, quasi stupido. Voi invece siete capaci di tutto.»

Sto disperatamente pensando a cosa dire quando lui mi posa una mano sul braccio.

«Ma tu sei speciale anche in questo, Aba. Tu hai avvertito Marlow perché lo ritieni giusto, non per convenienza. E quando menti è per un tuo ideale di giustizia. Vedi, è per questo che mi piaci e mi preoccupi allo stesso tempo.»

Eccola, l'opportunità. La più ovvia, banale, vecchia come Adamo ed Eva. La solita vecchia storia dell'uomo potente e della donna sottomessa. So cosa devo fare, razionalmente è chiarissimo. Ma non l'ho mai fatto in vita mia, posso solo andare per intuito.

«Se ho sbagliato, devi lasciarmi rimediare al mio errore, Giulio.»

Lui di colpo è attento, teso, lo vedo nei suoi occhi e lo sento dalle sue dita.

«Quale errore? Hai cambiato idea su Johnny Jazir?»

So che devo dirgli solo ciò che lui ha già sentito, non tutto il resto che hanno scoperto Leyla, Tony e Albert, perché allora non mi lascerebbe più andare.

«Ti ricordi che Paul Alli ci ha detto che l'autista del Generale era un ragazzo di colore? Esattamente come Evergreen.»

«Ce ne sono decine di migliaia, Aba, si somigliano tutti.»

«Ma ci ha anche detto che non ha aperto bocca. E questo trucco di fingersi muto Evergreen l'ha usato anche con me.»

«Cosa? Sei sicura?»

« Sì. E ho una soluzione per tranquillizzarti sul fatto che non avvertirò JJ. Ma funziona solo se dirai ai nostri direttori che sei d'accordo, che devo andarci da sola. »

Lui fa una smorfia, ora è incerto.

« Non credo, ma ti ascolto. »

L'intuito mi dice che è troppo presto, direbbe di no. È incredibile come io mi trovi a mio agio, come abbia chiari tutti i passaggi necessari.

« Dopo. Tanto è presto, dobbiamo chiamarli tra due ore. Facciamo una pausa dal lavoro. »

Gli sorrido. Chissà cosa vede nel mio sorriso. Forse quel briciolo di seduzione che non ricordo neanche più cosa sia.

« E di cosa vuoi parlare con me se non di lavoro, Aba? »

« Non lo so. Ho perso l'abitudine a cenare con uomini che non siano mio marito. L'esperto sei tu. Come intrattieni le tue amanti? »

Il suo gambero resta sospeso a mezz'aria. Lo capisco. Di colpo si trova davanti una versione speciale della donna normale, carina ma un po' troppi spigoli e rughette, e poi quel brutto carattere. È incerto, sospeso tra il desiderio e il sospetto.

« Dipende, Aba. C'è un prima e c'è un dopo. »

È una risposta un po' banale, ma in fondo all'altezza del mio sorriso falso e sicuramente riuscito male. Devo avere più fantasia, o forse solo molto più coraggio.

« Be', qui siamo nel prima, Giulio. O no? »

Sul suo volto vedo passare un misto di sorpresa, imbarazzo, autocompiacimento. No, non è un seduttore professionista e quella fede al dito non è una vera scacciacani contro le importune, ma solo il ricordo perenne di una ferita.

« Di solito parlo del mio lavoro di ammiraglio, al comando delle navi. Le donne sono eccitate dal comando e dal combattimento. »

Che bella la grande verità del ventunesimo secolo! Tutte le

conquiste femministe o femminili sepolte dai pregiudizi dell'ex ammiraglio Giulio Bonan, abbandonato da bambino da una madre incosciente. Forse è questo pensiero, il suo grande dolore, a farmi superare definitivamente l'ostacolo e a portarmi ad abbandonare per sempre Aba Abate e i suoi principi.

« Non tutte, Giulio. Alcune sono più affascinate dall'anima ferita che dall'anima guerriera. »

Lui annuisce, trascinato da quella conversazione imprevista, profonda, travolgente, trascinato lontano da quella maledetta parrucca. Bonan sposta la mano dal mio braccio al dorso della mia. Potrei allontanarla facilmente, ma la lascio lì. Lui mi guarda, rassicurato, diventa sfrontato.

« A me piaci molto con questa parrucca con la frangia. Sei davvero sexy. »

« Sì, me l'hai già fatto capire quel giorno, non l'ho mai dimenticato. »

Ora l'ho preso per mano e l'ho portato dove forse lui non voleva nemmeno andare, forse il suo era solo il preambolo per poi riprendere a parlare di Johnny Jazir e invece guarda dove lo sta portando Ice, la massima esperta di depistaggio. Mi fissa, è ovvio che sta pensando a Johnny Jazir, ma non più solo come spia, anche come uomo.

« Sei innamorata di Marlow, Aba? »

« Quell'uomo va bene per ragazzine romantiche, e io non sono più una ragazzina. »

Lui è felice di quella frase, ora la sua mano stringe la mia.

« Non mi stai imbrogliando? »

« Non sono innamorata di Johnny Jazir. »

E questa è la verità. Ma non è la risposta alla sua domanda, solo che lui neanche se ne accorge, perché questa è la sola risposta che vuole ora.

La conversazione finisce. Guardo il mare scuro, le minuscole luci dei pescherecci sempre più lontani. Lì ci sono i miei figli, mio marito, tutto ciò che posso ancora dare loro è solo un ricordo migliore, la differenza tra un traditore in galera e un funzionario morto in servizio. Tutto il resto non ha più nessuna importanza.

Mi alzo. È incredibile ma so perfettamente cosa devo fare, come se lo avessi sempre fatto. Indico la fede che ha al dito.

« Mi dispiace per quello che ti ha fatto passare tua madre, ma non siamo tutte così. Fidati di me Giulio, porterò Johnny Jazir dagli americani. Ma se non ti fidi lo capisco. »

E ora Giulio Bonan deve scegliere, subito, perché sa benissimo che questo tipo di treno passa solo una volta e che non potrà portarsi a letto una traditrice e poi denunciarla.

Mi avvio. Gli regalo l'illusione di essere lui a decidere cosa accadrà, è lui il cacciatore e io la preda. È lui a prendermi per mano. È lui ad aprire la porta della sua stanza. È lui a spogliarmi e spingermi sul letto. Io non faccio più nulla, assolutamente nulla. Non mi prendo la responsabilità del corpo di Ice, mentre l'anima di Aba è altrove.

Nel buio sotto la tenda del Generale faceva freddo. Anche perché, per sicurezza, i suoi Tuareg avevano ordine di non accendere nessun falò, solo le fiaccole per illuminare debolmente le tende color sabbia, in modo che il piccolo accampamento notturno non fosse rilevabile neanche dai sensori termici dei satelliti.

La cena a base di sesamo, curry, cumino, fave e datteri era finita.

« Sei pronto, Abdu? »

Abdu Ben Ali annuì. Gli uomini del Generale lo avevano fatto allenare tutto il giorno a sparare con la Glock alle gambe di un fantoccio, e lui era migliorato molto. Nonostante il freddo, era leggermente sudato. L'uomo con il passamontagna, seduto sul tappeto davanti a loro a gambe incrociate sotto la tunica nera e la sigaretta tra le labbra, gli incuteva rispetto e timore.

Il Generale gli porse una tazza di chai bollente.

« Ho osservato il tuo addestramento, Abdu. Non sei un tiratore ma sparerai da vicino, anche se una cosa è sparare ai cactus nel deserto e un'altra a un uomo in mezzo a una folla. Ti daremo una pillola che ti aiuterà a non avere paura. »

« Non ho paura, effendi. Mio padre è morto combattendo in Siria per l'ISIS. »

« Se tu farai il tuo dovere, farò liberare tua moglie e i tuoi figli e li farò portare in Europa su un barcone sicuro. »

« La ringrazio, effendi. »

« Ora vai a pregare, Abdu. Fra un po' si parte e domani per te sarà una grande giornata. »

Quello che serviva l'ho fatto. Non mi illudo minimamente di essere per Giulio Bonan più importante della missione per cui lavoriamo, e in fondo lo rispetto per questo. Ma per il momento non mi denuncerà, sa di avermi in pugno e che io gli sono davvero indispensabile per persuadere Johnny Jazir a venire a Gargaresh domani. Devo solo convincerlo a lasciarmi andare da sola a Sabratha da JJ. Ho la testa poggiata sulla sua spalla, dal letto attraverso la portafinestra si vede il mare.

« Fra mezz'ora dobbiamo chiamare Roma, Giulio. »

« Lo so. E so che vuoi andarci da sola. Hai detto di avere una proposta per tranquillizzarmi? »

« È molto semplice. Domani mattina propongo a JJ l'incontro con MGC nel pomeriggio e gli dico che, siccome non vi fidate di me, deve concordare i dettagli al telefono con te. Ti chiamo e te lo passo. »

« Non vedo cosa cambi, Aba. »

« Tu sarai già con Paul Alli. Gli farai vedere una foto di Marlow e poi gli farai ascoltare la telefonata. Se riconosce la foto o la voce, sapremo la verità ben prima dell'incontro. »

Lui mi guarda, è un po' sorpreso, non si fida del tutto di Ice, ma l'idea ha fatto breccia.

« Questo piano funziona solo se io vado da JJ e tu sei con Paul Alli. Ma serve anche a evitare di portare MGC in mezzo a un quartiere di Tripoli senza sapere chi ci troveremo di fronte. »

Non devo insistere oltre, lo so. Devo lasciarlo solo coi suoi dubbi, a soppesare i pro e i contro. Mi alzo, prendo i vestiti, vado in bagno, mi infilo sotto la doccia. Ci resto a lungo, non per ripulire il mio corpo, ci vorrebbe un secolo. Quando esco lui è in piedi, vestito, preoccupato.

« Dobbiamo chiamare Roma tra due minuti, Aba. »

« Non faccio in tempo a tornare in stanza, Giulio. Chiamiamo insieme, basta che la tua telecamera e la mia inquadrino punti diversi del salottino. »

Alle undici e mezzo, Aba e Giulio Bonan si collegarono con Stefano Lanfranchi e Maria Giovanna Cordero.

Lanfranchi aveva l'aria un po' più rilassata, finalmente si andava nella direzione che lui auspicava. Invece Maria Giovanna Cordero era inquieta, le rughe ancora più fitte intorno agli occhi.

Lasciò iniziare Lanfranchi.

« Siamo entrambi d'accordo sul piano per attirare Marlow nella villetta degli americani a Gargaresh e vedere se little boy lo riconosce o meno. Ma ora dobbiamo decidere chi dovrà contattare Marlow e convincerlo. Si tratta di un compito delicato e anche molto rischioso, perché se Marlow è in qualche modo connesso al Generale... »

Lanfranchi lasciò la frase in sospeso. Non c'era bisogno di aggiungere altro. Poi riprese.

« Per questo motivo, preferiremmo non utilizzare un nostro agente. Ma temiamo che in pratica ciò non sia possibile,

Marlow conosce voi due e un nuovo interlocutore non sarebbe proponibile. Tra l'altro, come sappiamo, Marlow ha posto come condizione essenziale di dialogare con Ice.»

Lanfranchi si fermò e MGC prese la parola.

«Noi riteniamo che dobbiate andare entrambi a parlare con Marlow.»

Lanfranchi si rivolse a Giulio Bonan.

«Lei che ne pensa, Arpax?»

Aba trattenne il fiato. Era il momento decisivo. Ed era il motivo per cui aveva fatto in modo di trovarsi fisicamente nella stessa stanza di Bonan.

«Marlow non vuole me, vuole solo Ice. Inoltre, abbiamo avuto un'idea.»

«Che idea?» chiese MGC a cui le idee di Bonan in genere non piacevano.

«Ice parlerà con Marlow, poi me lo passerà al telefono, ma io sarò già con little boy.»

A questo punto Aba intervenne.

«Questo piano ridurrebbe molto i rischi dell'operazione, sapremmo in anticipo con chi abbiamo a che fare.»

Fu Bonan a concludere.

«Quindi io devo restare a Tripoli per occuparmi con i nostri amici della logistica e del trasferimento di little boy.»

Lanfranchi annuì vigorosamente.

«A me sembra un ottimo piano. Minimizza i rischi, saremo preparati in modo diverso all'incontro.»

MGC invece era molto perplessa.

«Vi state specializzando nel teatrino di coppia, voi due. Di chi è questa idea?»

Aba cercò di restare immobile, senza alcuna espressione, col sorriso di Monna Lisa che suo padre le aveva consigliato per quelle occasioni.

«L'idea è mia» rispose Bonan, «ma Ice è d'accordo.»

«E lei, Ice, se la sente di andare da sola da Marlow?»

« Sì, signor direttore. »

Lanfranchi decise di tagliar corto, lui voleva procedere.

« Bene, è deciso, andrà Ice. Sono certo che riuscirà a portare Marlow dove vogliamo. Come funzionerebbe la parte operativa, Arpax? »

« Ice chiederà a Marlow un incontro per domani mattina. Gli illustrerà la proposta e me lo passerà al telefono. Io fisserò con lui l'orario mentre per l'indirizzo esatto dovrà richiamare quando entrerà a Tripoli. »

Lanfranchi approvò.

« Giustissimo. Non deve sapere l'indirizzo esatto, Tripoli è zona sua e potrebbe mandare lì un esercito. Continui, Arpax. »

Bonan riprese, consultando il suo taccuino.

« Da Roma verserete centomila euro di acconto a Marlow, mentre a Tripoli io e i nostri amici trasferiremo little boy nella casa a Gargaresh. »

Maria Giovanna Cordero intervenne.

« Io quando dovrei partire da Roma? »

« Nel primo pomeriggio, così Marlow ne verrà informato dalle sue spie all'aeroporto di Tripoli e avrà la conferma che è tutto vero. Al suo arrivo, lei andrà in ambasciata e ci resterà. Io verrò a prenderla con una scorta per andare a Gargaresh venti minuti prima dell'appuntamento. »

Su questo punto Lanfranchi non era tranquillo.

« Tripoli è molto pericolosa, Arpax. Se capite che Marlow è l'esaminatore, cioè il Generale, MGC non potrebbe restare lì in ambasciata senza venire a Gargaresh? »

« Marlow avrà qualcuno che controlla i movimenti del direttore Cordero, così come noi controlleremo i suoi da Sabratha a Tripoli col satellite. Se lo avvisano che è ancora in ambasciata rischiamo che torni indietro. Quindi io verrò in ambasciata comunque ma userò un'auto coi vetri oscurati e con me al ritorno non salirà lei, signor direttore, ma una guardia armata vestita da donna. Col velo non sarà riconoscibile.»

Lanfranchi annuì.

«Ottima soluzione, Arpax. Allora colleghiamoci con i nostri amici e vediamo se sono d'accordo.»

Jane Wesbach e il colonnello Mayfield da Roma e Larry Moll da Tripoli ascoltarono il piano illustrato da Lanfranchi in assoluto silenzio. Poi Jane Wesbach fece la domanda più ovvia.

«Non potreste invertire i ruoli? Mandare Arpax da Marlow mentre Ice si occupa di little boy?»

Bonan gettò un'occhiata ad Aba, ma fu Lanfranchi a replicare.

«Marlow preferisce avere a che fare con Ice.»

Jane esitò, poi annuì e si rivolse direttamente ad Aba.

«Va bene. Ma ci tengo a essere molto chiara, Ice. Se lei convincerà Marlow a venire a questo incontro, anche i nostri dubbi sul suo precedente operato saranno cancellati. Ma, se per un qualunque motivo, Marlow non si recasse a Gargaresh entro le cinque di domani pomeriggio, noi procederemo con lui a modo nostro. E il suo operato, Ice, dovrà essere riesaminato.»

Poi la connessione venne chiusa. MGC era molto tesa.

«Ice, non importa ciò che pensa di lei Miss House of Cards. Se lei va da Marlow per cancellare quei sospetti, aggiunge errore a errore.»

«Convincerò Marlow a venire perché è un mio dovere, signor direttore. E per la memoria di Papà Doyle.»

Lanfranchi tagliò corto.

«È mezzanotte passata. Contatti Marlow ora, vediamo se le risponde.»

Aba inviò subito il messaggio a JJ.

Devo vederla domani mattina, sono già qui al Waddan.

La risposta di Marlow arrivò con un *bip*, uno dei tanti banalissimi *bip* della vita.

Domani alle otto la viene a prendere Evergreen.

« Mi manda a prendere domani mattina alle otto » disse Aba.

MGC annuì. Ora il suo volto era un reticolo di rughe.

« Sia chiaro, Ice. Non cerchi lei di capire la verità. Convinca Marlow a presentarsi all'appuntamento e basta. »

La connessione venne chiusa.

Bonan si alzò, le andò vicino e la baciò, poi la riportò sul letto e questa volta Aba cercò di partecipare un po' di più. Dopo, mentre giacevano l'uno accanto all'altra, Aba passò all'ultima parte del piano.

« Dopo la telefonata, vorrei sapere subito se Paul Alli lo ha riconosciuto o meno. »

Lui la guardò, sospettoso.

« Perché? »

« Perché temo che Marlow insisterà che rimanga con lui, sino all'appuntamento. Ma se lui è coinvolto io non voglio restare. Gli dirò che MGC vuole vedermi quando atterra e mi farò riaccompagnare qui in albergo da Evergreen. »

« E come faccio ad avvertirti? »

« Semplice. Se little boy non lo riconosce chiudi la telefonata con Marlow. Se lo riconosce digli che devi riparlare con me: mi ricorderai di andare all'aeroporto per aspettare MGC. »

Lui ci pensò un po'. Aba vedeva il sospetto nei suoi occhi, ma doveva correre quel rischio.

« Va bene, Aba, ma voglio che ti sia chiara una cosa. Se tradisci la mia fiducia, tra te e il nostro Paese sceglierei gli italiani. »

« Andrà tutto come previsto, Giulio. »

Poi Aba chiuse gli occhi. Era esausta, per la verità e per le bugie. Pensò a Francesco e Cristina. Erano con Paolo, felici o almeno protetti. E solo allora provò un senso di pace.

Il Generale passeggiava fuori dalla tenda. Si accese un'altra sigaretta, aspirò il fumo caldo insieme all'aria fredda della notte. Poi udì il *bip* e lesse il messaggio di Seamus O'Neill.

Trappola a Marlow domani. Va Ice da lui, viene anche l'altra donna, il capo.

Il Generale levò lo sguardo al cielo color inchiostro, pieno di stelle. Rilesse il messaggio di Seamus O'Neill e sorrise. In Occidente le donne pensavano di avere il potere di rincretinire gli uomini, ma non era una loro abilità, era la debolezza degli uomini da cui erano circondate a rendere possibile quel mito.

Rispose a Seamus O'Neill.

Stanotte porto lì Abdu e tu torni qui con me. Dobbiamo fare tutto domani.

Buttò la cicca accesa sulla sabbia. La spense col tallone nudo e con lo stesso schiacciò lo scorpione.

12 ORE ALL'UDIENZA

È mezzanotte, dentro casa hanno acceso persino il riscaldamento eppure io ho ancora freddo, mentre Jane, con i pantaloni della tuta rosa rimboccati al ginocchio, tiene piedi e caviglie immersi in una bacinella piena di acqua, aceto e sale.

« Grazie, Ice. Un ottimo suggerimento. »

« Prego. Devo avere un po' di febbre, vorrei andare a dormire presto. »

« Hai ragione, domani in tribunale sarà un giorno stressante. Iniziamo subito. »

Accende la videocamera, apre il suo quaderno con gli appunti.

« Allora. Siamo arrivati al punto in cui Paul Alli parla del Generale. »

« E voi siete venuti a dirci che secondo le vostre fonti riservate, ma certe, Johnny Jazir era un uomo di fiducia del Generale già ai tempi in cui lavoravano entrambi per Gheddafi. »

« Sai, Ice, colgo una leggera ironia ogni volta che accenni alle nostre fonti... »

« Be', dopo le prove inventate sulle armi chimiche con cui avete scatenato la seconda guerra contro Saddam Hussein... »

Lei fa una smorfia.

« Domani si processa Aba Abate, non la CIA. Abbiamo due cose da chiarire. La vera natura del tuo rapporto con Giulio Bonan e il famoso piano per incastrare Johnny Jazir. Da quale vuoi partire? »

Una delle tante trappole lessicali di Jane Wesbach, teorizzata anche da Adelmo Abate. Libera scelta apparente, per avere indicazioni.

« Come vuoi tu, Jane. »

Lei sembra un po' delusa.

« Allora partiamo da quel piano. La prima persona con cui ne hai parlato era Maria Giovanna Cordero, a Ciampino. »

« Ovviamente, essendo il mio superiore diretto. »

« Ma non le hai riferito le scoperte dei tuoi collaboratori: il conto corrente di Marlow a Dubai, il cellulare di Marlow rimasto staccato durante l'attentato a Bengasi. »

« Non serviva, non erano prove, solo possibili indizi. Indizi che però mi hanno convinto ad aiutarvi a incontrare Johnny Jazir. »

« Non le hai detto neanche la questione dell'autista che si fingeva muto, un altro indizio. »

« L'ho detto a Giulio Bonan, però. »

Lei annuisce, come se fosse ovvio.

« Certo. Ora parliamo del tuo rapporto con Bonan. La questione della telefonata di Marlow a Bonan con accanto Paul Alli non era nel piano originale, quella è venuta dopo, a Tripoli, parlando con Bonan. »

« Sì, per rendere più sicura la missione di MGC. »

« Era quello il motivo? »

« Certo. Avrebbe consentito di sapere se JJ fosse o meno il Generale prima che arrivasse a Gargaresh. »

« E, tanto per essere precisi, di chi fu l'idea? Tua o di Bonan? »

Aba si fermò a riflettere. Si era già chiesta se Bonan ne avesse parlato e in quali termini.

« Direi di entrambi. »

« E ne parlaste quando? »

« Al Waddan. »

« Quello lo so, non ho chiesto dove. Quando, precisamente? »

« Glielo accennai a cena. »

« Quindi l'idea fu tua! »

« L'embrione. Poi la definimmo insieme. »

« A cena? »

Di nuovo, il punto era cosa avesse eventualmente detto Bonan. A lui non avrebbe giovato raccontare di aver sedotto una collega. Comunque non avevo alternative.

« Sì. »

Jane prende un appunto sul taccuino. Chissà se siamo arrivate a cento bugie. Poi butta altro sale e aceto nella bacinella. Infine solleva lo sguardo, di colpo.

« E dopo cena? »

« Io sono andata nella mia stanza a leggere, lui non so. Poi abbiamo chiamato Lanfranchi e MGC alle undici e mezzo e poi voi a mezzanotte. »

« Insieme? »

« No. Ciascuno dalla sua stanza. »

« Davvero? Guardi qui. »

Ha in mano un iPad, fa partire la registrazione del nostro colloquio a mezzanotte, con tutti i nostri volti sullo schermo, e si sente la domanda di Jane.

« Non potreste invertire i ruoli? Mandare Arpax da Marlow mentre Ice si occupa di little boy? »

A quel punto, Bonan sposta gli occhi e Jane ferma l'immagine.

« Secondo te cosa guardava Bonan, Ice? »

« Non lo so. »

Indica il quadratino con la mia immagine.

« E il tuo sguardo allarmato, allora? »

Non dico nulla, sarebbe inutile, lei prosegue.

« Allora, Ice? »

« Hai ragione, ricordavo male. Eravamo nel salottino della suite di Bonan. »

« Non potevate chiamare ciascuno dalla sua stanza? »

« Sì, ma abbiamo voluto vederci una mezz'ora prima per riassumere il piano. »

Jane aggrotta la fronte.

« Mezz'ora prima? Sicura? »

« Sì. »

« È un po' strano, Ice. Perché, riguardando meglio la registrazione del vostro colloquio, sembra che tu abbia i capelli umidi, come se avessi appena fatto la doccia. »

« È così, infatti. Ero molto stanca, ho usato il bagno di Bonan per sciacquarmi il viso e mettere la testa sotto il lavandino. »

Jane mi fissa, coi suoi occhi grigi.

« Facciamo un'ipotesi, Ice. Mettiamo che Bonan non fosse stato disposto a farti andare da sola da JJ. E che tu abbia tirato fuori l'idea della telefonata per persuaderlo, ma non fosse bastata. Che altro resta a una donna di bell'aspetto e grande temperamento per convincere un uomo invaghito di lei? »

Non dico nulla e Jane continua.

« Hai fatto l'amore con Giulio Bonan? »

« No. »

Jane annuisce.

« Certo. Ci hai soltanto scopato. Per voi cattoliche fa sempre molta differenza, vero? »

Non dico nulla, lei prende un altro appunto.

« Peccato che non abbiamo microfoni e telecamere dentro il Waddan, Ice. »

Poi tira fuori i piedi dalla bacinella e mi allunga una cartellina con scritto a mano TOP SECRET. Vede che esito e ridacchia, aprendosi l'ennesima lattina di Coca-Cola.

« È solo per scherzo, Ice. TOP SECRET l'ho scritto io. »

Dentro, trovo numerose foto, scattate dall'obiettivo di un drone. Sono di Paolo, Cristina e Francesco. Sono nel giardino di una casa che conosco benissimo, quella dove siamo andati ogni estate sin da quando sono nati i miei figli. La casa di Adelmo Abate. Campagna per Fra, mare a pochissimi chilometri per Cri.

Sono bellissimi, tutti e due. Mi sembrano cresciuti, diversi, più adulti.

« Sono lì dalla fine della scuola, Ice. Tuo marito si è messo in aspettativa dal lavoro per stare con loro sino alla riapertura delle scuole. »

Odio doverlo fare, ma non ho scelta.

« Grazie. »

Lei si stringe nelle spalle.

« Che ne sai del perché l'ho fatto? Magari è solo per ricambiare il pediluvio. Oppure per renderti più desiderosa di tornare lì fuori, con loro. Ora direi di andarcene a dormire. »

SEI MESI PRIMA: GIORNO 11

Il cielo lì fuori inizia a schiarire. Preparo il tè col bricco elettrico, poi mi vesto, indosso l'abaya, le scarpe da ginnastica, il velo, gli occhialoni scuri, la maledetta parrucca nera con la frangia.

Sono pronta per il mio ultimo show.

Attraverso la hall deserta, tranne per il portiere di notte semiaddormentato e un inserviente sudanese che pigramente, con una scopa, cerca di spingere fuori la sabbia invece di chiudere il portone a vetri che è spalancato. Esco nel piazzale antistante l'albergo, c'è un caldo appiccicoso che non ha niente a che fare con l'inverno. Il cielo è pallido, tra il celeste e il giallastro, incerto tra un sole sfocato e gocce di acqua e sabbia.

Evergreen è già lì, mi aspetta sorridente accanto alla jeep. Ha tirato su il telone di copertura, un gesto gentile per proteggere la donna occidentale da quella sabbia.

« *Ghibli*, signora! »

Cerco di sorridergli, come ho sempre fatto. Tutto deve sembrare normale, anche se questo ragazzo povero ora l'ho visto lì, tra gli ospiti di un albergo dove una notte costa quanto la jeep. Un gesto di saluto, poi mi siedo accanto a Evergreen. Il finto muto che muto non era. Lui indica la radio.

« *Music*, signora? »

« Ok. »

« *I have a tape of Adriano Celentano.* Azzurro, *you like?* »

Annuisco. Per un ex sordomuto è davvero un'ottima scelta. E così ci avviamo, mentre Evergreen canticchia con Adriano.

Il pomeriggio è troppo azzurro e lungo, per me...

Lungo il tragitto per Sabratha sulla Coastal Road le poche auto già sporche di sabbia si mescolano agli immancabili pick-up con sopra le mitragliatrici e i ragazzini con le magliette da calciatori e il kalashnikov.

Resto in silenzio, il viso con la parrucca stretto nel velo, gli occhi nascosti dagli occhiali scuri, mentre Evergreen canta e fuori la sabbia arriva a folate sul parabrezza, inarrestabile come i ricordi, i rimorsi e i rimpianti. Ogni tanto le mani corrono dentro la tasca e sfiorano quel cellulare spento, con la batteria staccata, e penso ai messaggi di Cristina e Francesco che certamente sono lì dentro, in questo pezzo di plastica, metallo e silicio, figli ormai ben più lontani che una semplice batteria da riattaccare.

Leggo i numeri sui cartelli stradali, i chilometri di distanza da Sabratha diminuiscono e con essi diminuisce il tempo e ritornano i dubbi, dubbi di ogni genere che si mescolano come quei turbini vorticosi di sabbia. La resistenza, lo so, è dentro Aba, non dentro Ice, qualcosa che mi impedisce di credere che il Generale sia proprio l'uomo da cui sto andando, l'uomo che è sceso sino all'inferno per riprendersi la madre stuprata dei suoi quattro figli, l'uomo che in quella piazza ha atterrato Abdalla Ghali prima che si facesse esplodere, l'uomo che...

So che non dovrei, so che è un rischio inutile. Ma è indispensabile, perché qualcosa dentro di me si rifiuta di accettare che Paul Alli, little boy, un terrorista, sia l'unico giudice della situazione.

«Ti ricordi quando fingevi di essere sordomuto, Evergreen?»

Il ragazzo sorride e smette di cantare.

«*Sorry, lady.* Ordini del boss.»

«Lo so. Lo facevi per spiare reazioni e conversazioni.»

«*Sorry.*»

« Facevi così con tutti, ti fingevi muto quando li portavi da JJ, vero? »

Qualcosa cambia sul volto di Evergreen. Mi rivolge un'occhiata perplessa e spegne la musica mentre lascia la strada asfaltata per quella sterrata verso le rovine e il mare che spumeggia, contrastato dal vento del sud.

« *Why, lady, problem?* »

Ora devo sviarlo, ma è facile per Ice. Gli esibisco un sorriso complice.

« Una volta, quando ti fingevi sordo, hai ascoltato una conversazione privata tra me e mio marito. Era una cosa molto personale, Evergreen! Non dovevi riferirla al tuo capo. »

Funziona. Evergreen non è una vera spia, ha la semplicità dei manipolati e non la furbizia dei manipolatori, si rasserena.

« *Sorry, sorry! I am stupid! Hope no problem with your husband.* »

« *No problem, Evergreen. Put music, please, I love Celentano.* »

ABU DHABI

Dal suo lussuosissimo motoscafo, Feisal Al Saddoon bin Tamimi vide avvicinarsi la punta di Saadiyat Island e la fantastica cupola del Louvre con l'intreccio in acciaio delle foglie di palma proteso sul mare, sopra il bianco edificio che ospita nei suoi ventiquattromila metri quadri opere d'arte di tutto il mondo. La cupola moderna del Louvre disegnata da Jean Nouvel era circondata per tre lati dall'acqua e per il quarto, quello del piazzale antistante che dava sui parcheggi, dal pubblico che quotidianamente affollava il museo su Saadiyat Island.

Il timoniere, che faceva parte della sua scorta armata di quattro uomini, ormeggiò il motoscafo all'imbarcadero sul lato posteriore, un accesso riservato alle autorità.

FAST indossava la kefiah immacolata e la tunica bianca sotto cui sentiva il sudore scorrere lungo la schiena. C'era già stato, al Louvre di Abu Dhabi, anche il giorno della faraonica inaugurazione con incredibili fuochi d'artificio nel novembre 2017. Ci era poi tornato con le sue mogli e i suoi figli. Ma oggi tornava lì per assecondare il piano del Generale.

Il principe Feisal Al Saddoon bin Tamimi era teso. Seamus O'Neill lo aveva informato che ciò che stava per accadere era indispensabile. Il Generale voleva convincere una volta per tutte anche i più scettici tra gli americani che il principe ereditario Tareq era in realtà un sanguinoso tiranno che per gelosia aveva ordinato l'uccisione di Brigit Weiss e ora del suo amante, suo cugino Feisal. Per questo FAST si era premurato di non comunicare la sua visita al Louvre sino all'ultimo, tranne nel corso di una telefonata con Tareq che sicuramente gli americani avrebbero intercettato e ascoltato.

Cercò di respirare con calma. Fingendo di guardare il ritratto di Napoleone Bonaparte, FAST si guardò intorno. C'era una grande promiscuità di etnie: arabi, persiani, libanesi, indiani, pakistani, occidentali. Forse persino qualche ebreo col doppio passaporto.

FAST stava cercando di immaginare come potessero far passare una pistola dal metal detector all'ingresso quando vide la donna col burqa nero che aveva scorto entrare pochi minuti prima. Spingeva un uomo molto vecchio su una sedia a rotelle.

Il Principe capì tutto ancor prima che la presunta donna tirasse fuori la pistola da sotto il burqa. Sentì la detonazione della pistola automatica e subito dopo il colpo alla coscia sinistra. Poi, mentre una delle guardie del corpo lo tirava giù per proteggerlo, udì gli altri spari, le urla di terrore del pubblico e quelle delle sue guardie del corpo che si gettavano sull'attentatore per impedirgli di sparare ancora. Ma non fecero in tempo, Abdu Ben Ali si portò la pistola in bocca e si uccise. Solo così, gli aveva promesso il Generale, lui avrebbe avuto le settantadue vergini e sua moglie e i suoi figli un passaggio sicuro verso l'Europa.

La jeep si ferma davanti alla casupola scrostata di Johnny Jazir, con lo spiazzetto polveroso, il sentiero, il mare poco distante. Nello spiazzo sterrato, incuranti del ghibli che per loro è la solita sabbia, solo un po' più fastidiosa oggi, si aggirano le quattro giovani donne col burqa, i quattro bambini, le capre e le galline. Sembra un quadro impressionista, umili figurette su uno sfondo giallastro. Ma forse è solo uno spettacolo per i turisti come Aba. Forse la famiglia felice di Johnny Jazir è solo l'ultimo schermo del Generale contro le spie e i missili dei droni. I quattro bambini mi corrono incontro festosi, li abbraccio uno per uno. Che diavolo ne sanno questi innocenti se sono figli di un uomo che fa soldi col doppio gioco oppure di un terrorista internazionale? Che ne sanno loro dell'uomo coi Ray-Ban verdastri usati per coprire quell'occhio di vetro, l'occhio che Michael Ghali gli strappò mentre faceva stuprare le sue quattro mogli bambine? Che ne sanno dell'odio che arma una mano e un cuore, che ne sanno della mano che punta la pistola alla nuca di Michael Ghali e gli spara? E io, Aba, Ice, io che ho assistito in diretta video a quello show, ora, oggi, so davvero che cosa ho visto? Era la vendetta di Johnny Jazir contro l'animale che gli aveva strappato l'occhio e stuprato le mogli? O era solo il Generale che praticava una gelida esecuzione per recidere un filo pericoloso?

Questi bambini che mi abbracciano, queste donne che mi salutano sono innocenti. E prima di consegnare il loro marito e padre agli americani, io devo esserne completamente certa. Prima di tradire Johnny Jazir devo sapere la verità. Sapere la verità non rientra nella missione che mi è stata affidata. Anzi, MGC me lo ha espressamente vietato. Certo, toccherebbe a Paul Alli dire se Johnny Jazir è il Generale o un suo complice. È questo il piano con cui ho convinto Bonan, i miei capi, gli americani. Anche Ice ha convinto Aba, grazie alla confessione di little boy e alle prove raccolte da Tony, Leyla e Albert.

Ma il piano ha un difetto, come avrebbe detto Adelmo: si basa solo sulla parola di un uomo, Paul Alli, little boy. Certo, parole strappate dopo tanta fatica, sotto tortura, ma non bastano. Non bastano nemmeno quegli incroci bancari a Dubai, quel cellulare spento durante l'assalto a Bengasi, il coinvolgimento del suo autista Evergreen.

Lo so benissimo perché non bastano. Perché esiste un'Aba prima di Ice, esiste un tempo prima di 9999.

I bambini hanno ai piedi le scarpette che ho regalato loro l'ultima volta e ora adocchiano speranzosi la mia 48 ore, la borsa dei sogni, lo scrigno del consumismo occidentale che sia Johnny Jazir sia il Generale detestano.

Io li chiamo, loro e le madri, tiro fuori la scatola di cartone e ne estraggo il drone giocattolo col telecomando. Le donne col burqa e i bambini lo guardano, incerti.

« È come un aquilone. Andiamo in spiaggia, vi insegno a farlo volare. »

I bambini e le madri mi seguono incuriositi. Albert aveva ragione, le istruzioni sono semplicissime e il corso che mi aveva propinato sull'uso del moscone rende molto più semplice comandare il piccolo drone col joystick. Il drone si alza in volo, i piccoli lo seguono affascinati e intimoriti. Lo piloto a una cinquantina di metri di distanza, verso la spiaggia, e lo faccio atterrare sulla sabbia.

« Andiamo a prenderlo, così provate anche voi. »

Mamme e bambini mi seguono, stiamo attraversando tutti insieme il sentiero quando arriva la voce di Evergreen.

« *Tawaq! Stop!* »

Non è il solito tono gentile e quando mi volto a guardarlo non c'è più il sorriso innocente sul volto di Evergreen. Ora ha anche aperto il giubbotto in modo che io possa vedere molto bene la pistola infilata nei calzoni. Eccola qui, l'altra faccia della pace.

«*Ad huna! Come back!*»

Il mio esperimento è riuscito, ho avuto la risposta che cercavo: loro sono davvero lo scudo umano di Johnny Jazir.

Evergreen parla in un walkie-talkie, poi mi fa cenno di seguirlo. Aggiriamo la casupola, andiamo sul retro, dove c'è un muro di cinta alto tre metri che in realtà, ora lo so grazie alle immagini del colonnello Mayfield, non circonda la proprietà di JJ, ma ciò che c'è alle sue spalle, di qualunque cosa si tratti.

Evergreen apre una porta metallica nel muro, mi fa cenno di attraversare la soglia. Lo faccio, e tutto cambia.

C'è una grandissima costruzione in mattoni bassa, larga e lunga, una specie di enorme hangar color sabbia che si confonde col contorno e ancor di più, oggi, col ghibli. Da lì parte una lunga pista di sabbia, con i faretti ai lati per decolli e atterraggi, che finisce poco prima del muro perimetrale di quello che, in tutta evidenza, è un campo militare.

« *Wait here, Miss.* »

Evergreen mi fa segno di fermarmi proprio lì, sotto il sole cocente. Ed è indiscutibilmente un ordine, non un invito. Poco dopo arrivano due giovani donne in tuta militare color sabbia, sono appena più grandi di Cristina ma hanno la pistola nella fondina e tutta l'aria di saperla usare e di essere pronte a farlo. Mi perquisiscono, requisiscono i cellulari e mi fanno lasciare lì fuori la 48 ore. Poi Evergreen mi fa cenno di seguirlo.

« *Come with me, Miss.* »

Entro nell'hangar, seguita a breve distanza da Evergreen. Dentro l'edificio immenso la temperatura dell'aria condizionata è fissata sui quindici gradi. Ci sono telecamere, server, computer, schermi, alta tecnologia dappertutto, operatori in tuta bianca, adulti e ragazzini in tuta mimetica con pistole e kalashnikov tra furgoni color sabbia, pick-up con le mitragliatrici, e anche un piccolo e snello jet con motori molto grossi.

« Salve, Ice. Un giorno la porto a fare un giro con quello, lo piloto io! »

Mi volto. Johnny Jazir, l'agente Marlow, è lì, con la sua solita aria che oscilla tra il pescatore, l'intellettuale e il bandito. Indossa una tuta color sabbia e un passamontagna, ma la voce è la sua. Con l'accento italo-arabo e quel tono caldo dovuto alle sigarette.

« Scusi il passamontagna, ma è necessario quando passo il muro tra la mia famiglia e il mio piccolo esercito. »

« Certo, Marlow. Anche io vivo con quel muro, solo che il mio è tra la famiglia e un ufficio. »

« Anche questo è un ufficio, Ice. »

Tra le labbra ha una sigaretta spenta. Come in quella foto nella piazza a Bengasi, davanti all'ambasciata americana in fiamme.

« Allora, voleva parlarmi, eccoci qua. Qui dentro è tutto schermato, possiamo dirci tutti i nostri segreti senza quei ficcanaso degli yankee. »

« Perché mi fa vedere tutto questo, Marlow? »

Lui allarga le braccia, come se fosse ovvio, scontato.

« Sul mio conto sono arrivati poco fa centomila euro. La ringrazio, ma non voglio metterla in altri guai, è bene che lei sappia tutto di ciò che faccio prima di suggerire ai suoi capi di firmare un accordo con me. »

« Non ha paura che io ne parli? »

« Confido nella sua riservatezza, Ice. Tra noi ci sono segreti che resteranno solo tra noi, per sempre. O no? »

Visto che io non dico nulla, lui continua.

« E noi ne abbiamo tanti di segreti da proteggere, Ice. Quelli che ci uniscono e quelli che ci potrebbero dividere. La sua parrucca è stata un'idea geniale, lei è molto brava, ma lo sapevo già. C'erano gli yankee a Roma, vero? »

Non ho né motivo né modo di mentire. Anzi, è meglio che lui si fidi di me, visto ciò che accadrà a breve.

« Sì. »

« E perché mi ha avvertito? »

Perché allora credevo che lui fosse solo avido, violento, bastardo, ma leale, non un terrorista internazionale. Devo stare attenta, molto attenta. Lui non deve minimamente sospettare che ormai so la verità, non mi seguirebbe mai a Tripoli e probabilmente, anzi, Evergreen mi porterebbe dietro una duna e mi sparerebbe alla nuca.

« Perché lei ci ha salvato dall'attentato dei due little boy e aveva un ottimo motivo per uccidere quella bestia di Michael Ghali. »

Lui mi guarda, da sotto quelle lenti che vedo attraverso la fessura del passamontagna. Sento il suo unico occhio entrare dentro di me, nel mio cervello, nel mio cuore, nelle mie viscere. Si sta chiedendo se questa donna che gli sta di fronte è diventata un'altra, un essere capace di tutto, anche di questo.

« So che ha portato un drone per i miei figli, Ice. »

« I bambini in Italia giocano coi droni come giocavano con gli aquiloni. »

« Ma qui a Tripoli non le sembra un regalo di cattivo gusto? »

« Mi scusi. Pensavo che si fidasse di me, visti i nostri precedenti. »

Lui annuisce.

« Per questo l'ho portata qui dentro. Perché il nostro rapporto è sempre basato sulla fiducia reciproca, giusto? »

« Giusto. Ma ciò che mi sta mostrando non mi lascia tranquilla. »

« Invece dovrebbe. Certo, da qui curo i miei affari sporchi, traffico di migranti, guerre civili, ma non mando mai gente a farsi esplodere in mezzo agli innocenti. Ora che ha visto questo posto e non ho più nessun altro segreto per lei, vuole ancora parlare di affari? »

Lo so che l'esame non è del tutto finito, so che non è del tutto convinto a causa delle domande che ho fatto a Evergreen sul suo falso mutismo e del piccolo show in spiaggia col drone, so che ogni parola, ogni gesto potrebbe tradirmi. Ma io sono Ice, capace di ingannare chiunque.

« Sono qui per proporle un accordo. L'ultima volta, quando sono venuta qui con Bonan, ci ha detto che forse potrebbe aiutarci a trovare quell'uomo che ha selezionato i due little boy, l'esaminatore. »

JJ non appare sorpreso.

« Sì, ma avevo posto alcune condizioni. I centomila euro di anticipo sono un buon segnale, ma i soldi erano solo la prima delle tre condizioni. »

« Certamente. Se lei accetta di collaborare, Maria Giovanna Cordero arriverà a Tripoli oggi per incontrarla. Il direttore le firmerà un accordo con l'impegno italiano a proteggere lei e la sua famiglia e subito dopo la firma le farà trasferire gli altri quattrocentomila euro in cambio del suo aiuto. »

JJ sembra perplesso.

« Perché mai dovrei incontrare Maria Giovanna Cordero? »

Sin qui tutto è facile, tutto procede come previsto, incluse le sue obiezioni.

« Potrei portarle un documento con la firma contraffatta, Marlow. Così è più sicuro anche per lei. »

« Non si preoccupi, Ice. Io mi fido ciecamente di lei. »

Ero già pronta anche a questa obiezione.

« Il problema è che, dopo il suo mancato arrivo a Roma, sono loro che non si fidano più di me. Sospettano che io l'abbia avvertita di non venire e vogliono parlare direttamente con lei. Infatti se accetta dobbiamo chiamare Bonan. Lui vuole sentirlo dire da lei, che abbiamo un accordo, per poi fissare ora e luogo dell'incontro. »

Molto verosimile, dannatamente vero. Lui ci pensa un po', poi annuisce.

« Sì, questo è spiacevole ma comprensibile. Quando? »

« Oggi pomeriggio stesso, Bonan le dirà l'ora. Il direttore dell'AISI non può restare a Tripoli più di qualche ora. »

« Non è che io non mi fidi di lei. Ma quell'esagitato di Bonan ha molti amici americani. »

« La capisco, Marlow. Ma l'altra volta l'ho avvertita, no? »

Lui ci riflette un attimo, poi indica fuori, dove ci sono le sue donne e i suoi bambini.

« Proprio per questo, Ice. Se fosse una trappola, a lei non lo direbbero. »

Era esattamente ciò che avevo immaginato. Il punto preciso in cui la partita di Ice prevede la mossa che cambia tutto. Lui forse si aspetta che io neghi questa possibilità, e la mia credibilità crollerebbe. Invece io ho il mio piano, come sempre, come a Risiko e a scacchi da bambina, ho la soluzione che risolverà tutto, per lui e per me.

« Se io restassi qui a Sabratha sino al suo ritorno da Tripoli si sentirebbe più tranquillo, Marlow? Non penserà che rischierebbero la vita di un'agente dell'intelligence italiana, no? »

Lui è colpito, come se questa proposta non l'avesse proprio prevista. È la variante di Ice, che spiazzerà sia Marlow sia Giulio Bonan e gli americani.

« Va bene, Ice. Mi sembra logico. »

« Bene. Allora, adesso chiami Bonan per dirgli che accetta. Così lui avviserà Maria Giovanna Cordero di prepararsi a partire. »

JJ annuisce, lentamente. Mi guarda ancora, sotto le lenti, dalle fessure del passamontagna, col suo unico occhio buono, quello che Michael Ghali non gli ha strappato solo per costringerlo ad assistere agli stupri e alle torture inflitte alle sue mogli. Poi fa un cenno a Evergreen che si avvicina, porge a JJ il mio telefono, quello criptato. Lui me lo passa.

« Chiami pure col suo, Ice. »

Premo il tasto e Bonan risponde subito.

« Come va, Ice? Marlow accetta? »

« Sì. »

« Voglio sentirlo da lui, Ice. »

Passo il telefono a Johnny Jazir e lui parla, con quell'italiano strascicato.

« Allora, Arpax, Ice mi ha detto che siamo di nuovo in affari e che ci vedremo a Tripoli nel pomeriggio. Mi servono ora e luogo. »

Non sento cosa gli risponde Bonan, ma JJ annuisce.

« Ah, capisco, anche io mi preoccuperò della mia sicurezza. Sarò alle porte di Tripoli alle cinque meno un quarto e chiamerò per sapere il luogo preciso. »

Poi JJ mi passa il telefono.

« Il suo amico Arpax la vuole salutare, Ice. »

Quindi la voce è stata riconosciuta da Paul Alli. Bonan trattiene a stento l'euforia.

« Torni subito, Ice. Il direttore vuole incontrare lei appena atterra. »

Ecco, tutto funziona.

« Temo che Marlow voglia che io resti qui. Si sente più protetto. »

« Ice, non faccia scherzi. Ricordi cosa le ho detto ieri sera. Ora deve tornare qui. »

Ricordo benissimo, ed è proprio su questo che conto.

Tra te e il nostro Paese lo sai cosa sceglierei.

« Marlow l'ha posta come condizione. Accetta di venire a Tripoli solo se io resto qui in ostaggio sino a che lui non torna a Sabratha. »

Ora, se Giulio Bonan fosse innamorato di me, se questo fosse un film a lieto fine, mi direbbe di mollare tutto e tornare. Ma lui è solo il volto civile di Johnny Jazir, l'uomo che crede sempre nel dovere e mai nelle donne.

« Va bene. Troveremo il modo, dopo. »

Poi chiude la comunicazione e JJ mi riprende il telefono.

« Bonan è un po' agitato? »

« Lo conosce, è un tipo un po' melodrammatico. Ha detto che devo stare calma e di dirle che se mi succederà qualcosa, lui la ammazzerà con le sue mani. »

JJ si fa una risata.

« Sa, Ice, mi sorprende sempre l'effetto che lei ha sugli uomini. Ora si goda l'ospitalità delle mie mogli e dei miei figli, per loro ormai è una specie di zia, no? »

Si volta e si allontana.

Evergreen mi riprende il telefono e, tra folate sempre più intense di vento e sabbia, riattraversiamo quella porticina nel muro che divide la guerra dalla pace, sino alla casa tranquilla di Johnny Jazir.

Il Generale entrò nel suo ufficio, si tolse il passamontagna e si accese una sigaretta. Poi chiamò al telefono Seamus O'Neill che era già in una loro base operativa a tre chilometri da Gargaresh.

« Aggiornami, Seamus. »

« Ad Abu Dhabi tutto ok, una ferita alla gamba. Abdu si è rivelato una buona scelta. »

« Bene, fai in modo che la sua famiglia abbia un passaggio sicuro per l'Italia e anche dei soldi. E a Gargaresh è tutto pronto? »

« Nella casa sì. Ma... »

Seamus esitò.

« Cosa, Seamus? »

« Bonan ha avvertito Larry Moll che Paul Alli ha riconosciuto la voce di Marlow. Il capo di Larry, la Wesbach, non vuole rischiare uno scontro a fuoco a Gargaresh. È pronta a usare un drone per fermare Marlow prima che entri a Tripoli. »

Il Generale chiuse la comunicazione. Era tutto pronto, per recidere i fili pericolosi, come Paul Alli e tutti quelli che li avevano aiutati da dentro, ormai più pericolosi che utili nel bilancio di ciò che restava da fare. E per dare l'ultima spinta agli americani per sostituite Tareq con FAST.

Non ho la più pallida idea di dove sia ora Johnny Jazir e di cosa stia avvenendo sull'altro lato della casa, quello della guerra. Zubaid, Fatmah, Kulthum, Ruqaia si alternano per servire tè, datteri, dolcetti, ma io non assaggio nulla. Non che tema di venire avvelenata, ma non si sa mai.

Me ne sto seduta lì, su quella stuoia, con la vista sul giardino dove giocano i quattro bambini tra capre e galline, il mare tutto onde e schiuma sullo sfondo, sferzato dalle folate bollenti di aria e di sabbia. Guardo quei bambini e penso ai miei ragazzi, a quando da piccoli si rincorrevano nel giardino della vecchia villa di nonno Adelmo e io raccomandavo loro di stare lontani da quel pozzo dove io stessa da bambina mi ero calata. Era lì, in quel gesto di ribellione a mio padre, il germe che mi ha portato sin qua, sino a quello che sto per fare.

A un certo punto Zubaid si avvicina. La distinguo dalle altre tre perché dalla fessura del burqa si vede l'orbita vuota, l'occhio che Michael Ghali le ha strappato dopo averla fatta stuprare da tutti i suoi soldati.

« Posso sedermi con lei, signora? »

Mi parla in arabo, con la cantilena dolce del Sud e la voce da bambina. In fin dei conti ha solo poco più di vent'anni, anche se è la madre di quei quattro bambini.

« Certo, Zubaid, questa è casa tua. »

Si accovaccia accanto a me, davanti a noi c'è il loro spiazzo arido, il sentiero e poi il mare spumeggiante per quelle folate che portano la sabbia dal Sahara, ingialliscono il cielo e fanno impallidire il sole. I bambini sono lì fuori che giocano anche se io cerco di non guardarli, perché oggi io, Ice, porterò il loro amato padre in un luogo da cui non tornerà mai più.

« *Shukra*, signora. Se sono qui con le mie sorelle, i miei figli, mio marito, è grazie a lei. »

« No, Zubaid, è grazie a tuo marito, è lui che ha rischiato la vita per venirti a riprendere da quell'assassino. »

Mi guarda, col suo unico occhio, è serena, felice.

« Sono contenta che mio marito lavori con lei, ci fidiamo tutti di lei. »

Non c'è ombra di manipolazione nelle sue parole, Zubaid non ne sarebbe nemmeno capace nella sua totale onestà che affonda le radici nella povertà e nella sofferenza. Mio padre me lo aveva insegnato sin da bambina quel gioco, quando mi portava in villeggiatura con lui, una settimana sola, per Ferragosto. Lasciava per strada un portafogli con diecimila lire dentro e una patente falsa, ne aveva infinite, e il biglietto da visita dell'albergo dove alloggiavamo. Poi io e lui ci sedevamo su una panchina poco lontano e ci mettevamo in attesa. Seguivamo quelli che raccoglievano il portafogli e se lo mettevano furtivamente in tasca oppure sfilavano le diecimila lire e lasciavano lì il portafogli. La statistica diceva che otto su dieci entravano in un bell'albergo, o al tavolo di un bel ristorante. Gli unici due che riportarono il portafogli in albergo erano un netturbino e un vecchio del posto. Come Zubaid, che dice semplicemente ciò che sente mentre segue con l'unico occhio i suoi quattro bambini che si rincorrono tra sabbia, mosche, rane e qualche scorpione.

Penso ai miei figli con un'intensità con cui non li ho mai pensati. Non è dolore, non è rimpianto, è una sensazione diversa e incredibilmente nitida che è sempre stata lì, per tutti quegli anni, un'immagine in cui li vedo adulti, felici, realizzati.

Sono serena, finalmente. Il giudizio finale su me stessa è il contrario di quello su Giuda, che cadde nel finale di una vita onorevole. Io ho manipolato, forzato, tradito, annichilito, per tanti anni. Ma proprio alla fine riuscirò a fare ciò che è giusto davvero. Giulio Bonan vuole il Generale, non può mica accettare che per colpa di Ice lui se ne torni a Sabratha. E quindi dirà a MGC e a Lanfranchi del trucco della parrucca, per convincerli a sacrificare Ice. Non ci riuscirà con MGC e allora racconterà tutto agli americani, che saranno ben felici di togliersi di mezzo in un sol colpo sia il Generale che Ice, la traditrice. So benissimo cosa faranno, ora che Paul Alli ha certamente riconosciuto la voce di JJ come quella del Generale. Diranno a MGC che aspetteranno, non bombarderanno la casa di Sabratha con me dentro, ma che non possono né accettare una battaglia campale a Gargaresh né lasciar andare libero il Generale. Durante il tragitto tra Sabratha e Tripoli lanceranno un missile Hellfire sulla sua auto. E contemporaneamente un commando verrà qui per liberare Ice e metterla in prigione per tradimento.

Ma non andrà così.

FAST era nella lussuosissima suite dell'American Hospital di Dubai quando rispose alla chiamata di Seamus O'Neill sul satellitare criptato.

« Siete dei pazzi! Stavate per ammazzarmi! »

« No, Principe. Lei non ha corso nessun rischio. È soltanto un graffio, le resterà giusto una cicatrice. »

FAST scrollò il capo e gettò un'occhiata al suo smartphone.

« Ho ricevuto oltre seicento messaggi di solidarietà, ma solo due contano. Il primo è quello di un mio uomo a palazzo. »

« Che dice? »

« L'ambasciatore americano ha chiesto udienza urgente al re per domani. Non vuole Tareq presente, il che è altamente irrituale. Equivale a una dichiarazione di guerra. »

« E il secondo messaggio? »

« Il secondo è del segretario personale del re. Mi chiede se le mie condizioni mi consentiranno di presenziare all'incontro del re con l'ambasciatore americano, pare su richiesta americana.»

Seamus annuì, soddisfatto.

«Bene, informerò il Generale, ne sarà felice.»

Alle tre, dalla nebbia gialla di sabbia sbucano cinque SUV neri, svoltano prima della casa di Johnny Jazir e capisco che stanno andando lì dietro, dove c'è l'hangar. Poi arriva Johnny Jazir, con la pistola nella cintura e il passamontagna. Si siede accanto a me, la solita sigaretta all'angolo della bocca.

«MGC è atterrata, Ice. Ora è all'ambasciata italiana. Andiamo.»

«Vuole che venga anche io?»

Una domanda fatta solo per mostrarmi sorpresa.

«Certo, Ice. Lei è il mio garante. Dove vado io viene anche lei.»

Non avevo dubbi che JJ avrebbe fatto così. Conosco il suo modo di pensare ed è una soluzione molto razionale. Non servo qui a Sabratha una volta che lui esce da qui. Se non lo avesse proposto lui, lo avrei in qualche modo suggerito io.

JJ guarda il cielo, la sabbia che si muove con le folate di vento.

«Peccato per questo ghibli, volevo festeggiare l'accordo con una cena sulla terrazza del Waddan, noi due soli. Vuol dire che brinderemo al chiuso, Ice.»

Non c'è ironia o malanimo nella sua frase. Forse una punta di rimpianto, o forse è solo la mia immaginazione. Mi guarda in un modo che conosco, che riconosco. Batte le mani due volte ed ecco che di colpo compaiono tutti, le quattro mogli e i quattro bambini. Poi mi parla in arabo.

«Ho pensato che volesse salutare le mie mogli e i miei figli, Ice.»

Vengono avanti, uno a uno, le quattro mogli si inchinano, i maschietti sorridono e le due bambine abbracciano le mie gambe, forse aspettano una carezza, forse un bacio, forse dovrei, per ingannare Johnny Jazir, Marlow, il Generale. Ma non ci riesco. Perché io sono Ice, capace di ingannare chiunque. Tranne me stessa.

Lui annuisce, come se fosse tutto ovvio.

« Bene, Ice, ora andiamo. »

Seguo JJ sul retro della casa, attraversiamo la porticina metallica nel muro di cinta ed entriamo nell'immenso hangar. I cinque SUV che avevo visto arrivare sono lì dentro. Ci sono una ventina di persone armate sino ai denti, la guardia del corpo del Generale Johnny Jazir, mentre probabilmente il suo esercito è già a Tripoli.

JJ mi guida verso uno dei cinque SUV blindati, coi vetri oscurati. Prendiamo posto dietro, Evergreen è alla guida. Il SUV parte, esce dall'hangar, passa da un cancello nel muro di cinta e imbocca la strada. Dai vetri intravedo due SUV davanti e due dietro.

JJ si toglie il passamontagna e mi restituisce il cellulare criptato.

« Chiami Arpax. Lo avvisi che siamo partiti e che lei è qui con me sana e salva. Faccia una videochiamata, così Arpax vede anche me. Tanto per essere sicuri che a nessuno venga in mente di spararci un missile. »

Johnny Jazir non lo sa, ma quelli che lo aspettano sanno già che lui è il Generale e questa mossa confermerà loro che Ice ha tradito e Giulio Bonan spiegherà come ha fatto. Solo una persona si opporrà, Maria Giovanna Cordero. Ma la sua voce verrà comunque ignorata da Jane Wesbach che non vorrà correre il rischio di una battaglia campale a Tripoli e sarà ben felice di liberarsi della traditrice italiana.

Chiamo Bonan, lui risponde immediatamente.

« Siamo appena partiti. Sono in auto con Marlow. »

« Ma, Ice, lei doveva restare a Sabratha. »

Con il cellulare inquadro Johnny Jazir, che gli fa la V con le dita. Poi chiudo. Perfetto, ora sarà ancora più arrabbiato con me, giusto in caso che non abbia avvertito gli americani che Ice ha tradito, un'altra volta.

« Lo spenga, Ice. Non so che diavolerie abbiate nei vostri cellulari criptati. Magari qualcuno ascolta le confidenze che ci facciamo... »

Spengo il cellulare e JJ se lo riprende. Sono serena, convinta, lucidissima. Il mio sacrificio finale riscatterà il tradimento e almeno la mia memoria sarà risparmiata. Su questo punto, dopo la mia morte, sono certa che MGC si imporrà. Col tempo, per Cristina e Francesco sarà molto meglio una madre morta in missione che una traditrice del proprio Paese in galera.

Chiudo gli occhi, appoggio il capo al sedile e me li immagino, Cristina e Francesco, adulti, sposati, coi loro quattro figli, i miei nipotini, parlano ai piccoli di quella madre, la loro nonna, che è morta scivolando dalle scale dell'ambasciata a Tripoli mentre trasportava un fascicolo di vecchie scartoffie contabili del tutto inutili come tutta la sua insignificante vita. La voce di JJ mi strappa ai miei pensieri.

« Arpax è sempre così agitato, Ice? »

« Sì, non gli piacciono gli imprevisti. »

JJ sorride, tira fuori un cerino, lo sfrega sull'unghia, si accende la sigaretta.

« Anche lei è agitata, Ice. Non l'ho mai vista così. Problemi a casa o al lavoro? »

Devo tranquillizzarlo.

« A casa. Io e mio marito ci separiamo. »

Lui scuote il capo, sembra davvero dispiaciuto.

« E i suoi figli? »

« Restano con lui. »

Lui annuisce, come se anche questo fosse ovvio.

Nella saletta dell'ambasciata italiana a Tripoli l'atmosfera era molto tesa. Maria Giovanna Cordero era collegata in video con Stefano Lanfranchi. Il direttore dell'AISE cercò le parole giuste, sapeva quanto fosse delicato e difficile con la sua pari grado all'AISI.

« Non si può fare diversamente, lo sai. »

MGC non disse neanche una parola e Lanfranchi si sentì in obbligo di dare qualche precisazione.

« L'ho fatto per la tua stessa sicurezza. »

Il silenzio di MGC divenne se possibile ancora più pesante e Lanfranchi passò oltre.

« Marlow è il Generale e Ice è rimasta lì con lui, non sappiamo se obbligata o per sua scelta. Ma Arpax sostiene che lei lo avesse avvertito già la prima volta, con un trucco. »

« Gli americani lo sanno? »

« Ovviamente. Sono nostri alleati e Gargaresh è una loro base, non possiamo certo rischiare una battaglia campale. Riguarda la sicurezza di molte persone. Se Ice ha tradito, può anche aver avvertito Marlow del luogo dell'incontro. A Gargaresh potreste trovarvi circondati dall'esercito del Generale. »

« E quindi hanno deciso di intervenire prima, vero? »

Lanfranchi si limitò ad annuire, anche una sola parola era difficile da articolare.

« Dov'è Arpax? »

« Per non insospettire Marlow, che avrà le sue spie dovunque, little boy è già a Gargaresh con Arpax e Larry Moll. Arpax ti verrà a prendere come previsto in ambasciata, ma tu non correrai alcun rischio, non ti muoverai da lì. »

« E Ice? »

« Ho ottenuto il massimo tempo possibile per salvare Ice. Colpiranno solo quando il SUV sarà nei pressi di Tripoli. Nel frattempo, Ice potrebbe trovare una qualunque scusa per scendere da quel SUV. »

MGC scosse il capo.

« Trascuri una cosa. »

« Cosa? »

MGC lo fissò con gli occhi splendenti di qualcosa a metà tra la rabbia e il disprezzo.

« Ice lo sa che abbiamo scoperto che Marlow è il Generale. E sa che House of Cards sparerà un missile su quel SUV. Eppure non lo avvisa, nemmeno per salvarsi la vita. Non lo fa. È questa la donna che avete condannato a morte. Io avviso il direttore del DIS e il presidente del Consiglio. »

« L'ho già fatto io. Ci sono state consultazioni con Langley e col Pentagono. La decisione è presa. Forse Ice vuole redimersi, lasciaglielo fare. Data la criticità della situazione, sono arrivato anche io a Tripoli, sono nel nostro alloggio all'aeroporto, fra mezz'ora sarò all'ambasciata. Ci vediamo lì. »

Lanfranchi fece una piccola pausa, poi completò il concetto.

« Ti ricordo che siete a Tripoli. L'operazione ricade sotto la mia giurisdizione. »

Maria Giovanna Cordero chiuse il collegamento. Guardò l'orologio al polso destro, fermo sulla notte in cui inconsapevolmente aveva aiutato i terroristi palestinesi a scavalcare la recinzione ed entrare nel villaggio.

Forse Lanfranchi aveva ragione. Forse Ice voleva redimersi. Forse anche lei stava aspettando da decenni l'occasione di redimersi. Forse era arrivato il momento.

Ricordava ciò che le aveva detto Ice, prima di assistere all'interrogatorio di little boy.

Stiamo basando tutto sulla testimonianza che verrà estorta a un terrorista.

Guardò l'altro orologio, quello funzionante: calcolò che mancassero circa cinquanta minuti all'arrivo del SUV di Johnny Jazir e Aba alle porte di Tripoli e al missile di Jane Wesbach.

E allora si mise il velo e i grandi occhiali da sole, scese al piano terra e senza farsi notare uscì dalla porta laterale nel vicolo che confinava con il Waddan. Lì davanti c'erano sempre un paio di taxi, non aveva valuta locale ma certamente l'autista avrebbe accettato gli euro.

Salì e gli diede l'indirizzo di Gargaresh.

Larry Moll chiamò Seamus O'Neill sul cellulare criptato dal terrazzo della villetta a Gargaresh. La sua voce era preoccupata.

« Maria Giovanna Cordero è arrivata qui, sta interrogando Paul Alli, da sola. Non ha voluto neanche Bonan. »

« Come mai? »

« Non lo so, ma Bonan è agitato. Lui ha sempre informato me pensando di collaborare con la CIA, non certo con il Generale. Forse ora che si sente sotto torchio sospetta anche di me. »

Seamus O'Neill restò calmo. Diversamente dal giovane americano, lui sul campo c'era stato sul serio.

« Fra quanto tempo il tuo capo darà l'ordine, Larry? »

« Non li lasceremo entrare a Tripoli. Il drone è già in volo. »

« Bene. Resta calmo, penseremo noi agli italiani. »

Immagino che Jane Wesbach abbia avuto il suo da fare a piegare la resistenza di Maria Giovanna Cordero per lanciare un missile Hellfire su Aba Abate. MGC avrà combattuto strenuamente, ma ora siamo quasi a Tripoli, oltre i vetri oscurati vedo i primi negozi. Mancheranno dieci minuti all'arrivo, non di più, e non credo che ci lasceranno entrare in città. E a quel punto qualcosa dentro di me esplode, un bisogno irresistibile di un ultimo contatto con la ragione vera della mia vita negli ultimi vent'anni e della mia morte oggi.

« Posso riattaccare il cellulare personale? Sono troppe ore che non sento i miei figli, voglio chiamarli un momento per salutarli. »

Johnny Jazir mi porge il mio cellulare.

«Ok.»

Riaccendo e ci sono innumerevoli messaggi e chiamate perse, molte di Albert, Leyla e Tony. Ne apro uno.

Urgentissimo, ci siamo sbagliati.

JJ si volta.

«Allora?»

«I ragazzi che lavorano per me a Roma. Dicono che è accaduto qualcosa di molto urgente.»

Lui resta un attimo incerto.

«Va bene, li chiami. Così si fa confermare che MGC sta andando al nostro appuntamento, perché i miei non sono riusciti a darmi la certezza, l'auto di Bonan ha i vetri oscurati.»

Chiamo Albert che risponde al primo squillo.

«Dottoressa, scusi l'insistenza ma è davvero molto urgente.»

«Dimmi, Albert.»

«Sono qui con Tony e Leyla, abbiamo finito quel lavoro.»

Quale lavoro? Di cosa parliamo? Ormai è tutto finito!

«Ditemi, molto velocemente.»

«Non abbiamo trovato volti di Dubai a Tripoli.»

«Pazienza...»

«Ma oltre a ciò che cercavamo e non c'è, manca un'altra cosa.»

Ecco che torna subito quella sensazione che era lì, da giorni, dal primo interrogatorio a Paul Alli.

«Sulle telecamere dell'ambasciata saudita i due little boy non ci sono. E nemmeno nei giorni prima e in quelli dopo. Mustafà se li è inventati, e anche Paul Alli se li è inventati.»

Sono inebetita, tramortita, la voce di Tony sostituisce quella di Albert.

«Dopo questa scoperta, abbiamo ricontrollato meglio la questione delle maglie.»

«Quali maglie?»

« Quelle da calciatore. Liverpool e Manchester United. Quelle che secondo Mustafà indossavano i due little boy uscendo dall'ambasciata. »

Ora è di nuovo la voce di Albert.

« Un codice deve essere semplice da ricordare ma non ovvio. »

« Di che diavolo parli? Quale codice? »

« Si fa con una chiave. »

« Albert, per favore... »

« Io so tutto di calcio e ho fatto un master sui codici. La chiave in questo caso è la proprietà della squadra. Il Liverpool e il Manchester United sono squadre inglesi ma entrambe di proprietà americana. »

« Sentite, non capisco di che cosa state parlando... »

Arriva la voce di Leyla.

« Nell'interrogatorio di Paul Alli, dopo che siete tornati da Tripoli, lui ha smesso completamente di collaborare appena Arpax ha nominato quelle due maglie. »

Ora i pensieri arrivano frenetici, lucidissimi, convincenti. *Perché quello era l'ordine del Generale a Paul Alli: fatti consegnare agli americani. Perché così loro agiranno.*

Leyla sta continuando a parlare, ma io non sto più ascoltando.

« Ho riletto la trascrizione dell'interrogatorio con Abdalla Ghali. Lui le disse che l'autista non era muto, parlava. »

Guardo la nuca di Evergreen, di fronte a me. Poi Johnny Jazir, che fuma tranquillo.

« Ma c'è un'altra cosa molto importante, dottoressa. »

La voce di Leyla mi arriva nitida, come la sentenza finale del giudice al condannato a morte.

« Quando Larry Moll ha interrogato Paul Alli, gli ha detto che indossavano le magliette del Liverpool e del Manchester City. Manchester *City*, non Manchester *United*, capisce? Solo che la proprietà del Manchester City non è americana, è araba. E da lì in poi Paul Alli vi ha dato tutti gli indizi contro un uomo arabo.»

Un pensiero mi attraversa, come un lampo, mentre chiudo il cellulare.

Maria Giovanna Cordero aiutò i terroristi a entrare nel villaggio olimpico. L'errore di una vita. Come questo.

Ma io sono ancora in tempo. Dal finestrino, vedo che mancano meno di due chilometri alla rotonda di accesso a Tripoli. Accanto a me c'è l'uomo arabo da cui ci hanno portato le testimonianze guidate di Mustafà e Paul Alli, con l'aiuto di Larry Moll.

«Problemi, Ice?»

Fisso JJ e non so più chi ho davanti, se il mostro o la vittima. Fra meno di due minuti saremo morti, non c'è più tempo per sottigliezze.

«Sei tu il Generale?»

Avverto un leggero scarto del SUV. JJ si volta, lui è un uomo complicato, ma velocissimo di pensiero.

«Chi ci sta aspettando a Gargaresh, Ice?»

La risposta arriva da sola, come se fosse stata lì da sempre.

«Gli americani con Paul Alli. Lui dirà che tu sei il Generale.»

Il SUV sbanda di nuovo. Alzo gli occhi, Evergreen sta smanettando col suo cellulare.

E da qui in poi lo spettacolo è stupefacente, si svolge davanti ai miei occhi sgranati al rallentatore, ma in realtà è solo un attimo.

Johnny Jazir estrae la pistola, la punta alla nuca di Evergreen, spara. Il sangue schizza dovunque mentre lui scavalca lo schienale e si getta sul sedile anteriore, afferra il volante, frena, il SUV sbanda, rallenta, si ferma.

Marlow apre lo sportello, mi spinge brutalmente fuori, mi trascina lontano mentre urla nel suo cellulare, tutti i SUV sono fermi, i suoi uomini armati scendono e corrono, scappano dalla morte che arriva dal cielo. Ma non accade nulla e so il perché: il satellite vede tutto, Jane Wesbach ora sa che la preda è in allarme ed è certamente colpa di Ice, la spia traditrice. Devo salvare il salvabile dalla catastrofe. Ho ancora il mio cellulare in mano. Pigio il tasto col numero di Bonan.

« Arpax, dove siete? »

« Tu dove sei? »

« Andate via, subito. »

« Cosa? »

« Non è lui il Generale! »

« Ice, non ricominciamo... »

« Smettila, stronzo! Porta via MGC o vi fanno a pezzi, cazzo! »

La comunicazione viene interrotta e io resto lì un attimo, incerta. Poi vedo JJ, sta parlando animatamente al cellulare, circondato dagli uomini armati degli altri SUV, è a una cinquantina di metri da me.

Lui chiude, mi vede, ha un attimo di incertezza, adesso imbraccia un AK-47 col quale potrebbe falciarmi senza problemi. Poi fa un piccolo gesto col capo.

Potrebbe significare milioni di cose un gesto così insignificante. Ma per Aba è chiarissimo. Me l'aveva già detto una volta.

Parti e non tornare mai più.

Comincio a correre, mentre il sangue di Evergreen cola sul mio volto, cola giù dai finti capelli della parrucca e la sabbia si appiccica al sangue.

Ci metto quasi due ore a piedi per arrivare all'ambasciata. Appena giunta, mi identifico e mi portano nella saletta della videoconferenza. C'è solo Stefano Lanfranchi, che mi getta un'occhiata gelida. Poi vede il sangue.

« È ferita? »

« Non è mio, questo sangue. Dove sono il direttore Cordero e Bonan? »

Mi interrompe. Indica lo schermo sulla parete.

« Non ora. Sto per entrare in videoconferenza con Jane Wesbach e il colonnello Mayfield. Si metta in un angolo, non la devono vedere, e non apra bocca. »

Poi lui riattiva microfono e videocamera e vedo i volti nei riquadri sullo schermo. Il volto di Jane Wesbach è terreo.

« C'era una bomba con un timer in quella casa a Gargaresh. Sei morti. La colpa è tutta vostra, conoscevano il luogo. »

« Cosa intendi, Jane? »

Gli occhi di Jane mandano bagliori di gelida rabbia.

« Lo sai benissimo, Stefano. Abbiamo orecchie lunghe, come dite voi. L'abbiamo sentita anche noi la telefonata tra Marlow e Arpax questa mattina, Paul Alli ha riconosciuto la voce. Marlow è il Generale! Ma qualcuno lo ha avvertito che era una trappola e gli ha anche detto l'indirizzo della villetta a Gargaresh, così hanno preparato tutto. Chi credete che abbia detto al Generale dove si teneva l'appuntamento per piazzare la bomba? Quel posto lo conoscevano solo tre persone, perché c'erano state per interrogare Paul Alli. Due sono morte. Ice invece è viva, era con Marlow e, da quel che ora sappiamo per certo da Arpax, lo aveva già avvisato una volta con il trucco della parrucca. »

Ma io non sto più ascoltando. Sto guardando ciò che avviene sullo schermo. In un riquadro vedo Jane Wesbach e il colonnello Mayfield che sta parlando al telefono, nell'altro vedo dei puntini luminosi che si muovono su una mappa, hanno svoltato dalla Coastal Road verso il mare, verso le rovine di Sabratha, verso la casa di Johnny Jazir.

Incrocio lo sguardo di Stefano Lanfranchi, il signor panna e acciaio. Lui disattiva il microfono e la videocamera, temendo che io non riesca a trattenermi.

« Silenzio assoluto, dottoressa Abate. Si consideri già in arresto. Ogni parola può aggravare la sua posizione. »

« Signor direttore, Larry Moll era una talpa! Ha passato lui a Paul Alli il messaggio per incolpare Johnny Jazir con l'errore sulle magliette di calcio, deve dirlo agli americani! E secondo me c'entra anche Bonan... »

Lui scuote il capo.

« Non si permetta di denigrare le sue vittime. Stia zitta e basta, dottoressa Abate. »

I puntini si fermano. Si apre un'altra schermata, è molto sfocata per il ghibli, ma i SUV si intravedono, macchie grigie nella notte nera, sul retro di una casa che conosco benissimo.

Vedo il cenno d'intesa di Jane Wesbach, poi sento la voce del colonnello Mayfield.

« *Authorized.* »

Pochi secondi dopo, sullo schermo c'è un'esplosione biancastra e poi le fiamme che distruggono Johnny Jazir, le sue donne, i suoi bambini.

5 ORE ALL'UDIENZA

Sono solo le sette di mattina, l'udienza è a mezzogiorno e Jane Wesbach ha l'aria assonnata e indossa la solita tuta rosa.

« Parliamo mentre facciamo colazione sulla veranda, Ice. Oggi i miei piedi non consentono passeggiate. »

Io sono già vestita per l'udienza, pantaloni neri, camicia accollata, giacca grigia. E niente trucco. Jane intinge una brioche nel caffellatte e l'addenta con voluttà.

« La sobrietà non è necessariamente indice di innocenza. »

Finisce quasi tutta la brioche in un sol boccone.

« E il suo opposto non è necessariamente indice di colpevolezza, Ice. Ma parliamo di te. L'accusa di favoreggiamento e quella conseguente di concorso nella morte di sei persone a Gargaresh. I tuoi avvocati sostengono che tu non avessi alcuna intenzione questa volta di avvertire Johnny Jazir e che tutto cambiò all'ultimo momento, quando i tuoi collaboratori, mentre eri già alle porte di Tripoli, ti riferirono che forse Paul Alli non era attendibile. »

Non ho ancora toccato nulla, neanche il tè verde. Il mio stomaco è una morsa chiusa.

« Senza 'forse'. Paul Alli ci aveva guidato dove voleva lui. Aiutato dalla modalità di conduzione degli interrogatori di Giulio Bonan e di Larry Moll. Bonan gli rivelò per imprudenza ciò che aveva detto Mustafà e delle due magliette del Liverpool e del Manchester United. Larry Moll fece riferimento al Manchester City invece che al Manchester United. Era un codice prestabilito. »

Jane scuote il capo.

« E per un semplice lapsus calcistico, uno stimato agente

della CIA diventa un traditore e Marlow un innocente? Nonostante tutte le prove che tu stessa avevi raccolto a suo carico e che non venivano da Paul Alli? »

« Prove costruite da chi manovrava Paul Alli. Ci hanno portato a credere che Marlow fosse il Generale, per sviarci dal vero Generale! Con Marlow morto e impossibilitato a discolparsi. »

« Come fai a esserne così sicura, Ice? »

« Io c'ero durante gli interrogatori a Paul Alli, tu no. Se fossi stata lì, oggi saresti d'accordo con me. Paul Alli era un professionista, un agente molto ben addestrato, non un terrorista. Ed è per questo che lo hanno eliminato a Gargaresh, insieme a Larry Moll e Giulio Bonan, per impedirci di trovare il collegamento. »

Jane immerge una seconda brioche nel caffellatte. Sembra davvero pensare a qualcosa di remoto.

« Questi sono tutti dettagli per il tribunale, Ice. Il vero problema è che in effetti la confessione di Paul Alli ha messo in moto anche un'altra questione, per noi americani ancor più rilevante che l'identità stessa del Generale. Quella contabile bancaria, l'uomo con la vitiligine, la morte del nostro agente... »

« Non credi nel mio intuito, Jane? »

Scuote subito il capo.

« No, Ice, in quello crederei ciecamente, ormai ti conosco. Ma non capisco allora perché in queste ventiquattro ore mi hai detto così tante bugie. O meglio, alcune sono comprensibili, proteggono la tua posizione in tribunale. Ma una parte è incomprensibile, ed è quella che mi preoccupa. »

« Perché è così fondamentale per te saperlo, Jane? Che te ne importa di quanti anni passerò in galera? »

« Perché questa storia ha portato gli Stati Uniti ad appoggiare un cambiamento fondamentale ai vertici di uno dei Paesi chiave per gli equilibri mondiali. E vorrei essere certa che non siamo stati avventati. Senti, me lo prepari un altro pediluvio magico prima di partire per il tribunale? »

Mi alzo, vado in cucina, preparo la bacinella di acqua tiepida, aceto e sale, la porto fuori, sulla veranda. Jane si è messa al sole, sulla sedia a dondolo, rivolta alla valle sottostante, dove le pecore stanno brucando pigramente.

« Grazie, Aba. Siediti qui al sole, accanto a me. Oggi è tutto *off.* Niente videocamere, nessun microfono. »

Mi siedo, lei si rimbocca i pantaloni della tuta rosa sino al ginocchio, vedo le vene blu scuro sulla pelle arrossata.

« Sai, Aba, se riuscissi davvero a fidarmi di te, sarebbe tutto diverso. Potrei prometterti la libertà. »

La vedo riflettere sulle sue stesse parole, come per decidersi. Poi, con un semplice gesto, si toglie il caschetto nero dei capelli, una parrucca, la posa sul tavolino e si volta a guardarmi, gli occhi grigi sono sereni.

« Non ti preoccupare, con le cure mi hanno garantito due anni di vita, farei in tempo a mantenere la mia promessa. »

Resto in silenzio, cercando di concentrarmi sulle pecore e non sul suo cranio glabro e sulla parrucca.

È una giornata stupenda di inizio settembre, cielo terso, aria fresca, la valle con le pecore è già inondata dal sole. La pace, quella che io non potrò avere mai più. O forse erano già un'illusione gli ultimi vent'anni, dopo 9999.

Jane Wesbach mi osserva, coi suoi occhi grigi. Poi volge lo sguardo alla valle.

« Avevo anche io una figlia, Ice. Oggi Rose avrebbe la tua età ma è morta vent'anni fa, di overdose. Tre anni dopo che avevo abbandonato lei e mio marito per una donna di cui ero innamorata da ancor prima del matrimonio. »

Poi si volta di nuovo verso di me.

« Ormai lui è morto, Ice. Non serve più proteggerlo, qualunque fosse il motivo per cui lo facevi. Ma io ho bisogno di sapere adesso quale fosse quel motivo. Ho bisogno di saperlo per fidarmi di te su tutto il resto, affidarti una missione che solo tu puoi compiere e scagionarti da tutte le accuse. Pensa alle foto che ti ho portato ieri, i tuoi figli sono vivi, non come la mia Rose. Pensa ai tuoi figli, a tuo marito, al tuo futuro. Non a Johnny Jazir. »

Una pecora è uscita dal gregge, lì in mezzo alla valle.

E io li rivedo, quei due ragazzi di più di vent'anni fa.

Lui con quegli occhi neri e profondi, ancora entrambi sani, lei coi capelli lunghi che poi ha tagliato per sempre, dopo il 9 settembre 1999.

« Va bene, Jane. Ma è una lunga storia. »

Lei sorride.

« Il giudice aspetterà. »

Giù nella valle la pecora si allontana, nessun cane la riporta nel gregge.

Questo libro è stampato col sole

Azienda carbon-free

Fotocomposizione Editype S.r.l.
Agrate Brianza (MB)

Finito di stampare
nel mese di gennaio 2021
per conto della Longanesi & C.
da Grafica Veneta S.p.A. di Trebaseleghe (PD)
Printed in Italy